KB249974

이상한 소리

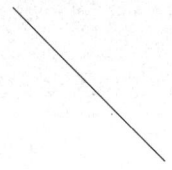

창 비 세 계 문 학 단 편 선
일본

창비세계문학 단편선 ― 일본편
이상한 소리

초판 1쇄 발행 / 2010년 1월 8일
초판 5쇄 발행 / 2022년 3월 10일

지은이 / 나쯔메 소오세끼 외
엮고 옮긴이 / 서은혜
펴낸이 / 강일우
책임편집 / 황혜숙
펴낸곳 / (주)창비
등록 / 1986년 8월 5일 제85호
주소 / 10881 경기도 파주시 회동길 184
전화 / 031-955-3333
팩시밀리 / 영업 031-955-3399 · 편집 031-955-3400
홈페이지 / www.changbi.com
전자우편 / lit@changbi.com

ⓒ (주)창비 2010
ISBN 978-89-364-7180-4 03830
ISBN 978-89-364-7975-6 (전9권)

＊ 이 책 내용의 전부 또는 일부를 재사용하려면
  반드시 저작권자와 창비 양측의 동의를 받아야 합니다.
＊ 책값은 뒤표지에 표시되어 있습니다.

이상한
소리

나쯔메 소오세끼 지음

서은혜 엮고 옮김

창 비 세 계 문 학 단 편 선

일본

창비

1868년 메이지유신으로 일본의 근대는 시작되었다고 일반적으로 일컬어진다. 물론 문학의 흐름이 이렇게 칼로 자르듯이 근대 이전과 이후로 나뉘는 것은 아니어서 메이지 초기 일본문학은 혼란을 겪었다. 서양문학의 영향은 거스를 수 없는 것이었으나 일본의 풍토에 이식된 서양문예사조가 일본만의 독특한 색채를 띠게 되는 것도 너무나 당연한 일이다.

이 책에서는 일본의 메이지유신에서 제2차 세계대전 이후까지를 아우르는 문학의 흐름 속에서 대표적인 작가와 작품들을 골라보았다.

다만 우리에게 널리 알려진 작품들을 거듭 소개하는 일을 피하고 상대적으로 덜 알려진 작가와 작품을 담을 수 있도록 마음을 기울였다.

예를 들어 나쯔메 소오세끼나 카와바따 야스나리에게서는 아직 번역되지 않은 짧은 작품을 찾아 우리말로 옮겼다.

반면 미야모또 유리꼬는 일본의 프롤레타리아 문학의 역사에서나, 삼십오년 동안 꾸준히 집필활동을 했던 '여성'작가라는 의미에서나 상당한 무게를 지니지만 우리나라에는 거의 알려져 있지 않아 이번에 약간 길지만 그녀의 초기작품이면서 개성의 씨앗이 오롯이 담겨 있는 「가난한 사람들의 무리」를 소개하기로 한다.

부디 이 책을 통해 미흡하나마 일본 근현대 문학의 흐름을 파악하고 구체적인 작품 감상을 통해 작가와 만날 수 있기를 바란다.

차례

國木田獨步

| 쿠니끼다 돗뽀 |

1871~1908

찌바 현 출생. 토오꾜오전문학교(와세다대학 전신) 중퇴. 처음에는 정치가를 희망했으나 기독교에 입교하면서 문학에 뜻을 두었고 교사를 거쳐 청일전쟁중에는 종군기자로 활동했다. 해군종군기인 『애제(愛弟)통신』으로 주목을 받았고 시인으로 인정받은 『돗뽀긴(獨步吟)』 발표 후, 「무사시노(武藏野)」 「잊을 수 없는 사람들(忘れえぬ人々)」 「강 안개(河霧)」 등의 뛰어난 단편을 써서 작가로서의 재능을 인정받았다. 그외에 「소라찌 강변(空知川の岸辺)」 「토미오까 선생(富岡先生)」 「봄새(春の鳥)」 등의 작품이 있으며 낭만주의에서 자연주의 문학으로 가는 과도기적 작가로서 독자적 위치를 차지하고 있다.

■　　대나무 쪽문 竹の木戸

　　　중산층과 이웃하고 있는 극빈 부부의 생활모습을 대조적으로 그리고 있다. 추위를 견디다 못해
이웃집 석탄을 몇개 집어낸 가난한 아내는 남편이 남의 가게에서 석탄을 자루째 훔쳐왔다는 사실에 절망
하여 목을 매지만 뒤에 남은 남편은 여전히 같은 삶을 반복한다. 두 집 사이에 대나무로 얽어놓았던 쪽문
이 다시 튼튼한 울타리로 대체된다는 것은 개인의 선의만으로는 넘을 수 없는 두 계급 사이의 거리를 상
징하는 듯하다. 작가의 낭만주의적 서정성은 이 작품을 거쳐 자연주의로 이행해가게 된다.

대나무 쪽문

상

오오바 신조오(大庭眞藏)라는 회사원은 토오꾜오 교외에 살면서 쿄오바시 근처의 사무실에 다녔는데 전차 정류장까지 5리 정도나 되는 길을 아침마다 어김없이 뚜벅뚜벅 걸어다니며 운동에는 딱 좋다고 말한다. 점잖은 성품이어서 회사에서도 원만했다.

가족은 예순일고여덟살이 되는 더없이 건강한 노모, 스물아홉살이 되는 아내, 처제 오끼요, 일곱살 되는 딸 레이 짱, 그리고 5,6년 전부터 함께 있는 오또꾸라는 하녀, 이상 다섯 명에 가장인 신조오까지 도합 여섯이었다.

아내는 병약하여 그다지 가사에 관여하지 않았다. 주방 쪽 일은 주로 오끼요와 오또꾸가 하고 꼼꼼한 노모가 돕고 있었다. 특히 하녀 오또 꾸는 나이는 아직 스물셋이었지만 나는 이 댁에서 평생 봉사하겠습니다, 하는 마음가짐이어서 꽤나 권력이 있어 때로는 노모조차 이 하녀 가 하는 말을 들어야만 했다. 너무 제멋대로라고 오끼요가 불평을 하기도 했지만 무엇보다 오또꾸는 집안을 중히 여겨 최선을 다하고 있으니 결국은 오또꾸의 승리로 돌아가는 것이었다.

산울타리 너머로는 헛간 같은 오두막이 하나 있었다. 그곳에 정원사 부부가 살고 있다. 남편은 스물일고여덟살이고 아내는 오또꾸와 동년배 정도로, 이 이웃사촌 여성 둘은 서로 질세라 수다를 떨어대고 있었다.

처음에 정원사 부부가 이사를 왔을 때, 우물이 없으니 부디 물을 좀 나눠달라고 오오바네 집에 부탁을 하러 왔다. 오오바네서는 그야 당연한 일이다 싶어 허락을 했다. 그리고 이럭저럭 두달 정도 지나자 이번에는 산울타리를 한 세 척 정도만 열어달라, 그러면 일일이 문으로 돌아가지 않아도 되니까, 하는 부탁을 하러 왔다. 이 부탁에는 오오바네서도 상당히 난색을 표했다. 특히 오또꾸는 도둑이 드나들 문을 만드는 것이나 마찬가지라고 주장했다. 하지만 가장인 신조오가 워낙 사람이 좋다보니 이것 역시 허락했다. 그쪽에서 쪽문을 튼튼히 만들어 달고 엄중히 여닫겠다는 조건이었지만, 정원사는 대충 숲에서 대나무를 잘라다가 삼나무 이파리 따위를 섞어 조잡한 쪽문을 만들어버렸다. 완성된 문을 본 오또꾸는

"이게 쪽문이야? 자물쇠는 어디 있어? 이런 쪽문 따위는 있으나 없으나 매한가지지" 하고 큰소리로 말했다. 정원사의 아내 오겐은 이 말을 듣고

"그걸로 충분하지, 어차피 우리가 목수처럼 만들 수는 없을 테니."
우물가에서 솥바닥을 닦아가며 그렇게 말했다.

"그럼 목수한테 부탁하면 되지" 하고 오또꾸는 오겐의 말이 거슬려 정원사네가 가난하다는 것을 알면서도 그렇게 대꾸했다.

"부탁할 수 있었으면 했지." 오겐은 가볍게 받아넘겼다.

"말만 하면 바로 와." 오또꾸는 한번 더 비꼬았다.

오겐은 지기 싫어하는 성격인지라 이 말에 발끈했지만, 오오바네 집

안에서 오또꾸의 위세를 알고 있는 터라 거슬러봤자 손해다 싶어 성질을 누르고는

"그냥 봐줘. 드나드는 것은 주로 나뿐이니 나만 잘 여닫으면 괜찮아. 어차피 진짜 도둑은 담장이나 문으로 넘어들어올 테니 쪽문 따위 있어봤자잖아" 하고 반쯤 지고 나오니 오또꾸 역시

"그야 그렇지, 그러니 자네만 엄중히 여닫고 다니면 안심할 수 있긴 하지만, 자네도 알다시피 여기는 좀도둑이며 질 나쁜 넝마주이 들이 우글거리니까 마음을 못 놓아. 저기 최근에 생긴 빵집 옆에 카와이 씨라고 군인집 있잖아. 그 집에서는 이삼일 전에 새로 산 커다란 놋대야를 도둑맞았다니까."

"저런, 어쩌다가?" 하고 오겐은 물 긷던 손놀림을 잠시 멈추고 돌아보았다.

"우물가에 내놓고는 하녀가 집 뒤로 잠깐 빨래 널러 간 틈에 훔쳐갔다잖아. 아니나다를까 쪽문이 살짝 열려 있었다는구면."

"어머, 정말 조심해야겠네. 괜찮아, 나는 주의할 테니까 오또꾸 상도 손탈 만한 물건은 잠시라도 집밖에 내놓지 않도록 해요."

"나는 그런 일이 없겠지만, 그래도 자기도 모르게 잊어버릴 수도 있으니까, 자네도 넝마주이 같은 치들을 조심해줘. 쪽문으로 들어오려면 자네 집 앞을 지나야 하니까."

"그럼 조심하고말고. 장작 한개비라도 석탄 한조각이라도 도둑맞으면 약오르니까."

"물론이지. 석탄 한조각이라고 하지만 요즘 탄값이 얼마나 비싼데. 한 가마에 85전이나 하는 사꾸라(佐倉)가 저거야" 하고 오또꾸는 우물에서 부엌문 쪽으로 이어진 처마 밑에 쌓아둔 탄가마니 하나를 가리키며

"얼마나 들어 있을까? 정말 한조각에 얼마 꼴이야? 그야말로 돈을

화로에서 태우고 있는 거나 마찬가지지. 숯가마도 그렇고 백탄도 그렇고 작년의 배나 올랐다고 할 정도니까" 하며 오또꾸는 한탄을 섞어 "정말이지 큰일이라니까" 했다.

"게다가 댁엔 가족이 많으니 더 들지. 우리집은 둘뿐이니 별로 많이 들진 않아. 그런데도 3전 5전 하는 식으로 매일 탄을 달아서 사야 하니까, 정말 힘들어."

"정말 고생이네." 오또꾸는 상냥하게 말했다.

이렇게 탄값까지 이야기가 흘러오더니 두 사람은 처음에 했던 쪽문 이야기는 더이상 입에 담지 않고 어느샌가 원래의 오또꾸와 오겐으로 돌아가 어쩌고저쩌고 사이좋게 수다를 떨고 있으니 부질없었다.

11월 말의 해는 더없이 짧아 가장인 신조오가 회사에서 돌아온 것은 이미 해질녘이었다. 쪽문을 달았다는 소리를 듣고 양복차림으로 게따를 끌고 부엌 쪽 마당으로 돌아가 한동안 쪽문을 보더니 그저 미소짓고 있었지만 오또꾸가 옆에서,

"주인어른, 근사한 쪽문이죠?" 하고 말하니,

"이건 정원사가 만든 건가?"

"그렇답니다."

"꽤나 묘한 쪽문이지만 그래도 정원사치고는 잘 만들었네" 하고 손을 올려 흔들어보더니,

"생각보다 튼튼한 것 같군. 뭐 그런대로 좋아, 없는 것보다야 낫지. 조만간 목수한테 의뢰해서 제대로 만들라고 하지" 하더니 "대나무로 만들었어도 쪽문은 쪽문이지. 하, 하하하하" 하고 웃으며 집 안으로 들어갔다.

오겐은 이 말을 자기 집에서 듣고는 쿡쿡대고 혼자 웃어가며

"참말 이해심이 많은 어른이라니까. 첫째 저렇게 착한 사람은 정말

드물지. 저 집은 사모님도 좋은 분이고 할머니도 꼼꼼하게 바지런을 떨어대긴 해도 사람이야 더없이 좋은 분이고, 오끼요 상은 소박을 맞았으니 약간 꼬인 데가 있긴 하지만 심성은 좋고," 하다 말고 문득 오또꾸가 오늘 낮에 비꼬던 것을 떠올리고는 "물 신세만 안 지면 그런 년하고 말도 섞지 않으련만. 보오슈우 촌년이 귀여움을 받으니 잘난 줄 알고 진짜 뻔뻔스럽기는" 하며 오또꾸가 아까 한 말을 떠올리며 "근사한 쪽문이죠, 하면서 흉을 볼 작정이었겠지만 마침 바깥어른이 상대를 안하셨으니 얼씨구, 쌤통이야" 하더니 갑자기 마음이 바뀌어 "그렇지만 기특하긴 해. 얼굴도 못생기진 않았고 나이도 나랑 동갑이면 아직 얼마든지 시집을 갈 수도 있을 텐데 그렇게 열심히 남의 일을 하고 있으니 말이야. 정말 보통 여자들은 흉내도 못 낼 거야. 게다가 끔찍하게 정직하니 오오바 댁에서도 거기다 맡겨두면 틀림없고……"

이런 생각을 해가며 오겐은 램프에 불을 붙이고 화로에 탄을 담으려다가 탄이 한조각도 없는 것을 깨닫고는 혀를 차며 낡아빠진 주전자를 만져봤는데 물은 아직 식지 않은 것에 안심하여

"물이 식기 전에 빨리 돌아오면 좋을 텐데. 그런데 오늘 혹시 가불을 해오지 않으면 오늘밤도 내일도 불 없이 지내야 하는데. 불이야 마른 잎이라도 주워다가 어떻게 해본다지만 내일 먹을 쌀도 없잖아" 하고 이번에는 혀를 차는 대신 힘없는 탄식이 흘러나왔다. 헝클어진 머리카락에 핏기 없는 얼굴로 어두컴컴한 램프 그늘에 오도카니 앉아 있는 이때의 오겐의 모습은 꽤나 가여웠다.

그러던 차에 늘쩡늘쩡 돌아온 것은 남편 이소끼찌(磯吉)였다. 오겐은 보자마자 가불을 해왔는지부터 물었다. 이소는 말없이 복대에서 지갑을 꺼내더니 오겐에게 건넸다. 오겐은 안을 살펴보더니

"겨우 2엔?"

"어어."

"2엔으로 뭘 하라고? 어차피 가불을 할 바에야 5엔 정도 빌려오면 좀 좋아?"

"안 빌려주는 걸 어쩌란 말이야?"

"아무리 그래도 잘 부탁하면 주인도 5엔 정도야 빌려줄 텐데. 이것 좀 봐" 하며 오겐은 텅 빈 탄바구니를 보이고

"탄도 이꼴이지. 오늘밤 쌀을 사고 나면 얼마 안 남을 텐데……" 이소는 잠자코 담배를 피우다가 곰방대를 탁, 하고 소리내어 털고는 상을 끌어당기더니 제 손으로 밥을 퍼서 먹기 시작했다. 그저 더운물을 부어 우적우적 삼키는 것이었지만 얼마나 맛있게 먹는지.

오겐은 남편의 그런 모습에 기가 질려 말없이 보고 있다가 수북이 푼 밥을 대여섯 공기나 비우고도 그칠 줄 모르는 것에 질리기도 하고 우습기도 하여

"당신 그렇게나 배가 고팠어?"

이소는 한 공기를 더 퍼담으며

"오늘은 새참도 없었어."

"어째서?"

"오늘 그때 갔더니 주인이 싫은 얼굴을 하고는 이렇게 바쁠 때 왜 늦느냐며 잔소리를 하기에, 실은 이래저래 되었다고 쪽문 이야기를 했더니 그런 것은 네 사정이지, 하더라고. 짜증이 나서 그때부터 일에 매달려 두시 좀 지나서 새참이 나왔지만 나는 쳐다보지도 않았어. 하녀가 와서 오늘은 맛있는 김 주먹밥이니 빨리 와 먹으라고 했지만 나는 끝까지 안 가고 일만 했지. 그런 형편이니 주인한테 가불 소리를 꺼내기는 싫었지만 안할 수도 없어서 오기 전에 5엔 빌려달라고 했더니 흥, 일은 게으름 부리면서 가불이라고? 나도 네놈의 뻔뻔함엔 못 당하겠

다, 자 이거면 되지? 하면서 2엔을 건네주는 거야. 어쩔 수 없잖아" 하고 이소는 배가 고픈 까닭과 가불을 2엔밖에 못한 이유를 한꺼번에 이야기해버렸다. 그리고 이야기가 끝날 무렵 겨우 젓가락을 내려놓았다.

원래 이소끼찌는 말이 없는 사내인데다 어눌하기조차 하지만 어떤 때는 울분을 터뜨리듯 지금처럼 위세 좋은 말투가 되기도 하는데, 오겐은 이런 것을 무척 기꺼워했다. 하지만 이미 부부가 된 지 3년째가 되건만 오겐은 여전히 이소끼찌가 게으름뱅이인지 부지런한 사람인지 판단이 서질 않았다. 토오꾜오의 변덕쟁이 여자에게는 그것으로 좋았는데, 사나흘이나 일을 쉰다, 어쩌면 열흘씩이나 쉰다, 그렇지만 막상 닥치면 다른 사람의 세 배나 일을 하는 것이 우리집 이소 씨라고 믿고 있다. 그러니 막상 닥치면 못할 것 없다고 생각하는 것이다. 하지만 어디까지 가면 그 '막상 닥치면'이 되는 것인지 그런 것을 생각한 적은 없다. 또 오겐은, 이소 상은 만약의 경우에는 남들이 못하는 엄청나게 대담한 일을 하는 남자라고 믿음직스러워하곤 했다. 하지만 꼭 그렇게만 생각할 수 없는 경우도 있다. 실은 의외로 한심한 사내일지도 모른다고 생각하는 경우도 있긴 했는데, 그것은 한푼 없어 힘이 들 때였지만 그렇게 생각해봤자 비참해질 뿐이니 가능하면 그런 생각은 혼자서 지워버리곤 했던 것이다.

실제로 이소끼찌는 이른바 '알 수 없는 사내'로, 오오바네 여자들은 어쩐지 기분 나쁘게 생각하고 있었다. 그러니 오또꾸조차 이소에게는 왠지 조심하게 되는 것이다. 그것이 오겐에게는 말할 수 없이 기분이 좋았으니, 오또꾸가 이런 모습을 보일 때, 오끼요가 이소에게 정중한 말투를 쓰거나 할 때 기쁨이 솟아나는 것이었다.

그래서 결국은 끝없는 가난에 허덕이고 한참 일할 나이에 가정다운 가정도 못 꾸리고 언제나 헛간이나 창고 구석 같은 곳에서만 살고 있으며, 따라서 오겐 역시 어느샌가 정원사 마누라들에게서 별볼일 없는 여자, 요컨대 얼간이 취급을 받고 있는 것이다.

이소끼찌의 식사가 끝나자 오겐은 바구니를 들고 달려나가 결국은 봉지로 파는 탄을 사다가 불을 피우면서 오늘 오또꾸와 쪽문 일로 말다툼을 했던 일, 바깥주인이 쪽문을 보고 한 말 따위를 주저리주저리 들려주었지만 이소는 '그러냐'고도 하지 않았다.

그러다가 이소가 졸린 듯 커다란 하품을 하기에 오겐은 때에 전 얇은 이불을 한장 깔고 한장은 덮고 둘이서 한몸처럼 되어 고개를 처박고는 잠이 들어버렸다. 벽의 빈틈이니 바닥에서 차가운 밤바람이 스며들어 두 사람은 손발도 한껏 움츠렸지만 그래도 이소의 등짝은 반쯤 밖으로 나와 있었다.

중

12월에 들어서자 갑자기 추위가 더해지면서 서리가 내리고 얼음이 어는 등 토오꾜오 교외는 느닷없이 겨울색을 발휘하여, 유행하는 교외 생활을 따라 처음으로 교외에 살게 된 사람들을 놀라게 만들었다. 하지만 오오바 신조오는 익숙해져 있어서 장화를 신고 두꺼운 외투를 입고 태연히 통근했고, 첫 일요일엔 하늘이 드맑게 개고 태양이 휘황하게 빛나 산들바람도 불지 않는 봄날이 다시 돌아온 듯하여 신조오와 오끼요는 집을 보고 노모와 아내는 레이 짱과 오또꾸를 데리고 시내로 장을 보러 나갔다.

교외에서 시내로 가는 것을 토오꾜오에 가는 거라며 나들이에 익숙하지 않은 여자들은 외출준비에 난리를 쳤다. 그래서 노모를 비롯해 아내와 딸, 오또꾸까지 옷을 갈아입느니 뭐 하느니 한바탕 소동을 벌였는데 나가버리고 나니 갑자기 쥐죽은 듯 조용해져서 집 안은 인기척이 끊긴 듯했다.

신조오는 메이셴(銘仙, 꼬지 않은 실로 거칠게 짠 비단—옮긴이)으로 된 누비 잠옷 위에 헤꼬오비(兵古帶, 어린이나 남자용의 한폭짜리 허리띠—옮긴이)를 두른 채로 햇볕이 잘 드는 서재에 드러누워 신문을 읽고 있다가 점심때쯤 되어 무료해져서 서재를 나와 툇마루를 어슬렁거리고 있으려니

"형부" 하고 장지문 너머로 오끼요가 말을 걸었다.

"뭡니까?"

"호호호 '뭡니까?'라뇨. 점심에는 아무것도 없어요."

"카시꼬마이리마시따('잘 알겠습니다'의 정중한 말투인 카시꼬마리마시따의 말장난으로 '거기 갔사옵니다'라는 의미—옮긴이)."

"오호호호 '카시꼬마이리마시따'라고 해도 정말 아무것도 없다니까요."

이쯤에서 신조오가 오끼요가 있는 방 장지문을 열자 안에서 오끼요가 부지런히 바느질을 하고 있다.

"열심이구면."

"레이 짱 두루마기예요. 무늬가 좋죠?"

신조오는 거기엔 대답하지 않고 방을 둘러보다가

"햇볕이 좀더 잘 드는 방에서 하면 좋을 텐데. 화로도 없잖아."

"아직 손이 시릴 정도는 아니에요. 게다가 요즘 검약하기로 정했으니까."

"뭘 검약한다는 거지?"

"석탄요."

"탄값이 오르기는 했지만 우리집에서 갑자기 그걸 절약할 정도는 아니지."

신조오는 가사일에는 일절 관여하지 않으니 아무것도 모르고 있는 것이다.

"무슨 소리예요, 형부. 11월에조차 한달 탄값이 쌀값보다 훨씬 더 들었는걸요. 이제부터 12월, 1월, 2월, 그리고 3월까지 한참 탄을 많이 써야 하니까 할 수 있는 대로 검약하지 않으면 큰일나요. 오또꾸가 아침부터 저녁까지 탄이 많이 든다, 탄값이 비싸다, 하고 우는소리를 하는 것도 무리는 아니라고요."

"그렇지만 탄값 아끼다가 감기라도 걸리면 탈이잖아."

"설마 그러기야 하려고요."

"그래도 오늘은 다행히 따뜻하네. 어머니도 오늘은 괜찮으시겠지." 하고 양손을 뻗어 늘어지게 하품을 하더니

"몇시나 되었나?"

"이제 금세 12시가 될걸요. 점심 먹을까요?"

"아니, 아직 배가 전혀 안 고픈걸. 회사라면 지금쯤 점심 도시락을 한참 기다리고 있을 텐데" 하면서 그곳을 나와 주방이니 하녀 방까지 들여다보았다. 하녀 방은 지금까지 들어간 적이 없었지만 가만 보니 창문이 두 뼘쯤이나 열려 있어, 무심결에 그리로 고개를 쑥 내밀었더니 바로 눈 아래에 이웃집 오겐이 있었는데, 무심코 치켜든 그녀의 얼굴과 딱 마주쳤다.

오겐은 갑자기 얼굴이 홍당무가 되더니 매우 당황하여 목소리를 겨우 내면서

"댁에서는 이렇게 고급 탄을 쓰시는군요, 대단하시네요" 하고 손에 들고 있던 사꾸라 목탄 쪽으로 말머리를 돌렸다. 창 아래는 목탄 가마

니가 입을 벌린 채 늘어져 있었는데, 오겐이 쪽문에서 우물가로 가려면 이곳을 지나갈 수밖에 없었다.

신조오 역시 잠깐 당황한 나머지 뭐라 답할지 모르다가

"탄에 관해서는 저도 잘 몰라서……" 하고 싱긋 웃고는 그대로 고개를 움츠렸다.

신조오는 곧장 서재로 돌아와 오겐의 행동에 대해 생각했지만 쉽게 판단이 서질 않는다. 오겐이 탄을 훔치고 있었다는 것이 우선 드는 생각이었지만 신조오는 그대로 확신할 수는 없었다. 실제로 그저 탄을 보고 있었을지도 모른다. 지나가다가 무심결에 손에 들고 보고 있는데 갑자기 다른 사람이 내려다보는 바람에 이유없이 얼굴을 붉혔을지도 모른다. 더구나 자기가 보았으니 당황했는지도 모른다. 이렇게 생각하자면 할 수도 있는 것이다. 신조오는 가능하면 후자 쪽 판단을 따르고 싶었기 때문에 결국 그렇게 마음을 정하고 어쨌든 이 일은 아무에게도 말하지 않기로 했다.

하지만 만약 훔치던 것이라면 내버려두는 것은 뒤끝이 좋지 않겠다 싶었지만, 한번 들켰으니 설마 나쁜 짓을 계속하지는 못하리라 생각하여 더욱더 이 일은 입 밖에 내지 않는 것이 옳다고 믿었다.

어찌 되었든 오또꾸 말대로 그곳에 대나무 쪽문을 정원사에게 만들게 한 것은 별로 좋은 방법이 아니었다는 생각이 들었다.

오후 세시가 지나 시내에 갔던 일행이 돌아왔다. 모두들 거실에 모여 앉아 이러쿵저러쿵 오늘 보고 들은 것들을 한번 더 되풀이해서 이야기꽃을 피우고 있었다. 오끼요는 물론이고 신조오 또한 끌려나와 맞장구를 쳐가며 들어주어야 했다. 레이 짱이 심바시의 칸꼬오바(勸工場, 메이지 타이쇼오 시대에 한 건물 안에 여러 개의 상점이 들어서 있던 곳으로 백화점의 전신—옮긴이)에서 커다란 인형을 사달라고 졸라댔다는 둥, 전차 안에 술주정꾼이 있어 사람들을 괴롭혔다는 둥, 신조오를 보며 아내가, 당신은 추위를 타니 다이또꾸에서 최고급 수입품 셔츠를 사왔다는 둥, 시내에 나가면 아무래도 생각보다 돈을 더 쓰게 된다는 둥. 이야기가 왔다갔다 끝이 없었다. 그리고 듣는 사람보다 떠들어대는 쪽이 훨씬 즐거워 보였다.

일단 이런 소란이 일단락되자 오또꾸는 갑자기 무언가 생각났다는 듯이 일어나 부엌문으로 나가더니 얼마 후에 돌아와서 묘하게 심각한 얼굴로 눈을 동그랗게 뜨고는

"어머나 세상에!" 하고 나지막이 말하더니 사람들의 얼굴을 둘러보았다. 다들 무슨 일인가 싶어 오또꾸의 얼굴을 바라보았다.

"정말 세상에!" 하고 한번 더 말하더니 "오끼요 상, 오늘 밖에서 목탄 안 꺼내셨죠?" 하고 물었다.

"아니, 나는 바구니에 있던 것만 썼어."

"그거 보라니까. 내가 얼마 전부터 어쩐지 이상하게 탄이 줄어든다, 아무리 탄장수가 나쁜 꾀를 써서 바닥만 두껍게 한다고는 해도 이렇게 갑자기 줄어들 수는 없다, 싶더라구요. 그래서 내가 짚이는 데가 있어 어제 오겐 상 없을 때 장지문으로 안을 살짝 들여다봤거든요. 그랬더니 어땠는지 아세요?" 하고 한층 더 목소리를 낮추더니 "그 고물 화로에 사꾸라가 떡하니 두 덩이나 들어앉아 재가 덮여 있지 않겠어요? 그걸 보고 내가 이건 틀림없다 싶어 노마님께 먼저 말씀을 드릴까 하다가, 어디 한번 함정을 파서 시험을 해보고 나서 하자 싶어 오늘 해봤거든요" 하고 오또꾸는 히죽 웃었다.

"무슨 함정을 팠는데?" 오끼요는 걱정스럽게 물었다.

"오늘 나가기 전에 위에 늘어놓은 목탄에다 일일이 표시를 해두었어요. 그런데 어떻게 되었을까요? 지금 보니 표를 해둔 사꾸라 네 덩이가

모조리 없어져버린 거예요. 그리고 토탄 큰 것 두 개도 위에 올려놓고 표를 해놨는데 그것도 없어요."

"어머나, 어떻게 된 걸까?" 오끼요는 질려버린 모양이었다.

노모와 아내는 얼굴을 마주 보며 잠자코 있었다. 신조오는 이런, 마침내, 하고 생각했지만 오늘 본 일을 털어놓는 것은 역시 미루기로 했다. 요컨대 신조오는 차마 그렇게까지 할 수가 없었던 것이다.

"그러니 목탄 도둑이 누군지 이제 알았어요. 어떻게 할까요?" 하며 오또꾸는 다들 이 대사건에 놀라 시끌시끌 논평을 시작해주리라 기대했던 것인지, 오끼요가 소리를 낸 것 말고는 바깥주인을 비롯해 다들 잠자코 있는 것에 김이 빠진 듯이 이렇게 물었다. 한동안 아무도 입을 열지 않다가 "어떻게 하긴, 뭘 어떡해?" 하고 오끼요가 되묻자 오또꾸는 답답해졌다.

"탄 말이에요. 탄을 저대로 그냥 두면 이제부터 얼마든지 훔쳐갈 거예요."

"부엌 처마 밑은 어떨까?" 하고 신조오는 내버려두어도 오겐이 앞으로 쉽사리 훔쳐낼 수 없으리라는 것을 알지만 그 이유를 밝히지 않기로 마음을 굳힌 터라 할 수 없이 이렇게 말했다.

"꽉 찼어요." 오또꾸는 단칼에 잘랐다.

"그렇군" 하고 신조오는 입을 다물어버렸다.

"그럼 이렇게 하면 어떨까? 오또꾸 방 선반 밑을 치우고 당분간 거기다 탄을 넣어두기로 하면. 그리고 오또꾸의 물건은 가운뎃방 선반을 정리하고 넣어두고" 하고 아내가 의견을 내었다.

"그럼 그렇게 하죠." 오또꾸는 금세 찬성했다.

"오또꾸에겐 좀 미안하지만" 하고 아내가 덧붙였다.

"아뇨, 저는 '가운뎃방' 선반에 옷을 넣어두면 더 좋아요."

"그러면 우선 그렇게 정하기로 하고, 애당초 헛간을 빨리 만들라는 데 신조오가 우물쭈물하고 있으니까 이런 일이 벌어지는 거예요. 헛간만 있었으면 별일 없었을 것을" 하고 노모가 이제야 입을 열었다 싶더니 헛간에 대한 불평. 신조오는 머리를 긁으며 웃었다.

"아니, 이런 일이 생긴 것도 대나무 쪽문 때문이죠. 그래서 제가 거길 열어놓는 것은 도둑에게 문을 만들어주는 거라고 했던 거예요. 이제 와보니 도둑이 도둑 문을 만든 거로군요" 하고 오또꾸가 자기도 모르게 흥분된 소리로 말하는 것을 노모는 얼른

"조용히, 조용히. 그렇게 큰 소리를 냈다가 들으면 어떻게 하려고. 나도 거기를 열어두는 것은 싫지만 이미 열어둔 것을 이제 와서 갑자기 어떻게 할 수는 없지. 지금 거길 막아버리면 이웃간에 뜨악해져. 정원사네도 언제까지나 저런 헛간 같은 데서 살 순 없을 테니 이사를 하든지 어떻게 하겠지. 그러고 나면 거기를 막기로 하고 지금은 그저 아무 말 없이 모르는 체하고 있어. 오또꾸도 절대로 오겐 상에게 탄이 어쩌고 해선 안돼요. 눈앞에서 훔치는 걸 본 것도 아니고 또 탄을 좀 훔쳤기로서니 그걸로 평지풍파를 일으켜 저런 사람들한테 원한을 사면 오히려 손해니까, 정말." 노모는 그녀 나름의 걱정을 열심히 늘어놓았다.

"정말로 그래요. 오또꾸가 자칫 오겐 상에게 빈정거리기라도 했다가는 큰일나요. 적반하장이라고 무슨 짓을 당할지 모르니까. 나는 그 남편 이소가 무섭더라구요. 묘한 데가 있는 남자라서. 그런 녀석들은 겁 없이 달려들거든" 하고 오끼요 역시 노모와 마찬가지 걱정. 노모도 이소 끼찌 이야기는 꺼내지 않았지만 내심으로는 물론 그런 걱정이 있었다.

"뭘요, 그 사람도 그냥 남자예요" 하고 신조오는 일어서면서 "어쨌든 얽히지 않는 것이 좋지" 했다.

신조오는 자기 서재로 돌아갔고 탄 이야기도 일단락이 되어 오또꾸

와 오끼요는 서둘러 저녁 준비를 시작했다.

오또꾸는 오겐이 어떤 얼굴을 하고 나타날까 싶어 내심 기다리고 있었지만, 저녁때면 늘 물을 길러 오던 사람이 모습을 보이지 않아 이상하게 여겼다.

해가 지고 한시간이나 지나서 이소끼찌가 물을 길러 왔다.

하

오겐은 신조오에게 들켰지만 용케 속여넘겼다고 생각했다. 공교롭게도 신조오가 창문으로 내려다보았을 때는 토탄을 소맷자락에 넣고 사꾸라를 앞치마에 싸서 왼손으로 누르고 하나 더 집으려던 참이었지만, 워낙 사람이 좋고 의심할 줄 모르는 양반이니 아마도 눈치채지 못했으리라 믿었다. 하지만 저녁때가 되니 아무래도 물을 길러 갈 마음이 들지 않았다.

그래서 이소끼찌가 일터에서 돌아오기 전에 이불을 뒤집어쓰고 누워버렸다. 누워 있어도 잠은 들지 않는다. 때에 전 얄따란 이부자리도, 밤에는 이소끼찌와 둘이서 자니 서로의 체온으로 한기를 녹인다지만 혼자서는 널빤지처럼 딱딱하게 몸에 감기질 않으니 일어나 있는 것보다 훨씬 춥게 느껴진다. 덜덜 떨려오는 바람에 팔다리를 한껏 움츠리고 동그랗게 몸을 만 것을 보면 사람이 누워 있다고는 보이지 않을 정도다.

이것저것 생각하자 기분이 나빠졌다. 가난에는 길이 든 오겐이지만 아직 도둑질에는 익숙하지 않았다. 얼마 전부터 찔끔찔끔 훔쳐낸 석탄이 많지는 않다지만 확실히 남의 눈을 피해 타인의 물건을 훔쳐낸 것은 이번이 처음이라 거기 생각이 미치면 지금까지 없었던 불안을 느끼게 된다. 이 불안 속에는 공포와 수치심도 섞여 있었다.

눈앞에 생생하게 오늘 일이 떠오른다. 내려다보는 바깥주인의 얼굴이 확실히 나타난다. 그리고 당황하여 석탄을 오자미처럼 놀리고 있던 것을 생각하면 얼굴에 불이 붙는 것 같았다.

"정말 어쩌면 좋아" 하고 오겐은 자기도 모르게 소리쳤다. 그리고 서서히 화가 치밀어왔다. "만약 들켰으면 어쩌지?" "들켰을 리가 없지. 그 양반은 호인인걸." "호인이라는 건 다른 거지." "호인은 둔하거든" 하며 바쁘게 혼자서 묻고 대답하다가

"둔하지, 둔해. 멍청이라고." 무심결에 다시 소리치고는 "홍, 들킬 리가 없지" 하고 덧붙였다. 그리고 이불에서 고개를 내밀어보니 해가 지고 입구의 장지문에 달빛이 비치고 있었다. 하지만 일어나 램프 불도 켜지 않고 그냥 고개를 처박고 다시 동그랗게 몸을 말았다. 그 참에 이소끼찌가 돌아왔다.

머리가 쪼개질 듯이 아파 누워 있다는 소리를 듣고 이소는 별로 화를 내거나 놀라지도 않고 직접 불을 켜고, 주전자 물이 식어 있어서 화로에 탄을 집어넣고 물도 길러 갔다. 물이 끓기를 기다리는 동안 담배를 뻐끔뻐끔 피우다가

"어떻게 아파?"

대답이 없자 이소는 동그랗게 솟아오른 이불을 잠시 바라보다가

"어이, 어떻게 아프냐고?"

여전히 대답이 없자 이소는 입을 다물어버렸다. 그러는 동안 물이 끓어 언제나처럼 얼음같이 찬 밥에 더운물을 부어 단무지를 아삭아삭, 기다렸다는 듯이 먹기 시작했다.

이불 속에서 오겐이 훌쩍이는 소리가 들렸지만 이소에게는 반찬을 씹는 소리와 밥을 우겨넣는 소리 때문에, 그리고 맛이 있어 정신이 없

는 통에 들리지도 않았다. 그리고 밥을 다 먹을 쯤에는 훌쩍이는 소리도 그쳤다.

이소가 화로 가장자리를 땅땅 하고 두드리기 시작하자 이불이 꼼지락꼼지락 움직이더니 마침내 오겐이 반쯤 이불을 감고 일어나 앉았다. 앞이 열려 무릎이 좀 나왔지만 덮으려고도 하지 않는다. 바라보니 상기되어 얼굴이 빨갛고 눈은 눈물로 젖은 채 연신 훌쩍이고 있다.

"도대체 무슨 일이야, 어?" 하고 이소가 물었지만 이 남자의 성품상 놀라거나 당황하는 모습은 전혀 보이지 않는다.

"이소 상, 나는 정말 지긋지긋해" 하고 말을 꺼내더니 오겐은 울음 섞인 소리로

"당신이랑 함께 산 지 3년이 되었지만, 그동안 정말이지 먹는 둥 마는 둥 오늘은 좀 낫다 싶은 날이 단 하루라도 있어야 말이지. 내가 뭐 편하게 살자는 건 아니지만 이건 정말 너무하다고 생각해. 당신 이건 정말 거지랑 다를 바가 없잖아. 당신은 그렇게 생각 안해?"

이소는 잠자코 있다.

"이래서야 그저 연명하는 거 아냐? 굶어죽는 사람은 세상에 별로 없으니까 먹고사는 것뿐이라면 누구나 하는 거야. 그건 너무 한심하다고 생각해." 소매로 눈물을 훔치더니 "당신도 훌륭한 기술자 아냐, 거기다 단둘이 사는 거고. 그런데 뭐냐고, 천날만날 가난뱅이로, 그 가난도 그냥 가난이 아니지. 제대로 된 집에는 한번도 살지 못하고 언제나 이런 헛간이나……"

"그렇게 언제까지나 주저리주저리 늘어놓지 마" 하더니 이소는 여전히 오겐 쪽은 보지도 않고 거칠게 곰방대를 두드리며 말했다.

"당신 화를 내려면 얼마든지 내. 오늘밤만은 나도 할 말은 할 테니까" 하고 오겐은 내처 말했다.

"가난을 좋아하는 놈은 없어."

"그렇다면 어째서 당신은 한달에 열흘은 꼭 놀아? 당신은 술도 안 마시고 다른 짓도 안하니까 제대로 일만 열심히 해준다면 이렇게 가난하게 안 살 텐데……"

이소는 화로의 재만 바라보며 잠자코 있다.

"그러니까 당신이 조금만 더 애를 써준다면 지금처럼 봉지탄도 제대로 못 사는 한심한……"

오겐은 이불에 엎드려 울음을 터뜨렸다. 이소는 벌떡 일어서더니 토방으로 내려가 아사우라(麻裏, 삼실로 엮은 끈목을 바닥에 댄 일본 짚신—옮긴이)를 꿰어신고 밖으로 뛰쳐나갔다. 밖에는 달이 밝고 바람도 없었지만 뼈에 사무치는 추위에 이소는 서둘러 신작로로 나서 일고여덟 블록이나 지나 킨지라는 친구가 있는 집을 찾아갔다. 열시가 넘도록 장기를 두고 놀다가 돌아오는 길에 1엔만 빌려달라고 부탁했다. 내일이면 모르지만 오늘은 한푼도 없다며 거절을 당했다.

돌아오는 길에 탄 가게가 있다. 이 가게는 술이나 장작, 그리고 석탄도 달아 파는 곳으로 오오바네도 이 가게에서 땔감을 사고 오겐 역시 이 가게로 탄을 사러 온다. 신작로의 가게는 빨리 문을 닫아 이 집도 이미 닫혀 있었다. 이소는 잠시 동안 이 집 앞을 오락가락하다가 갑자기 가게 처마 아래 쌓여 있는 석탄자루 하나를 불쑥 어깨에 지고는 바로 옆의 논길로 빠져버렸다.

서둘러 돌아와 토방에 풀썩 자루를 내려놓는 소리에 울다 지쳐 잠이 든 오겐은 눈을 떴지만 소리를 내지는 않았다. 그리고 지금 무슨 소리가 났는지는 마음에도 두지 않았다. 이소 역시 그대로 오겐의 뒤쪽에서 이불 속으로 파고들었다.

이튿날 아침이 되어 오겐은 탄자루를 발견하고 놀라서

"이소 상, 이건 어떻게 된 거야, 이 탄자루는?"

"사왔지" 하고 이소는 이불을 뒤집어쓴 채 대답했다. 밥이 될 때까지 이소는 이부자리에서 나오지 않는다.

"어디서 샀는데?"

"어디서 사든 무슨 상관이야."

"물어보면 어때서?"

"하쯔꼬오네 옆 가게야."

"세상에 왜 그렇게 먼 데서 샀는데…… 어머, 당신 오늘 쌀 살 돈을 써버린 건 아니지?"

이소는 일어나더니 "당신이 봉지탄도 못 산다는 둥 하고 시끄럽게 잔소리를 해대니까 어젯밤에 킨꼬오네 집에 가서 빌리려고 했더니 없다잖아. 그래서 곧장 하쯔꼬오네로 갔지. 탄을 사게 조금만 빌려달라니까 한자루 정도는 우리 술가게에서 가져가라고 큰소리를 치기에 바로 그 집에서 하쯔꼬오 이름으로 가져온 거야. 그 정도면 네댓새는 가겠지."

"어머, 그래?" 하며 오겐은 기뻐했다. 바로 풀어보고 싶었지만 나중에 하자 싶어 부지런히 아침 준비를 하면서 "응, 네댓새가 아니라 우리 집 같으면 열흘은 가요."

어젯밤 이소끼찌가 뛰쳐나간 뒤 오겐은 이런저런 생각 끝에, 남편에게 열심히 일하라고 권한 이상 자기도 속을 썩이면서 누워 있어봤자 아무것도 안된다, 또 옆집에도 얼굴을 내밀지 않으면 오히려 의심을 받을 것이라 생각했던 것이다.

그래서 평소처럼 도시락을 들려 이소끼찌를 내보내고 나서 자기도 밥을 먹고는 대충 치워놓고 양동이를 들고 쪽문을 열었다.

오끼요와 오또꾸가 밖에 나와 있었다. 오끼요는 오겐을 보더니

"오겐 상, 안색이 너무 나쁘네. 무슨 일 있었어?"

"어제부터 감기에 좀 걸려서요……"

"조심해요, 아프면 안되지."

오또꾸는 "안녕" 하고 짤막하게 인사를 하고는 아무말도 없다. 그러고는 탄자루가 쌓여 있지 않은 것을 본 오겐의 안색이 변하며 눈이 휘둥그레지는 것을 보더니 히죽 웃었다. 오겐은 또 재빨리 이것을 눈치채고 오또꾸의 얼굴을 노려보았다. 오또꾸는 이렇게 노려본다면 싸워야지, 하고 뭔가 지독하게 비꼬아주고 싶었지만 오끼요가 곁에 있어 참고 있는데 열여덟아홉살 된 마스야의 사환아이가 쪽문 쪽으로 들어왔다. 마스야란 어젯밤 이소끼찌가 탄을 훔친 가게였다.

"여러분 안녕하세요?" 하고 인사를 하는 둥 마는 둥 하다가 어제까지 집 밖에 쌓아두었던 탄자루들이 안 보이자 "어라, 탄은 어디다 치우셨나요?" 했다.

오또꾸는 기다렸다는 듯이

"응, 다 집 안으로 들여놨어. 밖에 두는 건 불안해서. 이 비싼 탄을 한조각이라도 도둑맞으면 속상하잖아" 하고 오겐을 보자 오끼요가 오또꾸를 쏘아본다. 오겐은 물을 길어 두세 걸음 걷기 시작한 참이었다.

"정말 불안하다니까요. 우리 가게에서도 어젯밤에 결국 한자루 도둑맞았어요."

"어쩌다가?" 오끼요가 물었다.

"밖에다 쌓아둔 채로 그냥 내버려두니까요."

"무얼 훔쳐갔는데?" 오또꾸는 끈질기게 오겐을 보면서 물었다.

"고급 사꾸라예요."

오겐은 그들의 이야기를 들으면서 이를 앙다물고 비틀거리며 쪽문 밖으로 나왔다.

토방에 들어서면서 양동이를 내던지듯이 내려놓고는 서둘러 탄자루의 주둥이를 열어보았다.

"이런, 사꾸라네!" 하고 자기도 모르게 외쳤다.

*

오또꾸는 노모와 아내에게 호되게 야단을 맞았다. 오끼요는 날이 저무는데도 오겐의 모습이 보이지 않자 걱정이 되어 마음도 풀어줄 겸 감기는 어떤지 겸사겸사 오겐을 찾아갔다. 집 안이 너무나 조용해서 "오겐 상, 오겐 상" 하고 불러보았다. 대답이 없어 머뭇머뭇 장지문을 열어보니 오겐은 탄자루를 발받침으로 삼은 듯 토방 한가운데 대들보에 허리띠로 목을 매 죽어 있었다.

이틀이 지나 대나무 쪽문은 치워졌다. 그리고 전처럼 산울타리가 쳐졌다.

그러고 나서 두달쯤 지나 이소끼찌는 오겐과 비슷한 연배의 여자를 마누라 삼아 시부야 촌에 살고 있었지만 역시 돼지우리 같은 집이었다.

더 읽을거리

『운명론자』(편집부 옮김, 책으로 2003)는, 자기도 모르는 사이에 아버지가 다른 여동생과 결혼하게 된 주인공 때문에 작가의 출생의 비밀과도 연관하여 화제가 되었던 작품인데 쿠니끼다 작품의 한글 번역은 이것이 유일하다.

夏目漱石

| 나쯔메 소오세끼 |

1867~1916

토오꾜오 출생. 토오꾜오제국대학 영문과 졸업. 마쯔야마 중학, 쿠마모또 5고의 영어교사를 거쳐 문부성 유학생으로 영국 유학. 귀국 후에는 제1고 교사, 토오꾜오제국대학 강사로서 영문학을 가르쳤다. 『나는 고양이로다(吾輩は猫である)』에 이어 『도련님(坊つちやん)』『풀베개(草枕)』 등 왕성한 창작활동을 전개했고 『산시로오(三四郎)』『그러고 나서(それから)』『문』 등을 쓴 후, 위궤양으로 생사의 기로를 헤매다가 회복되어 이른바 후기 3부작으로 꼽히는 『피안 지나서(彼岸過迄)』『행인』『마음』 등 인간 존재를 깊이 응시하는 장편들을 발표했다. 그의 작품은 당시 일본 문단을 풍미하던 자연주의와 구별되어 세속을 잊고 인생을 관조하는 세계로 '여유파'라 불리며 호응을 받았다.

■ 이상한 소리 変な音

　　나쯔메 소오세끼는 비교적 밝고 명랑한 소설들을 쓰기도 했지만 인간의 어둡고 깊은 내면에 대한 성찰과 죽음에 대한 응시에서 오히려 그의 진면목이 드러난다 하겠다. 이 작품에서도 죽음과 삶을 초월해 있는 듯한 작가의 시선이 느껴진다. 그가 '여유파'라 불리는 이유 가운데 하나일 것이다.

이상한 소리

상

　까무룩 잠이 드는가 싶더니 눈이 뜨였다. 옆방에서 묘한 소리가 난다. 처음에는 무슨 소린지 어디서 나는 소린지 정확히 알 수 없었지만 듣고 있노라니 점차 귓속에 정리된 관념이 만들어졌다. 아무래도 강판으로 무 같은 것을 조심조심 갈고 있는 것이 틀림없다. 분명히 그렇다고 생각했다. 그렇지만 지금 이 시간에 무얼 하려고 옆방에서 무를 갈고 있는 것인지 짐작이 가지 않는다.

　말하는 걸 잊었는데 여기는 병원이다. 밥하는 사람은 저 멀리 반 블록이나 떨어진 두 층 아래 부엌까지 가지 않으면 한 사람도 없다. 병실에서는 취사는 물론 과자를 먹는 것도 금지되어 있다. 더구나 지금 이런 시간에 무엇 때문에 무를 갈고 있단 말인가. 이건 분명히 다른 소리를 무 가는 소리로 잘못 듣고 있는 게 틀림없다고 금세 마음을 고쳐먹었지만 자, 그렇다면 도대체 어디서 왜 이런 소리가 나는 것인지를 생각하면 도통 이해가 되질 않는다.

　나는 이해가 안되는 채로 좀더 의미있는 일에 머리를 쓰려고 해보았다. 하지만 일단 귀에 들어온 이 이상한 소리는, 그것이 계속해서 나의 고막에 하소연을 하고 있는 한, 묘하게 신경에 거슬려 도저히 잊어버릴 수가 없었다. 주변은 쥐죽은 듯이 조용하다. 이 건물에 불편한 몸을 의탁한 환자들은 약속이라도 한 듯이 입을 다물고 있다. 자고 있는지 생각에 잠겨 있는지 이야기하는 사람은 하나도 없다. 복도를 걷는 간호사들의 슬리퍼 소리조차 들리지 않는다. 그런데 이 사악사악 하고 무언가를 갈아대는 이상한 울림만이 신경에 거슬린다.

내 방은 원래 특실로 두 칸이 이어져 있던 것을 병원 형편에 따라 둘로 나눠놓았기 때문에 화로 등이 놓인 부속실 쪽은 그냥 벽이 옆방과 경계를 이루고 있지만 이부자리가 깔려 있는 6첩방에는 동쪽으로 6자짜리 벽장이 있고 그 옆이 바쇼오후(芭蕉布, 파초로 짠 섬유, 오끼나와 특산품—옮긴이)로 된 장지문으로, 바로 옆으로 오갈 수 있게 되어 있다. 이 칸막이를 드륵 열기만 하면 옆방에서 무얼 하고 있는지 쉽게 알 수가 있으련만 남에게 그런 무례를 범할 정도로 대단한 소리는 물론 아니었다. 마침 점차 더워져가는 시기이니 마루 쪽은 언제나 활짝 열어둔 채였다. 마루는 원래 이 건물 전체에 길고 좁게 이어져 있다. 하지만 환자들이 마루로 나와 서로 마주치게 되는 불편을 막기 위해 일부러 두 병실마다 문을 따로 달아 경계를 삼았다. 그것은 판자 위에 가느다란 나무로 열십자를 새긴 세련된 것으로, 청소하는 아이가 아침마다 걸레질을 할 때면 아래층에서 열쇠를 가져다가 일일이 이 문을 여닫곤 했다. 나는 일어나서 문턱에 섰다. 그 소리는 이 여닫이문 뒤에서 나는 모양이다. 문 아래쪽이 두 치 정도 뚫려 있지만 거기로는 아무것도 보이지 않았다.

이 소리는 그후로도 곧잘 되풀이되었다. 어느때는 5,6분씩 계속되어 나의 청신경을 자극하는 적도 있었고 어떤 때는 그 절반도 가지 않고

뚝 그쳐버리기도 했다. 하지만 그것이 무엇인지는 결국 알 기회가 없이 지나갔다. 환자는 조용한 남자였지만 때때로 한밤중에 작은 소리로 간호사를 깨우곤 했다. 간호사는 또 기특한 여자여서 조그맣게 한두 번 부르면 상냥하고 기분좋게 '네' 하고 대답하며 바로 일어났다. 그리고 환자를 위해 무언가 하는 모양이었다.

　어느날 옆방이 회진 차례가 되었는데 평소보다 훨씬 품이 드는구나, 생각하고 있자니 나지막한 소리로 이야기하는 것이 들렸다. 그런데 두세 사람의 말이 뒤엉켜 좀처럼 매듭이 지어지지 않는 듯한 답답한 기운이 감돌았다. 마침내 의사의 음성으로, 어차피 그렇게 금세 나을 리는 없으니까요, 하는 말만이 확실히 들렸다. 그러고 나서 이삼일 지나 그 환자 방에 조심조심 드나드는 인기척이 있었지만 모두들 자신의 행동을 환자에게 삼가듯이 조심스레 움직이는 듯하다고 여기고 있는 동안 환자 자신도 그림자처럼 어느샌가 어디로 사라져버렸다. 그리고 바로 이튿날부터 새 환자가 들어와 입구의 기둥에 하얗게 이름을 적은 검은색 표찰이 내걸렸다. 앞서 말한 사악사악 하는 묘한 소리는 결국 확인하지 못한 채 환자가 퇴원을 해버린 것이다. 그러는 사이 나 역시 퇴원을 했다. 그리고 그 소리에 대한 호기심은 그것으로 사라졌다.

하

　석달쯤 지나 나는 다시 같은 병원에 들어갔다. 병실번호도 전과 숫자 하나가 다를 뿐으로, 말하자면 지난번 방의 바로 서쪽이었다. 벽 하나 건너 옛 처소에는 누가 있을까, 마음을 썼지만 하루 온종일 아무 소리도 나지 않는다. 비어 있는 것이다. 하나 더 앞쪽이 바로 그 이상한 소리가 나던 곳이지만 여기엔 지금 누가 있는지 알 수 없었다. 나는 그후에 겪은 몸의 변화가 너무나 극적이었던데다가, 그 격렬함이 머리에 반영되어, 지난번의 과거의 그림자에 주어진 동요가 쉴새없이 현재를 향해 파문을 전해오는 까닭에 강판 소리 같은 것은 전혀 떠올릴 여유가 없었다. 그보다는 오히려 자신과 가까운 운명을 지닌 병원 환자들의 경과 쪽이 신경쓰였다. 간호사에게 일등실 환자가 몇명이냐고 물었더니 셋뿐이라는 대답이었다. 병이 심각한가 물었더니 심각한 것 같아요, 한다. 그리고 하루이틀 지나 나는 그 세 사람의 증세를 간호사에게 확인했다. 한 사람은 식도암이었다. 한 사람은 위암이었다. 나머지 한 사람은 위궤양이었다. 다들 오래가지 못할 사람들이랍니다, 하고 간호사는 그들의 운명을 싸잡아 예언했다.

나는 마루 쪽에 둔 베고니아의 조그만 꽃을 보며 소일했다. 실은 국화를 사려던 것이었는데 꽃집에서 1엔 60전이라고 하기에 50전에 팔라고 깎아보아도 흥정이 안되어, 돌아오는 길에 자, 60전 줄 테니 팔아라 해도 역시 깎아주질 않았다. 올해는 큰물이 져 국화가 비싼 것이라고 설명하던, 베고니아를 가져왔던 사람의 말을 떠올리며 번화한 길거리의 엔니찌(緣日, 신불을 공양하고 재를 올리는 날―옮긴이)의 야경을 머릿속에 그려보기도 했다.

마침내 식도암인 남자가 퇴원했다. 위암인 사람은, 죽음이란 체념만 할 수 있으면 아무것도 아니라며 아름답게 죽었다. 궤양 환자는 점점 악화되었다. 한밤중에 눈을 뜨면 가끔씩 동쪽 끝에서 간병하는 사람이 얼음 깨는 소리가 들렸다. 그 소리가 그침과 동시에 환자는 죽었다. 나는 일기에 적어넣었다―'세 사람 가운데 두 사람은 죽고 혼자만 남아 있으니 죽은 사람에 대해 남아 있는 것이 죄스러운 마음이 든다. 그 환자는 구토기가 있어 저쪽 끝에서 이쪽 끝까지 울릴 정도로 소리를 내가며 줄곧 웩웩 토하고 있었는데 요 이삼일 그것이 뚝 그쳐 들리지 않기에 상당히 안정되어 다행이구나 싶더니 실은 너무 지쳐 소리를 낼 힘조차 없었다는 것을 알게 되었다.'

그후 환자는 교대로 들락날락했다. 나의 병은 날이 가면서 조금씩 좋아졌다. 마지막에는 슬리퍼를 끌고 넓은 복도를 여기저기 산책하기 시작했다. 그때 우연찮게 어떤 상주 간호사와 말을 주고받게 되었다. 따스한 날 오후, 식후의 운동 삼아 수선화의 물을 갈아주려고 세면실에 가서 수도꼭지를 틀고 있는데 그 간호사가 자기가 맡은 병실의 찻잔을 씻으러 와서 언제나처럼 인사를 하며 잠시 내 손에 들린 붉은 화분과 그 안에 치솟듯 올라온 구근을 바라보다 말고 눈을 내 옆얼굴로 옮겨 지난번 입원하셨을 때보다 안색이 훨씬 좋아지셨네요, 하며 석달 전의 나와 지금의 나를 비교하는 듯한 얘기를 했다.

"지난번이라니, 그때 자네도 간병인으로 여기 와 있었던 건가?"

"예, 바로 옆방이었죠. 한동안 ○○씨 옆에 있었는데 모르셨나봐요."

○○씨라면 그 이상한 소리가 나던 동쪽 옆방이었다. 나는 간호사를 보고, 이 사람이 그때 한밤중에 부르면 '네' 하고 상냥하게 대답하며 일어나던 여자였나 싶어 조금 놀랄 수밖에 없었다. 하지만 당시 나의 신경을 그렇게나 자극하던 소리의 원인에 대해서는 굳이 묻고 싶은 생각도 없었다. 그래서 아아, 그렇군, 하고는 화분을 닦고 있었다. 그러자 여자가 갑자기 약간 가다듬은 듯한 태도로 이렇게 말했다.

"그무렵 선생님 방에서 가끔 이상한 소리가 났는데……"

나는 갑자기 역습을 당한 사람처럼 간호사를 보았다. 간호사는 이어서 말했다.

"매일 아침 6시쯤 되면 어김없이 나는 것 같더라고요."

"아아, 그거?" 나는 생각났다는 듯이 무심결에 큰소리를 냈다. "그건 말이야, 오토 스트랩(자동숫돌——옮긴이) 소리야. 아침마다 수염을 깎느라고 안전면도날을 숫돌에 얹어 간 거지. 지금도 하고 있어. 거짓말 같으면 와서 봐."

간호사는 그저 헤에, 하고 말했다. 이야기를 들어보니 ○○씨라는 환자는 그 숫돌 소리를 몹시 거슬려하며, 저건 무슨 소리야, 무슨 소리야 하고 간호사에게 물어댔다는 것이다. 간호사가 도저히 모르겠다고 대답하니, 옆방 사람은 아주 좋아져서 아침에 일어나자마자 운동을 하는구나, 그 기계음이 아닐까 부럽다, 하고 몇번이나 되풀이 말했다는 것이다.

"그건 그렇다 치고 그쪽 소리는 뭐였지?"

"이쪽 소리라뇨?"

"왜, 곧잘 무를 가는 듯한 이상한 소리가 났잖아?"

"아아, 그거요? 그건 오이를 가는 소리였어요. 환자가 다리에 열이 나서 못 견디겠다, 오이즙으로 식혀달라고 하셔서 제가 날마다 갈곤 했어요."

"그럼, 역시 강판 소리였구면."

"네."

"그렇군, 이제 겨우 알았네. ——도대체 ○○씨는 무슨 병이었어?"

"직장암이요."

"그럼, 아무래도 어렵겠네."

"네, 벌써 오래전에. 여기서 퇴원하시고 얼마 안되어서였죠, 돌아가신 것이."

나는 묵묵히 내 방으로 돌아왔다. 그리고 오이 가는 소리로 남을 짜증스럽게 하며 죽은 남자와 숫돌 소리로 남을 부럽게 만들며 병이 나은 사람의 차이를 마음속에서 생각했다.

■ 더 읽을거리

『행인』(유숙자 옮김, 문학과지성사 2001), 『그 후』(윤상인 옮김, 민음사 2003), 『문』 (유은경 옮김, 향연 2004) 등은 의식의 심연에 있는 존재의 불안과 공포, 허무 등을 다룬 작품으로 그를 본격적으로 공부하려는 이들에게 도움이 될 것이다. 『열흘 밤의 꿈』(이병하 옮김, 레종북스 2003), 『유리문 안에서』(김정숙 옮김, 민음사) 등이 번역되어 있고, '자기본위'를 주장하며 영국 유학시절의 열등감과 자의식으로부터의 돌파구를 마련했던 1914년의 강연 '나의 개인주의'를 포함하는 『나의 개인주의 외』(김정훈 옮김, 책세상 2004) 등도 나와 있다. 그밖에 『마음』 『도련님』 『나는 고양이로다』 등은 예닐곱 군데에서 중복 번역되어 있다. 『만화 도련님』 (글동산 1997) 『중학생이 보는 도련님』(신원문화사 2005) 등의 청소년용 번역본도 있다.

志賀直哉

| 시가 나오야 |

1883~1971

미야기 현의 귀족 무사 집안에서 태어나 토오꾜오 아자부에서 성장. 우찌무라 칸조오(內村鑑三)의 교회에 다니면서 기독교 교육의 영향을 받았다. 귀족학교인 가꾸슈우인(學習院) 고등과 재학 중 무샤노꼬오지 사네아쯔(武者小路實篤) 등과 회람잡지를 시작했고, 토오꾜오제대 영문과 입학 후 사또미 톤(里見弴), 야나기 무네요시(柳宗悅) 등도 참가하여 똘스또이의 영향을 받아 개인주의·인도주의를 주창한 문학운동잡지 『시라까바(白樺)』를 창간, 「아바시리까지(網走まで)」「면도날」 등을 차례로 발표했다. 대학을 중퇴하고 창작에 몰두하여 뛰어난 단편작가로 명성을 얻었으며 간결한 문체로 당대 일본문학에 큰 영향을 미쳐 '소설의 하느님'이라 불리기도 했다.

■   오오쯔 준끼찌 大津順吉

　　　　기성의 모든 가치관과 기독교, 그리고 아버지의 권위에 반항하는 젊은 청년 준끼찌의 삶과 행동
양식을 통해 자신의 신념이나 욕망을 있는 그대로 긍정하고 관철하려는 작가의 이른바 '자아중심주의'와
뚝심이 느껴지는 작품이다.

오오쯔 준끼찌

제일(弟一)

1

'내 평생에 결코 사랑이라는 것은 오지 않을 거야.'

이런 생각을 하면서 곧잘 쓸쓸해하곤 하던 시기가 있었다. 일에도 전혀 자신이 없었고 '사랑은 무슨!' 하는 씩씩한 소리는 결코 할 수 없었다.

그 무렵 나는 얼치기 기독교도였다.

갖가지 유혹으로부터 먼 처지에 있던 나는 바울의 '그대 음욕을 피하라'라는 가르침을 거의 신조로 삼고 있었다. 나에게 있어 이 신조를 부연하자면, 아내로 삼을 결심을 하지 못하는 여자라면 결코 사랑하지 말라는 이야기였다. 이런 것들이 나를 한층 여자와는 인연이 없는 생활로 이끌었다.

열일곱이 되던 여름 신자가 되었는데 스무살이 넘을 무렵부터 나는 여자에 대한 욕구가 점차 강해졌다. 나는 어딘지 모르게 편벽해져갔다. 그 편벽함이 스스로도 싫었고 보다 자유로운 인간이 되고 싶다는 욕구를 때때로 느끼게 되었다. 하지만 그런 일들로 나의 신앙을 바꾸게 되기까지는 그 무렵의 나로서는 상당히 긴 시간과 동기가 될 만한 여러가지 사건을 필요로 했다.

어릴 때부터 학교를 싫어하고 무엇에든 곧잘 싫증을 내며 재미없는 일에는 전혀 노력을 하지 않던 나는 신앙적인 일에도 사실 게으름뱅이였다. 나는 자신의 신앙은 열일곱살 때부터 줄곧 가르침을 받고 있는 쯔노하즈의 U선생님(당시 토오꾜오신사 가까이 쯔노하즈(角筈)에서 우찌무라 칸조오(內村鑑三, 1861~1930)가 기독교의 강습회를 하고 있었다——옮긴이)께 맡겨놓았다고 생각했다. 물론 선생님은 언제나 이렇게 말하곤 했다. "인간이 마찬가지로 연약한 인간에게 의지하여 신앙을 유지한다는 것만큼 위험한 일은 없어. 첫째 우리가 스승이라 부를 이는 오직 한사람밖에 없다네. 그것은 그리스도지." 하지만 주관이 뚜렷하고 좋은 의미에서 외골수인 선생님은 자기와 조금이라도 다른 신앙을 가지게 된 제자는 그저 드나드는 것조차 못마땅하게 여겼다. 그것은 제자가 된 사람들은 누구나 느끼지 않을 수 없었을 것이다. 더구나 나는 운동하는 것과 소설책 읽는 것 이외에는 거의 할 줄 아는 것이 없던 시절로, 선생님의 생각을 비판할 마음도 없었고 오로지 훌륭한 사상가로 떠받들며 그에 의지하고 있었다.

뿐만 아니라 나는 뭐니뭐니 해도 무엇보다 선생님의 거무스레하고 이목구비 전체가 큼직큼직한, 어쩐지 무섭기도 하지만 친근감이 있는 그 얼굴을 좋아했다. 그 눈은 높다란 콧대로부터 양쪽으로 마음껏 푹 파놓은 듯 날카롭고 깊숙하다. 니체와도 칼라일과도 어딘지 닮았다. 베토벤이 유럽 제일가는 호남이라는 의미에서 선생님은 일본에서 제일가는 얼굴을 가졌다고 나는 혼자서 생각했다.

——'음욕을 피하라'는 말을 신조로 삼고 있는만큼 나에게 가장 불합

리한 가르침은 간음의 계율이었다. 가르침을 접하기 전 서너 해 동안 남자들끼리의 사랑을 자유롭게 행해온 그 습관 때문에도 간음은 내게 있어 거의 유일한 유혹이었다. 나는 가르침을 접하고 오래지 않아 자신의 육체를 격렬히 저주하게 되었다.

그 무렵 나는 레이놀즈(J. Reynolds)의 「천사의 머리」의 사진동판 액자를 내 방 문설주에 걸어두었다. 귀여운 아이의 머리통이 네댓 개, 목덜미에서 나온 조그만 날개로 공중을 날아다니는 그림이다. 육체를 끊임없이 저주하던 나에게 이 그림은 거의 내세에서의 이상이었다.

어느날 선생님이 안 계실 때, 제자들이 한 열명쯤 모여 "부활 때에는 이 육체는 어떻게 될까?" 하는 이야기를 나눈 적이 있다. 문과대학에 다니던 이가,

"영혼만이 날아다닐 거라고는 나는 생각할 수 없어. 만일 무언가 영혼이 깃들 만한 물체가 있어야만 한다면 그것은 지금의 이 육체였으면 좋겠어"라고 말했다. 그러면 나는 곤란하다. 아직 초신자인 까닭에 나는 주저주저 조그만 소리로 말했다.

"저는 목 위 부분만 부활하지 않으면 곤란하다고 생각하는데요. 그렇지 않으면 천국이나 이 세상이나 결국 마찬가지가 되어버릴 것 같아요."

아무도 상대해주지 않았다.

의과대학에 다니던 이가 말했다.

"날마다 학교에서 알코올에 절여진 인간을 보고 있노라면 이 육체가 이대로 부활한다고는 생각할 수 없더라고."

2

이런 이야기를 하던 때로부터 5,6년 지난 어느 크리스마스 밤이었다. 모두 둥그렇게 앉아 식사를 하려는 참에 선생님께서 기분 좋게 일

동을 둘러보시더니,

"이 중에서는 나까노 군과 오오쓰 군이 최고참이구먼" 했다. 나도 그런 소리를 듣게 되었다. 물론 이 오랜 세월 동안 자신의 일이라는 것에 관해서도 이것저것 생각이 바뀌었다.

'결국 나는 전도사가 되거나 할 것 같아'라는, 거룩한 듯도 쓸쓸한 듯도 한 기분이 든 적도 있었다.(종교에 관해 듣기 전에 나는 외국과의 무역으로 큰 부자가 되려고 생각하고 있었다.) 또한 나는 철학자가 되려고 생각한 적도 있었다. 그러다가 마침내 나는 순수문학 쪽으로 가기로 정했다. 하지만 그러는 동안 처음부터 변하지 않고 끊임없이 나를 괴롭혀온 것은 내 육체에 용솟음치는 힘이었다.

언젠가 선생님이 이런 이야기를 했다.

"간음이 커다란 죄라는 것을 진정으로 강조하기 시작한 것은 기독교가 처음이지만 사실 간음은 살인과 같은 정도로 커다란 죄악이지."

나는 이 말에서 소름끼치도록 불쾌한 울림을 느꼈다.

그것은 나의 '마음'과 '몸'이 끊임없이 사랑할 자를 찾아헤매면서 '경우'와 '사상'의 훼방을 받는 그 부조화가 고통스럽기 짝이 없던 때였던 까닭이기도 했다. 그 무렵 나는 내 방의 토꼬노마(床の間, 객실의 상좌에 바닥을 한단 높게 만들어 족자나 꽃 등을 장식하는 곳)에 사람 얼굴보다 조금 큰 비너스 석고 두상을 걸어두었다. 미술품에 대한 애호심 때문이나 문학적인 멋 때문이 아니라 이 석고로 된 여자에게 일종의 애정을 지니고 있어서, 몸부림치게 견딜 수 없는 기분이 들 때면 가끔 나는 그 차갑고 딱딱한 입술에 입맞춤을 했다. 내 코를 비벼댄 비너스의 코가 마침내 거무스레해졌다. 나는 어느날 목욕을 하면서 그것을 들고 들어가 비누로 깨끗이 씻었던 일을 잊을 수 없다.

그런 나는 선생님의 말씀에 반하여 「세끼꼬와 신조오(關子と眞三)」

라는 소설을 그때 썼다. 이것이 나로서는 처음 완성한 소설이었다. 내용은 결혼한 부부 사이에도 간음죄는 있다, 결혼하지 않은 사랑하는 남녀의 성교에도 간음이 아닌 경우는 얼마든지 있다는 생각으로, 도대체 간음이란 무엇인가? 하는 것을 쓴 것이었다.

3

어느날——그날은 유난히 내가 가라앉은 날이었다. 친한 친구 가운데 하나가 요즘 진리를 두려워하기 시작했다. 그런 것들을 나는 홀로 방에 처박혀 생각하고 있었다. 나는 감상을 적어두는 조그만 수첩을 펼쳐 까탈스러운 표정을 지어가며 "인간이 자기가 진리를 아는 일을 두려워하게 되어버린다는 것은 더는 구제할 수 없는 타락이다"라는 식의 이야기를 쓰고 있었다.

그때 하녀가 여자한테서 전화가 걸려왔다고 알려주었다. 흔치 않은 일이어서 나는 약간 가슴을 두근거리며 전화를 받았다.

"이번 수요일에 여러분들이 오셔서 노실 테니 당신도 오시죠……"

"어떤 사람들이 오죠?"

"아끼미쯔 상이니 사또오 레이끼찌 상도 와주실 거예요."

"몇시부턴가요?"

"8시쯤 오세요…… 이번에는 댄스는 하지 않을 테니 부디……"

"웬만하면 가겠습니다."

"웬만하면이라는 둥 하시지 말고 꼭 오세요."

전화를 끊고 이층 방으로 돌아왔을 때 이미 내 기분은 상당히 달라졌다. 나는 방석을 두번 접어 베개 삼아 드러누웠다. 그리고 4,5년 전, 신또미자(新富座)에서 카와까미 오또지로오가 「여우의 재판」과 「떠도는 호궁(胡弓)」이라는 연극을 할 때 옆칸에 있던, 열두세살 정도에 동글동글 살이 찌고 얼굴에는 아무 표정도 없던 혼혈의 여자아이를 떠올렸다.

그때부터 나는 그 아이의 오빠와 알게 되어 두세 번 오간 적이 있다.

일년인가 일년 반 정도 지나 그 남자가 드레스덴으로 가게 되었을 때, 나는 그 집에 초대를 받았다. 동료들끼리 모임이 있어 꽤나 늦게 내가 갔을 때는 식사가 끝나고 응접실의 커다란 테이블에서 전에 본 적이 있는 얼굴들 너덧 명이 열심히 탁구를 치고 있는 참이었다. 구석 자리 소파에 앉아 그걸 보고 있노라니 약간 취해서 얼굴이 붉어진 남자 하나가 들어와서는,

"일본식 방에서 햐꾸닌슈(百人一首, 가인(歌人) 백명의 와까(和歌) 한수씩을 뽑아 모은 것—옮긴이)가 시작된다는군. 할 줄 아는 사람은 가보지 않겠나? 오오쯔는 잘하잖아." 이런 소리를 했다.

일본식 방에 가니 그곳에 신또미자에서 보았을 때와는 전혀 다를 정도로 아름답게 성장한 아가씨가 있었다. 어머니와 오빠도 함께였다. 나는 그 두 사람에게 인사를 했다. 하지만 아가씨는 어쩐지 몹시도 교만한 얼굴을 하고 있어서 그러다보니 자연히 나 역시 아가씨에게만은 교만한 표정을 짓게 되는 통에 끝내 서로 인사는 하지 않고 말았다.

한번은 한편이 되어 나와 그 아가씨가 우연히 옆에 앉게 되었다. 나와 아가씨, 그 옆이 아가씨의 오빠, 이렇게 앉게 되자 아가씨는 발딱 일어나,

"나하고 자리 바꿔" 하고 오빠 너머 쪽으로 가 끼여앉더니 무작정 오빠의 몸을 이쪽으로 밀어댔다. 나는 '건방진 것 같으니!' 하고 혼자 생각했다.

——아가씨와는 그후 여러 장소에서 만났다. 심바시 정거장에서 만났다. 설달 그믐날 긴자에서 만났다. 고등상업학교의 외국어대회에서 만

났다. 카부끼자에서 야오조오(八百藏)가 토사노보오 쇼오슌(土佐坊昌俊)의 연극을 하고 있을 때 만났다. 우에노 어느 음악회에서 마차를 타고 오는 것을 문 있는 데서 만났다. 아자부의 타니마찌에서 스쳐지나갔다. 그리고 그때마다 언제나 양쪽 모두 모른 체하곤 했다.

언젠가 하야오라고, 대학에 다니고 있었던 대여섯 해 전에 곧잘 어울려 놀던 손위 친구가,

"윌러네 집 댄스에 남자가 모자란다고 너더러 와달래"라고 한 적이 있었다.

"댄스는 질색이야."

"서양사람들이 잔뜩 올 테니까 회화 연습이 되잖아."

"서양사람도 질색인데."

"어째서?──그러면 언제 한번 보러 와."

"보기만 하는 거라면 언제 한번 갈게."

"그런 소릴 해봤자 금세 끌어내겠지만……"

그런 이야기를 나누었다.

얼마 지나자 하야오와 그 아가씨가 서로에게 푹 빠졌다는 소문이 돌았다.

그런데 얼마 지나지 않아 어느날 아가씨가 전화를 걸어와──나는 그때 처음으로 아가씨와 이야기를 했다.

"남자분이 모자라니 부디……" 하는 것이다. 그것이 내게는 "막 배우기 시작해서 서툰 분이 있는데 그 상대가 없으니까요" 하는 것처럼도 들렸다. 적어도 거기까지 조심을 하지 않으면──그런 기분이 바로 들었다. 거절했더니,

"그렇지만 지난번 하야 상에게 오겠다고 하셨잖아요" 하고 따지는 듯한 말투였다.

다시 한 반달 지나서 같은 전화가 걸려왔다. 그때도 나는 거절했다. 그때도 그전에도 무뚝뚝하게 거절을 하면서도 나중에는 그 일에 대해 나는 이런저런 생각을 하지 않을 수 없었다. 그러고는 결국 곧잘 자기 혐오에 빠지곤 했다.

그해 연말 아가씨가 크리스마스 카드를 보내왔다. 그걸 받은 날 나는 일부러 마루젠까지 나가서 남아 있는 카드 가운데서 오랜 시간을 들여 석장을 골랐고 돌아와서는 또 그중에서 한장을 골라 아가씨에게 보냈다.──물론 이런 일은 상대가 누구든지 얼마간은 반드시 나오는 나의 버릇이긴 했다.

──그후 아가씨로부터는 전화가 걸려오지 않았다. 하야오는 카마꾸라에서 이웃한 별장집 딸과 결혼하여 오래지 않아 미쯔이 물산회사에 들어갔고, 그곳의 면직물 쪽 일을 맡아 미국의 오클라호마로 건너갔다. 그리하여 그에게 빠졌던 아가씨는 히스테리컬해졌다는 소문을 들었다.

…… 두번 접은 방석을 베개 삼아 이런 갖가지 일들을 떠올리다가 나는 문득 몸을 일으켜 책장 서랍에서 여성잡지 한권을 꺼내왔다.

그 삽화에 어떤 외교관 집에서 열린 러일전쟁 종전 기념 파티 자리에서 찍은 카쯔진가(活人畵, 침묵부동의 살아 있는 인간을 배치하여 주로 역사적 장면이나 명화 등을 모사적으로 표현한 것. 메이지 초기에 유럽에서 전해져 중기 이후 유행──옮긴이) 사진이 나와 있었다. 해 뜨기 전의 바다를 배경으로 영국대사의 딸이 평화의 천사가 되어 야자 잎을 한 손에 들고 다른 손으로는 야마또히메(大和姬)의 손을 높이 들어올리고 있다. 야마또히메의 다른 손에는 하얀 비둘기가 앉아 있다. 진다이(神代, 진무 천황 이전, 신들이 일본을 지배하고 있었다는 시대──옮긴이)풍으로 양쪽으로 갈라진 머리카락 끝이 동그라미가 되어 양쪽 가슴 위 언저리에 가볍게 늘어져 있다. 귀를 감추고 부드러운 볼을 따라 내려온 머리카락이 살집 좋은 얼굴을 한층 귀여운 모양으로 윤곽짓고 있다……

4

수요일이 되었지만 나는 아침부터 기분이 좋지 않았다. 몸도 이상하게 나른하여 오후에 잠깐 학교에 다녀와서는 앉아 있는 것도 괴로울 정도로 지쳐버렸다. 하지만 병이 났다고는 생각하지 않았다.

해가 저물면서 구름이 드리웠다. 나는 방에서 뒹굴면서 불쾌한 기분으로 멍하니 빈둥거렸다. 그러는 동안 일곱시 반이 되었다. 마침내 결심하고 인력거를 부르러 보내놓고 나는 대학제복으로 갈아입고 가을의 차가운 밤이었기에 외투도 입었다.

인력거를 그 집에서 반 블록 정도 앞 비탈 위에서 내려 나는 거기서부터 슬슬 걸어갔다. 그때 등 뒤에서 인력거 두 대가 비탈길을 기세 좋게 달려 나를 추월하여 아가씨네 집 문으로 들어갔다.

그 두 사람과 나는 현관 안에서 만났다.――얼굴도 이름도 서로 잘 알면서도 아는 사람이라고는 할 수 없는 관계가 도회지에서는 유난히 많은 것 같다.――그 두 사람도 내게는 그런 부류의 인간들이었다. 키가 큰 쪽이 모자걸이에 붙어 있는 거울 앞에서 비뚤어진 넥타이를 바로잡는 참이었다. 그리고 두 사람 모두 연미복에 무도화를 신었다.

두 사람과 교대로 나는 오른쪽의 조그만 방에 들어가 외투와 모자를 걸어놓고 불쾌한 기분에 휩싸이며 두 사람이 들어간 객실로 걸음을 옮겼다.

"어머, 오오쯔 상이신가요?" 오랜만에 만난 아가씨의 어머니가 바로 애교있게 맞았다. 딸은 거기 보이지 않았다. 아끼미쯔도 레이끼찌도 없었다. 아가씨의 어머니는,

"오랜만. 별일 없죠? 다행이네!"

묘하게 조각난 말을 썼다.

"죠지 상은 별일 없으신가요?"

"고마워. 도대체 '그치'는 편지를 쓸 줄 모르는 애라서, 아마도 어느 쪽에나 적조하겠죠. 마음으로는 무척 생각을 하고 있으련만……"

이런 소리를 해가면서, 피아노 위의 악보를 고르고 있던 스물네댓의, 전에도 이 집에서 본 적이 있는 혼혈의 여자더러

"미스 타까끼" 하고 불렀다.

"네."

"알고 계시죠?" 하며 소개하는 손짓만을 내 쪽으로 내밀며 "오오쯔 상" 이번에는 내 쪽을 향하고 "미스 타까끼" 했다.

이런 식으로 보풀이 일어난 제복에 운동화 차림의 내가 연미복에서 턱시도까지 차례로 소개되었다.

"죠지 상은 역시 드레스덴인가요?"

내게는 이런 것 말고 할 말이 없었다.

"올봄부터 런던 쪽으로 가 있습니다. 실은 내년 봄쯤까지 '저쪽'에 둘 작정이었지만 독일은 암만해도 저한테 맞지 않는다는 둥 하는 통에……"

머리를 깔끔하게 가른 사내가 다가와 몹시도 허물없이 아가씨의 어머니에게,

"오끼누 상은?" 했다.

나는 뒤쪽의 소파 한편에 앉았다.

"'저쪽'에서 뭔가 하고 있겠죠."

"병은 이제 완전히 괜찮으신 건가요?"

이런 대화를 듣고 있자니까 소파 저쪽 끝에 있던 한 마흔 되어 보이

는 붉은 얼굴의 서양인이 허리를 '비틀'어 내 쪽으로 다가왔다. 나는 '이런이런' 하는 싫은 기분이 들었다. 서양인은 나의 학교에 관해 영어로 말을 붙여왔다. 하지만 독일인인 듯했다. ──아가씨의 어머니는 아가씨의 병에 관해 이야기하고 있다.

"한때는 글쎄, 무얼 먹어도 토해버리는 통에 먹을 게 없을 정도였거든요. 바로 얼마 전까지 사과즙만 먹고 있었지만 가까스로 연명을 했죠. 그러던 것이 글쎄 대엿새 전에 갑자기 오랜만에 댄스나 해볼까 하는 거예요. 제 아버지도 기뻐하면서 지치면 바로 쉬도록 하라면서, 오늘밤 여러분께 와주시라고 한 거죠……"

서양인은 문과에서는 플로렌스 군을 자기가 잘 알고 있다는 둥 했다.

외국어──그중에서도 회화가 서툰 나는 남들 앞에서 이야기를 하는 것이 싫어서 견딜 수가 없었다. 그런데도──여담이지만──나는 대학에서 영문과에 적을 두고 있었다. 뿐만아니라 나는 졸업 후에는 시골 중학교의 영어선생이 될 작정이었다. 평생의 일로는 그 무렵부터 나는 문학창작을 하려는 생각이었다. 거기에는 상당한 자아도취도 있었다. 하지만 해놓은 작업이 거의 하나도 없다는 점에서 그 자아도취에는 전혀 보증이 없었다. 나는 때때로 기분에 따라 '뿌리째' 그런 자아도취를 잃어버리는 일이 드물지 않았다. '두고 봐. 뭔가 보여주겠어' 이렇게 마음을 먹어봤자 그것이 언제나 가능할지 전혀 짐작도 할 수 없었다.

"너는 커서 뭐가 될 거야?"

"나는 있잖아, 육군대장이 될 거야."

일고여덟살 된 아이──물론 나 역시 그중의 하나였다──가 이런 소리를 한다. 그것과 별로 다를 것이 없었다. 설령, '나는 세계적인 대문호가 될 거야'라는 말을 쓰지는 않았다고 한들…… 다만 다른 것이라곤 아이는 그 말에 불안을 느끼지 않지만 나는 때때로 그렇다는 것이다.

그런데 아버지는 나에 관해 이렇게 생각하고 있었다.

"비뚤어진데다 교만하고 신경질적이며 울보에다 독립심이라곤 없고 게으름뱅이에 설상가상으로 아무래도 빨갱이 같아."

그러면서 내게는 곧잘 이렇게 말한다.

"너는 대학을 나오면 반드시 자립해다오. 이건 너를 한사람의 신사로 보고 굳게 약속을 해두는 거니까."

내가 가꾸슈우인(學習院) 고등과에 들어갈 무렵부터 장래 이야기가 나왔다 하면 아버지는 결코 이 말을 잊는 법이 없었다. 아버지는 이렇게 해서 세상물정을 알도록 나를 교육해야 한다고 생각했다. 하지만 나는 이 소리를 들을 때마다 '담 겨루기' 놀이에서 겁쟁이가 강한 아이에게 괴롭힘을 당할 때처럼 불안감을 느낄 수밖에 없었다.──나는 내가 쓴 것이 실제로 돈으로 바뀌는 경우를 도저히 생각할 수 없었다.── 쓰는 일 뿐 아니라 내가 한 일의 보수가 돈이 되어 내 손에 건네지는 '어떤' 경우도 상상할 수가 없었던 것이다.──설령 어떤 시기에 쓴 것으로 돈을 받는 일이 있을 수 있다 치더라도 그것으로 생활을 할 수 있을 만큼, 그렇게 많이 쓴다는 것은 내게는 도저히 불가능하다. 만약 그런 짓을 했다가는 나는 평생의 직업으로 그저 허섭스레기를 양적으로 남길 뿐이고, 그것도 인류에게가 아니라 자기 자손(그들이 만일 조상에 대한 존경심이 다소라도 있는 인간들이라면)에게 남길 뿐이다. 이렇게 생각했다.

그럴 바에야 가지고 있는 어떤 고정된 지식을 보였다가 감추고 보였다가 감추며 10년을 하루같이 해대도 지장이 없을 중학교 선생이나 되어 생활비를 그것으로 얻는 편이 낫다고 생각했다. 어떤 제한된 음식을 세번씩 처먹고 그것을 날마다 되풀이하는 물질적인 생활을 위해서는 실로 적당한 직업이라고 생각했다. 뻔뻔스러운 나는 마음껏 게으름을 피우던 '중학시절'에, 그런 경우 얼마나 배신감을 느꼈던가는 전혀 고려하지 않았다. 그리고 나는 영어를 골랐다. 무엇보다 서툰 정도에서 국문이나 한문과 별로 다를 바가 없었기 때문이기도 했다.

……서양인은 어떤 문학을 연구하는지 물었다. 나는 일본문학이라고 대답했다. 나중에는 그것으로 상관없었다고 생각했지만 그때는 대답을 하면서도 더없이 불쾌했다. 이렇게 명백한 거짓말을 나는 몇년 만에 하는 걸까 싶었다.

서양인은 또 무언가 내게 물었지만 못 알아들었다. 다시 물어도 여전히 못 알아들었다. 나는 당황해서 시무룩한 얼굴로 입을 다물어버렸다. 서양인도 약간 당황한 듯한 표정이었지만 미소지으며 일어나 가버렸다. 짜증이 나서 견딜 수가 없었다. 약간 앞으로 구부린 채 조용히 걸어가는 서양인의 둥그런 어깨를 나는 차갑게 바라보았다. 그때 나는 조금 떨어진 곳에서 아까 현관에서 만난 한 남자가 이쪽을 은근히 엿보고 있다는 것을 눈치챘다.

무도장으로 들어가는 커다란 문이 양쪽으로 열렸다. 나무쪽을 짜 맞춘 마룻바닥은 깨끗이 닦여 천장의 전등을 그대로 되비추고 있었다. 내 기분은 점점 더 나빠져갔다. 이마에서 진땀이 난다. 나는 나른한 몸을 일으켜 무도장에 걸린 갖가지 그림을 보러 갔다. 검고 동그란 액자에는 분초오(文晁)의 파도 그림이 들어 있었다. 그밖에는 주로 우끼요에(浮世繪)파의 것들이었고, 호꾸사이(北齊)가 여든일곱살 때 그린 빗속의 나무꾼과 어부가 한쌍으로 된 육필 족자 등이, 그 3,4년 전에 니시끼에(錦繪, 풍속화를 색도 인쇄한 목판화——옮긴이) 컬렉션에 빠졌던 내 마음을 끌었다. 나는 이런 것들로 주변을 잊으려 했지만 몸이 허락하지 않았다. 나는 원래의 소파로 돌아갔다. 아끼미쯔나 레이끼찌는 아직 오지 않았다.

키모노에 보랏빛 하까마(겉옷으로 입는 주름잡힌 하의——옮긴이)를 입은 열예닐곱살 정도의 키가 늘씬하고 갸름한 얼굴의 아름다운 아가씨가 걷고 있다. 그것이 오랜 병으로 그렇게 된 이 집 아가씨라곤 나는 알아채지 못했다. 멜랑꼴리한 얼굴 표정과 나긋나긋하고 더없이 지친 듯한 연약한 몸가짐이, 그곳에 있는 다른 남녀가 난 체하는 일종의 긴장된 기분으로 허영을 떨고 있는 분위기 속에서 유난히 내게 친근감을 불러일으켰다. 코르셋으로 여민 듯이 배 부분이 가늘고 약간 앞쪽으로 흘러내린 듯한 오비 위로 살짝 부푼 듯이 앞섶이 벌어졌다. 양장처럼 입은 그 품새에도 독특한 느낌이 있었다.

잠시 후에 알아보고 나는 그 갑작스러운 변화에 놀랐다. 2, 3일 전 내 방에서 본 잡지의 삽화와는 거의 같은 사람이라 믿을 수가 없었다.

프로그램이 돌았다. 금박을 두른 조그만 카드를 반으로 접은 것인데 이쑤시개보다 약간 크고 아름다운 금속성 색의 연필이 비단실로 매달렸다. 남자들은 어느새 그것을 들고 여자에게 춤상대를 신청하기 시작했다. 여자 것을 받아 자기 이름을 적어넣는 사람도 있었다.

"당신은? 처음에는 누구와?" 그저 앉아만 있는 나에게 아가씨의 어머니가 다시 왔다.

"춤은 못 추니까 구경이나 하죠." 나는 한숨이라도 쉬듯이 대답했다.

"네에? 잘 추면서……" 하고 웃는다.

나는 '바닥에 징이 박히지 않은 이 구두를 좀 보세요' 하고 싶었다. 하지만 우선 가볍게 그런 소리를 할 수 있을 정도로 개방적인 인간이 아닌데다가 그때의 기분이 더욱더 나를 고집불통으로 만들어 대답도 하지 않았다.

"엔도오 상의 사모님" 아가씨의 어머니는 아름다운 혼혈 여성에게 이렇게 말을 걸었다. 그녀는 우리집에서 반 블록 정도 떨어진 곳에 있는 어떤 외국회사 대리점 지배인의 아내로 얌전하고 좋은 사람이었다.

"누군가 첫번째 약속이 있어?"

"네."

"두번째는?"

"없는데요."

"그래…… 오오쯔 상과 약속해주세요."

가볍게 끄덕이고 그 사람은 갔다. 내게는 그것을 곧 거절할 힘조차 없었다.

"두번째는?" 하고 연필로 오비에 꽂아두었던 프로그램을 꺼내어 보면서 "투스텝이네요. 쉬운 거니까 금세 할 수 있어요." 이렇게 말하더니 아가씨의 어머니도 내 곁을 떠났다.

오래잖아 무도장에는 남자와 여자 들이 두 사람씩 늘어섰다. 타까끼라는 여자가 치는 피아노 소리가 울림과 동시에 다들 움직이기 시작했다.

나의 성격으로나 취향으로나 이런 것을 좋아할 법도 했다. 하지만 내게는 금욕적인 사상과, 그것으로부터 만들어진 제2의 취향과 성격이 있었다. 게다가 그것들은 본래의 취향이라든가 성격보다 내 의식 속에서 유독 명백해서 나는 은연중에 그쪽에 의리를 지킬 수밖에 없었다. 나는 새삼스러운 경멸과 저주의 눈으로 얼굴에 홍조를 띠고 춤을 추어대는 사람들을 보고 있었다. 지금의 나는 사상에 대해 의리를 지키는 따위 이런 약한 마음을 부끄러워한다. 하지만 만일 같은 일이 지금 일어나더라도 나는 내 본래의 성격과 취향에 거리낌없이 따를 수 있을지 어떨지를 의심한다. 아마도 그러지 못할 것이다.

…… 그것이 끝나자 열명쯤 되는 사람이 내가 있는 방으로 돌아왔다.

아가씨와는 여태껏 인사를 하지 않았다. 아가씨는 때때로 내 쪽을 보았다. 하지만 내 얼굴에 나타난 표정이 아가씨의 접근을 막고 있는 모양이었다.

두번째 춤이 시작되려는 참에 얌전해 보이는 젊은 부인이 내 곁으로 왔다.

"실례하겠습니다." 나는 어떤 노력을 기울여 그것을 조용하고도 은근하게 거절하려 했다. 그런데 기분과 몸에서 오는 불쾌감이 목소리로 나를 배신하였으니 어쩔 도리가 없었다.

내성적인 듯한 젊은 부인은 얼굴을 약간 붉히고 그저 고개를 끄덕이더니 가버렸다.

투스텝이 끝나고 스케이팅이 끝나고 네번째가 왈츠였다.

그때쯤엔 나는 '어느샌가' 자신의 불쾌한 기분에 중독되어 있었다. 나는 소파에 걸터앉은 채 불쾌감의 덩어리라도 되어버린 기분이었다.

사람들은 즐거운 듯이 때로는 이야기를 나누고 때로는 웃어가면서 전등의 강한 빛을 머리와 등에 받아가며 열심히 춤을 춘다.

아가씨는 키가 크고 젊은 서양인과 춤을 추었다. 서양인은 왼손으로 아가씨의 몸을 받치고 오른손은 손수건과 함께 아가씨의 왼손을 잡아 높이 쳐든 채 빙글빙글 가볍게 돌았다. 돌 때마다 아가씨의 몸은 양발 모두가 거의 바닥에서 떨어졌다. 아가씨는 힘이 드는 듯 자기 어깨 위에 머리를 늘어뜨리고 있었다. 창백해 보이던 얼굴에는 혈색이 돌아왔다.

그러다가 너무나 지친 듯한 모습으로 아가씨는 상대방의 귀에 무언가 속삭였다. 서양인은 고개를 끄덕이더니 그대로 춤을 추면서 아가씨의 몸을 끌어안듯이 하여 능숙하게 사람들 사이를 빠져나왔다.

아가씨는 나와 마주 보는 구석 의자에 앉더니 가까이 있던 부채를 들어 부치기 시작했다.

아가씨는 때때로 이쪽을 바라보았다. 나는 춤을 추는 쪽만 보고 있었

60

다. 얼마 지나 아가씨는 어쨌든, 하는 듯이 일어섰다. 그때 나는 꼼짝 않고 오히려 한층 더 딱딱해져서는 같은 자세를 유지했다. 그 경우 내가 조금이라도 여유 있는 자세를 보였다면 아가씨는 분명히 내 쪽으로 다가왔을 것이 틀림없었다. 아가씨는 몸짓으로 말을 걸었다. 그러나 내 몸은 그에 응할 자유를 잃었다. 아가씨는 그대로 피아노 쪽으로 가더니 그 곁에 가벼이 기대어 그저 심상하게 춤추는 쪽을 바라보았다. 나도 춤추는 쪽을 바라보았다. 하지만 나의 의식은 내 시야 가장 끝 쪽에 놓인 아가씨의 몸에만 오로지 집중되었다.

아가씨는 결심한 듯이 몸을 이쪽으로 향하고 발을 사분의 일보 쯤 내딛다 말고— 다시 멈췄다. 그러더니 아가씨는 고개를 숙여버렸다. 마침내 아가씨는 고개를 숙인 채로 다가왔다.

소파에 나란히 앉았다. 아가씨는 댄스에 관해서도 아끼미쯔와 레이끼찌가 오지 않은 것에 관해서도 한마디도 없었다. 그저 오빠와 하야오에 관한 소문들을 이야기했다.

"하야 상에게서 이삼일 전에 편지를 받았어요. 이쪽의 사모님에게 벌써 아기가 생기셨다는군요." 아가씨는 약간 미소를 지으며 그리고 어린아이 같은 악의를 보이며 이렇게 말했다.

이야기를 나누는 동안 나는 점차 야물어져가던 '매듭'이 느슨해지는 것 같은 상쾌함을 맛보았다.

"오빠와 카부끼에 오셨을 때, 육대째의 분장실에 오셨었죠?"

"네."

비틀리고 악하고 불쾌한 심리를 가까스로 빠져나와 나는 지금 의미도 없는 어린애 같은 대화 상대가 되고 말았다.

"카와까미의 동화 연극을 함께 본 적이 있었죠? 그 시절 저는 아홉살인가 열살 정도였어요." 아가씨는 들여다보듯이 내 얼굴을 보았다.

시가 나오야 오오쯔 준끼찌

"그렇지는 않을걸요." 나는 대답했다.

춤은 좀처럼 끝나지 않았다.

"토오꾜오자(東京座)의 도오죠지(道成寺)는 보셨나요?" 이렇게 내가 물었다.

"네, 상당히 좋더군요. 쇼사고또(所作事, 연극 속에 짜여진 특수한 표정을 드러내는 춤, 카부끼에서 주로 나가우따의 반주에 의한 춤──옮긴이)를 좋아하시죠?"

"일본춤은 무척 좋아합니다. 하지만 이런 댄스 같은 건 보고 있으면 불쾌해요."

나는 가볍게 뭔가를 비꼬거나 하는 재주는 아예 없었다.

아가씨는 그 말엔 아랑곳없이 곧바로

"11일 메이지에 여럿이서 가려고 하는데 끼지 않으실래요? 친척 가운데 사단지(左團次)를 후원하는 이가 있어요" 하고 말했다.

나는 여기서도 낯선 사람들 틈에 있는 것은 '재미없어'서 싫다고 굳이 듣기 싫은 소리를 했다. 아가씨는 웃었다. 하지만 이렇게 하면서 내 기분은 조금씩이나마 좋아졌다.

춤이 끝나자 다들 가벼운 식사가 준비된 옆방으로 갔다. 여자들은 이미 음식이 담긴 접시와 마실 것을 건네받았다.

얼어붙었던 마음이 다소 자유로워진 나는 이제 그만 돌아가자 싶어 남자들이 다들 받아든 빈 접시는 받지 않았다. 그것을 본 아가씨의 어머니는 음식을 담은 접시를 가져다주었다. 어째서인지 식욕이 전혀 없다. 어쩌면 병이 난 건가 싶었다.

오래지 않아 나는 아가씨와 그 어머니, 그리고 이야기를 나누었던 서너 명에게 인사를 하고는 그 집을 나왔다. 열두시를 조금 넘긴 시각이었다.

5

이튿날 아침도 몸이 좋지 않긴 마찬가지였다. 나는 아침식사도 하지 않고 방 안에 틀어박혀 지난밤의 일을 되풀이해서 곱씹고 있었다. 생각하면 할수록 내가 통속적으로 말하는 '촌스러운 자식'이라는 사실에 부아가 치밀었다. 나는 어느새 이런 놈이 되어버린 것일까 생각했다.

나는 또한 아가씨의 아름답고 가녀린 몸매와, 어린애 같은 그 시시한 말들을 '가갸거겨' 토씨 하나 틀리지 않고 떠올리고는 하염없이 어리석은 생각에 잠겼다.

그러던 끝에 결국 나는 아가씨에게 편지를 쓰기로 했다.──아아, 비틀린 마음이라니!──나는 거기에 전날 밤의 불쾌감을 써 보내려 생각했다.

오후, 나는 편지는 관두고 그것을 말하러 가기로 했다. 나른한 몸을 일으켜 양복으로 갈아입고 집을 나섰다.

어린 시절이 지나고 나서 내게는 여자친구라고는 전혀 없었다. 그러니 그것은 거의 첫 경험이라고 할 수 있었다. 하지만 남자친구가 여럿 있는 그 아가씨에게 내가 찾아가는 것은 그다지 놀랄 일도 아닐 것이라는 것이 내게 조금은 용기를 주었다.

그러나 그날 나는 결국은 아가씨의 집까지 가지 못하고 말았다. 도중에 아가씨의 어머니를 만났기 때문이다.

곧장 돌아오기도 뭣해서 그대로 시부야로 친구를 찾아갔지만 친구는 없었다. 나는 주체하기 힘든 몸뚱이를 끌듯이 하여 그 저택의 널따랗게 빈 벌판에 와서 나무그늘이 드리운 풀밭 위에 드러누워 한동안 깊은 한숨을 쉬었다.

말갛게 갠 하늘 높다란 곳에서 흰 구름이 조용히 움직이고 있었다.

때때로 새가 날아갔다.

　——어느새 잠이 들어 다시 눈을 떴을 때는 이미 해가 져서 주변이 온통 푸른 빛을 띠고 새떼가 분주하게 한쪽으로 날고 있었다. 나는 얼마간 가벼운 기분이 되었지만 친구는 만나지 않고 그대로 인력거를 불러 집으로 돌아왔다.

　　6

　돌아왔더니 큰 여동생과 그 밑의 여동생이 뛰어나오며 큰 여동생이 얼른,

　"오빠! 타까 짱이 이질에 걸렸대요……" 하고 그런 표정을 지어가며 말했다.

　"닷새 동안은 아무도 외출하면 안된대" 하고 그 밑의 동생이 덧붙였다. 문지기가 주변에 잿가루를 뿌리는 참이었다.

　그날밤부터 나도 설사가 시작되었다. 의사는 역시 유사이질이다, 하지만 지극히 가벼운 편이니 이쪽은 경찰에 신고하지 않아도 될 거라고 말했다.

　원래는 야나까(谷中) 사찰의 것이었던 바깥문을 들어서면 바로 왼쪽에 조그만 돌문이 있는데 그 안으로 들어가 오른쪽이 안채 부엌이고 왼쪽으로 막힌 곳이 대충 지은 이층 건물 별채의 현관이었다. 이 별채를 우리집에서는 '서당'이라 불렀는데 아래층에는 요즈음 시골에서 올라온 서생들이 있고 이층에는 이 집이 지어진 이래 십몇년째 내가 살고 있다.

　타까꼬라는 네살 된 누이동생은 안쪽의 어머니 방에서 어머니와 간호사만의 간호를 받으며 집 안에서 왕래하면 안되고, 또한 나는 일흔

둘 된 할머니의 간호로 위아래를 연결하는 몹시도 가파른 사다리 계단을 경계 삼아 역시 집 안에서 교통두절이 되었다.

할머니는 책상자니 책상이니 의자 따위를 넣어둔 좁아터진 4첩 반짜리 옆방에서 자면서, 자주 일어나 내 배를 따뜻하게 하기 위해 차가워진 곤약을 뜨거운 것으로 갈아주었다. 한밤중에도 두 시간마다 한번씩 일어나서는 끓여놓은 것을 일본식 마른 수건에 싸서 그걸 다시 서양 수건으로 둘러 내가 몇겹으로 감고 있는 복대 사이에 끼워넣어주었다. 점점 뜨거워져서 배의 피부가 움찔움찔해온다. 그것이 정말 효과가 있을 듯싶어 나는 기분이 좋았다.

나는 병이 났다 하면 '언제나' 할머니의 신세를 지곤 했다. 전염병으로는 여섯살에 앓은 장티푸스가 있는데 그때는 오로지 할머니 혼자 손으로 간호를 받은 셈이었다. 무엇보다 내가 할머니 말고 다른 사람의 돌봄을 거부했기 때문이었을 것이다.

"어떤 전염병이고 정신만 똑바로 차리면……" 이것이 할머니의 신념이었다.

나는 몇년 만인가 다시 할머니의 간호를 받았다. 언젠가 누워서 할머니가 해주는 대로 배 위의 곤약을 바꾸고 있었다. 그러자 내게 문득 유년시절의 정서가 되살아났다. 그것은 할머니의 독특한 체취가 나에게 유년시절——그때는 '언제나' 안겨서 자곤 했다——을 갑자기 떠오르게 만든 것이었다.

"강아지네." 그 이야기를 들은 친구가 나를 놀렸지만 이런 경험으로 여러 사람들의 독특한 냄새——사람들의 얼굴만큼이나 서로 다른 그 냄새들을 상당히 많이 내가 알고 있다는 것을 깨닫게 했다.

7

열흘 정도 지나자 병은 점차 나아갔다. 좋아지면서 나는 점점 먹보가 되었다. 치꾸요오(竹葉)의 장어에, 후우게쯔(風月)의 서양요리, 다이낀(大金)의 닭고기, 우메조노(梅園)의 단팥죽에…… 누워 있으면서 끊임없이 이런 것들을 생각하게 되었다. 하지만 조금이라도 딱딱한 것을 먹으면 금세 탈이 났다. 아랫배를 항상 작은 풍로로 덥히고 있지 않으면 금세 상태가 나빠졌다.

밖에 나갈 수 있게 되고 나서는 산책을 하고 온다면서 흙다리 앞에 있는 쯔보야의 어둑한 이층에 올라가 슈크림의 크림만을 숟가락으로 핥아먹었다.

크림이 좋지 않았던지 얼마 지나자 결국 다시 나빠져서 또한번 엄청나게 피를 쏟았다. 그것이 만성처럼 되어버렸다.

나는 커다란 금속화로의 숯불로 방을 덥히고 이부자리에 들어가 태평스레 책 같은 걸 읽게 되었다.

하지만 잠시도 품안의 회로(懷爐) 없이는 안되었다. 마침내는 쑥 들어간 아랫배에 주름이 잡히고 어느샌가 자연히 그 부분을 데어 피부가 검붉어지고 말았다.

아가씨에게는 그후 전혀 전화가 걸려오지 않게 되었다.

그리고 그 무렵 나도 치꾸요오라든가 다이낀이라든가 후우게쯔 같은 것들을 그다지 생각하지 않게 되었다.

제이(弟二)

1

늦봄에서 초여름에 걸쳐 나는 해마다 조금씩 머리가 나빠진다. 그렇게 되면 흙탕물에 떠오른 금붕어 같은 심정이었다. 게다가 조급한 기분까지 더해지는 것이 금붕어보다 괴롭다고 나는 생각했다.

어느날 오후, 혼자서 그런 기분으로 이층 방에서 뒹굴고 있자니까 이웃의 서양인 집 풀밭에서 '앵무새'가 요란스럽고 투박한 소리로 울기 시작했다. 나는 '앵무새'가 거무스레하고 둥그런 혀를 보이며 날개를 퍼덕이고 머리를 흔들어가며 소리를 질러대는, 그 될 대로 되라는 듯한 모습을 떠올리면서 인간에게도 그런 짓이 가능하다면 이런 때는 좀 낫지 않을까 하는 생각을 했다. '앵무새'는 좀처럼 그 짓을 그만두지 않았다. 끝내 이쪽 기분까지 점차 짜증스러워진다.

얼마 지나더니 말은 그다지 확실치 않지만 액센트만은 정확하게 "앞으로! 어이!"라든가 "차렷!"이라든가 여러가지 구령을 연달아 외쳐대기 시작했다. 우리집 뒤쪽이 사단의 1연대이고 서양인 집 건너편이 여단 사령부이다. 그래서 자연히 그런 소리들을 기억하게 된 것이다.

찌요(千代)라는 얼굴빛이 거무스레한 열일고여덟의 식모아이가 사다리계단 끝에 무릎을 꿇고,

"차를 준비했습니다" 하고 알리러 왔다. 나는 일어나 마루로 나가, 이제는 조용해진 이웃집 마당을 바라보았다. '앵무새'는 그때 짧은 목을 있는 대로 빼고 새장의 철사를 열심히 쪼아대는 참이었다.

다실에서 차를 마시고 있자니까 갑자기 앞쪽 대나무 담장 너머로 일고여덟 사람의 발소리가 나더니 큰 소리로 이야기를 해가며 창고 옆을

지나 마당 쪽으로 간다.

"뭐야……" 이렇게 말하며 우리는 얼굴을 마주 보았다.

"가능하면 긴 걸로 빌려와." 이런 소리가 들린다.

나는 바로 게따를 끌고 나가보았다.──군인들이다.

"어때, 이쪽이 조금 길지?" 지저분한 작업복을 입은 사람 둘이 헛간 처마 밑에 세워두었던 사다리 세개를 끌어내렸다. 나 같은 건 안중에 도 없다는 식이다. 그중의 하나를 짊어지고 창고 쪽으로 가기에 나도 따라갔다.

"어때, 이걸로 닿을까?" 하고 하사가 말했다. 하사 뒤에 대여섯 명의 군인이 모여서 3층으로 된 토방 지붕을 올려다보고 있다.

"일단 올라가봐. 그리 높지도 않으니."

"그래도 나무가 있으니까……"

"좋아, 저 못에다 걸면 보여."

하사에게서 타따미 한장보다도 약간 큰 헝겊 표적을 받아들고 한사 람이 사다리를 오르기 시작했다.──그때 나는 갑자기 부아를 터뜨렸 다. 군인들은 놀라서 내 얼굴을 쳐다보았다.

"어이, 내려오지 못해." 나는 무서운 얼굴을 치켜들고 사다리 위에 있는 녀석더러 날카롭게 말했다.

하사는 야마모또 소대장님이 어쩌고저쩌고 하며 변명을 시작했지만 나는 그 말을 듣지 않았다.

내 큰 소리에 작은 누이동생과 찌요가 나왔다. 그들을 따라 시로(白) 라는 장난꾸러기 강아지와 아까(赤)라는 늙고 영리한 개가 나왔다. 시 로는 신나게 내 발치를 감싸돌았다. 그러더니 금세 또 모여서 있는 군 인들의 더럽혀진 각반에 그 복슬복슬한 아름다운 털을 문질러댔다.

찌요는 조금 떨어진 곳에서 나에게,

"오늘 아침 주인어른께서 나가시고 나서 사관 분이 오셨습니다" 했다.

"뭐라고?" 나는 화난 얼굴을 그대로 찌요 쪽으로 돌렸다.

"잘 모르겠기에" 하고 웃으며 "안 계십니다, 하고 말했어요" 했다.

나는 다시 하사 쪽을 향해 말했다.

"그러면 안되는 것 아닌가? 어쨌든 돌아가게."

왜 그렇게 내가 흥분을 했는지 군인들은 이해할 수 없었다. 나는 그저 와왁거리며 마치 앵무새가 요란스러운 소리를 내듯이 고함을 질러댔던 것이다. 어린 동생은 거기 놀라 들어가버렸다.

하지만 하사도 군대도 다들 선량한 사람들이었다. 원래대로 사다리를 헛간 처마 밑으로 치우고 표적을 감아들고 돌아갔다.

사람들이 모였기 때문에 시로는 저 혼자 신이 나서 찌요와 나에게 번갈아 달려들었다.

나는 화가 난 듯한 표정을 하고 내 방으로 돌아왔다. 하지만 그때는 지금까지의 기분이 상당히 나아진 것을 느꼈다.

2

시로의 장난에는 다들 질렸다. 누이동생이 심어놓은 화단의 꽃들을 뿌리째 뽑아낸다. 게다 코를 씹어 잘라낸다. 아버지가 소중히 여기는 분재의 흙을 판다. 이건 물론 '오징어' 삶은 물을 뿌려놓은 탓이긴 하지만. 날마다 뭔가 나쁜 짓을 한다. 비온 뒤 진흙 묻은 발로 온 집 안을 휘젓고 다녀서 내가 대빗자루를 들고 고함을 질러가며 온 마당을 쫓아다닌 일도 있다. 마지막에 몰리자 꼬리를 둥글게 말고 땅위에 배와 목을 착 붙이고는 눈을 가늘게 뜨고 어쩔 줄 모르며 오줌을 질질 싼다. 그런 주제에 두세 번 때리고 용서해주면 금세 발을 감고 대든다. 이런 일이 몇번인가 있었다.

어느날 내가 학교에서 돌아와 다실 대청 쪽으로 가려는데 마당 쪽에서 꼬리를 내린 시로가 정신없이 도망쳐왔다. 서서 보고 있으니 창고 모퉁이에서 갑자기 찌요가 대빗자루를 들고 꼭 내가 그랬던 것과 같은 모습으로 흔들어대며 뛰쳐나왔다. 나를 보더니 찌요는 갑자기 웃음을 터뜨리며 뒤로 돌아섰다. 귀에서 목덜미까지 새빨갛게 되어 웃고 있다.

"무슨 짓을 한 거야?"

"⋯⋯" 저쪽을 향한 채 웃고 있다.

"바보!" 이렇게 내뱉고 나는 다실로 왔다.

차를 내리고 있던 마쯔(松)라는 하녀가,

"찌요의 외출용 게따를 씹어놓았답니다" 하고 어머니에게 말했다. 어머니는,

"시로한테도 정말 질리겠네" 했다.

그때 마당 쪽에서 여전히 빨간 얼굴로 찌요가 들어왔다.

"게따를 못 쓰게 했다며?" 어머니는 유까따를 꿰매며 말했다. 찌요는 그저 웃고만 있다.

"신을 수가 없게 만들어놓은 거야?"

"네에." 웃고 있다.

찌요는 내게,

"준끼찌 님께 아까 전화가 왔습니다" 한다.

"누구한테서?"

"여쭤보았는데 말씀하지 않았어요."

어쩌면 그 아가씨일 거라고 나는 생각했다.

"여자였어?"

"예" 찌요는 조금 망설이다가 그렇게 대답했다. "나중에 다시 전화하신다고⋯⋯"

"알았어."

할머니도 어머니도 입을 다물고 있는 것이 어쩐지 심상치 않게 여겨졌다.

3

전화는 밤이 되어 걸려왔다.

"어쩐지 너무 자주인 것 같아서 그만둘까 했지만 어제 돌아왔기에……" 이런 소리를 한다.

나는 무슨 말인지 못 알아들었다.

"그리고요, 오늘은 좀 부탁이 있는데……"

누가 되었든 이런 순서로 이야기를 하는 것이 나는 싫었다. 그, 정도를 알 수 없는 일종의 불안을 느끼며 가슴이 뛰는 경우가 있다.

나는 잠자코 있었다.

"저기요, 사진을 한장 주세요."

"…… 그보다 당신의 야마또히메 사진을 주세요."

"어머, 제가 아니에요. 그건."

"아닙니다."

"당신이 정말 주신다면 다른 것을 드릴게요."

"지금 없으니까 찍어서 드리죠."

"저번에 오빠에게 주신 것이 있었죠?"

"네. 그렇지만 그건 이미 없어요──오빠가 저쪽에서 보내주기로 되어 있었는데 안 오네요."

"그건 댁에 와 있을 거예요."

아가씨의 것과 아가씨의 오빠 것을 보내주기로 하고, 나도 가까운 시일 안에 사진을 찍어 보내겠다는 약속을 하고 전화를 끊었다.

"너무 자주인 것 같아서"라는 것이 이상하게 여겨졌다. "어제 돌아왔기에" 하는 것도 무슨 소린지 이해할 수 없다. 나는 내가 없는 동안에 걸려온 전화를 고의적으로 전해주지 않았다고밖에 생각할 수 없었다.

나는 찌요를 불러 약간 거친 말투로,

"내가 없을 때 그 여자에게서 전화가 걸려왔었지?" 하고 물었다.

"네."

"어째서 내가 돌아왔을 때 전해주지 않아?"

찌요는 진지하기 짝이 없는 얼굴로 나를 '쏘아보는' 듯한 눈초리를 하고 잠자코 있다.

"응?" 하고 다그치자,

"노마님께서 말씀드리지 않아도 된다고 하셨거든요."

"몇번이나 왔어?"

"두세 번."

"알았어."

나는 불쾌한 얼굴로 책상을 향해 돌아앉았다. 찌요는 말없이 일어나 나갔다.

이튿날 아가씨는 죠지의 사진만을 보내왔다. 그다음 날 아가씨의 것이 도착했다. 다실에 있을 때 왔기에 나는 그 자리에서 개봉하여 어머니에게 먼저 보여줬다. 그후 할머니도 보고 두 사람은 키모노에 관한 품평 같은 걸 했다. 그것은 물결에 학을 그린 것이었는데 소매가 옷자락 정도까지 닿는 키모노를 입은 전신사진이었다.

나는 사진관에서 한장, 사진을 잘 찍는 친구가 있어서 그에게 두장을 찍었다. 사진관에서 온 것은 그야말로 까탈스러운 얼굴로, 어쩌면 우울해 보일 정도로 찍혔다. 친구가 찍은 것 가운데 한장이 통속적인 의

미에서 가장 잘 나왔다. 하지만 베토벤이라든가 U선생의 얼굴이 좋다는 기준으로 보자면 사진관에서 만든 까다로워 보이는 것이 가장 좋은 셈이 된다. 그런 점에서 나는 다소 생각해야만 했다. 나는 망설였다. 베토벤도 위대하지만 모짜르트도 훌륭하다. 또한 미켈란젤로도 위대하지만 라파엘로 역시 훌륭하다고 생각했다. 그밖에 뚜르게네프와 똘스또이, 이런 비교도 만들어보았다. 결국 나는 역시 무섭게 나온 쪽을 고를 수밖엔 없었다. 저쪽에서 아무것도 쓰지 않고 보냈으니 나 역시 아무것도 적지 않은 채 보내주었다.

그날밤 아가씨에게서 전화가 걸려왔다.

"제 것은 따로 보관해주시는 거죠?"

"아니요."

"어떻게 놓으셨는데요?"

"친구 것과 함께 책장에 넣어두었습니다."

"안돼요. 제대로 따로 두어주시지 않으면…… 누구에게도 보여주면 싫어요. 당신도 너무 보시지 말고요."

"알겠습니다."

그 사진은 사실 별로 안 보았다. 내게는 그것이 아가씨보다 어쩐지 예쁘지 않은 것 같았고 또 전해 가을에 보고, 이후 반년 동안 내가 머릿속에 그리던 아가씨와는 딴사람처럼 다시 살이 쪄버렸기 때문이기도 했다.

4

습기가 엄청나서 '짜증스러운' 기후에서 오는 불쾌감을 나는 좀처럼 이겨내지 못했다. 그리고 그런 불쾌감은 많은 경우 타인에 대한 불쾌함과 하나가 되어 나를 괴롭히는 것이 보통이었다. 나는 그 무렵 할머니에 대해 어쩐지 불쾌해서 견딜 수 없었다. 아가씨에 대해 어떤 경계라도 하는 듯한 것도 내 기분을 짜증스럽게 만들었다. 나는 그런 기분일 때는 2, 3일 정도 이쪽에서 일절 말을 하지 않는 일조차 있었다. 할아버지는 그 전해 정월에 위암으로 돌아가셨다. 그러니 이제는 나 같은 것한테 유일한 희망을 두는 일흔살 넘은 할머니에 대한 태도치고는 약간 잔인한 느낌도 때로는 들었다. 하지만 이런 잔인함도 그것을 마음놓고 드러낼 수 있는 인간은 나에게 할머니 말고는 아무도 없다. 이런 사실이 나에게는 '변명거리'가 되었다.

어느날 오후, 내가 이층 방에서 새로 도착한 외국 잡지를 보고 있노라니까 할머니가 올라왔다.

"쯔노하즈는 언제 가죠?" 그야말로 비위를 맞추는 듯한 말투로 묻는다.

나는 잠시 뜸을 들였다가,

"내일인데요" 하고 대답했다.

"마당의 비파가 잘 익었던데 가져다주지 그래요? 까마귀가 달려들기 시작하면 다음번 갈 때쯤에는 대충 없어질 테니……"

내가 상대하지 않는 태도를 보였기 때문에 할머니는 처마 쪽으로 나가 길을 바라보고 있었다. 나는 또 할머니가 거기 있다는 의식이 또렷해져 잡지에 몰두할 수가 없게 되었다. 나는 잡지와 같이 온 *The Theatre*라는 연예화보를 펼쳐 그 사진판에 그저 눈을 두고 있었다.

"미국의 타나까 상에게서?"

"예."

"이쪽에서도 보내고 있나요?"

"보내고 있어요."

"역시 잡지를요?"

"예."

나는 한 자라도 더 말하면 그만큼 호의가 드러나기라도 하는 듯이 가능하면 짤막한 대답을 하려고 일종의 노력을 했다.

"요즈음 잡지에 좋은 소설이 나옵니까?"

"글쎄요."

다시 대화가 끊겼다.

할머니는 뒷짐을 지고 새삼스레 서까래의 액자 따위를 둘러보았다.

"마루젠에서 혹시 사고 싶은 책 같은 것 없나요?"

"지금은 별로 없는데요."

다시 침묵이 찾아왔다. 끝내 할머니도 더는 견딜 수 없는 듯이 혼잣말처럼,

"내일 선생님 댁에 비파를 가져가려면 오늘 중으로 쿠마끼찌에게든 쇼오효오에에게든 따두라고 해야겠네." 이런 소리를 해가며 조용히 조심스럽게 가파른 사다리계단을 내려갔다. 쿵, 하고 가장 마지막 사다리를 내려가는 소리가 한참 지나자 들려왔다.

그후에 나는 혼자서 울었다. 울면 언제나 두통이 오는 것이 내 버릇이었다. 나는 그대로 낮잠을 자버렸다.

——차를 마시라는 찌요의 목소리에 눈을 뜨니 기분이 나쁠 때 가장 있어서는 안될 일이 천장에서 벌어지고 있었다. 번쩍번쩍 붉은색을 띠고 그것이 펄럭이고 있다. 언제든 나는 이것을 보면 짜증이 치밀곤 한다.

우리집과의 경계를 이루는 담 바로 옆에 이웃집 온실이 있는데 그것이 내가 있는 이층에서 내려다보인다. 언젠가 폭풍 때 그 온실의 뒤쪽 지붕 유리에 덮어씌웠던 '갈대발'이 망가져, 그후에는 그곳에 저녁 해가 반사되면 내 방 천장에 닿아 번쩍번쩍하며 붉은빛을 띤 것이 어른 거린다. 이건 정말 질색이었다.——그것은 주로 여름의 일이지만 겨울은 또 겨울대로 스팀 난방용 석탄의 기름연기가 바람에 따라서는 내

방 처마 쪽으로 와서 뒹굴뒹굴 뭔가 조그만 장난꾸러기가 놀고 있기라도 한 듯 줄을 지어 굴러다닌다. 만약 장지문 닫는 것을 잊어버리기라도 하는 날이면 책상 위에까지 와서 그 짓을 한다. 그럴 때는 정말 부아가 치밀어 옆집에 편지라도 보낼까 생각한 적도 있었다. 하지만 꼭 나쁘기만 한 것도 아니었다. 밤이 깊어 사위가 조용해지고 책이라도 읽느라 깨어 있노라면 주변이 쥐죽은 듯이 고요하여 어쩐지 문득 쓸쓸해질 때도 있다. 그럴 때면 곧잘 나가히바찌(長火鉢, 직각사각형의 목제화로. 서랍이 있으며 거실에 두고 씀—옮긴이) 따위의 도오꼬(銅壺, 구리나 쇠로 만든, 물을 끓이는 단지 모양의 그릇. 화로 속에 묻어놓음—옮긴이)가 그러는 것처럼 코옹코옹 하며 노인이 중얼거리는 듯한 두께가 느껴지는 소리를 튜브 속에서 스팀이 내주는 것이다. 어디서 나오는지를 아는만큼 그것이 나의 불안한 심정을 크게 위로해준다. 그러니 마냥 미워할 수만도 없었다.

나는 일어서서 그쪽 덧문을 닫고 내려왔다.

붉은 앞치마를 걸치고 수건을 쓴 찌요가 바로 아래 대청에서 돗자리를 깔고 홑옷 시끼노시(옷 위에 사람이 앉아 옷의 주름을 펴는 일—옮긴이)를 하고 있었다. 그러다가 내 모습을 보더니 벗어던져두었던 나의 게따를 가지런히 놓았다.

5

나는 다실에서 방으로 돌아오면서,

'모조리 이야기를 해버리자'고 생각했다.

나는 사다리 위의 조그만 유리창을 열고 아래서 여전히 시끼노시를 하고 있던 찌요를 불렀다.

"할머니더러 잠깐 이층으로……"

"불러드려요?" 하고 찌요는 가볍게 입을 벌린 채 위를 올려다본다.

"지금 바로." 이렇게 말하고 나는 방으로 들어와 서성거리며 기다렸다. 천천히 올라온 할머니는 마지막 단을 올라오면서

"영차" 하고는 들어왔다.

"무슨 일?" 할머니는 더없이 온화한 어조로 물었다.

"…… 만약 할머니한테 조금이라도 나를 감독하고자 하는 마음이 있다면 그건 완전히 잘못된 거니까요." 뜬금없이 이런 소리를 했다. 하지만 그것으로 내가 무슨 말을 하려는지는 할머니도 금세 알아들었다. 할머니도 어조가 달라졌다.

"너는 아버지가 평소에 어떤 말씀을 하시는지 모르니까 그런 소리를 하는 거예요."

"그건 또 다른 문제죠."

"…… 도대체 할머니가 무슨 감독을 했죠?"

"하지 않더라도 항상 그런 마음이 있으니까 안된다는 거예요. 나뿐만 아니죠. 후사꼬나 준조오에게도 마찬가집니다."

"손자를 돌보는 것은 너 하나로 지긋지긋해요." 이렇게 말하고는 짜내듯이 할머니는 웃었다.

"정말로 지긋지긋하면 좋겠네."

"네 멋대로 해. 저 혼자 뭐 하나 제대로 하지 못하는 주제에 다른 사람한테 잔소리나 하고, 나이 먹은 할머니를 괴롭히고……"

할머니는 약간 빨개진 얼굴로 나를 흘겨보았다. "이런 꼴을 당하지 않나, 아버지나 친척들은 할머니가 응석받이로 길러서 그렇게 막되어 먹었다고들 하지, 이젠 정말이지 빨리 죽어야지."

할머니는 극단적으로 나를 쓸모없는 놈으로 만들었다. 그것이 약간 우습게 여겨지기도 했다.

"그런 소리를 하지만 도대체 내가 무얼 하고 있는지, 무슨 생각을 하는지 할머니는 알고나 있어요?"

"예에, 알지요. 날마다 늦잠을 자고 학교는 만날 빠지고 날마다 친구한테 가거나 친구를 부르거나 해서는 툭하면 연극이다 술집이다 하고 그런 이야기나 하고 있지……"

"헤에, 그래서 어떻다고요?"

"제대로 된 편지 한통 못 쓰는 주제에…… 쓰기는커녕 읽지도 못하는 주제에……"

돌아가신 할아버지의 형제들이 아직 시골에서 촌장 노릇을 하던 무렵에 그런 사람들에게서 곧잘 오던 편지를 읽으라고 한다. 붓으로 흘려 써놓은 옛날 사람들의 편지는 읽기가 힘들었다. 그래서 대충 언제나 정해진 내용의 의미만을 "그냥 대충 이런 뜻이에요" 하고 말해준다. 그러면 할머니는 답장을 써 보내라고 한다. 옛날 말투로 된 편지를 쓸 기회라곤 거의 없는 내가 설령 언문일치체를 쓴다고 해도 구식문체의 내용밖에 쓰지 못할 숙부나 숙모에게 쉽게 편지를 쓸 수는 없었다. "참 한심하다"고 할머니는 그때마다 탄식했다.

"어쨌든 요즘은 할머니가 알아주길 바라지도 않지만, 방해만은 받고 싶지 않으니까요. 덕분에 남들 같은 한심한 놈이 되었는지도 모르지만 나는 그에 대해 조금도 불만 같은 것 없고, 이제 와서 새삼스럽게 할머니가 제대로 감독을 해봤자 나아질 리도 없죠. 더구나 나도 이제 곧 뭔가 할 거예요. 그게 할머니를 기쁘게 할지 어떨지는 별문제고, 틀림없이 뭔가 한다고요. 그 '뭔가'라는 것은 말해도 어차피 모를 테니까 그냥 '뭔가 한다'는 사실을 믿어주면 되는 거예요. 그 이상은 이쪽도 바라지 않으니까 할머니도 적당한 선에서 '포기'해주지 않으면 곤란하죠."

"어차피 이해 못할 테니까 미신적으로 믿어주세요." 이런 소리를 나는 거듭 되풀이하고 있었다.

할머니는 무슨 소린지 잘 몰랐다. 게다가 우선 세살 때부터 삼주간 이상은 일찍이 당신 곁을 떠난 적이 없는 이 손자 안에 이해한다는 둥 믿는다는 둥 그런 짓을 할 만한 것이 어디 있다는 것일까? 또 만약 있다고 한다면 어느 틈에 그런 것이 생겼다는 것일까? 할머니는 잠자코 그런 생각들을 하는 모양이었다.

하지만 그렇게라도 하고 나니 내 기분은 한층 나아졌다. 할머니도 어쩐지 유쾌해 보였다.

둘째 여동생이 올라와 옆방에서 두 손을 바닥에 대고 꿇어앉아,

"오라버니 진지. 할머니 진지" 하고 말했다.

식사중에 갑자기 말이 나와 이튿날 할머니와 큰 동생과 나는 메이지 자(明治座)의 호리에(掘江) 인형극을 보러 가기로 했다. 「쭈우신구라(忠臣藏)」의 속편으로, 오오스미따유우(大隅太夫)가 7단째의 유라노스께(由良之助)와 9단째 한단을 읊을 것이다.

6

나는 어느샌가 점점 찌요를 사랑하게 되었다. 내 기분이 좋지 않을 때 한층 그렇게 느꼈다. 가라앉아 있을 때 찌요와 이야기를 하면 그것이 금세 좋아지는 일이 곧잘 있었기 때문이다.

나는 7월 11일 일기에 다음과 같이 썼다.

"나는 그녀가 단지 좋다는 것만이 아니다. 왜냐하면 그녀를 생각할 때는 반드시 일종의 고통을 느끼므로…… 나는 세 시간만 그 얼굴을 보지 못해도 어떤 쓸쓸함을 느낀다. 그도 내 곁에서 일하기를 좋아하는 것 같다. 내게는 어째서 사랑을 표현할 만한 용기가 없는 것일까? 그것은 나쁜 의미에서 내가 영리하기 때문이다. 나는 그를 사랑하면서

도 그가 아름다운 여자가 아니라는 사실을 알기 때문이다. 또한 그가 나와 나의 일을 이해할 만한 여자가 아니라는 생각도 들기 때문이다. 한마디로 하자면 결혼은 하고 싶지 않다는 기분이 강하기 때문이다. 결혼할 마음이 없는 사랑을 표현한다는 것은 다만 그에게 커다란 고통을 줄 뿐이다.

나는 아무 말도 하지 않을 것이다. 나는 더이상 눈으로 그를 좇지 않으리라. 두 사람의 눈은 하루에도 몇번씩이나 마주친다. 하지만 그것조차 그만두어야 한다.”

7월 15일에는,

“외출을 해도 집 생각이 머리에서 떠나지 않게 되었다. 찌요는 적어도 나 혼자에게만은 아름다운 여자다. 지금까지 나의 공상은 내 아내로 무한히 아름다운 여자를 그리고 있었다. 그렇게 그려진 여자와 비교한다면 어떤 여자라도 추녀가 된다. 찌요 역시 처음엔 그것에 비교되었다. 하지만 지금 찌요는 나의 머리에서 그 여자를 지워주었다. 내게 있어 지금 찌요는 유일하게 아름답고 사랑스러운 여자이다.

나는 K.W.를 또한 사랑하고 있는지도 모른다. 하지만 그 귀족주의적인 여자와는 결코 결혼은 할 수 없다는 것을 잘 알고 있다.

나는 내가 그 사람을 잘 알고, 또 나를 그 사람에게 잘 알려주지 않고는 결혼하지 않을 것이라고 결심했다. 그리고 내가 그 사람을 사랑하고 또 내가 그 사람에게 사랑을 받지 않는다면 결혼하지 않겠다고도 정해두었다. 마지막으로 나는 나의 일과 당착되는 결혼은 단연코 할 수 없다고 결심했다. K.W.와는 이 마지막 조건에서 도저히 용인될 수 없다. 그것을 잘 알고 있다.

찌요에 관한 한, 이 점에서 조금의 당착도 없다.

나는 찌요와의 관계가 고용주와 고용인이라는 것이 심히 섭섭하다.”

20일에는

"나는 찌요를 사랑하게 되어, 고용인들에 관하여 지금까지 없던 동정을 품게 되었다. 고용인들이 부엌에서 어떤 것을 먹고 있을까 하는 것을 처음으로 생각해보았다. 고용인은 고용되어 있는 동안에는 단 한 번도, 내가 날마다 하는 것처럼 전혀 때라고는 뜨지 않은 깨끗한 목욕물에 들어가는 일이 없다는 것을 비로소 깨달았다.

나는 엊저녁 찌요와 이야기를 하면서, 그녀가 자기 집에서는 부모님과 오빠로부터 내가 할머니 할아버지에게 사랑받았듯이 똑같이 사랑을 받았고, 마치 내가 가족들에게 멋대로 굴듯이 자기도 하고 싶은 소리를 하며 자라왔다는 이야기를 들으며 좀 이상한 기분이 들었다."

——하루에도 몇번씩 신경질적으로 손을 씻는 버릇이 있던 나는 특히 여름이면 몇번이고 욕실에 드나들면서 거기 있는 수도를 사용했다. 욕실 작은 창문 바로 아래가 우물가 빨래터여서 빨래가 많은 때면 찌요가 곧잘 거기서 빨래를 했다. 나는 그 작은 창을 통해 찌요와 곧잘 눈을 맞추곤 했다. 보지 않으려 생각은 하면서도 나도 모르게 본다. 그러면 찌요는 언제나 화가 난 듯한 무서운 눈초리로 나를 쳐다보았다.

7

어느날 오후 이층 방에서 책을 읽고 있는데 앞 큰길에서 갑자기 컹컹하고 개가 요란스레 짖는 소리가 들리고 이어서 몽둥이 같은 걸로 몸뚱이를 직접 때려대는 퍽퍽 하는 기분 나쁜 소리가 들려왔다. 완전히 당하기만 하는 '끔찍한' 개의 비명과 몽둥이 소리가 한동안 뒤섞여 들렸지만 점차 개 짖는 소리가 가늘어지더니 퍽퍽 하고 몽둥이 소리만 이어지다가 마지막에는 그것도 끝이 났다.

나는 갑자기 안절부절못하며 대청으로 나와서 그쪽을 보았지만 매화가지가 무성해서 보이지 않았다. 그곳에 앞집 막내로 이번 봄부터 소학교에 다니기 시작한 뚱뚱한 남자아이가 커다란 양산을 펼쳐 어깨에 대고는 바짝 굳어서 두세 걸음 앞의 땅바닥을 바라보며 허둥지둥 그쪽에서 돌아왔다. 얼굴색이 변해 있다. 그리고 숨을 헉헉거리며 조그만 소리로,

"개를 죽였어…… 개를 죽였어" 이런 혼잣말을 하며 곧장 자기 집 문으로 들어갔다. 인력거를 끌고 말레이 곰방대를 문 할아범이 "도련님, 도련님" 하고 말을 걸었지만 아이는 뒤도 돌아보지 않고 들어가버렸다.

그때 나는 '혹시' 하는 생각이 얼핏 들어 바로 이층에서 내려가,

"시로, 시로" 하고 불러보았다.

마당 쪽에서 시로가 머리와 꼬리를 잔뜩 늘어뜨린 채 구르듯이 허겁지겁 뛰어왔다. 그러더니 무작정 가슴으로 뛰어들었다. 아까 역시 잠시 후에 마당 쪽에서 달려왔다.

"어머나, 왜 그러죠?" 빨래를 널고 내려온 찌요가 웃으며 보고 있다.

"지금 밖에서 누가 개를 죽였어."

"저런." 찌요는 놀란 표정을 지었다.

"아까와 함께 저쪽에서 과자라도 좀 주고 얼마 동안 문밖에 내놓지 않도록 해줘."

이렇게 부탁을 해놓고 나는 문 쪽으로 가보았다. 노동자치고는 깔끔한 이목구비의 젊은이가 셔츠 바람으로 '거적'을 씌운 작은 짐수레를 끌고 잰걸음으로 마침 앞을 지나가는 참이었다. 나는 흥분으로 벌게진 그 얼굴을 보고 명실상부 '흉악자'의 표정이란 것이 있다고 생각했다.

──사나흘 지나 갑자기 시로가 보이지 않았다. 꼬집어 말할 수는 없지만 내게는 이 강아지가 나와 찌요 사이에서 무언가 역할을 한다는

기분이 있었기 때문에 묘하게 쓸쓸한 느낌이 들었다. 새하얗고 복슬복
슬한 아름다운 털을 가진 개였으니 어쩌면 누가 죽였거나 그렇지 않으
면 훔쳐간 것이라고 다들 생각했다. 어쨌든 경찰에 신고를 해두고 운
전수와 문지기를 시켜 근처를 찾아보게 했다.

찌요 역시 다섯살 난 타까꼬를 돌보면서 직접 마을로 찾으러 가곤
했다.

보이지 않은 지 이삼일 지나 우연한 기회에 밥 짓는 여자가 헛간의
탄가마니를 쌓아둔 뒤쪽 좁은 '틈바구니'에서 그 시체를 발견했다.

내가 보러 갔을 때는 그것이 헛간 앞에 나와 있었다. 새하얗던 털은
탄가루로 지저분해지고, 앞다리는 앞쪽으로 뒷다리는 뒤쪽으로 똑바
로 뻗은 채 배를 땅에 찰싹 붙이고 묘하게 납작해져서 죽어 있었다. 큰
아버지뻘이던 아까는 약간 주걱턱인 태연한 얼굴로 시체 쪽엔 눈도 주
지 않고 그곳에 서 있었다. 아까가 근처에서 미움을 받는 개였으므로
아까에게 먹일 심산이었던 독을 이쪽이 잘못 먹은 게 틀림없다는 것으
로 의견이 일치했다.

'못마땅한' 얼굴로 서서 보던 찌요는, 엉덩이를 붙이고 앉아 옆구리
의 벼룩을 씹고 있는 아까를 갑자기 잡아올려,

"에이, 얄미워!" 하고 손바닥으로 머리통을 세게 쳤다. 다들 웃었다.

8

8월 들어 나는 할머니와 두 누이동생과 남동생을 거느리고 하꼬네의
아시노유(蘆の湯)에 가야 했다. 심부름꾼으로는 찌요를 데려가고 싶다
고 할머니가 말했다. 하지만 내가 그에 반대하여 전부터 있던 마쯔를
데리고 가기로 정했다.

"할머니는 너를 데려가고 싶다고 하시지만 말이야" 하고 나는 내 방

에서 찌요에게 말했다. "마쯔가 전부터 있었으니까 그럴 수는 없다고 내가 반대했어."

찌요는 그저 웃기만 했다.

그것도 나로서는 2, 3주라도 찌요와 떨어져 생각해볼 필요가 있다는 것이 주된 이유였다.

나는 하꼬네에서 생각했다. 하지만 그것은 편협하게 갇혀 쳇바퀴를 도는 듯한 사고였다. 조그만 수첩에 찌요를 C라고 하여 나는 여러가지 이야기를 썼다. 요컨대 나는 나의 망설임이 찌요가 그다지 아름답지 않다는 것, 그리고 찌요의 집안이 사회적으로 낮은 계급에 있다는 것 등에서 오는 것이라고, 어쩌면 강박관념처럼 그렇게 여겼다. 나는 자신의 배니티(vanity)를 말살할 수 있다면 그것으로 이 문제는 해결되는 것이라 생각했다.

체재중에 나는 후따바떼이(二葉亭四迷)가 번역한 「짝사랑」이라는 뚜르게네프의 소설을, 근처의 눈이 짓무르고 꾀죄죄한 책 빌려주는 이에게서 빌려 읽었다. 그 마지막 부분에서 '젊은 나는 미래라는 것을 끝없이 긴 것이라 생각하여 까짓 이런 것(이런 사랑) 따위는 앞으로도 얼마든지 있다고, 더 좋은 일도 있으리라고 생각했다. 하지만 끝내 오지 않았다'라는 의미의 문구를 발견했는데, 나에게 그것은 이 문제에 주어진 운명의 암시라도 되는 듯이 느껴졌다. 나는 주어진 이 기회를 할 수 있는 한 조심하여 진척시켜야 한다고 생각했다. 지금 자신이 이것을 진척시키지 않고 피한다면 그것은 사려 깊은 방법이라곤 할 수 없다. 겁쟁이의 행위이다. 이런 생각을 했다.

8월 20일에 돌아왔다. 하지만 그때도 여전히 내게는 결심이 굳어지지 않았다. 나는 수첩에 '만일 이 결심이 일년 동안 변하지 않는다면……'이라는 둥 '결혼을 한다고 하더라도 지금의 C에게는 2, 3년간의 학교교육이 필요하다' 같은 소리를 적어놓았다.

나는 어쨌든 찌요가 나를 어떻게 생각하는지도 확실히 모르면서 이런 생각을 해봤자 소용이 없다는 생각이 들었다. 만약 찌요에게 약속한 사람이나 좋아하는 사람이라도 있다면 나는 깨끗이 단념하기로 마음먹었다. 내게는 찌요에게 차라리 그런 사람이 있어주면 좋겠다는 마음조차 있었던 듯하다. 만일 찌요에게 약혼자가 있다면 나는 실망하면서도 기뻐했을지 모른다.

하꼬네에서 돌아와 이틀 후 밤에 나는 찌요를 방으로 불러 내가 사랑한다는 사실을 이야기했다. 하지만 결코 열렬한 사랑이라고 할 만한 것은 아니라는 사실도 이야기했다.

나는 툇마루 쪽 구석에 놓인 책상에 등을 기대고 있었다. 찌요는 4첩 반짜리 옆방에서 문지방을 넘어선 곳에 '단정하게' 앉아 있었다.

나는 결혼에 관해서는 한마디도 하지 않고 찌요가 나를 어떻게 생각하는지를 물을 작정이었다. 나는 빙글빙글 돌려가며 스스로도 잘 모를 소리를 해댔다. 그것은 자신의 생각은 제대로 털어놓지 않으면서 상대방이 생각하는 것을 제대로 들으려 하는 교활한 태도였다. 그러다보니 스스로도 그것이 얄밉고 얄미워 견딜 수 없게 되었다.

찌요는 생각하고 있다, 하지만 생각해도 어쩔 수 없으니 포기하고 있다는 의미의 대답을 했다.

그래서 나도 이것저것 가리지 말고 노골적으로 물어보자는 생각이 들었다.

"약속을 했다든가 사랑하고 있다든가 하는 사람은 없어? ······ 나쁜 일도 부끄러운 일도 아니야."

"없습니다." 찌요는 심각하기 이를 데 없는 표정을 했다.

"그렇다면 만일 내가 청혼하면 넌 허락할 거야?"

"⋯⋯" 찌요는 좀 놀란 듯한 얼굴로 잠자코 고개를 숙였다.

"대답은 언제라도 괜찮아. 일주일이든 열흘이든 생각해봐. 다만 가족들과 상의해서 결정하는 건 곤란해. 너만의 생각을 듣고 싶거든."

나는 '만일 청혼하면'이라고 처음엔 어떤 가정으로 이야기했다. 하지만 기실은 그대로 청혼한 셈이 되었다. 찌요는 처음엔 '신분이⋯⋯' 하는 식의 이야기도 했다. 그것은 내가 듣지 않았다. 나는 어느새 흥분하고 있었다. 나는 일어서서 작은 장의 서랍에서 돌아가신 어머니의 볼품없는 금반지를 꺼내다가 그것을 찌요의 손가락에 끼워주었다. 그리고 목을 끌어안고 입을 맞추었다.

내가 찌요의 몸에 닿은 것으로는 두달쯤 전에 어두운 곳에서 찌요가 가지고온 내 회중시계를 받아들면서 내 손가락 끝이 찌요의 손바닥에 약간 닿은 것을 기억하고 있을 뿐이었다. 그때 나는 내가 사랑하는 여자의 손바닥이 의외로 딱딱한 데에 놀랐던 것을 선명히 기억한다.

끌어안듯이 하여 입을 맞추고 있자니 웬일로 찌요의 몸이 갑자기 풀썩, 무겁게 나에게 기울어왔다. 내가 약간 몸을 떼어내자 고개를 앞으로 툭 떨어뜨리고 정신을 잃은 듯이 되어버렸다. 말을 걸어도 잠자코 있었다.

그때 나는 놀라기보다 얼핏 어떤 기분 나쁜 의심을 했다. 그것은 입맞춤 이상의 일을 당하지나 않을까 하는 두려움에서 연극을 하는 것이 아닐까 하는 것이었다. 땀으로 뒷머리가 달라붙은 목덜미를 보이며 찌요는 타따미에 엎드려 있다. 내 마음은 묘하게 차가워졌다. 잠시 동안 나는 약간 떨어진 곳에서 꼼짝 않고 보고 있었다. 그리고 일으켜보니 찌요가 너무 창백한 얼굴을 하고 있어서 이번에는 정말 놀랐다.

나는 서둘러 벼루에 사용하는 물로 은단을 물려주었다.

"하녀 방까지 갈 수 있겠어?"

찌요는 약하게 고개를 저었다.

"누굴 불러서,—나도 함께 따라가줄게." 이렇게 말했지만 찌요는 다시 고개를 저어 거부했다. 조금 더 이대로 있게 두어달라고 힘없는 소리로 말했다.

"그러면, 더 좋은 물을 가져다줄까?"

찌요는 눈을 감은 채 끄덕였다.

서둘러 계단을 내려갔더니 계단 아래서 이와이라는, 얼굴색이 좋지 않고 살이 찐, 막 시골에서 올라온 서생 하나가 당황한 듯이 혼자 우물쭈물하고 있었다.

"'세이'든 마쯔든 아무나 컵에 물을 좀 가져오라고 해줘."

이와이에게 이렇게 명하고 나는 바로 다시 이층으로 올라왔다. 나는 서둘러 찌요의 손가락에서 반지를 뽑아 책상 서랍에 넣었다.

찌요는 30분 정도 지나 다른 두 하녀의 부축을 받으며 하녀 방으로 돌아갔다.

그후 얼마 동안 나는 뭐라 말할 수 없는 일종의 불쾌감을 느꼈다.

9

이튿날 일어나 가보니 찌요는 혈색 없는 얼굴로 다른 하녀들과 툇마루에 털썩 앉아 신문지를 깐 위에 판을 대고, 전날 밤 아버지의 손님들이 사용한 나이프와 포크를 닦는 참이었다. 찌요는 될 수 있는 대로 내게 얼굴을 보이지 않으려는 듯했다.

오전 아홉시쯤 되어 나는 펜과 종이를 가지고 안채의 이층으로 올라갔다. 입으로 말하면 금세 흥분해버릴까 무서워 편지로 써서 집 식구들에게 발표하려는 생각이었다. 마당에서는 매미가 시끄럽게 울어대고 나는 그 방에 있는 자단나무 책상에 기대어 뭐라고 쓸까를 생각했다. 거기에 아직도 창백한 얼굴을 한 찌요가 올라왔다.

"몸이 안 좋아?"

찌요는 웃으며,

"이제 완전히 나았어요" 했다.

"가끔 그런 일이 있어?"

"아니요. ⋯⋯ 그런 일은 지금까지 한번도 없었는데 어떻게 된 일인지⋯⋯"

나는 지금 식구들에게 어떤 식으로 발표를 할지 궁리하는 중이라고 이야기했다. 찌요는 잠시 동안 당황한 듯한 얼굴을 했지만 거기에 대해서는 아무 말도 없었다.

그날은 오후가 되어 친구가 왔다. 밤에 또 한사람 와서 나는 끝내 편지를 쓸 기회도 말을 꺼낼 기회도 없었다. 그날 저녁 찌요가 왔을 때,

"할머니랑 어머니는 대충 괜찮을 것 같은데 아버지가 틀림없이 뭐라고 하실 거야."

"주인어른은 까다로운 소리는 하실 리가 없어요⋯⋯" 하고 찌요는 태평스러운 얼굴로 말했다.

"그럴 리가 없지." 이렇게 고개를 저어 부정했더니,

"그럴까요?" 하고 찌요는 이상하다는 듯한 얼굴을 했다.

――이튿날 아침 나는 할머니를 안채 이층으로 데려가 모든 것을 털어놓았다. 마지막에,

"하지만 이건 상의하는 게 아니에요. 약속은 해버렸으니까 그걸 보고하는 거예요."

이런 고압적인 말투는 나에게 굳이 정략 같은 것도 뭐도 아니었다.

할머니는 어머니를 부르더니 당신이 간단히 내가 한 말을 되풀이했다.

"야마모또 상네 오유끼 상도 원래는 역시 하녀였어."

할머니는 알고 지내는 어떤 부잣집 이야기를 덧붙이기도 했다.

두 사람은 물론 찬성하지 않았지만 그렇다고 굳이 반대도 하지 않았다. 어쨌든 할머니가 아버지에게 이야기를 하기로 하고 셋이서 이층을 내려왔다.

그날밤도 나는 한시간 정도 내 방에서 찌요와 이야기를 했다.

——이튿날 아침 내가 혼자 방에 있는데 할머니가 올라왔다.

할머니는 오오쯔 가문에 이런 일은 일찍이 없었고, 말로 한 약속 같은 것이야 아무것도 아니니 없던 일로 해버리라고 말했다. 실은 카또오 상네 둘째딸이 평판이 좋아 마음속으로는 그 사람을 생각하던 참이었다고 한다. 그러고는 할머니는 이런 일은 중요한 일이라고 계속 그 소리만 반복했다.

"중요한 일이라서 할머니 같은 사람에게는 도저히 맡겨둘 수가 없는 거라고요." 나는 그대로 할머니를 남겨둔 채 방을 나와버렸다.

그날 나는 미우라 해변에 가 있던 시게미(重見)라는 친구에게 편지를 보내 "바로 돌아와줘, 이렇게 내 멋대로 하는 것은 너라서 하는 소리야"라고 했다. 그날밤 나는 찌요와 사실상 부부가 되었다. 나는 처음으로 여자의 몸을 알았다. 나는 바로 다시 시게미에게 편지를 썼다. "일의 내용을 전혀 쓰지 않은 채 이런 편지를 자꾸 보내 너에게 꽤나 걱정을 끼치는 거라고 생각해. 하지만 이제 돌아오지 않아도 돼." 이런 내용이었다.

——이튿날 아침, 할머니 방으로 갔더니 할머니는 아버지가 "그런 일은 절대 용서하지 않는다"고 말했다면서

"지금 어떻게 하면 찌요를 내보낼까 궁리하고 있는 참이다"라고 했다. 그 말하는 투가 정말이지 밉살스러웠다.

나는 갑자기 발끈했다.

"만일 그런 짓을 했다가는 나는 할머니를 버릴 거예요." 그러고는 격렬하게 할머니에게 악다구니를 퍼부었다. 할머니도 완전히 흥분해버렸다. 굉장한 기세로 각오가 되어 있다며 일어서더니 창고 쪽으로 갔다. 그 창고 이층에는 칼장이라는 것이 있는데 시시한 일본도니 단도 따위가 일고여덟 자루 들어 있었다.

연극이라고는 생각했다. 하지만 정말 그런 짓을 할 수도 있을 만큼 할머니는 흥분한 것 같았다. 또 연극일지라도 그것을 확실히 의식하지 못한 채 경우에 따라서는 흥분해서 자기도 모르는 새 무심결에 현실의 경계로 넘어가버릴 수도 있을지 모른다는 생각이 갑자기 어떤 육감처럼 들었다. 나는 "멋대로 하세요"라고 할 수 없었다. 그러는데 어머니도 나와서 말렸다.

그날밤도 나는 방에서 찌요와 열두시가 넘을 때까지 이야기를 나누었다.

다음날 아침 일찍 시게미에게서 지금 돌아왔다는 전화가 걸려왔다. 나는 서둘러 코오지마찌에 있는 그의 집으로 갔다.

"바다가 사나워서 배가 전혀 못 뜨다가 어젯밤 겨우 한척이 뜨기에 돌아왔다"고 시게미가 말했다. 그것은 내가 보낸 첫번째 편지를 본 직후의 일이고 '돌아오지 않아도 된다'고 한 편지는 닿기 전이었다.

나는 즐거운 마음으로 흥분하여 미주알고주알 털어놓았다.

"그런데 전혀 열렬하질 않으니 가끔 망설임이 일어 불쾌해서 견딜 수가 없어."

이렇게 말하자 시게미는,

"앞뒤 생각 없이 그저 밀고나가는 거라면 그다지 훌륭할 게 없어. 이제는 동반자살하는 놈들의 사랑이 멋있다고도 아름답다고도 여겨지질 않거든. 앞뒤를 생각할 만한 여유가 있고 그런 다음 자신의 나아갈 길을 자각하면서 앞으로 나아가고 그러면서 지지 않는다면 정말 위대하다고 생각해" 하고 말했다.

나는 집안사람들에게는 조금도 약한 태도를 보이지 않았지만 오히려 찌요에 대해서는 약한 소리를 했다는 것을 대단히 마음에 걸려하던 참이었다.

저녁때까지 이야기를 하고 힘을 얻어 집으로 돌아왔다.

돌아와 방으로 들자마자 찌요가 올라왔다. 찌요는 그날 내가 없는 동안 할머니와 어머니에게서 일절 내 방에 들어오면 안되고, 게다가 어쨌든 일단 거처를 옮겨달라는 명령을 받았다며 울었다.

찌요는 나더러 가능하면 집을 비우지 말아달라고 거듭거듭 말했다.

찌요를 돌려보내고 나는 곧장 어머니를 방으로 오라고 했다.

"가정 문제일 수도 있겠지만 그보다 나 자신의 문제니까요." 나는 흥분해서 거친 숨을 몰아쉬며 말했다. "나도 뒤에서 숨어서 하거나 하지 않을 테니 집에서도 일절 그런 짓은 그만두지 않으면 곤란해요."

이렇게 해서 내 허락 없이는 절대 찌요를 내보내지 않겠다는 약속을 받았다.

어머니는 내가 찌요와 한 약속은 성급한 짓이고, 그 일에는 동의하지 않지만 약속해버린 것은 지켜야 한다는 의미의 이야기를 하며 동정해주었다. 이야기를 하는 동안 어머니는 내가 열세살 때 이 집에 온 무렵부터 2,3년간 성격 강한 할머니와의 관계에서 고통스럽던 경험을 이야기하며 울음을 터뜨렸다. 나도 그 이야기에 빨려들었다. 10년 동안 계모라는 낱말에서 연상할 수 있는 어떤 불쾌한 감정도 일찍이 나에게 경험하게 하지 않았던 어머니에 대해 나 역시 눈물을 흘릴 수밖에 없었다. 그래서 나는 더욱 할머니를 미워하게 되었다. ──(할아버지 사후

에는 거의 나 하나만을 위해 살고 있는 듯한 할머니——성격이 강한 할
머니는 오랫동안, 하나뿐인 손자인 나를 거의 무의식적으로 자기 생각
대로 하려 들고, 나는 또 거의 무의식적으로 그렇게 되지 않으려 한다.
오히려 할머니를 내 맘대로 하려 든다. 두 사람의 이런 격렬한 싸움은
서로를 사랑하면서도 내 소년시절 이래 그칠 줄을 몰랐다. 나는 할머
니라는 적에게 언제나 사랑을 받으며 또 사랑하면서 한편에서는 그를
미워하지 않을 수가 없었다.)

나는 어머니와 이야기를 나누고 무척 기분이 좋아졌다.

"대학을 졸업하면 2,3년쯤 양행(洋行)을 시키고 돌아오면 그럴듯한
가문에서 며느리를 맞을 생각이니 이번 같은 일은 결코 용서 못한다."
이렇게 말했다는 아버지에게는 어머니가 잘 이야기를 해주기로 했다.

"이러저러하겠다는 둥 남의 일을 그렇게 멋대로 정하는 건 말이 안
돼요." 웃으면서 내가 이런 소리를 할 때쯤에는 이미 어머니도 웃을 수
가 있었다.

10

이튿날 아침 시게미가 와주었을 때 찌요를 만나게 했다. 이야기는 없
었다. 찌요는 약간 비스듬히 앉아 고개를 숙이거나 밖을 보거나 했다.
얼마 있다가 나는,

"이제 건너가도 돼." 이렇게 말하고 돌려보냈다.

그날 할머니는 아침부터 어지럽다며 거실에 누워 있었다. 나는 의심
스러웠지만, 원래 뇌가 약한 할머니이고 방에 들어가 열이 나는 듯한
얼굴을 보니 아주 꾀병은 아닌 듯했다.

오후에 나는 시게미와 함께 시바 공원에서 긴자 쪽으로 산책을 했다.

"가능하면 빨리 돌아가지 그래." 걸으면서 시게미는 두세번이나 이

렁게 말했다.

그날밤도 열두시 넘어까지 찌요와 이야기를 했다.

"결국 가난하게 살아야 해. 너는 가난해도 좋아?"

"좋을 거야 없지만 어쩔 수 없잖아요."

"가난은 싫은 건가?"

"네, 싫어요." 찌요는 가볍게 대답했다.

"맛있는 걸 먹고 싶어?"

"아니요."

"그럼 뭐야, 좋은 옷을 입고 싶은 거야?"

"네."

"좋은 옷이 입고 싶다?"

"네, 옷은 입고 싶어요."

"맛있는 건 못 먹어도 좋으니 좋은 옷은 입고 싶다고?"

"네."

이런 대화조차 내 귀에는 어쩐지 신기하게 들렸다.

이런 이야기도 했다.

찌요는 아직 카따아게(어린아이옷을 좀 크게 만들고, 자라는 데 따라 기장·화장을 어깨 부분에서 징그어 짧게 줄인 부분—옮긴이)를 달고 있었다.

"여자는 몇살쯤까지 카따아게를 다는 걸까?" 이렇게 물었을 때 찌요는 턱을 끌어당겨 제 어깨를 보면서 시골집 이웃의 치과의사에게 아직도 카따아게를 하고 있냐고 '놀림을' 받았을 때 "이거? 이것은 여직 좀처럼 안 떨어져"라고 해줬다는 이야기를 일부러 촌스러운 직접화법으로 말하고 웃기도 했다.

사방에 제 편이라곤 없던 찌요는 시게미를 엄청나게 의지했다. 그래서 "다음엔 언제 와주실까요?"라는 둥 했다.

이튿날 아침 나는 현재의 일에 대해 빠리에 있는 친구에게 편지를 썼다. 편지지에 석장 정도 썼을 때 어릴 때부터 함께 자란 네살 위의 숙부가 카마꾸라에서 상경했다. 마쯔가 알려주어 펜을 내려놓고 나는 거실로 건너갔다.

　"카마꾸라 쪽도 사람들이 점점 줄어들어요." 숙부는 홍차를 마시며 어머니에게 이런 이야기를 하고 있었다.

　잠시 후에,

　"잠깐 방으로 와다오."

　이렇게 말하고 숙부는 옆에 흩어져 있던 궐련초 갑을 한 세개 옷주머니에 넣더니 재떨이를 손수 들고 커다란 몸을 흔들며 대청을 지나 방쪽으로 갔다.

　"나는 전보를 받고 온 거야. 지금 간단한 이야기를 형수한테서 들었어. 하지만 나도 찬성은 안해." 흑구대(黑溝臺) 전투에서 한쪽 눈을 잃고서 군인을 그만두고 겐조오사(眼藏寺)에서 참선을 하고 있는 숙부는 이런 식으로 이야기를 했다.

　"물론 나라고 사회적인 지위 따위를 문제 삼는 건 아니지만 네 아버지가 그것을 물으시는 건 지당하다고 생각해. 하지만 너한테 폐적(廢嫡)을 당해도 상관없다는 결심이 있다면 한번 밀고나가보든지."

　거기까진 좋았는데,

　"찌요는 이상한 녀석이라고 생각했어" 하고 숙부는 이런 소리를 덧붙였다.

　더욱이 태평스러운 숙부는 반복해서 찌요에겐 코케티시(coquettish, 요염함, 교태―옮긴이)한 데가 있다고 생각했다는 등의 소릴 했다. 이런 말은 어머니나 할머니한테라면 몰라도 그때의 나에게 직접 할 소리는 아니었다. 나는 화가 났다.

 이 숙부는 나에 관해서는 스스로 항상 어떤 책임을 느끼는 모양이어서 나를 위해 할 수 있는 일은 하겠다고 말했다.

 그날 오후 시게미에게서 기다란 편지가 왔다.

 지금 칸다(神田)에 가는 길에 너희를 생각했다. 괜스레 눈이 젖어왔다. '만약 너희 일이 잘된다면 얼마나 기쁠까' 생각했다. 나의 이성은 '자네가 괴로우면 괴로울수록 자네를 위해 좋다'고 말하지만 사실을 말하자면 어서 자네들의 웃는 얼굴을 보고 싶다.

 나는 가능한 일은 뭐든 하겠다. 편지를 써보내면 너에게 조금이라도 용기를 줄 수 있을 것 같다고 생각했다. 그러자 빨리 돌아가고 싶었다.

 '어떻게 하는 것이 좋을까' 하고 돌아오는 길에 나는 생각했다. 그 결과 다음 소설(?)을 쓰기로 정했다. 아직 언제나 그렇듯이 끝까지는 생각하지 않았다.

*

 가여운 할머니,

 "사실 그도 그 여자도 불쌍하다. 눈물 많은 그가 얼마나 괴로울까. 그건 짐작이 간다. 또 그 여자 역시 완전히 타인의 의사에 따라 자기 신세가 정해지는 것이니 불안하기도 하고 괴롭기도 하겠지. 하지만 나는 할머니가 가장 가여운 분이라고 생각한다. 흔해빠진 소설풍으로 가자면 그야 물론 할머니가 가장 악역이지. 하지만 할머니 입장이 되어봐.

일흔 몇살이나 되어서 자신의 지주라고 여기던 그에게, 자기가 가
장 사랑하는 그에게, 그 사람에게만 희망을 두고 기대하던 그에게
'버린다'는 소리를 들어보라고. 얼마나 괴롭겠어? 할머니라는 존재
는 아무리 좋은 사람이라도 약간 꼬인 데가 있게 마련이지. 그에게
그런 소리를 들었을 때 정말 그가 당신을 사랑하지 않는다고 여기고
당신 같은 것은 아무래도 좋다고 생각하는 거라고 여기는 것도 무리
가 아니야. 그렇게 생각했다고 해봐. 지금까지 진자리 마른자리 이십
몇년이라는 긴 세월 동안 그를 위해 애 태우고 그것 때문에 얼마나
고생하고 걱정했는지 모른다는 것을 할머니는 확실히 자각하게 되
지. 당신이 이렇게 생각하고 있건만 이렇게 고생을 했건만 이렇게 걱
정했건만, 엉금엉금 기지도 못할 때부터 대학에 들어간 지금까지 하
루 아니 한시간도 그에 대해 생각하지 않은 적이 없건만, 이런 나를
아무것도 아니라고 생각한다, 방해가 된다고 여긴다, 이렇게 생각하
는 것도 무리는 아냐. 결코 무리가 아니지. 이렇게 생각한다고 해봐.
할머니가 불만스럽게 생각하고 서글퍼하고 그에게 말도 걸지 않고
그의 고통을 아랑곳하지 않고 나아가 괴롭히는 것은 지나친 일이 아
니라고 생각해. 할아버지가 돌아가신 후 할머니의 즐거움이라곤 사
실 그것 말고는 없었잖아. 의지하는 것도 그밖에 없고. 그 사실을 잘
생각해보라고. 나는 할머니가 가장 가엾다고 생각해.

그야 자네 말대로 할머니가 '오냐' 하고 한마디만 허락해준다면 그
도 기뻐하고 할머니도 얼마나 행복하겠나. 하지만 이보게, 옛날 사람
인 할머니가 이런 일을 이해하지 못한다고 해서 비난할 수는 없을 거
야. 그런 걸 이해할 정도라면 할머니를 불행한 사람이라고 내가 부르
지 않겠지.

그는 이제 와서 아무리 할머니가 울든 웃든 화를 내든 위협을 하든 듣지 않겠지. 들을 만큼 약한 남자가 아냐.

약한 사내라면 할머니는 불행하지 않을 거고, 듣지 않을 것이 뻔한 사람을 억지로 듣게 하려니까 할머니를 불행한 사람, 가여운 양반이라고 하는 거지.

이런 경우 할머니가 질 수밖에 없어. 할머니가 지면 그는 얼마나 기뻐할까. 그리고 틀림없이 할머니가 생각하는 대로, 바라고 있는 대로 효도를 할 거야. 그걸 모르고 꺾을 수 없는 그를 꺾으려 하니 그를 점점 분노하게 만들지. 할머니는 가여운 분 아니겠나.

어째서 이런 걸 모를까 하고 생각할지도 모르지만 그게 바로 옛날 사람이니 달리 방도가 없지.

행복해질 수도 있건만 그렇게 못하고, 귀여운 손자를 괴롭히고, 대들보라 여기는 손자가 자신을 싫어하게 만드는 할머니를 불행하다고 자네는 생각지 않나? 할머니를 생각하면 눈물이 나와.

그도 물론 괴롭겠지. 할머니를 무척이나 생각하는 그가 할머니더러 "버리겠습니다"라고 말하기까지 얼마나 힘들었을지 몰라. 하지만 그는 젊고 이길 것이 뻔하고 스스로가 만들어낸 일인데다가 지금이야 힘들겠지만 희망이 있으니 할머니보다 훨씬 낫지. 그 여자도 힘들겠지. 가장 어려운 위치에 있어. 그러나 그를 의지하고 있으면 되는 거야. 그를 믿고 있는 모양이니 불행한 가운데도 희망이 있지.

역시 가장 불행한 쪽은 할머니야.

책임이 중하고 복잡한 고통을 겪는 것은 그임에 틀림없지. 이미 약속한 지금 그 여자를 버린다면 큰 죄인이 되어 평생 불행할 거고. 그렇다고 해서 할머니를 버린다는 것은 얼마나 괴로운 일인지 몰라. 그는 할머니가 자기를 얼마나 의지하고 사랑하는지를 잘 알지. 그는 언제나 할머니 걱정을 하거든. 하지만 이러한 고민은 의미있는 고민이야. 할머니는 다르지.

하지만 누가 가장 불행한가를 따져봤자 뭐 하겠나. 그저 우리는 할머니가 승낙하고 세 사람이 서로 사랑하며 행복하게 살 수 있도록 노력해야만 하네.

나는 물론 그와 그 여자는 결혼해야 한다고 생각해. 할머니가 아무리 반대해도 결혼하는 것이 옳다고 생각해. 그러니 어떻게든 할머니에게, 그가 질 리가 없다는 사실과 그의 생각대로 하게 두는 것이 좋다고, 그렇게 하지 않으면 안된다고, 그렇게 했을 때 얼마나 행복을 얻을 수 있는지를 알려주고 싶다고 생각하네. 사실 자네 말대로 할머니만 허락한다면 세 사람 모두 더할나위 없이 행복하고 경사 났네, 경사 났어, 하겠지. 하지만 그걸 모른다고 비난할 수는 없어. 옛날 사람이잖나.

부디 그의 마음을 할머니가 알아주면 좋으련만." 끝.

*

무엇 때문에 이걸 썼는지는 아시리라 생각합니다. 이만 총총.

이 편지는 큰 감동을 주었다. 당시의 나에게 이만큼 적절한 편지는 없었다. 나는 눈물을 글썽였다.

시게미가 이것을 할머니에게 읽어드리라고 썼다는 것은 알았지만 그날은 그럴 만한 기회가 없었다.

11

밤 여덟시쯤 되어 찌요는 문을 닫으러 올라왔다. 그때 나는 책을 읽고 있었다.

문을 닫더니 찌요는 방으로 들어와,

"저 때문에 이런 소동이 일어났다고 생각하면 괴롭고 괴로워서……"

이런 소리를 계속했다.

"우리집 식구들이 다들 멍청이니까." 나는 이렇게 말했다.

이런 이야기도 한시간 정도로는 그다지 많이 할 수가 없었다. 아홉시쯤 되어 목욕을 한다며 찌요가 내려갔다. 그러더니 금세 다시 올라와 안절부절못하며,

"준끼찌 상, 무라이 상 사모님께서 지금 거실에 와계세요" 하고 숨을 몰아쉬었다.

아버지가 나가는 철도회사 부하직원의 부인으로 찌요를 소개해준 사십대 가량의 여자였다.

"뭘 그리 놀라!" 나는 꾸짖듯이 말했다. "내 승낙 없이는 절대 안 쫓아내기로 약속이 되어 있잖아, 바보 같으니라고." 나는 놀라 상기되어 내 눈을 지켜보는 찌요의 얼굴을 보며 웃어주었다.

"찌요! 찌요!" 유리창문 아래서 앙칼진 소리로 부른다.

"무라이 상이에요, 준끼찌 상. 무라이 상이라고요."

찌요는 무릎걸음으로 다가왔다. 나는 그 여자가 찌요를 데리고 왔을 때 "오찌요 상"이라 부르던 것을 기억했다. 우리가 진지하게 정면에서 행하고 있는 이번 일에 대한 모든 이들의 무례한 태도가 이 여자의 막된 말투에 노골적으로 드러난다는 느낌에 나는 돌연 부아가 치밀었다.

"찌요! 찌요!" 이런 가시 돋친 음성이 계단 바로 아래서 들려온다.

"저렇게 화를 내다니……" 찌요는 울음을 터뜨릴 듯한 얼굴로 안절부절못했다.

"가봐, 나도 함께 갈 테니……"

나는 일어서서 찌요의 어깨를 그쪽으로 밀어주었다. 내가 계단 위로 갔을 때 여자는 계단을 오르는 참이었다.

"무슨 볼일이라도?" 나는 분노에서 나오는 날카로운 말투로 물었다.

"네, 그래요."

"무슨 일인지?"

"……"

"무슨 일인지 모르지만 나도 함께 가서 듣지."

"당신에겐 아무 볼일도 없어요."

"건방진 소리 하지 마." 나는 큰 소리를 냈다.

다실로 갔다. 다과가 준비되어 있고 어머니 혼자 앉아 있었다.

자리에 앉자 그 여자 역시 흥분 때문에 눈빛이 달라진 채,

"무엇보다도 급한 일로 애네 오빠가 좀전에 기차로 올라와 집에서 기다리고 있어서 서둘러 왔더니, 이쪽에서 웬일로 엄청나게 화를 내서…… 뭐가 뭔지 알 수가 없네" 하고 약간 흘기듯이 나를 보았다.

"실례 아닌가. 어째서 당신은 무례하게 내 방으로 들어오려고 했지?"

"아니 그럼, 하녀가 주인 방에서 이야기를 하고 앉아 있는 법도 있습니까? 나는 그게 화가 난 것뿐이에요."

"건방진 소리 말라니까."

나는 어쩌면 마쯔 혹은 세이라는 밥 짓는 아이가 잘난 척하며 소개한 이 여자에게 알린 것이 아닐까 싶었다. 만나도 말 한마디 나눈 적 없는 무라이라는 부하직원이나 그의 아내 따위가 우리의 운명에 한마디라

도 끼어드는 것이 지독한 모욕이라 여겨져 기분이 나빠 견딜 수가 없는 참에 하녀까지, 하고 생각하니 지울 수 없는 경멸을 당했다고밖에 생각할 수 없었다. 나는 한층 더 화가 치밀었다. 하지만 증거도 뭐도 없는 일이니 어떻게 해야 좋을지 알 수가 없었다.

"이쪽이 정면에서 하는 일에 만약 뒤에서 이상한 짓을 하는 놈이 있으면 그야말로 무슨 짓을 해서든 앙갚음을 하고야 말 테니까. 절대 용서 안해."

나는 방 한칸과 주방을 사이에 둔 하녀 방까지 들리는 큰 소리로 이런 말을 되풀이했다.

잠옷 바람으로 할머니도 일어나 나왔다.

"무슨 소릴 하는 거예요? 찌요는 일이 끝나면 곧 돌아와요." 할머니는 달래듯이 이런 소리를 했다. 어머니 역시 그 여자에게,

"이쪽에도 지금, 좀 정리가 덜 된 일이 있으니까요. 내일은 일이 끝나는 대로 반드시 곧장 돌려보내주세요" 했다.

나는 어쩌면 내가 너무 성급했나 싶기도 했다. 전부터 만만찮은 여자라는 소리는 어머니에게 들어서, 찌요의 대답이 늦어 화를 냈던 것인지도 모르겠다는 생각이 들기 시작했다. 그렇지만 여전히 불안했다. 나는 모두 앞에서 찌요에게

"이 일이 어느 쪽이든 확실히 정해지기 전에는 절대로 너를 집으로 보내지 않기로 되어 있으니까." 두 사람 사이에서는 몇번이나 이야기된 것을 여기서 되풀이하고 또한 꾸짖는 듯한 말투로,

"내일은 꼭 돌아와야만 해. …… 그리고 만약 그쪽 사정이 변한다든가 하는 경우에는 반드시 전화로 일단 나에게 상의를 해야 해"라고 했다.

"네." 흥분한 찌요는 이렇게 확실히 대답을 하더니 방으로 옷을 갈아입으러 내려갔다. 나는 일어나 어두운 마루를 왔다갔다 했다.

그 여자와 찌요는 부엌 입구로 해서 나갔다. 나갈 때 찌요더러,

"내일은 오빠와 함께 돌아와. 알았지?" 하고 말했다.

찌요는 어쩐지 불안한 눈초리로 '부뚜막' 옆에 선 내 얼굴을 올려다보며 끄덕였다.

12

나는 그대로 창고 지붕에다 만들어놓은 빨래 너는 곳으로 올라가서는 또 그 망루 위로 올라갔다. 별이 많은 밤이었지만 비교적 무더웠다.

어쨌든 이런 경우 찌요를 잠깐이라도 여기서 떨어뜨려놓는 것은 불리한 일이라고 생각했다. 이쪽 사정으로, 돌려보내는 것은 안된다. 일이 있으면 내일이라도 오빠를 보내도록 하라고 고집을 부렸더라면 그것으로 아무 일도 없었을 것을, 하는 생각도 들었다.

나는 멀리 보이는 불빛을 보면서 그 여자에게 끌려 불안한 마음으로 서둘러 가고 있을 찌요의 모습을 떠올리지 않을 수 없었다. 그리고 허전하고 쓸쓸함을 느꼈다.

내일 오빠라는 사람을 만나면 모조리 이야기를 하고 그쪽만이라도 어떻게 매듭을 지을 수 있지 않을까 하는 생각도 했다. 추가 달린 쇠사슬로 닫혀 있는 작은 문을 여는 요란한 소리가 들렸다. 그 소리로 저녁때부터, 그해 봄에 결혼한 아내의 친정에 가 있던 네살 위의 숙부가 돌아왔다는 것을 알았다. 나는 동시에 옥상에서 내려갔다.

"아직 깨어 있었어?"

숙부는 이런 말을 하며 주방에서 안채로 건너가려는 것을,

"잠깐 이층으로 와줄래?" 하고 함께 내 방으로 데려왔다.

나는 그날 저녁 일을 이야기하면서,

"어쩌면, 뒤에서 이 일을 훼방하려는 놈이 있는 것 아닌가 싶어. 누

군가, 다른 하녀가 아닐까 나는 의심하고 있는데" 하고 말한다.

"하녀는 무슨. 아버지지" 하고 숙부는 가볍게 말했다.

"어째서?" 나는 이미 흥분하기 시작했다.

"오늘 회사에서 무라이에게 '찌요에겐 아무 잘못도 없지만 아들놈이 실수를 했으니 어쨌든 일단 찌요를 돌려보내고 싶네' 하시더라고."

"그럴 리가 없어. 이 문제가 어떤 해결을 볼 때까지는 찌요를 절대 돌려보내지 않겠다는 약속이 되어 있는걸." 나는 숙부의 말을 믿지 않았다.

"어떻게 믿어, 그런 걸? 아버지는 너를 치정에 미친 얼간이라고 하시는데. 그런 약속에 일일이 책임을 질 것 같아?"

나는 분노로 몸이 떨려왔다.

"좋아! 이쪽에서는 어디까지나 진지하게 정면에서 이야기를 하고 있는데 다들 뒤에서 그런 식으로 한다면 이쪽도 생각을 바꿔야지."

나는 이미 이런 말을 숙부에게 한 적이 있었다.

숙부는 열심히 달래놓고 얼마 후 부엌문을 통해 안채로 돌아갔다.

나는 다시 옥상으로 올라갔다. 열두시경이었다. 기적소리라든가 전차 레일이 삐걱거리는 소리가 아직 들려왔다.

나는 바로 그 지붕 아래 지금까지 있던 찌요는 이제 결코 돌아오는 일이 없을 것이라는 것, 내일부터 마쓰나 키미가 나를 돌봐주리라는 것 등을 생각하며 감상적인 기분이 되어갔다. 또한 어쩌면 찌요는 오늘밤 안으로 사와라(佐原) 쪽 고향으로 돌려보내졌을지도 모른다, 이런 것들을 생각하면서 때때로 번개 불빛이 보이는 동쪽 먼 하늘을 바라보며 새삼스레 찌요와 나 사이의 공간적인 거리를 느꼈다. 아버지는 이번 일에 관해서는 절대 나를 직접 만나려 하지 않는다. 그것은 좋다. 나 역시 그 전해 여름의 시시한 일로 생긴 격렬한 충돌을 생각하면, 할 수만 있다면 아버지와 직접 만나지 않고 문제를 진행해나가고 싶다고 생각했다. 하지만 오늘밤 같은 일을 만나 그저 치정에 미친 얼간이가 하는 짓이라는 정도로 경멸당할 정도라면 어떤 충돌이 있든지 직접 만나 조금 더 이해를 받아야만 한다는 생각이 들었다.

나는 그 정도로 알고 있으면서 내게는 전혀 말하지 않고 저녁때부터 외출을 해버렸던 숙부에게도, 일이 끝나면 찌요는 금세 돌아온다고 하던 할머니에게도, "이쪽에도 지금, 좀 정리가 덜 된 일이 있으니까……" 하던 어머니에게도, 그 태연스러움, 그 행위가 지닌 나쁜 취향, 그 유치함 따위를 생각하면 견딜 수 없는 불쾌감과 악의를 지니지 않을 수 없었다.

사실 이런 사람들에게 나는, 비정상적으로 발육한 어린애 이상으로는 보이지 않았을지도 모른다. 모두들 젊은 우리가 하는 말들이 언제까지나 가치 없는 공상이고, 그것이 실제 인생에서는 끝까지 아무런 도움도 되지 않는다고 치부할 수밖에 없었을 것이다. 우리는 끊임없이 무언가 심하게 자아도취적인 소리를 할 수밖에 없었다. 하지만 일에 대한 그 열렬한 야심과 실제로 가질 수 있는 자신감에는 어딘가 불균형한 데가 있다는 것은 스스로도 알고 있었다. 바꿔 말하자면, 그때 당시는 어느정도나마 자신을 가질 만한 일을 하지 못했다. 그래서 왠지 모르게 우리가 우쭐해하면서도 여유 없는 소리밖에 낼 수 없었던 것이다. 정말이지 새된 목소리였다. 더구나 이런 끼익끼익 하는 잘난 체는 사실 우리들 사이에서만 통용되었다. 내가 치정에 미친 얼간이인 것처럼 우리 패거리 이외의 남에게 우리는 모두 무언가에 미친 얼간이에 불과했을 것이다. 하지만 우리도 그 자리에 머물러 있을 수는 없었다. 그런데 거기 머물러 있지 않을 젊은이들에 관해 그로부터 뒷날을 전혀 생각하려 하지 않았던 것이, 그런 사람들이 우리와의 관계에서 그들 자신을 어떤 의미에서는 불행하게 만든 하나의 원인이라고 생각한다. 이것은 하지만 거의 불가피한 일이라고도 여겨진다.

13

나는 방에 돌아와서도 도저히 잠을 이룰 수 없을 것 같았다. 덧문을 닫아놓은 대청마루를 왔다갔다 하며 생각했다. 아무리 생각해도 부아가 나서 견딜 수 없었다. 식구들의 하는 짓이 너무나 이쪽을 경멸한 것이다.

나는 등불을 들고, 그때는 이미 한시 가까웠지만, 주방문을 두드려 하녀에게 문을 열게 해서 아버지의 침실로 갔다.

아버지는 좀처럼 대답이 없었다. 나는 이야기할 것이 좀 있으니 일어나주십사고 말했지만 아버지는 허락하지 않았다.

"그러면 내일 아침 말씀드리겠습니다."

"내일은 일찍 외출할 테니 못 만난다."

"굳이 그렇게 일찍 나가셔야만 합니까?"

"그래, 지금 회사가 가장 바쁠 때 아니냐."

아버지는 어느 철도회사의 전무이사라는 자리에 있었다. 그때는 마침 그 철도가 국유화되어 네댓새면 넘어갈 무렵이었다.

"그러십니까? 그렇다면 들어주시지 않아도 됩니다."

나는 강한 어조로 분명히 이렇게 말하고 일어나 왔다. 그것이 내 귀에도 "무슨 짓을 할지 몰라요"라고 하는 듯이 들렸다.

방으로 돌아온 나는 그저 흥분했다.

나는 한동안 방 안을 서성였다. 뭔가 물건이라도 두드려 부수고 싶어 견딜 수가 없었다. 나는 책상 위에서 이집트 담배 100개비들이 빈 상자를 집어들어 크리켓 공이라도 던지듯이 팔을 뻗은 채 있는 힘껏 타따

미 바닥에 내동댕이쳤다. 부딪힌 모서리 부분이 세모꼴로 타따미의 골
풀을 잘라내고 상자는 찌그러져 튀어올랐다. 속에서 조그만 종잇조각
대여섯 장이 쏟아졌다. 2, 3년 전 서양화가인 F씨 집에서, 디자인에 참
고하기 위해 소품들을 붙여놓은 스크랩북을 보고, 그런 일에 약간은
흥미가 있던 나는 그때부터 신경을 써서 외국잡지라든가 광고 같은 데
서 그런 것을 잘라내서는 모으고 있었다. 그 가운데 조그만 것 100장
정도를 그 작은 상자에 넣어두었다.

나는 그때 같은 격렬한 분노라는 것을 거의 경험한 적이 없었다. 하
지만 이런 될 대로 되라는 식의 태도도 피할 수 없는 것은 아니라는 점
을 당시에도 확실히 알고 있었다. 만약 곁에 다른 사람이 있었더라면
나는 배니티 때문에라도 그런 짓은 하지 못했으리라는 것을 알고 있었
다. 그런데도 부아가 치밀어 뭔가 그런 짓이 해보고 싶었다. 그러니 노
력해서 억누를 필요도 없다. 이런 것들이 당시 내 머리에 떠올랐다.

나는 가벼운 양철상자로는 성이 차지 않아 책장 문을 열고 9파운드
짜리 쇠로 된 아령을 꺼내 있는 힘껏 다시 내던졌다.

아령은 비스듬히 한칸 정도 튀어올라 방구석에 있는 책상으로 튀어
올랐다가 다시 장지문을 맞히고 덜커덩덜커덩 하는 소리를 내며 책상
뒤로 떨어졌다.

나는 책장 선반에 팔꿈치를 괴고 흥분에서 생기는 몸 중심의 떨림을
가라앉히듯이 꼼짝 않고 고개를 숙이고 있었다. 그러자 내 머리에 문
득 아래서 자는 이와이의 모습이 떠올랐다. 코가 납작하고 얼굴색이
나쁘지만 살이 찐, 그야말로 촌스럽기 그지없는 새로 온 서생이 한밤
중에 자고 있던 바로 위의 천장에서 지금의 엄청난 소리를 듣고 어둠
속에서 불쑥 일어나 앉는 모습을 떠올리자 나는 참을 수 없이 우스워
져서 혼자서 쿡쿡거리며 웃지 않을 수 없었다.

(그후 2년 정도가 지나 타따미를 갈 때 보았더니 꽤 두꺼운 버팀판자가 한가운데서 부러져 있었다. 그때도 나는 이날 밤의 일을 생각하며 혼자서 웃을 수밖에 없었다. 그정도의 분노 속에서 그렇게 멈출 수 없는 우스움을 느꼈다는 것을 나는 재미있는 경험이라 생각했다. 또한 '이런 될 대로 되라는 식의 태도는 하지 않겠다고 마음먹으면 금세 그만둘 수 있다. 하지만 그것을 억누른다고 훌륭할 것도 없다' 한편에서 이런 생각을 하는 마음의 여유,——이것을 생각했을 때 그때 쇠 아령이 책상 위의 램프에서 다섯 치 정도도 떨어지지 않은 곳까지 날아간 것을 보면서 철렁 하지도 않았던 일을 상기하고는, 내가 역시 평상심은 아니었다고 생각했다.——어릴 때부터 램프에는 특히 주의하도록 교육을 받아서 아래층 서생이 그것을 켜놓고 잠든다든가 하는 경우 나는 정색을 하고 화를 내곤 했다.)

얼마 후에 나는 빠리에 있는 화가 친구에게 다시 편지를 이어쓰기 시작했다.

"지금은 밤 한시다.

나는 오늘밤과 같은 분노를 일찍이 경험한 적이 없네. 지금 나는 혼자서 너무나 어리석은 모습으로 난리를 피운 참이야. 이러지 않으려 노력하는 것이 귀찮아서야. 오늘밤은 도저히 잠들 수 없구먼. 깨어 있으면 더더욱 짜증만 나고. 그래서 오전의 편지를 이어서 쓰기로 했어⋯⋯"

나는 흥분 때문에 뚝뚝 끊어지는 문장을 썼다.

"⋯⋯ 이런데도 나는 화를 내면 안되나?" 이런 글귀가 군데군데 있다.

편지지 앞뒤로 아홉장을 썼다. 마지막에,

"아버지는 나와 의절을 할망정, 이번 일은 용서하지 않는다고 했다는군.

할머니는, 의절은 집안의 흠이 된다, 그러느니 차라리 지위가 다른 여자를 들이는 편이 낫다고 했다더라고.

그런 일은 아무래도 좋아. 어쨌든 나는 이런 인간들과는 함께 지낼 수 없어.

내가 고독하면서 태연할 수 있는 인간이 아니라는 사실은 자네도 잘 알고 있겠지. 내게는 자네와 시게미와 찌요가 있어. 솔직히 말하자면 또 한사람 할머니가 있다고 덧붙이고 싶어.

더는 못 쓰겠네."

쓰기를 마치고 나는 옆에 놓인 회중시계를 보고 다시,

'메이지 40년 8월 30일 오전 3시 반'이라고 써넣고 펜을 내려놓았다.

■ 더 읽을거리

『암야행로』(김환기 옮김, 아름다운 세상 1999)는 할아버지와 어머니 사이에서 태어난 주인공 토끼또오 켄사꾸의 출생의 비밀과, 아내인 나오꼬가 친척 남성과 같은 잘못을 저지른 데서 생긴 그의 번뇌, 그 극복과정을 그린 자전적 작품으로 작가의 유일한 장편소설이다. 주위로부터 단절된 고독한 삶을 강하게 살아내려는 주인공의 모습이 엄격하게 조형되어 '타이쇼오(大正) 문학'의 한 전형을 볼 수 있다.

宮本百合子

| 미야모또 유리꼬 |
1899~1951

토오꾜오에서 저명한 건축가의 장녀로 출생. 일본여자대학 예과에 입학한 해에 열일곱의 나이로 『가난한 사람들의 무리』를 써서 쯔보우찌 쇼오요오의 소개로 발표하면서 학교를 중퇴하고 창작에 전념. 고대 동양어 연구가인 아라끼 시게루와 결혼했으나 이혼하고 러시아문학자인 유아사 요시꼬(湯淺芳子)와 공동생활을 시작하여 이 체험을 바탕으로 대표작 『노부꼬(伸子)』를 완성했다. 쏘비에뜨 여행 후 일본 프롤레타리아 작가동맹(NAPF)에 가입, 공산주의 지도자 미야모또 켄지(宮本顯治)와 재혼했다. 전시 공산주의운동에 적극적으로 참가해 집필금지와 투옥 등 고난을 겪었으며, 패전후 공산당이 재개되면서 정력적으로 집필과 사회운동을 병행했다. 민주주의문학, 프롤레타리아문학을 대표하여 『삼나무 울타리(杉垣)』 『반슈우(播州) 평야』 등의 작품이 있다.

■ 가난한 사람들의 무리 貧しき人々の群

이 작품은 미야모또의 작품활동 초기의 것으로 아직 십대 소녀였던 작가의 자전적인 성격이 강하다. 할아버지대로부터 지주의 딸인 주인공의 낙천적 선의가 농민들의 현실에 부딪혀 좌절하는 과정을 통하여 남을 돕는다는 것의 본질적인 의미, 거기서 느끼는 절망감 등이 서툴지만 청순한 필치로 가감없이 묘사되고 있다. 눈을 돌려버리고 싶은 현실에 대한 객관적 인식을 나이 어린 여주인공의 마음의 움직임을 따라 그림으로써 일종의 성공적인 사소설이 되었다.

가난한 사람들의 무리

1

마을을 남북으로 가로지른 길을 따라 농가가 한 채 있다. 인간의 주거라기보다 무슨 짐승 우리라고나 하는 편이 걸맞을 정도로 초라한 집 안은 창이 거의 없어 무척 어둡다.

세 평 정도 되는 토방에는 세간들이 지저분하고 서까래 위의 더워 보이는 닭장에서는 알을 낳는 암탉이 구구구구 하고 목 울리는 소리가 들린다.

벽 쪽으로 늘어져 있는, 닭들이 사용하는 나뭇가지로 된 사다리, 닭 똥과 닭털이 허옇고 누렇게 들러붙은 그 위에는 말라빠진 수탉이 서서 천장의 암탉을 지키고 있다.

모든 것이 궁상맞고 냄새나고 빈한한 속에 사내아이 셋이 화롯가에 모여앉아 자기들 먹을 것이 끓기를 이제나저제나 목을 빼고 기다리고 있다.

한 녀석은 턱 밑을 괴던 한쪽 팔을 뻗어 타는 나뭇가지로 숨이 죽은 불을 휘젓고는 한숨을 내쉰다. 다른 녀석은 지루해 죽겠다는 듯이 가느다란 다리를 파닥파닥 움직여가며 아직 김도 오르지 않는 냄비 속과 형제들의 얼굴을 힐끔거린다. 하지만 누구 하나 입을 여는 사람 없이 다들 더없는 열심으로 거친 눈동자를 반짝이며 오로지 눈앞에서 익어가는 감자만을 생각하고 있다.

건강한 상상력으로 마침내 자기들이 먹게 될 것의 색과 모양, 냄새들을 생각하면 잠들어 있던 침샘은 갑작스레 깨어나 금세 혀뿌리에 침이 솟아오르고 뺨 아래쪽이 울고 싶게 아파온다. 그들은 머리까지 아파오는 듯싶어 때때로 꿀꺽꿀꺽 하며 목을 울려댔다.

아이들은 일년 내내 굶주린다. 배가 부르다는 것을 일찍이 알아본 적이 없는 그들은 자나깨나 '먹고 싶다, 먹고 싶어' 하는 욕망에만 시달려 먹을 것이라면 본성을 잃고 사족을 못 쓴다.

지금도 그들 셋 모두가 '만일 나 혼자만 이 감자를 다 먹을 수 있다면' 하고 생각하니 평소에는 없으면 안되는 형제들도 이런 때는 얼마나 방해가 되는가 사무치게 느끼고 있던 것이다. 그러다보니 어느샌가 닭들이 터진 가마니에 부리를 집어넣고, 언제나 아버지가 한톨이라도 버렸다가는 눈이 멀게 된다고 엄하게 일러왔던 쌀알들을 쪼아먹고 있는 것 따위는 알아챌 수도 없었다.

닭들과 아이들은 각각 자기들의 먹을 것에만 마음을 빼앗기고 있었다.

그러던 참에 아까부터 입구에서 뚫어지게 이 모습을 바라보던 들개가 무슨 생각을 했는지 느닷없이 엄청난 기세로 돌팔매처럼 닭들 속으로 돌진했다.

모처럼 쌀맛에 정신이 없던 닭들은 이 뜻밖의 적의 내습에 얼마나 넋이 빠졌을까! 꼬끼오 꼬꼬꼬꼬, 꼬끼오 꼬꼬꼬꼬 하는 귀를 찌르는 듯한 비명. 퍼덕퍼덕퍼덕 하는 부질없는 날갯짓 소리들이 집 안의 공기를 흔들어놓고 가라앉았던 먼지들이 가득 피어올랐다.

소동이 너무나 엄청나다보니 오히려 개 쪽에서 당황하여 젖은 코끝으로 땅바닥을 문질러가며 어슬렁어슬렁 주변을 쿵쿵거렸다.

옆으로 처진 혓바닥이니 얇은 가죽 속으로 보이는 갈비뼈가 덜덜 떨리기도 하고 헐떡이기도 한다.

이 뜻밖의 사건에 아이들은 모두 일어섰다. 그리고 가장 큰 아이는 불이 활활 붙은 나무토막을 난로에서 집어들더니 개를 겨냥하여 힘껏 던졌다. 던져진 나무토막이 투둑 불꽃을 뱉어내며 개의 뒷발 근처에 커다란 소리와 불똥을 퍼뜨리며 굴러가자 나지막이 놀라는 소리를 내며 개는 몸을 길게 늘여 단숨에 집밖으로 도망쳐버렸다.

나무토막의 불은 꺼지고 후— 후— 하며 엄청난 연기가 피어올랐다.

이 작은 소동을 포함하여 그들이 학수고대하는 시간은 더없이 천천히 기어갔다.

하지만 마침내 냄비 속에서 부글부글 하는 기쁜 소리가 들리자 모두의 얼굴은 갑자기 밝아져 미소를 담은 눈이 몇번이나 몇번이나 뚜껑을 열고는 들여다보았다.

그리고 한참 지나자 제일 큰 형은 아직도 아침밥 자국이 여기저기 들러붙은 밥그릇을 가져오더니 화로 곁에 늘어놓았다. 이제부터 이 따끈따끈하고 마음을 하늘 높은 줄 모르게 만드는 듯한 냄새가 나는 감자가 분배되려는 참이다!

하나 둘 셋 넷. 하나 둘 셋 넷.

그는 순서대로 나누다가 문득 앞뒤를 잊어버릴 정도의 강하고 충동적인 유혹에 빠져 모두의 얼굴의 힐끔 보고 나서 동생들에게 하나를 넣는 틈에 무척이나 빠른 속도로 자기 그릇에 하나를 더 담았다.

그리고 아무렇지도 않게 다음 한바퀴를 시작하려던 참에

"혀엉, 우리도"

하고, 그때 받을 차례인 동생이 볼멘소리로 외쳤다. 다른 아이들도 덩달아 밥그릇을 내밀며 형을 졸랐다.

형은 자기가 저지른 실패에 화가 나서 약이 잔뜩 오른 얼굴로 내민 밥그릇에 조그만 조각을 하나씩 다시 던져넣었다.

하지만 처음에 발견했던 바로 아래 동생은 형 것과 자기 것을 말끄러미 비교하고 난 후,

"싫어! 네 것이 더 크잖아!"

하더니, 느닷없이 젓가락을 내밀어 형의 밥그릇에서 그 커다랗고 동그란 놈을 찍으려 했다.

두말할 것 없이 그 아이는 형에게서 서너 차례 뺨을 얻어맞았다. 그는 불이라도 붙은 듯이 울음을 터뜨렸다. 그러고는 이를 앙다물고 주먹을 쥐고는 '감자를 하나 더 먹으려고 했던 놈'에게 달려들었다.

그리고 나서 한동안은 세 아이가 한덩어리가 되어 울고 소리지르고 해가며, 때리고 차고 난장판이 벌어졌다. 끝에 가서는 무엇 때문에 어쩌자고 이런 북새통을 벌이고 있는지도 잊어버릴 만큼 맹렬하게 다투었지만 점차 지쳐오면서 치고 패는 것에도 질려버렸다. 김이 빠진 듯하여 각자 제 좋은 곳에 선 채 서로가 겸연쩍어하면서, 하지만 아직 진 것은 아니야, 하고 서로를 노려보면서, 어느샌가 쏟아져 찌그러지고 재 속으로 굴러들어가버린 아까운 감자를 바라보고 있었다.

다들 빨리 먹고 싶다, 줍고 싶다고 생각은 하면서도 손 내밀기를 주저하고 있는데, 싸움을 시작한 가운데 아이가 억눌린 듯한 작은 소리로,

"나는 먹을 거야"

하더니, 땅에 떨어진 것을 줍기 시작했다.

그것을 계기로 다른 아이들도 허둥지둥 주웠다.

그리고 다시 한번 숫자를 세어보더니, 이제는 모두 마음이 편해졌는

지 더없이 소중한 한그릇의 보물을 될 수 있는 대로 천천히 씹기 시작
했다.

이것은 마을에 지주를 두고 그 밭에 나가 일을 하고 있는 진스께라는
소작농 집에서 일어난 일이다.

2

마침 그때, 나는 진스께네 오두막 뒤쪽 텃밭에 나가 있었다. 어슬렁
어슬렁 걸어 거기까지 왔을 때 뜻밖에 아이들의 모습이 눈에 들어와서
옆에 있는 나무그늘에서 매우 흥미롭게 바라보았다. 그러고는 감자에
서 싸움에 이르는 일련의 사건을 빠짐없이 보고 말았다. 처음에 나는
그저 세상에, 볼썽사나워라, 하며 보고 있었지만 점점 무서워지기도
하고 마침내는 견딜 수 없이 가여워졌다. 그들에게 한조각의 감자는
얼마나 위력을 지니고 있는가! 만약 내가 할 수만 있다면 실컷 먹어 질
릴 만큼 맛있는 음식을 먹여주고 싶다는 기분이 들면서 마침내 나는
어떻게라도 그 아이들과 가까워져보자고 하는 격렬한 호기심에 사로
잡히고 말았다.

나는 성큼성큼 혼자서 들어가볼까 했지만 어딘지 어색했다.

상대가 아무리 어린아이들이라곤 하지만 뭔가 이상하다. 그래서 나
는 누군가 와서 나를 데리고가주면 좋겠다 생각하며 우두커니 서 있었
다. 뒷문으로는 아이들이 입안에서 감자를 굴리기도 하고 서로의 그릇
속을 들여다보기도 하는 모습이 다 보였다.

그때 마침 알맞게 진스께의 친척으로 집이 이웃해 있어서 하루 한번
씩 아이들만 남아 있는 이 집을 들여다보는 할멈이 언제나처럼 타월지

로 된 조끼 한장 차림으로 저쪽에서 다가왔다.

나는 얼른 할멈에게 부탁했다. 그리고 처음으로 진스께네 집으로 들어가보았다. 집 안은 생각보다 더럽고 냄새가 났다.

내기 문간에 서서 안을 살피는 동안 할멈은 미심쩍은 얼굴로 힐끔힐끔 나를 보는 아이들에게 활기찬 목소리로 이것저것 물었다.

"아버지는 오늘도 밭에 나간겨? 얌전히 집 잘 보고 있어. 또 과자를 사줄팅게."

그러고는 입을 다문 채 할멈이 무슨 소리를 해도 대답하려 들지 않는 아이들에게 뭔가 말을 시켜보려 애를 쓰지만 고집스러운 아이들은 그저 주저없이 빤히 바라보고 있을 뿐 한마디도 입을 열려 들지 않는다. 모두들 증오어린 눈으로 나만 보고 있어서 나는 점점 오지 말걸 그랬나 싶은 기분이 들었다.

할멈은 그들이 가여워 이것저것 열심히 말을 걸었지만 아이들은 전혀 그런 것에는 아랑곳하지 않고 할멈의 이른바 '부끄러워하고 있어유' 하는 식의 침묵을 계속할 뿐이다.

나는 어째서 이 아이들이 이렇게 입을 꽉 다물고 있는지 전혀 이해가 되지 않았다. 그래서 조금은 발길질이라도 당하는 듯한 기분이지만 억지로 미소를 지으며,

"아버지 어머니는? 쓸쓸하지?"

하고, 제일 큰 아이에게 물었더니 어느샌가 내 뒤로 돌아온 가운데 아이가 귀청이 떨어질 듯한 소리로

와앗!

하고 놀래었다.

나는 너무나 놀람과 동시에 가슴이 메슥메슥할 정도로 불쾌함을 느꼈다. 하지만 한번 더 나는 반복했다.

"쓸쓸하겠다. 아무도 없어서."

화는 났지만 나는 여전히 그들을 가여워할 정도의 여유는 있었다.

언제나 가난한 생활을 하면서 비참하게 자라는 아이들에게 상냥한 말이라도 걸어주고 싶었다.

하지만 그런 것은 아랑곳없이,

"너 따위 도움은 필요없어!"

하고 뜻밖의 화난 소리를 내 넋이 나갈 만큼 날카롭게 던졌다.

나는 눈 안쪽이 흔들흔들 하는 것 같았다.

한순간에 지금까지의 모든 일이 다 거짓이었던 듯도 하다.

나는 무엇을 어떻게 할 수도 없어 그저 우두커니 서 있었다. 하지만 마음이 좀 가라앉자 가만히 있을 수 없을 만큼 불가사의한 분노와 수치심이 격렬하게 치솟아 몹시도 부조화스러운 감정의 혼란이 육체적 고통처럼 괴로운 기분을 만들었다.

나는 너그러워야만 한다. 그들로부터 한걸음 위에 있는 자가 지닌 침착함을 유지하고자 하는 허영심이 잔뜩 겁에 질린 마음을 채찍질했다. 하지만 텅 비어버린 듯한 머리로는 무엇을 판단할 만한 힘이 사라져 이가 입안에서 딱딱 부딪혔다.

이런 뜻밖의 전개에 할멈은 완전히 당황해버렸다. 그래서 아이들의 손을 끌어다가 눌러앉히면서 내게는 사과하는 듯한 눈초리로

"가십시다요, 아가씨. 이런 예의고 나발이고 모르는 것들이니"

하고 일어섰다. 나도 이제는 가는 수밖에 없겠다 싶었다.

할멈 앞에 서서 아이들에게 등을 돌렸을 때 나는 내게 쏟아지는 증오로 가득 찬 눈초리를 생각하며, 야수와도 같은 그들 앞에서 나는 얼마나 비겁하고 연약하고 보기 싫게 꽁무니를 빼고 있는가 생각하니 쥐구멍이라도 찾고 싶을 만큼 부끄러워 불 같은 눈물이 가득 솟아올랐다.

나는 한걸음씩 가로수 길을 걸었다. 누군가 얼굴을 보는 것도 말을 걸어오는 것도 견딜 수 없을 것 같아 어슬렁어슬렁 발걸음을 옮기는데 느닷없이 뒤에서 휘익, 하며 날아온 돌멩이가 내 발치에서 튀어오르더니 때굴때굴 옆의 풀숲으로 굴러들어가버렸다.

휘익 하는 소리가 고막을 때리자마자 반사적으로 몸을 비틀어보니 아직도 가까운 진스께네 집 앞에 아이들이 오글거리며 서 있다.

가장 큰 아이는 내가 돌아보자 손에 든 돌멩이를 흔들며 겁주는 듯한 몸짓을 했다.

나는 아이들 쪽을 보면서 천천히 삼나무 그늘 아래로 몸을 숨겨 두번째 공격을 피하려 했다.

나는 거칠거칠하고 굵은 삼나무 가지를 붙잡고 서서 이유도 없이 굵다란 눈물을 뚝뚝 떨어뜨렸다.

3

"도대체 무슨 짓이야!"

그때의 모습을 떠올리며 내 얼굴은 새빨개졌다. 내가 왜 그런 치욕을 당해야 했던 것일까? 내가 그들에게 한 말이 나빴던 것일까? 나는 분명히 나쁜 소리는 하지 않았다고 말할 수밖에 없다. 나는 동정했던 것이다. 정말로 쓸쓸하겠다고 생각했던 것뿐이다.

내게 거짓된 마음은 전혀 없었다. 처음부터 끝까지 정직한 마음이 아니었던가?

나는 아무래도 그들의 마음을 이해할 수 없다. 그러니 그들의 욕지거리에 대한 분노는 한층 더 깊어질 따름이었다.

나는 너희에게 손가락질 당할 일이 전혀 없다.

남이 친절하게 말을 걸었는데 돌까지 던지다니, 이게 도대체 말이 되는가?

나는 정말 그 아이들이 싫었다. 그리고 언제나 그렇듯이 그때의 일이 오래잖아 마을에 소문이 나서 조그맣고 우스꽝스러운 자신이 진흙투성이 농민들의 비웃음거리가 되는 건가 생각하니, 당장에 그 사건도 그 아이들도 한꺼번에 없애버리고 싶은 기분이었다. 너무 부아가 나서 밥도 먹지 못할 정도였다.

하지만 저녁 무렵 소작농 진따가 와서 거의 두 시간 가까이 이야기를 하고 간 후 나는 어떤 생각의 실마리를 얻었다.

그는 우리 논──한 2리 밖 마을에 있는──에서 일하는 가난한 소작농으로, 이 남자가 오면 반드시 무언가 부탁거리를 가지고 온다고 할 정도로 곤란한 사람이다. 나는 그의 쇠약한 몸을 보고, 이제 이것저것 다 팔자려니 하고 포기할 수밖에 없다는 듯한 투의 이야기를 들으면서 문득 진스께를 떠올렸다.

진스께 역시 이 진따와 마찬가지로 소작농이다.

아아, 정말 그들은 이렇게 불쌍한 소작농의 아이들인 것이다! 이렇게 생각하자 점차 나의 마음에서 여러가지 분노 따위가 사라져버렸다.

또한 끝에 가서는 잘 생각해봐야 할 서글픔이 깊이 뿌리를 내렸다.

이 사내아이들은 지금까지, 자기 부모들이 누구를 위해 일하는지를 보았을까?

그들의 수확을 노리고 있다가 아무런 배려나 용서 없이 쌀가마니를 들고 가버리는 것은 어떤 인종들인가?

현실세계의 일들을 조금씩 보고 들으면서 어른들의 삶을 이해하기 시작한 그 사내아이들의 가슴은 부모에 대한 동정과, 언제나 자기들보다 훨씬 여유 있게 의복이니 먹을것을 가지고 있으면서 다른 모양새를 하고 다른 언어로 이야기하는 자들에 대한 증오와 시샘으로 가득 찼으리라.

우리의 소중한 부모에게 고통을 주고 눈물을 짜내는 것은, 저 언제나 귀 간지러운 목소리를 내면서 보들보들한 옷을 입고 많은 이들에게 입에 발린 아부의 말을 듣는 자들이 아닌가?

친절한 듯한 말 뒤에는 복병이 숨어 있다는 사실이 어느 틈엔가 반쯤 직감적으로 주입되어 "가진 자들을 조심해야 해"하는 소리를 귀가 닳도록 듣고 있는 그들일 터이니 느닷없이 내가 나타나 상냥한 소리를 해봤자 나를 믿을 수 있을 리가 없다.

그들의 머릿속에는 우선 이런 비틀린 생각이 떠올랐다.

"또 그럴듯한 소리 하고 자빠졌네!"

그러니 한시바삐 이 얄미운 침입자를 쫓아내기 위해 "너 따위 도움은 필요없어!" 하고 고함을 친 것이다.

그들은 이미 이른바 친절이 단순한 친절이 아니라는 사실을 안다.

가난이란 얼마나 고통스러운 것인지를 알고, 그 부모에 대해 생생한 동정, 한덩어리가 되어 적에게 대항하려는 반항심으로 인해 더욱 강해진 사무치는 동정을 느끼는 것이다.

어렴풋이나마 진실한 생활을 접하고 있는 그들에 비해 내 마음은 얼마나 단순한 것인지! 얼마나 비겁하고 사치스럽게 부풀어오른 것인가!

내가 틀렸다. 그들 모든 가난한 사람들의 무리에 대해 나는 잘못했다.

나는 친절하긴 했다. 하지만 상당한 자존심과 그들에 대한 멸시를 지니고 있었다.

그리고 자신이 그들로부터 떨어져 멀리 있는 사람이라는 사실을 생각하면 할수록 일종의 안도감과 긍지――지극히 작아 눈치채지 못할 정도의 것이라곤 하지만——를 느꼈다는 것을 부정할 수 있을까?

자신을 그들보다는 훌륭하다고 생각한 적이 단 한번도 없었을까?

물론 나는 의식적으로 교만한 행동을 할 만큼 어리석다고는 생각하지 않지만 오랜 동안의 습관처럼 굳어져 이유도 없는 멸시나 공손함을 아무렇지도 않게 보았다는 것은 무서운 일이다.

우리와 그들이, 살기 위해 만들어진 인간이라는 사실에 무슨 차이가 있겠는가?

더구나 우리가 어느정도가 되었든 물질적 어려움 없이 살 수 있는 고통스러운 토대로서 그들은 가난하고 추하게 산다는 것을 생각하면 어떻게 그들을 멸시할 수 있으랴!

어떻게 그들의 지친 눈초리를 교만한 멸시로 갚을 수 있으랴!

우리는 그들의 정직하고도 성의있는 동정자(同情者)들이 되어야만 했다.

세상은 불공평하다. 천재가 나타나려면 보다 많은 백치가 태어나야만 한다. 풍요로운 한무리를 만들기 위해서는 보다 많은 무리가 기아 선상에서 떠돌며 죽기살기로 고생을 해야 함이 분명하다.

세상이 불공평하기에 바로——부자와 가난한 자는 합할 수 없는 평행선이기에 오히려 우리는 그들의 동정자가 되어야만 한다.

부자가 만들어지는 한편에서는 가여운 가난뱅이들이 나오는 것이 우주의 힘이다. 아무리 부하고 흥한 자라도 가난한 자에 대해 거드름을 피울 만한 아무런 권리도 없다.

이리하여 나는 스스로에게 맹세했다.

나는 반성했다.

나와 그들 사이의 저 끔찍한 골을 빨리 메워버리고 아름다운 화원을 반드시 만들어내리라!

4

나는 자신의 생활을 개혁하는 것이 대단히 중요하다는 것을 느꼈다. 그리고 여러가지 생각에 잠겨 자신의 오늘날까지의 처지를 돌이켜보았다.

우리 조상들은 이 K마을의 개척자였다. 토오꾜오에서 백리 이상 떨어져 산들로 둘러싸인 작은 마을은 같은 후꾸시마 현에 속한 촌락들 가운데서도 가난한 편에 속한다.

메이지 초기에 우리 할아버지가 당신의 반생을 바쳐 개척한 이 새로운 땅에는 여러 지방에서 온 이주민들로 마을이 하나 생겼다. 남쪽 사람도 북쪽 사람도 새로이 개척된 토지라는 이름에 유혹되어 행복을 꿈꾸면서 고향을 버리고 모여들었다. 하지만 이곳에서도 가여운 그들은 생각했던 성공을 거두지 못했을뿐더러, 전보다 더욱 지독한 고생을 해야만 했다. 하지만 그때 이미 나이를 먹고 다른 곳으로 옮겨갈 만한 용기도 없어 어쩔 수 없이 마을의 소작인으로 일생을 마친다. 이런 까닭에 그들은 옛날이나 지금이나 변함없이 가난하다.

그뿐만 아니라 근래에 한 십리 떨어진 K마을이 간에쯔(岩越) 철로의 분기점이 되고부터는 모든 모습이 완전히 바뀌는 바람에 이 마을도 적지 않은 영향을 받았다. 그리고 점차 농민들의 마음에 스며들어오는 도회지풍의 날카로운 이해관계의 개념과 그들이 어린 시절부터 지니고 있던 갖가지 습관이 서로 뒤섞여 매일의 생활은 더욱 어지럽고 침체되곤 했다.

마을의 상태는 결코 좋지 않았다. 오랫동안 유지되어온 상태에서 새로운 다음 상태로 옮아가는 경계의 부조화가 마을을 전체적으로 가난하고 안정되지 못하게 만든다.

하지만 할아버지는 이미 열일고여덟 해 전에 돌아가셨으니 운 좋게도 이주자들이 조금씩 마을에 도착하고 생활도 조금씩 나아져가는 모습만을 보았다.

그는 상당히 만족하여 마을의 높은 곳에 집을 짓고 부부가 그곳에 살면서 논일을 하기도 하고 좋아하는 시를 읊기도 하다가 생을 마감했다.

그리고 뒤에 남은 할머니 역시 고인의 뜻을 받들어 그가 남긴 집에 살면서 논들을 지키며 변화하는 세상과는 동떨어져 살고 있다.

일년 내내 토오꾜오에서 지내는 나는 여름이면 K마을 할머니 집으로 가는 것이 습관처럼 되었다. 그러고는 두달 정도, 토오꾜오에서는 상상도 할 수 없는 생활을 한다.

나는 마을 사람 거의 모두에게 알려져 있다. 토오꾜오의 아가씨가 오셨다고 푸성귀니 과일들을 들고 오는 이들에게 선물을 하나씩 나눠줘야 한다. 아침부터 소작인들의 불평을 듣기도 하고 연공미(年功米)를 깎아달라는 상담도 한다. 그리고 이러쿵저러쿵 따지기가 귀찮아 곧장 할머니에게 권하여 허락을 해주면 엄청나게 자비롭고 고마운 사람인 양 나를 칭송한다. 듣기 좋은 소리도 한다.

나는 모두에게 떠받들려 아침저녁 두번씩 논밭을 돌아보기도 하고 연못가의 쇠귀나물을 뜯기도 하고 문중 산을 하루종일 돌아다니며 놀기도 하면서 그야말로 지주의 멍텅구리 손녀로 살았다. 어느 누구도 간섭 한마디 하지 않으니 마음껏 뻗고 지냈다.

그러면서도 귀한 대접을 받던 것을 생각하니 지금 나는 정말로 부끄럽다. 스스로가 혐오스럽다.

어떻게 해서든 무슨 일이 있어도 마을 사람들에게 조금이나마 도움이 되는 자신이 되어야만 한다!

그래서 나는 마음속에 여러가지 계획을 세웠다. 그리고 토지를 개척한다는 명분으로——물론 그곳이 사람이 생활할 곳으로 적당하고 또한 번영할 희망이 있는 곳이라면 모르지만——겨울이 길고 토질도 나쁜 곳에 가난한 한무리가 살게 된다 한들 그게 뭐 그리 대단한 일일까, 하는 의문도 생겼다.

개척자 자신은 어느 정도까지 자기의 희망을 충족하니 기쁠 수 있고 더구나 그 마을 역사에 남는 인물로 칭송을 받겠지만, 보잘것없는 이주민으로 그 사업의 마지막이자 가장 중요한 조건을 충족시켜준 수많은 가난한 자들은 어떤 보답을 받고 있는가?

개척자에게 없어서는 안될 그들이건만 이십년 가까이 지난 오늘날까지 그들은 여전히 마찬가지로 가난할 따름이다. 내내 가난하고 잊힌 채 죽어갈 뿐이다.

나는 할아버지 시절부터 있던 수많은 가난한 이들에 대해 어떻게든 무언가를 해야만 한다. 오늘날까지 해야 할 일이 많았지만 비겁한 자신은 못 본 척했다는 미안함이 농민들을 대하는 자신의 마음을 대단히 겸허하게 만들었다.

진스께네 아들이 내게 심술을 부린 다음날이었다. 평소보다 일찍 일어나 전답을 한바퀴 둘러보고온 나는 포근하게 천지를 감싸는 장밋빛 아지랑이와 맨발 위의 아침이슬을 차내면서, 생기 있는 잡초들의 감촉, 농작물과 수목이 해뜰 무렵 뿜어내는 향기에 얼마나 위로를 받았던지!

대단히 유쾌한 기분으로, 하녀가 웃었지만, 큰 화로에 불을 피우기도 하고 제대로 여물지도 않은 푸성귀를 뽑아오기도 하고 있자니까 동편 토방에 한 여자가 찾아왔다. 진스께의 아내였다.

나더러 와달라기에 나가보니 일하던 차림 그대로 머리가 산발이 된 그녀가 맨발로 서 있다.

여자는 내 얼굴을 보더니,

"안녕허셔유? 어제는 우리 아들이 말도 안되는 실례를 혔다구 혀서. 자! 얼릉 나서서 잘못혔다구 혀—"

하고 말하며 뒤로 손을 뻗치더니 널찍한 어깨 뒤에서 뜻밖에도 남자아이를 끌어냈다.

아이는 입을 다물고 고개를 떨구고 있다. 얼굴을 붉히지도 않고 멈칫거리지도 않고, 어머니에게 기대려는 낌새도 전혀 없이 오도카니 서 있다.

여자는 아이 쪽으로 복잡한 눈길을 던지며 쉴새없이 용서를 구했고, 자기 아이들은 짐승과 마찬가지니 부디 실컷 때려달라는 둥 하는 소리까지 해댔다.

하지만 나는 남들이 지나치게 사과하거나 하는 것을 싫어한다. 내 앞에 모든 것을 내맡긴 듯이 하는 이런저런 이야기를 듣다보면 나중에는 자신이 부끄러워진다. 어쩐지 마치 자기가 폭군이라도 된 것같이 여겨져 언제나 어머니가 말하는 '무기력한 너'가 되어버리고 만다.

지금도 그 버릇이 나옴과 동시에, 이제 어떤 아이가 무슨 짓을 했다거나 얄밉다거나 하는 것은 될 수 있는 대로 잊어버리려 노력하고 또 실제로 그런 생각도 그다지 없기 때문에, 그렇게 되는 것은 더구나 싫었다.

그래서 내가 아무리 그만 꾸짖으라고 이야기를 해도, 그녀 쪽에서는 내가 화가 나서 일부러 하는 소리라고 보는 것인지 점점 더 아이에게 호되게 굴었다.

"처묵기만 해쌓고 뭐 하나 제대로 허는 것이 없는 늠들. 야! 사과하랑께. 용서해달라구. 언능 뭐라고 좀 혀보란 말여!"

하고, 아이의 팔을 붙잡고는 꼬집기도 하고 해대는데도 아이 쪽에서는 또 고집스럽게 입을 다물고 있다.

나는 진스께의 아내가 어떤 심정인지를 뻔히 알았다. 아는 만큼 그런 식의, 말하자면 연극을 보고 있기가 괴롭다.

내가 하는 소리는 들은 척도 하지 않고 소리를 지르던 그녀는,

"야! 뭐 하고 있어? 엉? 사과를 안할 셈이여?"

하더니, 느닷없이 커다란 손바닥으로 목뼈가 부러지지나 않았을까 싶을 만큼 거세게 아이의 목을 비틀었다.

그러더니,

"우야든지 용서해주셔요"

하고 말하자마자,

"꺼져!"

고함치며 아이를 밀쳐냈다.

나는 숨이 막힐 만큼 놀라고 말았다. 하지만 막상 어머니는 만족스럽게 웃으며 허리를 굽히고는 "시간을 뺏어서 미안혀유" 하고 밭으로 나갔다.

하녀는 그녀의 뒷모습을 바라보며 "진스께네 마누라는 영리하구먼유. 앞일까지 다 헤아려서는" 하며 비웃었다.

5

마을 네거리에 사람들이 잔뜩 모여 서 있다.

아이들과 곡괭이를 든 남녀, 말을 끌고온 다른 동네 사람들까지 천박하게 웃어대며 저마다 고함을 질러대는 한가운데에는 양손에 생선을 한

덩이씩 움켜쥔 사내 하나가 비실비실 웃어가며 안짱다리로 서 있다.

어깨춤에 커다랗게 갈고리 모양으로 찢긴 자국이 있는 여자옷을 입었는데, 가느다란 허리띠로 동여맨 아랫도리가 줄줄 내려왔고 갈라진 틈으로는 가느다란 종아리가 보였다.

있는 대로 길어서 엉킨 실타래 같은 머리카락에는 나뭇잎이니 지푸라기들이 매달렸고, 아래 눈꺼풀에는 반원 모양의 눈물주머니가 매달려 창백하고 커다란 눈동자가 빠질 듯이 튀어나왔다. 보라색 입술을 내밀어 누런 줄무늬가 있는 덧니가 보이고, 코 양쪽 움푹한 곳에는 종기가 나서 온통 빨갛게 부었다.

움직일 때마다 생선냄새가 마구 뒤섞인, 토악질이 날 것 같은 냄새를 사방에 흩뿌린다. 그는 '젠바까(善馬鹿)'라고 불리는 광인이다. 벌써 그럭저럭 대여섯 해 전에 정신이 이상해지고부터는 이 마을에 있는 제 집에는 얼씬도 안하고 온 마을을 돌아다니며 가는 곳마다 거적을 한장씩 얻어서는 그 위에서 자곤 한다.

어쩌다가 마음에 드는 곳이 있으면 며칠이 지나도 쫓겨날 때까지 나무그늘 같은 데 멍하니 앉아서 개의 벼룩을 잡아주기도 하고 앉은 채로 손닿는 자리만큼의 풀들을 하나도 남김없이 뽑아버리기도 한다.

개를 무척이나 좋아하고 난폭한 짓은 전혀 하지 않건만, 마을 사람들은 그의 모습을 보기만 하면 붙잡아서는 못되게 굴곤 했다.

이때도 그는 어딘가에 한 나흘 갔다가 막 돌아온 참이다. 무척이나 지친 듯한 기색이었다. 아무데나 드러누워버리고 싶은 것을 여기까지 왔더니 친구 개가 그를 발견하고는 얼른 달려들어 온 얼굴을 핥아댔다. 그는 그것이 무척이나 기쁜 듯 잠자코 개의 얼굴을 바라보고 있으려니,

"젠바까, 돌아왔구마잉!"

하고 고함을 질러대며 아이들 대여섯이 달려왔다. 그리고 단박에 그의 몸은 할 일 없고 장난 좋아하는 놈들에게 둘러싸여버렸다.

모두들 제멋대로 욕설과 희롱을 퍼부어가며 손에 든 생선을 건드리기도 하고 개를 못살게 굴기도 했다.

"우, 드러라. 저렇게 개가 핥은 생선을 또 젠바까가 먹는 거여. 퉤! 퉤! 광견병이나 옮으면 우쩔 거여?"

"힝, 웃기고 자빠졌네. 벌써 옛날에 광견병에 걸렸거든! 여기다 또 걸릴라믄 목숨이 두개 있어야 혀."

"와하하하하, 증말, 말 된다."

"아이구구구구."

사람들은 갑자기 웃음을 터뜨렸다.

천박한 웃음소리의 소용돌이 밑바닥을 기듯이 젠바까의 낮고도 달착지근한,

"헤헤헤헤헤!"

하는 소리가 날아들어 불쾌하게 울려퍼졌다.

"왜들 그러는 거여."

"싫으면 가믄 되지. 네놈이 여그 없어도 아무일 없응게, 후후후후후."

"야! 연어 떨어뜨릴라. 멍청이!"

"하하하하하하하"

모여 있는 이들은 저열한 호기심으로 서로를 쿡쿡 찌르기도 하고 두드려대기도 하고 소리를 치면서, 한동안 사람이 늘었다가 줄었다가 했다.

하지만 점차 사람 수가 줄어들자 아까보다 한층 보기 싫은 얼굴을 한 젠바까가 손에 든 연어를 떨어뜨릴 듯이 휘청거리며 길가의 떡갈나무 그늘로 오더니 어린아이처럼 벌렁 드러누웠다. 그러고는 입을 떡 벌리

고 코를 드렁드렁 골며 잠이 들어버렸다.

개가 슬금슬금 고개를 빼고는 그의 손에 들린 채인 연어를 먹어치우기 시작하자 아이들은 그가 했던 천한 몸짓을 흉내내가며 열심히 그를 깨웠다.

한 아이는 '강아지풀'로 콧구멍을 간질였다.

발로 차고 소리를 질러도 꿈쩍도 하지 않자 기세가 오른 아이들은 젠바까를 발가벗기기 시작했다. 그들이 구령까지 붙여가며 마침내 속옷 차림으로 만들었을 때, 어느 틈엔가 거기 서서 그걸 보던 젊은이가 난데없이,

"그런 짓을 하믄 안되능겨. 천벌을 받는다구"

하고 진지하게 말을 꺼냈다.

다들 깜짝 놀라 장난질하던 손을 멈추고 남자의 얼굴을 올려다보았다. 그러자 그 가운데 골목대장처럼 보이는 열네댓살 된 아이가 볼멘 소리로 따지고 들었다.

"자기는 아침부터 엄니헌티 야단을 맞은 주제에 우리한테 설교를 허는 거여, 시방?"

"너 아는 사람이여?"

한 아이가 조그만 소리로 묻자, 갑자기 이 아이는 자신만만한 얼굴이 되어 한층 더 냉소적인 말투로 소리쳤다.

"엉, 알구말구."

"방앗간집 신 상이라구 허지, 당신. 근디 홋까이도오서 먹을 거이 읎어서 엄니헌티 돌아왔담서, 지난번 느그 엄니가 그러더먼. 한심헌 놈이라구……"

다들 소리내어 웃었다.

하지만 신 상은 별로 싫은 기색도 없이,

"생각해감서 혀라"

하며 가버렸다.

그리고 한동안 아이들은 부아가 풀릴 만큼 신상의 욕을 해댔지만 이미 한번 김이 빠진 장난을 다시 시작할 맘도 없어서 속옷차림의 젠바까를 모두들,

"우리가 알 바 아닝게"

하며 소리치고는 한번씩 걷어차고 뿔뿔이 흩어져 달려가버렸다.

6

자기 말로는 올해 예순여덟살이 된다는 젠바까의 어머니는 손자와 함께 어느 농가의 헛간 같은 곳을 빌려 살고 있다.

집세를 내지 않는 대신 마치 돼지우리 같은 곳에서 사시장철 이와 벼룩의 둥지가 되어 살고 있다.

그나마 비비 할멈——그녀는 얼굴이 온통 주름투성이인데다가 백발이 성성하고 가슴아래부터 허리가 굽어 몸을 움직이는 모습이 마치 비비 같다고 모두 그녀를 그렇게 불렀다——에겐 과분하다고 할 정도로 젠바까 일족은 어느 누구 하나 인간다운 사람이 없었다.

젠바까가 아직 그렇게 되지 않고 한사람 몫을 하는 농민으로 일하던 시절에 생긴 단 하나뿐인 사내아이 역시 진짜 백치다.

마누라가 정이 떨어져 어딘가로 도망쳐버리고 나서는 젠바까와 그 아이를 양쪽에 거느리고 어머니만 온갖 고생을 한다.

벌써 열한살이나 되었지만 그 아이는 말 한마디도 못하고 몸도 자라지 않는다. 대여섯살 정도의 몸통 위에 보통의 두배는 되는 커다란 머

리통이 올라앉아 있으니 가느다란 목이 그 무게 때문에 언제나 흔들흔들 불안하다. 그리고 사시장철 두부만 먹어대고 다른 음식은 아무리 맛있는 것도 거들떠보지 않았다.

그는 오직 자신이 먹는 유일한 음식을

"두부"

라고 한다는 것만 알고 있어 마을 사람들은 다들 무슨 재앙이 붙은 것이라고들 말했다.

제법 오래된 일이지만 마을에 아주 신통하다는 무당이 온 적이 있다. 그때 비비 할멈도 백치 손자를 데리고 찾아갔는데 여자의 말로는 몇십 대 전의 조상이 말가죽을 벗기는 일을 직업으로 삼은 적이 있어서 그 말들의 원령이 하는 짓이니 10엔을 내면 살풀이를 해주겠다고 했지만 할멈은 그 돈을 구할 방도가 없었다. 그래서 살풀이를 할 수도 없고 그렇다고 의사를 찾아가지도 못하니 자기도 될 수 있으면 잊어버리고 사는 수밖에 없다고 마음을 먹었다.

이런 처지에서 비비 할멈은 좋든 싫든 먹고살 궁리는 해야 하니 남의 집 심부름이니 빨래 등을 하고 돌아다닌다. 그리고 세끼 식사는 모두 밖에서 해결하고 자기 집에는 그저 잠만 자러 돌아오니 온 마을에서 멸시당하고 무슨 일이든 나쁜 예를 들 때만 끄집어내지곤 했다.

동정을 얻기 위해 자기 나이조차 두세살 더 불려 이야기한다는 소문이 있을 정도다.

나는 그렇지 않아도 가난한 마을 사람들 덕에 가까스로 어떻게 덧없는 목숨을 이어가는 노파가 가여웠다. 처지가 그래서 그렇게라도 해서 사는 수밖에 없으니 무작정 바보 취급을 하거나 심한 소리를 할 수는 없다. 벌써 나이가 들어 앞날이 보이건만 아침부터 저녁까지 남의 집을 돌아다니며 눈칫밥을 얻어먹어야 하는 것을 생각하면 불쌍해진다.

그래서 나는 할 수 있는 대로 할멈에게 일을 시켜 밥을 먹이고 헌옷가지 같은 것도 나눠주었다. 그녀는 나를 좋게 생각하는 모양이지만 너무 가난하다보니 수치심이나 남의 눈을 개의치 않는 욕심이 내게는 불쾌했다.

음식 같은 것도 제 상에 올려놓은 것뿐 아니라 남은 것이 있으면 어차피 버릴 것이니 달라면서 뭐든 집어간다. 그럴 때 만일 안 주거나 하면 완전히 토라져서 제대로 인사도 하지 않고 가버린다. 새 옷이라도 입고 있을라치면 일일이 잡아당겨보아야 직성이 풀린다.

그런 것들이 정말 견딜 수 없이 싫었지만, 나는 가난한 이들 속으로 들어가려면서 고상을 떨고 있는 자신을 꾸짖어가며 조금씩 익숙해질 때까지 견디었다.

젠바까의 어머니가 지금까지보다 자주 드나들게 되면서, 점차 마을의 가난한 사람들 중에서도 더욱 가난한 이들을 접할 기회가 늘어나게 되었다.

아버지는 술주정꾼에 후처는 술집여자 출신으로 딸은 3년 전부터 폐병을 앓는데 도저히 살아날 가망이 없다는 오께야(桶屋, 나무통 만드는 집─옮긴이) 가족.

중풍으로 일어나지 못하는 남자와 벙어리 부부.

끊임없이 불평을 늘어놓는 비참하고 어두운 이들 위에 나는 조금씩 작은 동정을 쏟기 시작했다.

애당초 내가 하는 일이란 실로 보잘것없는 것들뿐이다. 내가 있는 힘을 다해 하는 일이라도 세상일에 비하면 전혀 아무것도 아니라는 것을 스스로 잘 안다.

하지만 나는 유쾌했다.

자신이 그들을 생각한다는 것만으로도 나는 상당한 즐거움을 느낄 정도였다.

매일매일을 나는 새로 찾아낸 일에 몰두하면서 만족스럽게 지내고 있었다.

하지만 단 한가지 내게는 정말 괴로운 일이 있었다. 그것은 젠바까네 아이의 얼굴을 보는 것이다. 같이 놀아줄 사람도 없어 길가 나무 같은 것에 기대어 하릴없이 있는 모습을 보면 나는 정말 괴로웠다.

뭔가 말을 걸어주고 싶다, 무언가 해주고 싶다. 나는 진심으로 그렇게 생각한다.

하지만 그 아이의 여윈 몸과 묘하게 음울한 표정을 한 못생긴 얼굴을 보면 무언가 하기도 전에 이미 견딜 수 없이 기분이 이상해졌다.

그 아이의 눈초리는 나를 완전히 공포에 질리게 한다. 나는 그 아이 옆을 태연하게 지나가는 것조차 하지 못했다.

어쩐지 금세라도 달려들어 목이라도 조를 것 같은 기분이 든다. 그래서 살금살금, 가능하면 그의 눈을 피해 지나면서, 마음속에서는 내가 무언가 그 아이에게 해줘야 한다는 감정과 더없이 으스스한 느낌이 뒤섞여 폭풍이 쳤다.

만에 하나 어떤 방법으로 이 백치라고 여겨지는 아이 속에서 무언가 빛을 발견할 수도 있는데 옆에 있는 사람들이 방치해두는 바람에 평생을 어둠속에서 끝내고 마는 일이 있다면 그건 정말 무서운 일이다.

지금까지 죽지 않은 것을 보면 어딘가에 살아갈 힘을 지니고 있다.

11년이나 유지되어온 생명의 힘은 위대한 것이다. 더구나 이처럼 모든 면에서 인간이 생장하기에 부적절한 상태에서는 더욱 그렇다.

공상이긴 하지만 나는 그 아이의 영혼과 통하는 부분이 반드시 무언가 하나는 있을 것이고, 그 부분에 대해서는 아이가 총명할 수도 있지 않을까 하는 등의 생각을 했다.

아이의 아버지는 인간 가운데서는 미치광이다. 하지만 개와 그 사람은 얼마나 사이좋게 서로의 마음을 느끼고 있는가!

백치의 마음이란 내게는 수수께끼였다. 모르면 모를수록 나는 무언가가 있을 것 같다는, 어떻게든 될 것 같다는 생각이 들었다.

7

정말 얼마나 멋진가.

아침이다!

끝없이 펼쳐진 감청색 하늘, 부드러운 은청색으로 늘어선 산들.

아지랑이가 건너편 논밭 끝에서 오팔색으로 빛나고 있다.

웃고 속삭이며 노래하는 모든 나뭇잎들 위를 애교 가득한 이슬이 얼마나 아름답게 장식하고 있는지. 보렴, 네가 좋아하는 해님은 얼마나 멋지게 빛나고 계시는가!

정말이지 근사한 모습이시다.

나는 어제도 오늘도 마찬가지로 둥글고 찬란하게 빛나는 모습을 보니 견딜 수 없이 기쁘다.

"안녕하세요, 해님!

언제나 기분이 좋으신 모양이군요.

저도 덕분에 이렇게 건강하게 만날 수 있으니 고맙습니다.

부디 오늘도 잘 부탁드립니다.

나의 멋진 해님!"

바람은 나무 잎사귀의 이슬을 떨어뜨리며 숨막힐 듯 상큼한 향기를 머금고 건너편 하늘에서 불어온다.

숲의 나무마다 작은 새가 지저귀고 가축들의 아침노래는 집집의 마당에서 울려온다.

길가 풀숲에서는 뱀딸기가 붉게 물들고, 들장미 작은 꽃들은 옆에 있는 관목에 기대어섰고, 작은 벌레들이 이슬에 젖어 기어다닌다.

뽕나무 어린잎들이 스치는 소리.

씩씩하게 날아오르는 들새들 무리.

모든 것이 잠에서 깨어 움직이고 있다.

얼마나 멋진 아침인가!

나는 즐거움으로 가슴을 설레며 걸어갔다. 논두렁길을 지나 풀밭을 넘어, 얼마 후 나는 마을에 오직 하나 있는 소학교 옆으로 나섰다.

거기선 벌써 수업이 시작되어 좁고 초라한 교실 안에서는 작고 까무잡잡한 아이들이 몇명씩 모여 있는 것이 밖에서 보인다.

나는 아무도 없는 마당 풀밭 위에 앉아 소학교 시절을 떠올렸다. 여러가지 추억이, 많은 친구와 선생님 들의 모습이 확실히 떠오르면서 한 4년 정도 이곳에 오면 곧잘 이 학교의 오르간을 빌려 쓰곤 하던 일이 생각났다.

저 근처 어디쯤이었지 생각하면서, 한 아이가 일어서긴 했지만 대답을 못하고 멍하니 칠판을 바라보고 있는 교실 안을 들여다보았다.

그러자 점차 기억이 되살아나면서 처음 자신이 오르간을 빌려 쓰던 때의 모습이 손에 잡힐 듯이 마음속에 떠올랐다.

나는 그때 하얀색으로 거의 투명한 리본을 머리띠처럼 묶고 얇은 녹색 키모노를 입고 있었다.

외국에 나가 있던 아버지가 부쳐주신 악보를 가지고 소학교로 갔다. 그리고 단 한사람 있던 아직 젊은 선생님에게 오르간을 빌려달라고 부탁했다.

지금도 생각나는, 얼굴이 둥글고 눈이 작고 사람 좋아 보이며 아직 스무서너살 정도밖에 안된 교사는 내 모습을 흘끔흘끔 내려다보면서 자르듯이 빌려줄 수 없어요, 했다.

누군가 한사람에게 빌려주면 다른 이들에게 부탁을 받았을 때 거절할 수가 없게 된다. 그렇게 되면 한시간도 지나지 않아 오르간 한대 정도야 엉망진창이 되어버릴 테니까, 하고 이런저런 이유를 설명하며 거절했지만 나는 듣지 않았다.

나는 입을 다물고 서 있었다.

선생님도 잠자코 서 있었다.

상당히 오래 서 있던 선생님은 마침내 조금 화가 난 듯한 목소리로

"도대체 자네는 어느 집에서 온 거야?"

하고 물었다.

"저요? 키시다(岸田) 집안인데……"

겨우 열살 정도였던 나는 그때 무슨 생각을 한 것일까!

"키시다 집안인데……"

나는 얼마나 침착하고 자신만만하게 말했던지! 이름을 들으면 분명히 빌려주리라 생각하고 꽤나 교만한 마음으로 미소조차 짓지 않았던가!

"아! 그렇군요. 자아, 좋습니다. 어서 올라와요"

하며, 안내를 받아 얼마나 만족스럽게 그 건반 위에 손가락을 올려놓았던가!

이제 와서 나는 그 정직했던 젊은 교사를 몹시도 가엾게 여김과 동시에 나 자신의 태도와 마음을 견딜 수 없이 부끄럽고 미안하게 느낄 수밖에 없다.

어려서 세상물정 모르는 나에게조차 자신의 이유 있는 거절을 철회

했던 그 교사가, 그 젊은 나이에 평소부터 얼마나 자신을 굽히는 것에 익숙해졌는가를 생각하면 정말이지 견딜 수가 없다.

만일 지금의 내가 그 교사였다면?

나는 절대로 듣지 않는다. 더구나 그렇게 사람을 깔보고 덤비는 듯한 태도를 보면 얼마나 화가 날지 모른다. 오히려 야단을 치고 꾸중을 하고 혼쭐을 내어 쫓아보냈을 텐데—.

나는 눈물이 쏟아질 것만 같았다.

나는 결점투성이 인간이지만 그런 부끄러운 기억에 시달리는 건 한심하다.

기분이 무겁게 가라앉아 저쪽 창문을 바라보고 있자니까 아이들 머리의 파도를 넘어 한 얼굴이 나를 보고 있다는 것을 깨달았다.

그 얼굴은 거의 사각형에 가까울 정도로 광대뼈가 튀어나왔는데 붉고 토실토실 살이 쪘다.

몹시도 순진한 느낌을 주는 콧대가 굵은 코. 눈썹을 모조리 뽑아버린 듯한 눈꺼풀이 움칠움칠하는 눈은 부어오른 듯한 눈두덩과 튀어나온 뺨에 끼여 무척 답답하게 자리를 잡고 있다.

나는 솔직해 보이는, 어느 쪽인가 하면 우직하다고조차 할 수 있는 얼굴을 물끄러미 바라보고 있자니까 점점 더 언젠가 나의 고집에 굽히고 들어왔던 교사와 대단히 닮았다는 생각이 들었다.

그래서 나는 일어섰다. 그리고 미소를 띠며 정중하게 절을 했다.

나는 만족했다. 하지만 젊은이는 몹시 당황한 모양이었다. 묘한 얼굴을 하더니 허둥지둥 창가에서 멀어져 저쪽으로 사라져버렸다.

그는 내가 장난을 쳤다고 생각했는지도 모른다.

하지만 이로써, 지금도 여전히 어느 하늘 아래선가 나와 같은 햇빛을 받으며 살고 있을, 그날의 젊은 교사에 대해 자신이 해야만 했던 일을 마침내 했다는 듯한 기분이 들었다.

나는 어느정도 마음이 편해졌다. 그리고 원래 왔던 길을 돌아 시냇물 쪽으로 가보았다. 언제나 누군가가 고기를 잡고 있는 그곳에 오늘은 진스께네 아이들이 와 있었다.

아이들은 열중하고 있었지만 물 흐름에 문제가 있는지 그물에 걸리는 것은 쓰레기뿐이다.

한동안 잠자코 보고 있던 나는 무심코,

"하나도 안 잡히네"

했다.

그제야 비로소 내가 있다는 것을 알아챈 듯한 아이들은 모두들 히죽히죽 웃어가며 얼굴을 마주 보더니 그중 한 아이가 우스꽝스러운 사투리로,

"하나도 안 잡히네"

하고 흉내를 냈다.

이 장난이 나는 몹시 기뻤다.

그들이 그런 짓을 할 만큼 나와 친해진 것인가 생각하면 기뻐서 나는 열심히 칭찬을 해댔다.

아이들은 내 웃는 얼굴을 웃음을 띤 채 바라보다가 갑자기 들고 온 냄비니 그물을 걷더니 뭐라고 말들을 맞추었는지 한꺼번에

"호이또! 호이또! 호이또호옷!"

하고 고함을 쳤다.

그러고는 와자하니 웃어대더니 비탈의 진흙에 난 말 발자국에 미끌어지면서 서둘러 달려가버렸다.

나는 뭐가 뭔지 알 수 없었지만, 멍하니 수면을 바라보면서 대단히 생기있고 상쾌하게 울리던 그들의 합창을 마음속에서 반복했다.

"호이또! 호이또! 호이또호옷!"

나는 조그만 소리로 흥얼거리며 집으로 돌아왔다.

그리고 아무도 없는 서재에 앉아 그 아이들이 했던 것처럼 커다랗게 입을 벌리고 고함을 질러보았다.

"호이또! 호이또! 호이또호옷!"

그러는데 할머니가 보기 드물게 찡그린 표정으로 들어와 말했다.

"너는 도대체 무슨 소릴 하고 있는 거니? 그렇게 커가지고 바보짓을 하면 안돼."

나는 전혀 몰랐다. '호이또'라는 것은 '거지'를 가리키는 사투리였다.

8

이 마을 농민들은 아이들 교육 같은 것은 전혀 생각조차 하지 않는다. 아이들은 낳아 떨어뜨려진 채 그냥 자라서 남자가 되고 여자가 되어간다.

물론 그들도 제 자식은 예쁘다. 하지만 오로지 단순한 감정에 지배당하는 그들은 아이들을 기르면서도 귀여워한다면 핥아먹어버릴 정도로 그저 귀여워만 한다.

하지만 뭔가 마음에 들지 않는다든지 보기 싫은 짓이라도 할라치면 귀여워했던 만큼 미움도 백배가 된다. 차고 때리는 것은 당연하고 심한 경우 부상을 입히고도 태연하다.

그럴 때는 자기 아이라는 느낌보다는 그저 보기 싫고 그저 부아가 치밀 뿐이다.

그러다 보니 아이들은 웬만큼 건강하게 태어나지 않아서는 대개 열살이 채 되기 전에 죽기도 한다.

남은 아이들은 아무 나무열매나 풀씨나 닥치는 대로 먹고, 엄천에 벌거벗고 있어도 한겨울에 찬물을 뒤집어써도 재채기 한번 하지 않는 인간으로 자라간다.

병에 걸리면 의사에게 가기 전에 우선 굿을 하는데 썩은 물을 마시게도 하고 정체를 알 수 없는 알약을 먹이기도 하는 등, 부모들의 미신에 따른 인신공양 목록은 결코 적지 않다.

몸은 건강하게 자라더라도 부모들이 하루 벌어 하루 먹기에 쫓기고 있으니, 아이들을 학교라는 한가한 곳에 좀처럼 보낼 수 없다.

여자아이들은 일찌감치 엄마를 대신하여 집안일을 도맡아야 하고, 남자아이들은 동생들을 돌보거나 논밭의 잔심부름을 해야 한다.

소작농 부모는 아이들이 소작인의 경계에서 벗어날 수 있을 만한 힘을 줄 수 없으니 소작인의 아이는 소작인으로 끝나버리는 것이 정해져 있다.

오글오글 낳아놓은 아이들은 점차 쇠약해져가는 부모 대신 지주들의 밥상을 기름지게 하기 위해 자라나는 것이나 마찬가지다.

그런 형편이니 조금 남다른 성격을 지닌 아이들은 일찌감치 제 갈 길을 찾고, 좀 자라면 어딘가 제 가고 싶은 곳으로 뛰쳐나가고 만다.

더구나 저능아라든가 백치들은 돌보는 이가 전혀 없다. 온 동네 개구쟁이들의 장난감이 되어버리는 수밖에 없다.

따라서 젠바까와 그 아들도 마을 사람들이 우스갯소리의 재료로 삼을지언정 걱정해주리라고는 꿈에도 생각하지 않는다.

젠바까의 이름도 없는 백치 아들은 두부를 먹고 나면 아이들이 말뚝을 들이대거나 길게 자란 머리카락에 지푸라기를 묶어놓거나 하는 일을 겪는 수밖에 없다.

점차 날이 지나고 조금씩 내 바람이 이루어질 듯해지면서 나는 한층 더 백치 아이가 마음에 걸려 견딜 수 없었다.

그래서 나는 어떻게든 그 아이에게 다가가려 했다. 하지만 그것은 쉽지 않은 일로, 나는 공연히 겁이 나서 아무래도 그 아이 곁으로 다가갈 수가 없다. 네댓번 다가가다 멈추고 다가가다 멈추고를 반복한 끝에 어느날 저녁 나는 마침내 그 아이 옆에 가서 멈춰섰다.

무슨 대단한 일이라도 하듯이 내 가슴은 두근거렸다. 나는 사람이 옆에 가도 쳐다보지도 않는 아이의 얼굴을 보면서 무슨 소리를 어떻게 꺼내야 할까 한참을 망설였다.

무슨 말을 하면 아이의 관심을 끌 수 있을지 몰라 전전긍긍하다가 가까스로,

"어떻게 지내?"
하고 말했다.

이 한마디가 입술을 채 떠나기도 전에 나는 자신의 실수를 깨달았다.

누구든지 멍하니 눈에도 마음에도 아무것도 확실한 것이 떠오르지 않을 때 '어떻게 지내냐'는 질문을 받는다면 두렵고 할 말이 없을 것이다.

내가 바보짓을 했다고 생각하며 보고 있자니까 아이는 한참이 지나서야 느릿느릿 얼굴을 내 쪽으로 돌렸다. 그리고 상당히 튀어나오고 그다지 깜빡이는 일이 없는 눈동자를 물끄러미 고정시킨 채 나를 바라보는 듯한 위치가 되었다.

나도 아이를 보고 있었다. 나는 정말 주의를 기울여 보고 있었다.

그러자 점점 아이의 표정이 엄청나게 변하여 결국은 '그 느낌'이 점차 내 얼굴로 옮겨온 듯한 기분이 들었다.

더이상, 나는 의지력도 인내력도 없어졌다. 그저 단걸음에 달려 집으

로 돌아와 박박 문질러 얼굴을 씻고 거울을 들여다보며 조금씩 마음을 가라앉혔다.

첫번째 시도는 언제나처럼 나의 환상 탓에 완전히 실패하고 말았다. 하지만 그후 두세번째가 되면서 조금씩 그 아이에게 익숙해졌다.

그러나 역시 잠자코 말없이 함께 서 있거나 뭔가 말을 걸어 아이의 주의력을 시험해보거나 하는 것뿐, 전혀 진전될 낌새는 없다.

나는 그 아이의 주변을 그저 빙글빙글 돌고 있는 꼴이었다.

젠바까의 아이에 관해서는 전혀 아무것도 할 수 없었지만 다른 일은 조금씩 좋은 방향으로 가고 있었다.

발바닥의 종기 때문에 고생하던 농민은 마을 의사에게 치료를 받고 나았다.

오께야의 딸에게는 우유니 생선 같은 것들을 갖다주었다.

그리고 정말 별것 아니긴 하지만, 발이 나은 남자가 밭에 나온 것을 보거나 진스께네 아이들이 내가 준 옷을 입은 것을 보는 것이 더없이 기뻤다. 걸음마를 배우기 시작한 아이가 그 재미에 밤잠도 자지 않고 걸어다니고 싶어하는 것처럼, 나 역시 한사람이라도 더 내가 무언가를 해줄 수 있는 사람이 늘어나면 늘어날수록 더욱 힘이 났다.

또 실제로 얼마나 더 할 수 있을지를 가늠할 수 없을 만큼 모든 것이 모자라고 부족하기도 했다.

나는 내가 할 수 있는 최선을 다하고자 했다.

하지만 나는 '내 것'이라고 할 수 있는 돈 한푼 쌀 한톨도 없기 때문에 누군가에게 뭘 하나 주려 해도 일일이 할머니에게 부탁을 해야만 한다.

그러니 내가 하고자 하는 일이 많아지면 많아질수록 그런 일이 자주 있게 되고, 따라서 점차 그런 부탁을 하는 것이 고통스러워졌다.

그러나 어쩔 도리가 없었다. 나는 정말 무진장한 재산이 갖고 싶었다. 그리고 온 마을을 놀랄 만큼 잘 갖추어진 아름다운 이들의 무리로 만들어, 가난한 자는 인간이라 여기지도 않는 자들 앞에 내보이고 싶다는 생각을 하지 않을 수 없었다.

9

갖가지 새로운 경험이 나를 기쁘게도 하고 놀라게도 하는 동안 멈추지 않는 시간은 부지런히 한여름 풍경을 만들어갔다.

햇볕은 눈에 띄게 따가워지고 길 위의 뿌연 먼지들은 점점 두껍게 쌓여 한바탕 바람이 불 때마다 회색 소용돌이를 일으킨다.

보리 태우는 연기가, 넓게 펼쳐진 생기 찬 푸른 하늘로 피어오르고, 번쩍이는 불꽃 위를 날아다니는 보릿짚과 발갛게 상기된 얼굴들을 이 밭 저 밭에서 볼 수 있었다.

앞쪽 연못에는 물놀이를 하는 아이들이 끊이지 않아 강렬한 햇빛이 가득 비치는 수면에서는 햇볕에 그을린 팔다리가 힘차게 물소리를 내며 드나들고, 날카로운 고함소리들에 섞여 첨벙첨벙 물 튀는 소리가 멀리까지 울려퍼진다.

삼림에는 초록이 깊어가고 산들은 밝은 빛으로 늘어서 있으며 번갯불은 농민들을 기쁘게 하면서 저녁때마다 변덕 많은 구름 사이로 산봉우리들을 누비고 다닌다(번개가 많은 것은 풍년이 들 징조라고 그들은 말했다). 그리하여 집을 둘러싼 사방의 논밭은 가장 아름다운 한때가 된다.

거의 모든 작물들에 열매가 맺혔다.

내 서재에서 보이는 밭만 하더라도 콩, 옥수수, 깨, 오이 등이 모두 익었고, 눈부신 은색 메밀꽃 위로 흘러가는 구름의 그림자가 비쳤다가 사라지곤 했다.

이미 먹을 때가 된 살구, 무화과 등의 과수밭 옆에서는 느슨한 비탈의 호박밭에 커다란 이파리 뒤로 붉고 커다란 열매들이 아름답고, 감자는 이미 거둘 때가 되었다.

두 사람의 소작인이 가마니와 호미와 '삼태기'를 들고 아침 일찍 나왔다.

잎이 시들기 시작한 줄기를 뽑아내고 그 뒤를 따라가며 호미로 파간다.

키가 작은 애꾸눈 사내가 깊이 박았던 호미를 가볍게 위로 들어올리면 새 흙에 포근히 감싸인 크고 작은 열매들이 춤추듯이 굴러나온다.

그러면서 갑자기 흙 밖으로 파내진 조그만 벌레들은 우스꽝스럽게 허둥대며 남자들의 잠방이 위로 기어오르거나 거꾸로 떨어지며 부드러운 흙속으로 날아오르기도 했다.

나도 맨발에 옷자락을 걷어올리고 열심히 감자를 캐기 시작했다.

비교적 바람이 시원한 날이어서 일은 무척 재미있었다.

흙덩이를 손안에서 주물러 나오는 감자를 하나씩 삼태기 안에 던져 넣다보면 어쩌다가 끔찍하게 묘한 것이 손안에 잡히곤 했다.

나는 무심결에 큰 소리를 질렀다. 멈출 수 없는 힘으로 물컹한 것을 움켜쥐면 터져나온, 진득진득 미끄러운 썩은 감자가 손바닥 가득 묻어버렸다.

청황색 점액에서 토할 것 같은 냄새가 나서 기분이 너무 나빠 나는 얼른 마른 흙속에 양손을 묻고 닦아내려 했다.

하지만 먼저 묻은 흙이 그 진득한 점액으로 완전히 굳어 들러붙는 바람에 문지르는 정도로는 좀처럼 떨어지지 않는다. 나는 기가 질려 울음이라도 터뜨릴 참인데 웃으면서 달려온 남자가 나뭇가지를 길게 잘라 찻잔의 갈분탕이라도 긁어내듯이 손바닥을 긁어주었다.

"괜찮어유, 아가씨. 이런 걸루 죽던 안혀유."

내 주변에는 식구들과 옆 밭에 있던 소작인들까지 모여서 웃고 있었다.

이것저것 번갈아 거두어들일 때가 되는 바람에 우리는 날마다 비교적 농민다운 생활을 했다.

수확한 것들을 소작인들에게 나누어주기도 하고, 장아찌로 담그거나 말리거나 가마니에 담거나 하느라 분주했다.

그러면서 정말 싫은 일도 벌어졌다.

전혀 눈치채지 못하는 새에 밭에서 도둑질을 당한 것이다.

물론 이런 일은 해마다 있는 일이다. 결코 드문 일은 아니지만 모든 이들을 불쾌하게 했다.

도둑맞은 것은 소소한 것들이지만 자신들의 쏟아부은 정성과 보살핌을 훔쳐가는 것만 같아 더욱 부아가 치밀었다.

그래서 하루 온종일 걸려 가장 잘 없어지는 호박에 일일이 커다랗게 커다랗게 번호를 매겼다.

부풀어오른 붉은 얼굴 위 하나 가득 '八'이니 '十一'이니 굵다랗게 씌어져 뒹굴고 있는 모습은 정말 볼만했다. 하지만 그것도 모두 헛수고, 다음날 아침이 되면 그중에서도 가장 큰 것들이 없어지곤 했다.

하녀들이 가장 약이 올라 밭 근처에서 잠시라도 어슬렁거리는 사람에게는 볼 것 없이 고함을 지르거나 돌멩이를 집어던지기도 했다.

솔직한 그녀들은 앉을 때는 언제나 밭쪽을 향해 앉아서 지키고 있었다.

그러니 나조차 밤에 잠깐 기분전환 삼아 걷다가 무심결에 밭 옆에 멈춰서기라도 할라치면 커다란 소리로,

"뭐 허는겨! 얻어맞는다잉"

하고, 야단을 맞은 적이 있을 정도였다.

안개가 자욱한 어느 아침이었다.

한 네시쯤이었을 것이다. 나는 평소처럼 곤한 잠에 빠져 있는데 나지막하지만 심상치 않은 음성으로,

"어서 일어나. 얘야! 잠깐 일어나렴!"

하는, 할머니의 목소리에 눈이 뜨였다.

나는 깜짝 놀라 일어났다. 아직 제대로 눈도 뜰 수 없어 비틀비틀하면서,

"왜! 응? 무슨 일이야?"

하는 나를 끌어다가 할머니는 덧문 안쪽의 유리문 앞에 세워놓았다.

처음에는 아무것도 보이지 않았지만 점차 눈앞이 확실해지면서 아침이슬로 흐려진 유리 너머로 한사람의 그림자가 호박밭에서 움직이는 것이 보인다.

"저런!"

이마를 유리창에 갖다대고 보고 있으려니까 아무래도 훔쳐갈 물건을 물색하는 듯 몸을 굽혔다가 폈다가 한다.

"벌써 아침인데. 세상에 겁도 없이!"

얼마 지나자 몸을 편 채로 밭두렁으로 나왔다. 손에는 둥글고 커다란 물건을 들고 있다.

호박 도둑은 걷기 시작했다. 그리고 이제 곧 밭을 나서려는 참에 성큼성큼 또하나의 그림자가 다가왔다. 그것이 할머니라는 것은 첫눈에 알 수 있었다.

나는 깜짝 놀랐다. 도대체 무얼 어떻게 하겠다는 것일까? 나는 서둘러 잠옷을 갈아입었다. 그리고 나가보니 이건 또 무슨 일인가! 내가 무어라 할 수 없는 기분이 되어 멈추어서버린 것도 결코 무리가 아니다.

붉은 바탕에 하얀 줄무늬가 있는 서양호박을 앞에 굴려놓고 풀이 죽어 서 있는 것은 다름아닌 진스께가 아닌가!

나는 내 눈을 믿을 수가 없었다. 또 믿고 싶지도 않았지만 서글퍼라, 그것은 틀림없는 진스께다.

나는 머뭇머뭇 그의 얼굴을 보았다. 그리고 그 태연한 듯한 모습에 한층 더 놀랐다.

정말 아무것도 아니라는 듯이 그는 그저 서 있다. 그저 고개를 떨어뜨리고 있을 뿐이다.

입을 다물고 할머니의 화난 얼굴을 무시하듯이 눈을 치뜨고 보고 있다.

나는 두려운 마음이 들었다. 그는 그렇게 서 있다. 하지만 우리는 이제부터 도대체 어쩌려는 것일까?

할머니나 나나 그에게 뭔가 말을 하려는 것은 확실하다고 생각했다.

더구나 얼마든지 그럴 권리를 갖고 있다는 듯이, 또한 그것을 휘둘러보고 싶다는 듯이 서 있는 자신들을 깨달았다.

우린 분명히 무슨 말인가 할 것이다. 뭔가 나쁜 짓이라고 일컬어지는 짓을 한 자를 발견한 사람이 누구나 그렇게 하는 것처럼, 묘하게 위로라도 하듯이 이러쿵저러쿵 야단을 치거나 겁을 주거나 하게 되리라.

그러나 그는 우리에게 보이고 싶지 않은 장면을 들켜버렸다. 그것만으로도 충분하지 않은가? 그 이상 무슨 말을 한다는 것인가? 천명이면 천명이 되풀이해온 이야기를 지겹게 반복하면서 마음에 파도를 일으켜보았자 서로의 마음에 무엇이 남는다는 것인가? 이 역시 진부한 감정이 별 효과도 없이 속을 상하게 만들 뿐이다.

내가 할 일은 오직 하나다.

무슨 말을 꺼내야 좋을지 몰라하는 듯한 할머니를 한쪽으로 끌고 가
나는 열심히 부탁했다.

"제발 그냥 보내주세요. 그게 나아요."

"아무리 그래도…… 애야!"

"아니! 그게 낫다니까. 정말 그게 나으니까 어서 그렇게 하세요. 제
발. 어서!"

할머니는 불만스러워하면서도 내 부탁을 들어주었다.

"그것을 가지고 가요. 하지만 이런 일은 다시 하면 안돼"
라고만 했다.

진스께는 이렇게 될 줄 미리 알고 있었다는 듯이, 아무런 감정도 없
는 듯한 얼굴로 고개를 잠깐 숙이더니, 자기가 돈 주고 산 물건처럼 태
연하게 호박을 안고는 아직 인적이 없는 길로 나섰다.

나는 슬프다고도 화가 난다고도 할 수 없는 기분이 되었다.

하지만 약간 안도감을 느끼며,

'나는 겨우 호박 하나 가지고 다른 사람을 도둑이라고 부를 수는 없
어'
라고, 마음속에서 다짐했다.

10

지금까지 내가 진스께 집안에 한 일은 기껏해야 헌옷을 나눠주거나
얼마 안되는 음식이니 돈을 주는 정도의 일이다.

정말이지 너무 소소하고 아무것도 아닌 일이다.

제삼자가 보면, 모든 것이 그저 평범하고 조금 남다른 사람이라면 누구나 생각할 만한, 한다고 해서 굳이 이상할 것도 잘난 것도 없는 일이다.

나도 역시 자신이 사소한 도움을 베푼 것으로 크게 보답받거나 감사받으려고는 절대 생각하지 않는다.

그렇지만 진스께가 한 짓은 나에게 가벼운 실망을 느끼게 했다. 뭐랄까, 맥이 빠졌다.

그래도 단 한가지 일이 나를 위로하고 격려해주었다. 그것은 내가 처음으로 자신이 생각한 대로 스스로를 움직일 수 있게 되었다는 것이다.

나는 성질이 급하다. 금세 화를 내곤 한다. 때문에 요즘은, 모쪼록 너무 화내고 싶지 않다, 너그러운 마음으로 지내고 싶다고 얼마나 바랐는지 모른다. 하지만 집에 있으면서 남동생들이 뭔가 기분 나쁜 짓이라도 하면 서로 허물이 없으니 금세 화를 낸다. 그러던 것이 이번에는 거의 분노를 느끼지 않고 지나갔다는 사실이 정말 기뻤다.

그래서 나는 이번 일을 좋은 방향으로만 생각하기로 했다. 이제부터는 밭작물 도둑이라는 것은 그림자도 보이지 않게 될 것이라는 것이 결코 공상만은 아니리라 여겨졌다.

그러나 하루이틀 지나면서 내가 생각하는 것은 역시 '실현되지 못할 이상' ── '공주님의 생각'에 불과하다는 것을 알게 되었다. 경작지에는 전보다 더 자주, 더 많은 도난사건이 일어났던 것이다. 더구나 멀쩡하게 살아 있는 옥수숫대를 밟아 짓이겨놓거나 지금까지 무사했던 완두콩까지 뿌리째 없어지거나 집에서 멀리 떨어진 연못가의 쇠귀나물이 싹쓸이를 당하기까지 했다.

이런 꼴에 나는 완전히 넋이 빠졌다. 어떻게 해서든 아무도 불쾌한 꼴을 당하지 않고 해결해버리고 싶었다.

하지만 그러려면 어떻게 해야 하는지를 나는 전혀 모르고 있다.

마치 암흑 속에서 어디 있는지 알 수 없는 성냥과 촛대를 찾고 있는 것처럼 세상물정 모르는 나는 완전히 무서워져 겁에 질렸다.

게다가 뭔가 하나씩 도둑을 맞을 때마다 할머니가 너무나 괴로운 듯이 또는 빈정대듯이

"지금까진 없었던 일이야. 그럼 없던 일이고말고"

하고, 중얼거리는 소리를 들어야만 한다.

나는 내가 한 일이 틀리지 않았다고 단언할 수 있다. 또한 한편에서는 그들이 이런 식의 유혹을 받는 것도 결코 무리는 아니라고 생각한다.

그렇다면 결국 어느 쪽이 나빴던 것일까?

나는 마음이 명하는 바를 따랐다. 그들 또한 필요상 그런 짓을 할 수밖에 없는 처지에 있었다. 양쪽 모두 '그렇게 하지 않을 수 없어서' 한 것 아닌가? 그들도 이렇게 될 수밖에 없었고 나 역시 그렇게 할 수밖에 없었다. 어쩌면 내 쪽에서 이렇게 될 기회를 준 것이니 잘못한 것인지도 모른다고 생각해보았지만 그렇다고 단정할 수는 없다. 그들이 틀렸던가 하는 것도 "그야 물론 그렇지"라고 잘라 말할 수도 없다. 요컨대 나는 알 수가 없다.

이 일은 나로 하여금 여러가지 일을 생각하게 했다. 그리고 세상의 많고 많은 사건들이 이른바 명쾌한 판단력으로, 아니, 뭐라면 좋을까, 근사한 무신경함으로 척척 해결되고 있다는 것이 무서워졌다. 하지만 나는 아무튼 이렇게 갖가지 일이 일어나 생각을 할 수밖에 없다는 것은 좋은 일이라고 생각했다. 그리고 벌어진 일만큼은 당당하게 받아들이고, 정직하게 생각하고 느껴야만 한다고 생각했다.

그날밤도 나는 혼자 서재에 앉아 이 생각 저 생각 하고 있었다. 밖에

는 달이 무척 밝았다. 그래서 언제나처럼 불을 끄고 깜깜한 곳에 앉아 딴 세상처럼 아름다워 보이는 논밭의 풍경과 산들을 바라보고 있었다.

그런데 얼마 지나 풀밭 너머에서 뭔가 가벼운 소리가 들려왔다. 아무래도 무언가의 발소리 같았다. 그리고 풀잎이 스치는 듯한, 무언가를 밟는 듯한 그 소리는 점점 가까워졌다.

가까워짐에 따라 마침내 그것이 인간이 몰래 다가오고 있는 것임을 알았다.

하지만 나는 전혀 불안하지 않았다. 왜냐하면 달빛 속을 헤엄치듯이 조그만 어린아이가 기다란 장대를 들고 살금살금 들어오는 것을 보았기 때문이다.

아이가 가고자 하는 쪽에는 우리집에서 가장 맛있는 살구가 주렁주렁 매달려 있다.

이것으로 모두 알았다. 나는 지금까지 있던 곳에서 조금 안쪽으로 물러났다. 그리고 아이가 하려는 일을 보고 있었다. 나무 아래까지 숨어 들어온 아이는 주의깊게 주변을 둘러보았다. 산울타리로 막힌 안채에까지 신경을 썼다.

하지만 아이는 고양이가 아니라서, 암흑 속에서 이렇게 내가 자신의 일거일동을 보고 있으리라고는 까맣게 몰랐다.

마침내 아이는 팔을 한껏 뻗어 장대를 치켜들었다. 얼굴을 뒤로 젖힌 채 익은 열매를 겨냥하여 장대 끝을 톡톡 하고 살짝 흔들자 두세개가 툭툭 떨어졌다.

아이는 두세 차례 같은 짓을 반복했다. 해볼 때마다 결과가 좋아 아이는 점점 흥분했고, 어린아이답게 완전히 그 일에 몰두해서 네번째는 지금까지보다 훨씬 더 힘을 주어 가지를 두드렸다.

나무의 우듬지가 크게 흔들렸다. 그리고 투두둑 하는 상당히 큰 소리를 내면서 여러 개의 열매가 아래 있는 아이의 얼굴 위니 어깨 위로 쏟아져내렸다.

아이는 예상 밖의 결과에 완전히 신이 나서 놀람과 기쁨이 뒤섞인,

"이야!"

하는, 감탄의 소리를 가슴 깊은 곳에서부터 무심결에 내질렀다.

하지만 아직 그 소리가 사라지기도 전에 아이는 자신의 부주의를 깨달았다. 문득 자신이 한 일이 너무 무서워졌다.

금방이라도 누군가 나올 것 같아서 재빨리 이쪽저쪽을 살펴보더니 아이는 급하게 몸을 돌려 커다란 발소리를 내며 밭 쪽으로 도망쳐버렸다.

이것을 본 나는 무심결에 미소를 지었다. 기껏 따놓은 열매들을 그대로 남겨둔 채 자기 목소리에 놀라 도망쳐버린 아이를 보면서 화를 낼수는 없다. 어느 집 아이인지 모르지만 숨차게 달려가 집에 닿았을 때아이에게 남은 것이라고는 과일 비를 온몸에 맞았을 때의 기쁨과 그후의 견딜 수 없는 공포뿐이리라.

사랑스러운 모험자여! 잘 자렴. 내일도 날씨는 좋을 거야.

하지만 그 아이도 역시 나를 괴롭히는 밭도둑 중의 하나라는 것은 얼마나 끔찍한 일인가.

11

어느날 갑자기 오께야가 나에게 돈을 빌리러 왔다. 그는 지금까지도 너무나 가난하여 할머니가 이것저것 도와주고 있었지만 병에 걸린 그집 딸이 께름칙하다며 집 근처에는 가까이 오지 못하도록 하고 있었다.

알코올 중독처럼 되어 손은 언제나 떨리고 얼굴 전체의 근육이 온통

턱 쪽으로 떠밀려내려온 듯한 표정이다.

취하면 겁이 없어지는지 대감님이라도 된 듯이 요란을 떨지만, 맨 정신일 때는 마치 바보처럼 기운이 빠져 자기보다 스무살이나 어린 후처가 하라는 대로 얌전히 말을 듣는 바람에 모두의 우스갯거리가 되곤 한다.

바로 그 사람이 할머니가 성묘를 간 틈에 찾아온 것이다.

사내대장부가 그까짓 5엔을 얻으려고 얼마나 고개를 숙이고 자비를 구하던지!

그는 목숨을 걸고 부탁한다는 둥 은혜는 평생 잊지 않겠다는 둥 그야말로 귀 간지러운 말투로,

"아가씨를 위해서라면 물불을 안 가릴 것이구먼유, 그럼유, 그건 증말이랑게유"

하고 거듭거듭 말했다.

난생처음으로, 돈을 빌리러 온 자로부터 극단적으로 스스로를 낮추는 태도와 말투를 직접 본 나는 묘한 난처함과 자신의 우스꽝스러움 때문에 괴로웠다.

말도 안되는 칭찬을 해대고 아부를 늘어놓는 것을, 딱히 어쩔 도리도 없고 어쩔 힘도 없어서 그저 듣고 태연한 체하고 있는, 이런 철부지에 한푼도 없는 나는, 그걸 알고 본다면 얼마나 볼썽사납고 또한 바보처럼 보였을까! 나는 이전부터 자주 하녀로부터, 우리가 나눠주곤 하는 음식 같은 것도 대부분 그들 부부가 먹어버리고 정작 병자에게는 가지 않을 때가 많다는 소리를 들었기 때문에, 어떻게 해줘봤자 말짱 헛일이라는 생각이 들었다.

게다가 뭐 하는 데 5엔이 필요하냐고 해도 제대로 말을 하지 않는 바람에 더더욱 나의 의심은 깊어졌다. 그래서 나는 돈이라곤 한푼도 없

는 식충이니 바로 지금 어떻게 해볼 방도가 없다며 거절했다.

하지만 그 사람 쪽에서는 아직 아부가 먹혀들지 않은 것이라고 여겼는지 무심결에 웃음을 터뜨릴 정도로 시시한 것을 과장하여 감사해하기도 하고 놀라기도 하면서 수다를 떨어대는 통에 나는 더이상 얌전히 듣고 있을 수가 없었다.

내가 웃고 웃고 또 웃어대자 그 역시 아무리 그래도 자기 입에서 나오는 대로 주워섬기는 소리를 깨달았는지 히죽히죽 의미를 알 수 없는 웃음을 흘리며 유야무야, 떠든 만큼 손해만 보고 돌아가버렸다.

이 일은 처음부터 끝까지 어리석음으로 일관되었지만 그가, 지금 없으면 어떻게 될 것도 아닌 정도의 돈을 '어쩌다 운이 좋으면' 하는 속셈으로 '졸라보았다'는 생각을 하면 그저 웃어넘길 일은 아니었다.

만약 내가 내주기라도 한다면 누구누구 가릴 것 없이 모두들 그럴듯한 사기꾼이 되어버릴 것 같다.

내가 하는 짓이 모조리 그다지 반갑지 않은 결과만 낳고 있으니 점점 괴로워졌다.

어쨌든 이런 일들이 일어나게 되면서부터 내 주변에는 점점 많은 '얻어야만 하는' 자들이 모여들었다.

어린 계집아이가 보는 좁은 세상에서 빠지면 손해라는 것을 아는 정도의 사람들은 무언가 구실을 꾸며 찾아오는 것이다.

그저 암컷이라고나 불러야 할 정도인 여편네들의 요란스러운 헛웃음과 아첨.

맨발로 집 밖을 뛰어다니던 아이들이 흙투성이 몸으로 집 안을 굴러다니는 소란스러움.

아무런 질서도 거리낌도 없는 북새통은 단순히 나의 일상을 마구 흩뜨려놓았을 뿐 아니라 온 집 안을 마치 시골에서 곧잘 보는 점집처럼 만들어버렸다.

할머니를 비롯한 집안 식구들의 불평은 나에게 집중되어, 아이가 화로에 물을 쏟아버린 것도, 아침부터 저녁까지 시시껄렁한 불평을 들어야만 하는 것도 모두 나 때문이라는 소리를 들어야 했다.

이런 와중에서도 나는 할 수 있는 대로 그들에게 호의를 유지하고자 노력했다.

그러나 바쁜 일이 있을 때 그들과 한편이 되어 이미 질리도록 들어서 당사자보다 오히려 더 잘 알고 있는 소문이나 불평을 잠자코 들어줘야 한다는 것은 정말 견딜 수가 없었다.

어차피 내놓은 것이니 하는 식으로 배가 터질 만큼 차를 마시고 과자를 집어먹어대는 그들을 보고 있자면 나는 거의 막막한 기분이 들곤 했다.

반쯤 포기한 듯한 혹은 희망이 있는 듯한 마음으로, 가을바람이 불자 할머니가 정해놓은 대로 키모노 옷감에 물을 들이거나 짜거나 하면서 자기가 하고 있는 일을 스스로 이해할 수 없게 되었다는 것을 느꼈다.

12

내 주변이 이런 상태에 있는 동안 읍내 아낙네들 사이에 모종의 계획이 세워졌다.

마을 동북쪽 모퉁이에 개신교 교회가 있다. 창립된 지 몇해 안되었지만 번성하고 있다는 점에서는 성공적이었다.

처음 이곳에 외국인 목사가 오던 시절에는 성실한 신자들이 조금씩 모여드는 정도여서 거의 눈에도 띄지 않는 정도였지만, 바로 그 뒤를 이어 부임한 목사는 대단히 가벼운 사람으로 "뭘요, 우리도 다 같은 인간인걸요" 하는 식이었다.

그런 것이 마을의 이른바 사모님들로부터 동정을 얻어 "재미있는 목사님이시네요" 하는 식으로 갑자기 교회가 번화해지기 시작했다.

그리고 지금은 3대째인데, 역시 엄청나게 호인에다 우직한 목사가, 거의 여자들 덕분에 유지되는 듯한 교회를 관리하고 있었다.

여러가지 의미에서 소중하던 선임 목사는 작년 여름 뇌일혈로 정말 천국으로 가듯이 숨을 거두었다.

아직 비교적 나이가 젊고 끝없이 토오꾜오풍의 차림새에 노심초사하는 아낙네들은 교회를 일종의 사교장으로 활용했다. 그리고 때로는 설교보다는 서로의 차림새를 관찰하는 것이 더 중요한 일이었고, 신의 축복을 받아가며 키모노의 무늬를 생각하는 것이 중요했다. 그리고 어디까지나 '여자다운 점을 모조리' 갖춘 모임이 열리곤 했다.

그런데 이달 8월 24일이 선임 목사의 일주기가 된다는 사실은 뭔가 색다른 일이 없을까 찾고 있던 여자들에게 더없이 좋은 기회가 되었다. 꽃구경 같은 화려한 모임이 있다는 것을 들어도, 가슴은 두근거리지만 꾹 참고 있던 사람들이니만큼, 무언가 기념이 될 일을 하자는 것에 말할 것도 없이 모두 찬성했다.

그래서 이것저것 의논을 한 끝에, 결국 돌아가신 목사가 묻힌 K마을의 빈민들에게 조금씩이나마 '자선'을 하자고 정했다.

고인은 빈민구제에는 꽤나 마음을 쓰면서도 시간이 없거나 기금이 없거나 하여 여의치 못한 채로 끝나버렸으니 자신들이 그 유지를 이어받는 것은 당연하다는 것이었다.

여자들은 모두 의욕이 넘쳤다. 재빨리 유인물을 만들더니 온 동네의 알 만한 사람들에게는 빠짐없이 배부하며 기부를 권유했다.

이 보기 드문 인쇄물을 손에 든 이들은 각기 다른 생각에 잠겼다. 어떤 이는 기뻐했고, 다른 이는 분수에 넘치는 일이기는 하지만 어떻게든 그 속에 끼고 싶은 마음에 힘들기도 했다.

온 동네가 이 소문으로 가득 찼고, 마을이 생기고 처음이라고 할 수 있을 만큼 여자가 하는 일이 드문 이 지역에서는 해가 서쪽에서 뜨기라도 한 양 법석들을 떨었다.

그러나 오래잖아 갖가지 불만이 쏟아져 관계자들을 몹시 힘들게 했다. 그것은, 이런 여자가 위원이라느니 뭐라느니 거창하게 이름을 내걸고 있는데 도대체 나는 왜 뺐느냐 하는 것에서부터, 이사람 저사람의 이름을 구별 없이 늘어놓지 말고 회장이니 부회장이니로 시작하여 끝으로는 심부름꾼까지 명확한 직명을 붙여놓아야 한다는 것이었다. 특히 그 후보자 가운데 자기를 포함시킨 자신있는 여인네들은 열을 내어 그 필요성을 역설했다.

여자의 일이란 아무튼 사무적이지 않고 책임감을 느끼지 않는다고 일컬어지고 있으니, 우리는 시국에 비춰가며 할 수 있는 대로 완전한 일을 해야만 할 것 같습니다만, 하던 것이 점차 목소리가 커지더니 마침내 모든 직분을 선출하게 되었다. 이것은 더더욱 마을을 심상치 않게 만들었다. 회장, 부회장이 될 가망이 없는 이들은 하다못해 한걸음이라도 누구누구 위에 나서려 한다. 갑이 생각하면 을 역시 바라고 있으니 서로의 요구가 충돌한다. 표면적으로 평온하고 이른바 여자들의 얌전함으로 덮여 있으면 있을수록 속으로는 붉으락푸르락 자기 남편이 저 사람보다 상사이니까라는 등 좁아터진 군청의 이층 밖에서는 아무런 도움이 되지 않는 권리까지 이용하기 시작했다. 그리하여 엄청난 우여곡절 끝에 가까스로 역할이 정해지고 일은 정리가 되었다. 물론 자질구레한 불평들이 없어진 것은 아니었다. 회장으로 뽑힌 여자는 마을에서 가장 큰 병원장의 부인으로 야마다 원장 부인이라 불리는 이였다. 특별한 역량이 있는 것도 아니었지만 만약 그녀의 야심을 채워주지 않았다가는 후환이 두렵다는 것이 가장 큰 원인이었다.

그녀는 한 마흔살쯤 된, 무척 뚱뚱하고 키가 작은 사람이다. 화장할 때 쓰는 거울이 어쩌다 가슴까지밖에 오지 않아서 오비(帶) 위쪽과 아래쪽이 마치 다른 사람처럼 되어버린 듯한 모습을 한 사람이다. 커다란 트레머리와 귓불, 그리고 목덜미가 꼴불견이긴 해도 정성들여 한 '아무러면 어때요'풍의 화장에 커다란 오비를 하고 앉았을 때의 부인은 실로 볼만하지만, 일단 일어섰다 하면 중심을 잃은 듯이 커다랗고 묵직해 보이는 상반신을, 안짱걸음으로 아장아장 옮겨놓는 발로는 도저히 지탱할 수가 없어 보인다. 양어깨를 교대로 앞뒤로 흔들어대는 버릇은 잔치자리 같은 데서는 우스꽝스럽기도 하지만, 무언가 우쭐해 있을 때면 특히 심해져서 숨이 막힐 듯한 머리를 흔들흔들하면서 터질 듯한 몸을 흔들며 걷는 모습을 보면 아무리 적의를 품은 사람이라도 마음이 풀려버린다. 그녀는 자신이 확실히 회장님으로 정해지고부터는 완전히 안심하여, 그저 사람들 입에 오르내리는 시시껄렁한 자기에 대한 소문들을 얻어듣고는 만족스럽게 고개를 끄덕이곤 했다.

그리고 읍장 부인이 2년 전에 사망한 것이 얼마나 감사한 일인가 싶어 남들 몰래 그 묘소에 다녀오기도 했다. 만약 그 부인에게 그런 일이 없었더라면 오늘날 어찌 자기가 이런 자리를 차지할 수 있었으랴! 정말이지 얼마나 운이 좋은가! 하며.

이리하여 처음에는 그리 큰일 같지 않았던 것이 점차 커지면서 도저히 아낙네들이 감당할 수 없게 되어버렸다.

목사는 아침부터 저녁까지 기도할 시간도 없을 만큼 돈 보관이니 사무적인 일들로 혹사를 당하고,

"그것도 다 도(道)를 위해서잖아요, 목사님"
하는 말이 덧붙어 앞뒤가 잘 맞지 않는 일들은 몽땅, 마치 강물에 쓰레기라도 흘려버리듯이 강요당했다.

턱에 난 세 오라기 정도의 흰 수염을 흔들며 왼쪽 손등에 있는 콩알만한 사마귀를 한마디 할 때마다 주물러대는 통에 최근에 그것이 무척 커진 목사는 흰 면으로 되어 너덜너덜해진 키모노를 어깨띠로 걷어매고 하루하루가 얼마나 짧게 지나가는지!

아낙네들은 얼굴을 마주칠 때마다,
"그것이 끝날 때까지는 우리 다들 얼마나 바쁜지"
하고, 자기들만의 암호로 이야기하며 즐겁게 웃어댔다.

소풍이라도 가기 전처럼 뭔가 즐겁고 설레는 기분으로 일없이 분주해하는 사이에 정말 곤란한 일이 벌어지고 말았다.

이것은 도저히 24일까지 맞출 수 없는 일이다.

이 일에는 다들 당황했다. 울어도 웃어도 어쩔 수가 없으니 굳이 그날 정확하게 안되더라도 가장 좋은 결과를 얻을 수만 있다면 돌아가신 목사님은 전혀 개의치 않을 것이다, 하고 이야기가 되어 일주일이라는 유예기간이 선량한 선임 목사의 영혼으로부터 부여되었다.

여인들의 입은 얼마 동안 후덕한 고인을 칭송하고 분명히 천국에서 쉬고 계실 거라는 단언을 하느라 바빴다.

마침내 날이 가까워, 기부마감 날에는 교회 내벽에 종이를 붙이고 일일이 기부한 금액을 적어넣었다. 그리고 그 아래 북적북적 모여들었는데,

"어머! 저것 좀 보세요. 그분이 저렇게 내셨네요. ── 역시 잘사는 분은 다르시네요."
하고 감탄하는 여인네들 사이를, 맨 앞에

'일금 100엔 정. 회장 각하'
라고 적힌 야마다 부인이 미친 사람처럼 어깨를 흔들흔들 돌아다니며
누군가 말을 걸 때마다,

"아유, 별말씀을. 부끄럽사옵니다"
하며 '일금 100엔 정'을 올려다보곤 했다.

모든 일이 경탄할 만한 귀부인풍으로 진행되어갔다.

13

읍내 여인들 사이에서 이런 계획이 있다는 소문은 곧장 우리 귀에도
들어왔고 이어서 동네 전체에 퍼졌다.

날이 가면서 점차 그 일이 사실이 되어갔으므로 건조하던 동네 공기
는 어쩐지 웅성거리기 시작했다. 어디서고 이 소문이 들렸다.

가난한 이들은 김칫국물부터 마셔가며 받지도 않은 돈으로 무슨 물
건을 살 것인지 취사선택으로 망설였고, 저놈 집에는 우리집보다 자식
이 많으니 더 많이 받겠지 하는 부러움으로 지금까지 성가셔하던 자식
들을 하룻밤 새 다섯명 열명으로 불려놓고 싶다는 둥 떠들어댔다. 그
리고 평소에도 부지런하다고는 할 수 없는 그들이 이렇게 피땀 흘려가
며 일하는 몇배의 것이 금세라도 들어올 것 같다는 생각에 마음이 해
이해져 마을 전체에 푹 퍼진 듯한 분위기가 채워지기 시작했다.

하지만 여전히 우리집에는 아침부터 해가 질 때까지 '가면 어떻게
된다'는 자들이 줄을 이었다.

뭐랄까, 자신의 부업이라도 되는 듯이 불평을 하고 자선을 구하고 동
정을 받는 것은, 바로 자신들이 어떻게 될 것인지를 생각조차 하지 않

고, 또는 생각할 수 없기 때문이다. 그러한 그들을 보면서 나는 여러가지 생각을 하게 되었다.

"이번 일은 좋은 결과를 얻게 되는 것일까?"

이것이 나의 첫번째 의문이다. 더구나 나 자신이 번민하고 있는 의문이다.

그들은 그저 받기만 하면 된다. 주는 거라면 뭐든지 싫다고 하지 않는다.

하지만 옷을 하나 얻으면 전에 입던 것은 재빨리 내어버리고, 뜻밖의 돈이 들어오면 쓸데없는 것들—입을 일도 없는 비단 옷이니 구두니 모자 따위 사치품을 부지런히 사들이면서, 평소에 억눌려온, 돈을 주고 물건을 산다는 재미를 충분히 맛보는 것이다.

그러니 5엔이 있든 10엔이 있든 결국은 없는 것과 마찬가지이니, 그 돈으로 산 물건도 얼마 지나면 어려워져서 읍내에 팔아버린다.

돈도 물건도 유통기간 중에 그저 잠시 그들에게 머무는 것에 지나지 않는다.

그들은 변함없이 가난하고 그저 저런 옷도 사본 적이 있었지, 그 정도의 돈을 지닌 적이 있었지, 하는 기억만이 그것도 어렴풋이 남을 뿐이다.

나는 요즈음 정말 이건 어려운 문제라고 절실히 생각하고 있다. 너그럽게 대하면 기어오르고, 엄하게 하면 주눅이 들어 뭘 물어도 대답조차 못할 정도가 되어버리는 것이 그들의 버릇이다.

부인들이 그들을 돕는 일에 만약 성공한다면? 정말 그들의 생활에 도움이 되는 것일까? 그렇다면 그것은 더없이 좋은 일이다.

하지만 나에게는 그저 단순히 다행스러운 일로만 끝나지 않는다.

나는 이 마을에 관련이 깊고 이 동네에 해줄 만한 일이 많은 인간이라고 생각한다. 그리고 조금씩 시작한 일들은 실패할 것만 같다.

　그러던 차에 멀리 떨어져 별 어려움도 없이 그다지 절실하지도 않은 사람들이 하는 일이 그이들에게 대단히 효과가 있다면 이 나는 얼마나 작고 무의미한 존재인가?

　나는 그들과는 전혀 다른 심정으로 그들의 이른바 '축복신의 강림'을 기다렸다.

　그런데 갑자기 뜻밖의 일이 벌어져 온 마을 사람들의 마음을 움직였다.

　그것은 물레방앗간 신 상이 콩 가마니를 내다 팔아버린 것이다. 그 콩 두 가마니는 물론 남이 갈아달라고 맡겨놓은 것이다.

　부모의 돈을 훔쳐내거나 자기 집 물건을 들고 나온 경험이야 한두번 없는 이가 없는 동네이니 그저 그것뿐이라면 화제도 되지 못하고 사라져버렸겠지만, 신 상은 정직하기로 유명했고 그 어머니는 또 그야말로 욕심쟁이로 여러가지 소문을 만들어내는 여자여서 모두의 호기심을 부추겼다. 그뒤에 무언가 꿍꿍이속이 있다며 우리집에 오는 이들은 신 상 이야기를 하지 않는 이가 없었다.

　나는 그 신 상이라는 남자와 딱 두번밖에 이야기를 해본 적이 없다. 따라서 어떤 남자인지 확실히는 알 수가 없지만, 얌전한 듯한 낮은 목소리에 대단히 정중하게 이야기를 하는 사람이라고 생각했다. 나는 그가 그런 짓은 하지 않는다고, 하지 못한다고 여겨왔지만 정작 그 어머니가 우리집에 올 때마다 정말로 화를 내면서 얼굴이 새빨개져서는,

　"우리집 망헐 눔은 정말 죽겄어유. 좀 들어보셔유, 말두 안되는 짓을 혀번겼당게유……"

하고, 신 상이 콩을 판 돈으로 시내의 사창가에 대엿새씩이나 출근을 했다며 큰 소리로 떠들어댔다. 그러니 나로서는 친부모가 하는 소리니

거짓말은 아닐 것 같고 그렇다고 신 상이 그런 짓을 했을 것 같지도 않아서 반신반의하면서 일이 되어가는 것을 보고 있었다.

도대체가 물레방앗간은 이태 전에 가장이 죽고 나서는 좋지 않은 소문만 무성했다.

그 당시부터 이미 홋까이도오에 돈 벌러 나가 있는 신 상을 불러들이지도 않고 자기 혼자 모든 것을 해나가는 것도 다 숨어서 조종하는 자가 있어서이니, 이웃 동네에 덴끼찌라는, 같은 물레방앗간 주인이 얼마 되지 않는 복숭아밭이니 뭐니 다 제 것으로 만들고 신 상을 쫓아내려 한다는 것을 모르는 사람이 없었다.

신 상은 열여섯살 때 홋까이도오로 보내져 올 5월이 되기까지 7년 동안, 장가를 들 만큼 돈을 모으면 돌아와 어머니도 편하게 모시고 집안을 일으키겠다는 일념으로 허튼짓 한번 안하고 일하고 있었다고 한다.

그런데 운 나쁘게 신장병에 걸려 의사 말대로 오랜만에 집으로 돌아올 때에는 80엔을 지니고 왔다.

젊은 사람이 기특하다 싶어 우리 할머니도 선물까지 보냈을 정도로 동네 사람들에게 존경을 받았다.

하지만 그의 어머니는 언젠가 빚 문제로 흥분하여 거의 미친 듯이 되어버린 적이 있고부터 닷푼 반푼이라도 돈 문제라면 물불을 못 가리게 되어, 신 상이 병에 걸렸다는 말을 듣고는 성가신 것이 뭐 하러 왔냐는 식으로 그를 대했다.

그게 괴로워 신 상은 시내 의사에게 드는 비용이니 자기 용돈은 모두 자기 돈으로 썼고, 거기다 40엔 정도를 제 어머니에게 주기까지 했다.

하지만 가끔씩 부주의하게 복대라도 끌러놓으면 조금씩 돈이 줄어든다느니 하며 다 큰 남자를 붙잡고는 그 어머니가 뭐라면서 때리기도 하고 야단을 치기도 하는 것까지 우리 귀에 들어왔다.

그러니 마을 사람들은 신 상을 동정하여 아무래도 그 어머니에게 불리한 소문이 나기 때문에 신 상은 가운데 끼여 괴로움을 겪어야 했다.

그런데 어느날 난데없이 신 상은 어머니로부터 콩을 훔쳐 팔아먹었다는 누명을 써야만 했다.

정직한 그로서는 당황할 대로 당황하여 도대체 뭐가 어떻게 된 것인지 알 수가 없어 변명도 못하고 있는 동안에 어머니 쪽에서는 온 동네방네 이 일을 떠들고 다녔다.

아무리 생각해도 신 상은 이 일을 이해할 수가 없었다. 언젠가 그런 일이 정말 있었는가 싶어 아무리 생각을 해내려 해도 전혀 기억이 없으니 안개 속을 걷는 듯하여 뭔가 불안하고 정말 자기 안에 켕기는 것이라도 있는 것 같은 나날을 보냈다.

이러한 형편이니 온 마을 사람들이 모두 대단한 관심을 가지고 사건 뒤에 숨겨진 무언가를 찾아내려 생각했다.

나는 그들에 관해 아는 것이 아무것도 없어서 무슨 상상조차 할 수 없었지만 어디에나 있는 참견꾼들이 그것이 자기 본업인 양 부지런히 여기저기 촉수를 들이밀기 시작했다.

그러자 뜻밖에도 문제의 가마니 같은 것은 처음부터 근거없는 소리로, 다만 사죄금조로 지금 신 상이 지니고 있는 돈을 몽땅 빼앗으려는 방편으로 지어낸 얘기라는 소문이 점차 사실로 드러나 시끄러워지기 시작했다.

신 상은 큰일 날 일이다 싶어 어머니를 변호하고 그 소문을 잠재우기 위해 노력했다.

하지만 신 상의 마음은 점점 어두워져갔다. 자기 신세가 서글프고 이 어머니의 진짜 아들인가 싶은 의심까지 들었다.

나는 창백하고 어두운 얼굴을 한 신 상이, 걱정 때문에 한층 해쓱해진 얼굴로 더운 날 모자도 쓰지 않은 채 마을길을 터벅터벅 걷고 있는 것을 보면 정말 안쓰러웠다.

하지만 스물셋이나 된 남자가 사리분별이 없는 어머니 마음대로, 구박을 당하든 수치를 당하든 단 한마디 말다툼도 하지 않고 그저 그녀를 변호만 하고 있는 것을 보면 기분이 묘하지 않을 수 없었다.

뭐랄까. 어딘가에 우리들보다 훌륭한 점을 지니고 있는 듯한 기분이 들어 아무리 가엾다고 생각을 하더라도 다른 이들에게 하듯이 먹을 것을 좀 나눠준다든가 하는 짓은 할 수가 없었다.

길에서라도 만나면 나는 정말 진심으로 인사를 하며 정중하게 병은 좀 어떤지를 물었다.

상당히 힘든 모습이면서도 그는,

"덕분에 점점 편해지고 있어유"

라고만 했다.

14

신 상 일이 있어서 31일은 몹시 빨리 다가왔다. 니햐꾸 토오까(二百十日, 입춘에서 210일째 되는 날. 9월 1일경으로 이날을 전후하여 태풍이 부는 일이 많다—옮긴이) 전 그날은 아침부터 무척이나 더웠고 느른한 남풍이 때때로 나뭇잎 사이를 졸듯이 건너왔다.

평소보다 일찍 잠에서 깬 나는 언제나처럼 산책 겸 마을을 걸어보았다.

집집마다 이미 식사까지 마친 후다. 동네 앞 빈터니 사거리에는 어른 아이 할 것 없이 다들 모여서서 떠들썩하다.

그런데 내가 놀란 것은 그들의 입성이니 뭐니 어제와는 완전히 딴판으로 더러워졌다는 점이다. 여자들은 모두 머리를 산발하고 같은 '누빈 조끼'라도 언제 빨았는지 모를 것들을 입고 있다. 벌거숭이에 맨발인 아이들은 잔치라도 열린 듯이 까불어대고 절대 그림자도 비치지 않도록 집 안에 갇혔던 늙어빠진 노인들과 병자들까지 모두들 길에서 보이는 곳에 나와 있었다.

오께야에서도 나가 죽으란 듯이 대하던 딸을 오늘은 특별히 밖에 내놓고 너덜너덜한 이부자리까지 망설임 없이 드러내놓은 모습을 나는 전혀 이해할 수 없었다.

온 동네가 될 수 있는 대로 더러워지고, 그러면서 내가 지금까지 본 적이 없을 정도로 활기가 넘친다.

하지만 보고 걷는 동안에 점차 그들의 마음을 읽을 수 있었다. 그리고 인간이란 어디까지 비참해질 수 있는 것인지, 두렵기도 하고 한심하기도 한 기분이 들고 말았다.

나는 무언가 내 힘으로는 어찌 할 수 없는 일이 일어났다는 기분으로 집으로 돌아왔다.

집 안은 여전히 평화롭고 청결하며 오래된 가구들이 아담하게 놓여 있다.

나는 때때로 대청에 서서 건너편 길에서 흙먼지가 날리는 것을 보곤 했다. 읍내에서 이 동네로 오는 사람은 일일이 여기서 다 보인다.

하지만 점심때가 가깝도록 읍내 사람 같은 이는 하나도 지나가지 않았다.

그런데 열한시경이나 되자 인력거 여러 대가 줄을 지어 덥다는 듯이 달려갔다. 안에는 여러가지 색깔의 키모노가 보인다. 읍내 부인들의 일이 이제부터 시작되려는 것이다.

마을 입구에서 부인들은 인력거에서 내렸다. 그리고 부인회장을 둘러싸고 떠들어대며 걷기 시작하는 주변을, 벌거숭이 아이를 업은 식모 아이들과 아낙네들이 둥그렇게 둘러싸더니 점차 밖에서 안으로 밀어대기 시작했다.

가난한 여자들은 놀란 얼굴로 읍내 '사모님'들을 바라보았다.

반짝이는 빗이 꽂힌 머리, 자수가 잔뜩 놓인 키모노, 또는 손가락 사이에서 번쩍거리는 붉고 푸르고 흰빛의 반지들을 바라보았다. 반지를 끼지 않은 사람이 없다. 모두들 손에 조그맣고 아름다운 주머니들을 들었다. 세상에 저 오비 좀 봐! 어떤 분을 바르면 저렇게 매끈해질까? 어머나! 저런 양산도 있네!

여자들은 머리가 아플 만큼 부러웠다. 같은 여자로 태어나 자기들처럼 죽을 때까지 흙투성이로 살아야 하는 사람이 있는가 하면 이렇게 화장을 하고 돈을 뿌려대는 이들도 있는 것이다.

얼마나 멋진가!

하지만⋯⋯

여자들이 이상하게 생각한 것도 무리는 아니다. 읍내의 사모님들은 다른 것들은 번쩍번쩍하면서 키모노만은 다들 모슬린이었다.

그것은 '검소함을 보이기 위해 의복은 모슬린 감 이하로 할 것'이라는 조건이 있어 현명한 부인들이 그 조항을 정직하고 적당하게 지킨 까닭이었다.

마침내 여인들이 걷기 시작했다.

화려한 색깔의 양산들이 먼지투성이 시골길에 놀랄 만한 행렬을 만들었다.

가장 먼저 멈춘 곳은 오께야였다.

뒤를 줄줄 쫓아온 이들이 앞다투어 집 안 가득 들어차는 바람에 묘하게 어둡고 열기에 찬 듯한 방 안에서 잠방이 차림의 오께야 주인과 찢어져 너덜너덜한 '조끼' 차림의 마누라가 유령 같은 딸을 가운데 두고 넙죽 절을 했다.

부인회장은 우물거리는 소리로 어려운 한자말을 섞어가며 이번 자기들이 온 목적을 설명했다.

오께야 부부는 무슨 소린지 전혀 알아듣지 못했지만 그저 굽실거리며 절만 하고 있자니까 부인회장이 잠깐 손가락으로 신호를 보냈다.

그러자 일행 중 하나가 붉게 옻칠한 쟁반 위에 커다란 장식을 단 봉투를 올려 내밀더니 모여든 사람들의 부러움 어린 속삭임에 둘러싸여 오께야 앞에 내려놓았다.

그들은 달려들고 싶을 만큼 기뻤다. 하지만 애써 억누르며 할 수 있는 대로 감사인사를 하고 아부를 늘어놓으며 연달아 고개를 굽실거렸다.

그리고 마지막에는 부아가 치밀어,

"사람을 우습게 만들고 있네. 어서 나가부러!"

하고 소리라도 지르고 싶을 만큼, 부인들은 잠자코, 고개를 들었다가 숙였다가 하는 모습을 보고 있었다.

마침내 부인들이 움직이기 시작했다. 그들은 안도의 한숨을 내쉬었다.

그리고 아직 한두 여자가 자기 집 처마 앞에 있는 것도 아랑곳하지 않고 오께야 부부는 양쪽에서 잡아당기며 서둘러 허둥지둥 봉투를 열어보았다.

안에는 5엔짜리 지폐가 한장 들어 있었다.

두 사람은 지폐를 보는 순간, 뛸 듯이 기뻐 얼굴을 마주 보며 히죽 웃었다.

"당분간 편허겄구먼."

"증말이여. 거기다 지난번 그 내 허리띠도 살 수 있구말여."

마누라는 말을 뱉어놓고야 정신이 들어 딸을 돌아보니 멍하니 지친 듯이 앉아 꾸깃꾸깃해진 장식술이니 '환자 위문금'이라고 가로로 씌어진 봉투를 보고 있다.

마누라는 쳇, 하고 혀를 차더니 남편에게 귀엣말을 했다. 남편도 그 종이와 딸을 번갈아 보더니 말했다.

"뭘, 암시랑 안혀. 저년은 몰러."

딸은 잠시 후에 비틀거리며 냄새나는 이부자리를 끌고 다시 어둡고 축축한 안쪽으로 들어가버렸다.

부인들은 한집 한집 똑같은 말들을 되풀이하며 거만스레 인사를 하고 자신들을 고상하게 보일 만큼의 동정을 표시했다.

그리고 특히 부인회장은, 평소에 "네에, 그럼 그럼 그럼 그렇죠" 하며 가슴까지 고개를 숙여 하는 인사 대신 오늘은 잠자코 고개를 크게 주억거릴 따름이었다.

더구나 마음속으로는 '아아, 좋아 좋아' 하고 중얼거려가며.

일행은 가는 곳마다 감사를 받고 존경받고 또 경탄의 대상이 되었다.

부인들은 모두 자기들의 일에 만족했다.

"다른 사람을 돕는 것은 얼마나 재미있는 일인가!"

그러나 점차 지쳐서 같은 절을 받고 인사를 듣는 것도 질렸고 자기들 쪽에서 일일이 정중하게 동정을 표한다거나 설명을 하는 것도 지겨워져서, 마지막에는 부인회장이 잠깐 멈추어서서 인사를 하고 나면 얼른 돈봉투를 집어던지듯 하고는 앞으로 앞으로 서둘러 나아갔다.

뒤에서 쫓아오던 사람들도 점차 익숙해지면서 부인들 귀에 들릴 정도로 흉을 보거나 평을 하게 되었으니 부인들은 더더욱 지겨워졌다.

목이 마르고 덥고 화장이 지워지면서 정신이 없어진 일행이 다들 짜증스러운 기분으로 어떤 농민의 집에 왔을 때, 느닷없이 앞을 막아서며 타는 듯한 땅바닥에 주저앉는 자가 있다.

너무나 갑작스러운 일에 깜짝 놀라 부인들이 뒷걸음질을 치려 하자 바로 옆에 있던 한 여자의 옷자락을 양손으로 움켜쥐며

"무서운 사람 아녀유. 지발 부탁을 들어주셔유"

하며, 눈물어린 소리를 짜낸 것은 다름아닌 젠바까의 어머니다.

노파 뒤에는 젠바까와 백치 아이가 우두커니 섰다. 부인들은 당황했고 따라오던 사람들은 웃으며 멈춰섰다.

비비 할멈은 삐걱거리는 소리로 목청을 높였다.

"인정 많으신 사모님들! 부디 이 미친 아들눔과 말도 못허는 멍청헌 새끼를 좀 보셔유."

"제발 사모님! 우리 겉은 것들이야말로 불쌍히 여겨주셔유. 어디에 우덜처럼 한심헌 것들이 있을라구유. 제발 도와주셔유."

옷자락을 잡힌 부인은 우는 소리를 내며,

"어머, 도대체 뭐 하는 거예요? 어서 놓아요! 안 갈 테니 빨리 놓으라고요!"

하고, 옷자락을 당겨보았지만 "아녀, 안 놔유. 절대 안 놓을 텡게. 제발 들어주셔유. 증말이지 우덜겉이······"

하고 더욱 힘주어 잡으며 땅위에 엎어졌다. 뜻밖의 일에 부인들은 모두 들러붙어 노파를 위협하기도 하고 달래기도 했지만 좀처럼 떨어질 것 같지 않다.

모두들 어쩔 줄 모르고 키모노 자락을 잡아당기며 쩔쩔매는 꼴이 너무나 우스워 주변에 있던 이들이 무심결에 왁자하니 웃어댔다.

그러자 뜬금없이 사람들 사이를 헤치고 개처럼 뛰어든 사내아이 하나가,

"야이, 야이! 꼴좋다!"

하고 고함을 치며 팔다리를 휘둘러댔다.

진스께네 아이다.

그 한마디에 뭔가 말을 하고 싶어 어쩔 줄 모르고 있던 다른 개구쟁이들의 입이 한꺼번에 열렸다.

"겁쟁이구먼, 그 정도로 안될걸!"

"할머니를 도와줘야지!"

누런 모래바람에 섞여 와글와글 떠들어대는 중에,

"자비로운 사모님들! 제발 굽어살피셔유. 우덜 집의 미친눔과 바보 천치눔이…… 어찌 살믄 좋대유!"

하는 노파의 음성이 띄엄띄엄 노래처럼 울렸다.

부인들은 완전히 넋이 나가버렸다. 도망쳐버리고 싶지만 짐승 같은 그들에게 지고 가는 것은 너무나 약이 오른다. 다들 흥분하고 히스테릭해져서 손가락질만 당해도 고함을 지를 정도였는데 진스께네 아이는 멍하니 섰는 젠바까의 귀에 대고 무어라 속닥대면서 묘한 몸짓으로 그를 밀쳐냈다.

젠바까는 밀리는 바람에 곧장 부인들 속으로 들어가,

"헤에…… 헤에……"

하고 웃어가면서 차마 눈뜨고 볼 수 없는 짓을 하기 시작했다.

부인들은 수치심과 분노로 새빨개져서 소맷자락으로 얼굴을 가리며

"정말 무례하군요!"

"너무하네요! 뭐 하는 짓이야?"

하고 소리를 지르며 빠져나가려 했다.

이것을 본 빈민들의 야수성이 완전히 노골적이 되어버려 어른들까지 차마 들을 수 없는 욕설을 퍼부어댔다.

부인회장은 정신이 이상해질 것 같았다. 그리하여 눈물을 가득 담고

는 옆사람에게서 돈봉투를 끌어당기더니 비비 할멈의 얼굴에 들이밀며 소리쳤다.

"어서 빨리 가주세요! 정말이지 너무하네. 자, 자, 어서 빨리! 정말……"

할멈은 가까스로 일어서더니 젠바까를 저쪽으로 밀어붙이며 대단히 침착하게

"대단히 고맙구먼유. 덕분에 우리 서이 목숨을 건졌응게유. 은혜를 절대루 잊지 않겠슈"

하더니, 세 사람이 한덩어리가 되어 만족스럽다는 듯이 가버리자 남은 사람들도 진정이 되었다.

내로라하던 부인들도 한동안은 넋이 빠진 듯 선 채로 그저 멍하니 있었다.

하지만 오래지 않아 부인회장은 가까스로 그 위엄을 회복하여 모여든 무리를 무서운 눈으로 노려보았다. 그러고는 잠자코 앞장서서 걷기 시작했다.

돌아오는 길은 얼마나 맥이 빠졌던가! 진스께네 아들은 멀리서 낡아 빠진 말의 짚신(말발굽을 보호하기 위해 만들어 씌운 짚신―옮긴이)을 내던지거나 개를 데리고 장난을 쳐대며 따라갔다.

15

읍내 부인들은 왔다, 돈을 뿌렸다, 그리고 돌아갔다.

그저 그것뿐이다. 하지만 그 때문에 좁은 촌락의 구석구석까지 완전히 한바탕 뒤집어놓았다.

아이들은 명절 옷을 입고 마을에 단 하나뿐인 과자가게 앞에 떼를 지어 웅성거린다.

어른들은 받아낸 돈을 어디에 어떻게 쓸까 하는 것으로 부부싸움에다 부모 자식 간에 싸움을 하고, 자기들끼리 서로 시샘하여 온 이웃들 사이에 반목이 일어났다.

하지만 우리집만은 여전히 '번성'하고 있다.

그저께와 마찬가지로 오늘도 그들은 찾아왔다.

그러나 대부분 깔끔한 차림으로 나막신까지 그다지 헐지 않은 것을 신었다. 그리고 읍내 부인들이 와서 돌아갈 때까지의 일을 시시콜콜 빼놓지 않고 이야기하며 우리집까지 들려왔을 정도였던 그 소란 속에 벌어진 일에 대해 부인들이 얼마나 겁이 많고 한심했는지 비웃었다.

옷자락에 매달려 떨어지지 않는 것만으로 돈을 뜯어낸 비비 할멈이나 젠바까를 충동질한 진스께네 아들 일은 무척이나 재미있는 무용담이라도 되는 양 그들을 즐겁게 만든 모양이다.

"그 할망구도 그런 몸을 해가지구 뜻밖에 대단혀. 그 꼴을 보여드리구 싶더구먼유."

모두들 자기들이 받은 돈의 액수를 앞다투어 우리에게 들려주었다.

"우린 5엔 받었어!"

"그러믄 느덜이 더 뻔뻔허구먼. 우린 겨우 3량뿐이 못 받었는디."

그러고는 그렇게 허풍스럽게 소문을 내고 와서는 그까짓 얼마 안되는 걸 가지고 생색을 내려들어봤자 무리라는 둥, 돈을 나누어주는 것이 불공평하다는 둥 하는 불만이, 그녀들이 다녀가기 전보다 훨씬 심해져서 읍내 사람들에 대한 악감정을 심화시켰다.

나는 찾아오는 이들마다 이번에 얼마라도 받았으니 조금은 편해졌느냐고 물었지만 그들 가운데 그렇다는 이는 한사람도 없었다.

"우덜겉이 가난의 밑바닥에 있는 것들이 아가씨, 3량 5량 허는 돈푼을 받어봤자 뭐가 되간유. 마누라는 뭐가 사구 싶다, 남정네는 또 이게 사구 싶다. 그러니 금시 부부싸움이구 치구패구 허는 동안 그 정도 돈이야 다 어디루 가불지유. 한 사흘 지나믄 도루아미타불잉게 변함읎이 또 진흙구덩이여유."

그것은 사실이었다. 일주일도 지나기 전에 읍내에서 들어온 돈은 다시 읍내로 빨려들어가버렸고 그들은 다시 원래대로 3엔이라는 목돈도 지니지 못하게 된다.

조금이라도 여분의 돈이 생기면 그들은 재빨리 뭔가를 사버린다. 영문도 모르는 채 그저 사고 또 사서 원금에 약간의 이자까지 붙여 읍내에 되갚고 만다.

저축하는 습관이 들지 않았으니 좀처럼 모을 생각이 들지 않는다. 더구나 은행이니 우체국이니 하는 곳은, 돈을 빼앗아가고 그냥 통장이나 하나 들려주는 곳처럼 생각할 뿐이니 맡기는 이는 거의 없다.

그러니 우리가 모으라고 해봤자 들어먹지를 않는다. 돈을 받았건만 그들은 여전히 우리집에서 먹고 마시고 뻔뻔스럽게 무엇을 달라는 둥 어떻게 해달라는 둥 한다.

나는 자신이 하고 있는 일이 너무 작아서, 예컨대 돈을 주더라도 한꺼번에 목돈으로 1엔이라든가는 주지 않고, 옷가지들도 새것만 주지는 않으니 오히려 그들의 생활에 그다지 나쁜 영향을 주지는 않으리라고 생각할 수밖에 없었다.

만약 내가 한사람당 100엔씩, 하는 식으로 주었더라면 그들은 그 돈이 없어질 때까지 빈둥빈둥 지내다 다시 힘들어지면 어떻게 좀 해달라고 기대올 것이 뻔하다. 그들에게 해주는 일은 언제고 무엇이고 끝이 없다. 설령 내가 그들의 생활을 도우려고 내 생계가 궁할 정도가 되어봤자 그들은 여전히 무언가를 얻고자 할 것이다. 무언가 주는 곳이다 싶어 날마다 뻔질나게 몰려올 것이다.

읍내 부인들의 일은 예상대로 실패했음과 동시에 내게는, 내가 도대체 어떻게 하면 좋을까? 하는 두려운 의문을 남겨주었다. 이 기분은 진스께 사건 때도 나를 괴롭혔다. 하지만 그의 경우에는 내가 하고 있는 일에 대해 상당한 자신이 있었기 때문에 어느정도는 힘을 낼 수가 있었다. 하지만 이번에는 내가 하고 있는 일이 아무래도 정말 좋은 일은 아닌 듯한 느낌이 들어 견딜 수 없었다.

인간이 자기보다 약한 사람을 불쌍히 여긴다든가 은혜를 베푼다든가 할 때에 약간이라도 허영심이 있지 않은가?

물론 드높이 도를 깨달은 사람이라면 다를지 모르지만 적어도 우리들 정도의 인간이라면 무심하고 자연스럽게 남에게 베풀고 자선을 행한다는 것은 거의 불가능한 일이 아닐까?

읍내 부인들이 한 일 등을 보면 자선이라는 둥 하는 것은 어떤 경우에는 베푸는 자가 자신이 마음대로 돈을 쓸 수 있고 힘이 있다는 것을 스스로 즐기기 위한 방편일 뿐이라는 생각도 든다.

적어도 '베푸는 자'와 '베풂을 받는 자' 사이에는 이미 어쩔 수 없는 어떤 힘의 격차가 일어남과 동시에 자기들의 위치에서 갖가지 감정이 일어날 것이다.

그러니 내가 아무리 그들에 대해 공손하고 겸허하게 대하려 노력한다 한들 어딘가에서 역시 '베푸는 자'의 태도가 분명히 드러날 것이다.

그들의 동료는 결코 될 수 없다. 물에 떠내려가는 사람을 건져내려고 강둑에서 대나무막대기를 저어대고 있을 뿐 결코 함께 떠내려가면서 무언가를 붙잡으려 하지 않는다는 것을 나 스스로 알고 있다.

예를 들자면 표면적으로는 밭에도 나가고 수확을 돕기도 하고 동정도 하고 어떤 공명 역시 느끼지만 결코 그들과 같아지지는 못하는 것이다.

그렇다면 내가 같은 물속에 떠 있어보면 어떨까! 자기가 빠져죽지 않기 위해 다른 사람은 좀처럼 거들떠볼 수도 없게 되어버린다.

둑에 앉아 대나무를 늘어뜨리고 있는 지금까지도 나는 뭔가 부족함을 느끼지만 그렇다고 함께 흙탕물을 뒤집어쓰고 괴로워 몸부림치다가 결국 속수무책으로 끝난다는 것은 단 한번뿐인 내 일생에 너무 비참하다.

그렇다면 나는 참으로 겸허해지고 정중해져서 지금의 불만이나 두려움을 없애려면 어떻게 하면 좋을까? 나는 풀이 죽어버렸다.

어딘가에서,

"너의 화원은 도대체 어떻게 된 거야? 이제 슬슬 싹이 날 때도 되지 않았나!"

하고, 비웃음을 당하는 듯한 느낌이 든다.

하지만 나는 미련이 많은 인간이다. 도저히 사물을 '포기'하고 조용히 가라앉아 마침내 그것조차 잊어버린다는 것이 불가능하다.

때문에 '세상이라는 것은 어차피 그런 거야!' 하고 침착해질 수가 없으니 언제나 불만이나 서글픈 기분, 괴로운 생각들을 하게 되고 '현명한 사람들'로부터 묘한 동정을 받는다.

지금도 나는 '아무것도 아냐, 내가 어리기 때문일 뿐이야!' 하고 포기할 수가 없다.

나는 너무나 보잘것없고 가느다란 소리를 내어 뭐라 중얼중얼하고 있는 데에 불과할지라도 이제 곧 무척 좋은 일이 있을 텐데, 또 이런 좋은 일을 찾아 뭔가 하고 싶은데도 발견하지 못하고 있는 것은 아닐까 하는 느낌을 떨쳐버릴 수가 없다. 정말이지 그저 느껴지기만 할 뿐이지만 그 한겹 너머에 있는 무엇인가를 찾고자 나는 눈을 부릅뜨고 손을 움직이며 집중하여 귀를 기울이고 있다.

이렇게 다시 새로이 솟아나는 희망에 들떠 있는 동안 마을은 다시 빈곤으로 돌아가기 전의 어리석은 호경기로 요란스러웠다.

마을 변두리에 술집이 하나 있다. 지금까지는 그다지 번창하지 못했지만 요즈음 갑작스레 손님이 늘었다. 저녁때가 되면 들에서 돌아온 농민들의 중심이 되어, 말술이라는 별명이 있는 오께야니 진스께 부자들이 모여들었다.

가게 앞에 평상을 내어놓고 모기향을 피워가며 노래를 부르고 춤을 추고 하는 요란스러움에 이끌려 근처의 여자들까지 더위도 식힐 겸 그 주변에 서서 구경들을 한다.

젠바까는 언제나 모든 이들의 술안줏감으로 희롱을 당했다.

그날밤도 언제나처럼 술집은 요란스러웠다. 술냄새에 모여드는 모기들을 탁탁 부채로 두들겨가며 평상에 드러누워 있는 이들 사이에 신상이 모처럼 끼였다.

모두들 장아찌를 집어먹기도 하고 잔을 돌리기도 하면서 읍내 부인네들을 흉보고 시답잖은 농담들을 주워섬기느라 요란스러운데 신 상은 잠자코 모기 한마리가 빠진 자기 술잔을 들여다보고 있었다.

"맞어, 신 상이 있었지. 너무 아뭇소리가 없응게 잊어부렀구먼! 한잔 허드라고. 취허믄 천지가 돈짝만해지지."

신 상은 술을 마시려들지도 않았다.

하지만 지금까지 내버려두었다는 미안함도 섞여 다들 갑자기 신 상에게 이런저런 말들을 건넸다.

그따위 도깨비 같은 건 걱정하지 말고 너는 너대로 놀러라도 다니거나 타지로 나가라고 부추기면서, 그런 식으로 자식을 자식이라고도 여기지 않는 귀신 할망구 따위 어딘가 갖다가 처박아버리라는 둥 하고 열을 올렸다.

진스께 같은 경우는 주먹을 휘둘러가며 "너만 좋다고 하면 내가 가만 안 있을 거여"라고까지 말했다.

홀짝홀짝 술을 마셔가며 남들이 하는 소리를 듣고 있던 말술은 이야기가 끊기는 틈을 타서 묵직하게 이야기를 꺼냈다.

"도대체가 말여, 신 상. 자네는 저런 엄니를 하눌님이나 부처님거치 생각을 허구 있네만 그거이 먼저 틀린 것이여. 느이 엄니도 글코 어뜬 엄니도 다들 여자 아닝가. 어뜬 세상이든지 여자는 여자여. 나쁜 짓은 골라 허잖는가. 방해가 되믄 자네조차 내쫓을겨!"

"그야 글치만. 그려도 그런 걸루다가 엄니랑 싸우는 것은 아부지헌티 미안허지. 내만 입 다물고 있으믄 끝날 일인디. 내는 그럴 맴은 읎어."

"그렇게 니는 부처님이여. 증말루 보기 드문 성격이랑게. 죽은 지 아부지 허든 소리를 지도 허구 있구먼."

"거기 비하믄 니는 깡패여, 말술."

옆에서 진스께가 끼어들었다.

"증말이여, 이런 깡패가 갈 곳은 대충 정해져 있어."

"느그들 인제 와서 그딴 소리들 해대는 거여? 느려터지기는. 봐봐, 내 옆에는 폴써 지옥이 따라 댕기잖여. 딴 디 갈 수가 있간니!"
하더니 말술은 제 옆에 앉아 장아찌를 집어먹으려던 작부 출신 마누라를 가리켰다.

"하하하하하하. 하하하하하하."

"지 잘난 줄 알구 떠들어댕게 무섭고마잉."

"물론이지, 잘난 척도 사바에 있는 동안뿐이여, 안 그려, 신 상. 죽은 뒤의 일이야 우덜이 알 게 뭐여!

그담에는 들이 되고 산······이 되그—라.

좋다, 어절씨구!인가.

으며, 잘허지?"

다들 요란스레 박수갈채를 보냈다. 신 상은 묘한 웃음을 지었다.

"재미지구먼. 춤 한바탕 추어야겠다, 짜잔!"

진스께네 아들이 비틀거리며 일어섰을 때, 건너편에서 역시 알딸딸하게 취한 젠바까가 다가왔다.

이리하여 완전히 원래의 북새통으로 돌아갔다.

그는 모두의 부름을 받아 다시 두세 잔 들이켰다.

"너 우덜이랑 친허지? 젠! 춤 안 출겨? 재밌잖어."

진스께네 아들은 젠바까의 귓불을 잡아당기며 평상 둘레를 끌고다녔다.

"어이구, 잘헌다, 자아 춤을 춰. 또 술을 줄팅게."

"춤을 춰, 어여. 상대가 좋잖어.하하하하하하."

"어서 춤춰, 어서!"

단순한 머리가 술 때문에 엉망이 되어버린 진스께네 아들은 미치광이 같았다.

잠방이 바람이 되어 양손에 짚신을 꿰더니 젠바까의 온몸을 두드려대며 무슨 소린지 모를 고함을 질러대며 춤을 추기 시작했다.

"야아! 잘헌다!"

"그렇지. 좋아? 노래를 부를팅게.

자아!

우덜의 논에서는······

얼씨구, 지화자!······"

"와하하하하하."

"하하하하하하 좋다!"

"저런, 제대로 혀!"

젠바까는 진스께네 아들에게서 철썩철썩 짚신으로 얻어맞아가며 키모노 자락을 손에 쥐고 주춤주춤 발부터 먼저 춤을 추기 시작했다.

16

부인들이 다녀간 지 일주일이 금세 지났다. 그리고 마을은 조금씩 원래의 음울한 가난으로 되돌아가기 시작했다. 논밭일도 점차 바빠져서 저절로 술집의 평상도 쓸쓸해지고 시시껄렁한 말썽들도 줄어들었다.

하지만 읍내 부인들의 기념품처럼 젠바까는 완전히 술꾼이 되고 말았다. 모든 이들의 노리개가 되어 여기저기서 술을 얻어먹은 까닭이리라.

우리는 아침부터 저녁까지 꼴사납게 취한 그의 몸이 흙투성이 땀투성이가 되어 온 동네를 비틀거리며 돌아다니는 것을 보게 되었다.

그는 아무 집에나 거리낌없이 들어가서는

"술 줘유!"

하고 조른다.

마을 길가 집 가운데 그가 술을 내놓으라고 조르지 않은 집은 한집도 없었다. 대부분의 집에서는 술을 한두 방울 떨어뜨린 물을 주었지만 그는 기꺼이 마셔댔다.

어느날 오후, 우리는 다실 앞마루에 앉아 호두를 빻고 있었다. 그런데 경작지 쪽에서 빙글 돌아 정원 쪽문 쪽으로 성큼 들어선 남자가 있었다. 깜짝 놀라 바라보니 젠바까다.

나는 공연히 겁이 나서 약간 안쪽으로 물러났다. 안에 있던 할머니와 다른 이들도 나와 반쯤은 불쾌하고 반쯤은 호기심으로 잠자코 마당에 선 젠을 바라보고 있으려니 잠시 후 나지막한 소리로 꽤나 분명하게

"술 좀 줘어!"

했다.

하녀는 금세 일어나 가더니 약하게 술내가 풍기는 물을 이 빠진 밥그릇에 담아왔다. 그리고 멀찌감치 서서 손을 뻗어,

"자, 여기 둘랑게"

하고 마루 끝에 놓았다.

젠바까는 하녀가 손을 거두기 무섭게 빼앗듯이 그릇을 들었다. 그리고 후우후우 콧숨을 쉬며 목울대를 꿀럭꿀럭 울려가며 한방울도 남기지 않고 마시고는 그릇까지 핥았다.

빈 그릇을 든 채로 한없이 그저 서 있다. 하녀는 더러우니 빨리 쫓아버리자고 했지만 할머니는 미치광이라든가 하는 이들에게 심하게 했다가는 나중에 반드시 '앙갚음'을 한다며 내버려두라고 했다.

나는 모처럼 젠바까의 얼굴을 자세히 살펴보았다. 오늘은 웬일인지 평소보다 훨씬 깔끔하고 언제나처럼 냄새도 나지 않고 더럽지도 않다. 하지만 정신병자 특유의 묘하게 통일되지 못한 손발의 움직임이라든가 눈초리가 오히려 무섭게 보였다. 그리고 지난번 보았을 때보다 훨씬 여위어 볼이 움푹 패였다. 주름도 늘고 전체적으로 수척해졌다. 아무래도 술 같은 것을 마시고 시종 흥분상태가 이어지다 보니 그 때문에 몸이 나빠진 모양이다.

가엾어라! 발작이라도 일어나면 어쩌지?

나는 멍하니 어머니에게 들은 홋까이도오의 미치광이 이야기 따위를 떠올렸다. 그런데 뜬금없이 젠바까는 히죽히죽 웃어가며,

"밥이 먹고 싶은디, 내는" 하고 중얼거렸다.

말하는 것이 너무나 어린아이 같아 우리는 모두 웃음을 터뜨렸다. 나는 하녀와 둘이서 사발에 밥과 점심에 만든 야채조림과 장아찌를 함께 수북이 담아 다시 마루 끝에 내놓았다.

그는 서둘러 그릇을 집어올렸다. 그리고 땅바닥에 주저앉더니 다리 사이에 그것을 놓고는 양손으로 먹기 시작했다. 사발 속만 바라보면서 그야말로 허겁지겁 마치 굶주린 들개처럼 쑤셔넣었다.

보고 있자니까 나는 비참한 기분이 들었다.

짐승보다 못한 모습이다. 이런 불쌍한 인간으로 태어나느니 고양이로 태어나는 편이 얼마나 행복할까 싶다. 그에게도, 또 주변 사람들에게도 그편이 훨씬 좋았으리라고 나는 진지하게 생각했다. 그리고 더는 보고 있을 수가 없어서 뒤돌아앉아 다시 호두를 빻기 시작했다. 탁탁 하고 깨지는 껍데기에서 연노랑색 열매를 꺼내 절구로 빻는다.

얼마 있다가 젠바까가 다 먹어치우고 일어서는 기척이 났다. 그러고는 비틀거리며 두 손에 빈 밥그릇이니 사발을 들고 다시 경작지 쪽으로 나가는 뒷모습을, 나는 절굿공이를 쥔 채 무어라 형언할 수 없는 기분으로 배웅했다.

가을답게 부드러워진 오후의 햇살이 그의 산발한 머리카락 위에 고요히 머물렀다.

무더위와 마음고생으로 제대로 돌보지 못한 신 상의 병은 환절기가 되면서 부쩍 나빠졌다.

온몸이 부어올라 서 있기조차 힘들었지만 집에 있으면 어머니의 빈정거림을 듣는 것이 괴로운 나머지 절룩거리며 하염없이 걸어다니다가 숲속 같은 데 앉아 생각에 잠긴 신 상을 보면 온 동네 사람들이 다들 진심으로 불쌍히 여겨 어떻게든 낫게 해주고 싶다고 이야기들을 했다. 하지만 요 2, 3일은 이미 그런 일조차 할 수 없을 정도가 되어 해도 제대로 들지 않는 4첩짜리 방에 누워 뒹구는 시간이 많아졌다.

방 바로 앞에서 훌쩍 뽕나무밭을 건너 푸성귀밭 너머 건너편에는 숲으로 둘러싸인 묘지가 보였다.

신 상은 발바닥을 바늘다발로 찔러대는 듯한 고통을 느끼며 팔을 괴고 누워 조용히 바라보면 활기찬 햇살 아래 춤추는 나무 이파리들이 부드럽게 스치는 소리, 그 곁을 흘러가는 논두렁 물줄기의 속삭임이 하나하나 마음 깊은 곳까지 울려퍼져 말로 다 할 수 없는 쓸쓸한 마음이 들기도 하고 서글픔에 사무쳐 눈물겹기도 했다.

'저 나무그늘에 아버지가 계시다' 그렇게 생각하면 아직 아버지가 살아 있던 시절의 일들이 먼 꿈속처럼 떠오르곤 했다.

자기가 아직 일고여덟살 무렵, 그렇게 일찍 죽으리라고는 꿈에도 생각지 못할 만큼 건강하고 마음 착했던 아버지가 자신을 무등 태워 먹고 싶은 만큼 먹으라며 복숭아밭 사이를 걸어다니던 무렵의 자신들은 얼마나 행복하게 기꺼이 태양을 숭배했던가 생각하면 날아가고 싶을 만큼 그 시절이 그리웠다.

그러나 이 넓은 세상에 오직 둘뿐인 어머니와 아들이건만 요즈음처럼 이유를 알 수 없이 무정하게 엇갈리는 것을 생각하면, 또한 결코 나을 리 없는 병을 생각하면 참말로 살아 있다는 것이 아무런 보람이 없다고 여겨졌다.

자기가 있어 어머니에게 걸림돌이 될 뿐이라면 지금 당장 어디로 가버리기라도 하련만, 어차피 죽을 날도 가까웠으니 부디 단 한번만이라도 칠년 전에 불러주었던 것처럼 "신아!" 하고 말해준다면 얼마나 기쁠까!

신 상은 홋까이도오에서 지조오라는 남자 밑에 있을 때 동료 가운데

열아홉살짜리 하나가 갑자기 병으로 앓더니 단 사흘 만에 죽었던 때의
모습이 생생하게 떠올랐다.

그 남자는 죽는 날까지

"엄마! 엄마 왜 안 오는 거야? 내가 기다리는데"

하면서 태어나서 헤어질 때까지 큰 소리 한번 낸 적이 없다는 상냥한
어머니 이야기만 했다. 그리고 마침내 때가 되어 감고 있던 눈을 크게
뜨더니 두 손을 활짝 벌리고,

"엄마!"

하고 큰 소리로 부르고는 마침내 숨을 거두던 때의 그 날카로운 음성,
그 앙상하던 손이 신 상의 눈에서 떠나지 않았다.

어느 산중, 들판 끝에서 객사를 할지언정 마지막 숨을 거두며 "엄
마!" 하고 부르며 죽을 수 있다면 얼마나 행복할까. 신 상은 심각하게
자신의 죽음에 관해 생각하고 있었다.

유난히 찌는 듯이 덥던 어느날, 아침부터 신 상은 꼼짝할 수 없을 정
도로 쇠약해졌다.

성가신 파리를 쫓아가며 흐릿한 눈으로 하염없이 높고높게 끝없이
펼쳐진 하늘을 보고 있자니까 어디선가 날아들어오듯이 자신이 더이
상 살 수 없는 몸이라는 사실이 분명히 느껴졌다.

신 상은 묘하게 웃으면서 주춤주춤 몸을 움직여 얼굴을 문지르며

"엄마!"

하고 상냥하게 불렀다.

뒤꼍에서 물소리가 그치고 젖은 손으로 어머니는 무뚝뚝한 얼굴로
"왜?"하며 들어왔다.

"바쁘겠지만 잠깐만 앉아서 이야기 좀 혀도 될랑가? 내가 좀 해둘 이
야그가 있는디."

"뭐여? 언능 허면 되잖여."

"그렇게, 잠깐 앉어봐. 진짜루 내가 할 이야그가 많어."

신 상은 온화하고 애정이 넘치는 눈길로 화가 난 듯한 엄마의 얼굴을 골똘히 바라보았다. 그리고 조용히 미소를 지으며 머리를 움직였다.

"있잖여, 엄니! 내는 엄니헌티 의논을 해둬야 할 것이 있는디……"

"……"

"갑작스리 이런 이야그를 허믄 엄니가 기분 나쁠지도 모르지만 내는 이제 도저히 살아날 가망이 없다고 생각혀. 긍게 언능 집안일을 제대로 헐 만한 사람을 정해둬야 헐 것 같은디 아무나 좋응게 엄니가 좋다고 생각허는 사람을 정허믄 될 거 같은디 말여."

어머니는 묘한 얼굴을 하더니 갑자기 큰 소리로 화를 냈다.

"먼 복장 뒤집는 소리를 하고 자빠졌디야! 그런 걱정꺼정 니가 안혀도 되야, 멍청헌 늠! 내가 니늠의 속셈을 모를 줄 알구?"

"뭘 그리 역정을 내구그려, 엄니! 복장을 뒤집으려는 거이 아니구 그저 생각하고 있는 걸 말허는 거여…… 내가 홋까이도오에 가기 전을 생각허믄 증말 지금이 괴로워. 내는 엄니를 위해서 머든지 헐 생각이여. 뭐든지 좋응게 엄니가 생각허고 있는 거를 전부 내헌티 털어놔주믄 좋겠구먼! 지발, 엄니, 내는 인저 오래 못 살 거여, 그러니 지발 부탁이여. 옛날을 생각혀줘."

"뭔 겁을 주는겨! 안되지. 속여넘기려구 혀봤자 속을 줄 알구. 얼굴이라두 씻구 다시 말혀봐."

"그거이 아니라니까, 엄니! 내가 인저는 이 몸으로 아무것두 못헌다는 걸 아니께 그저 내는 다 알구 죽구 싶은겨. 지발 옛날의 엄니와 나로 헤어지구 싶다구. 응, 엄니? 지난번 콩 이야그만 허드라두 내는 암만혀두 알 수가 없구먼."

"알 수가 읎어서 어쩌라는 거여? 내는 니 말을 모르겄구먼. 멍청이! 지 에미를 나쁜 년 맹글려는 놈을 아들이라구 둔 내년이 죄인이지. 아무려두 좋웅게 허구 싶은 대로 혀봐. 내 혼자 나쁜 년이 되구 말믄 니는 좋을팅게! 을매나 좋을겨!"

하더니 신경질적으로 눈물을 흘리기 시작했다.

신 상은 기가 막힌 얼굴로 잠자코 그 모습을 보고 있다가 마침내 이불 밑에서 복대를 꺼내더니

"엄니! 인자 을매 안되지만 이걸 엄니헌티 맡겨둘겨. 지발 이걸루다가 어치케 해보더라고. 내가 갖고 있어봤자 쓸데없웅게."

하며 어머니 무릎 앞으로 밀어놓았다.

어머니는 잠시 눈이 빛났다. 그러고는 좀 어색한 듯이,

"그려?"

하면서 재빨리 복대를 집어들고는 일어서 만족스럽게 나가는 모습을 바라보며 신 상은 기쁜 듯이 미소짓고 눈을 감았다.

"엄니! 엄니두 절대 나쁜 사람이 아녀. 그렇지만 내는 괴롭구먼. 옛날 일을 생각허믄 괴롭다구 엄니! 우리가 을매나 사이가 좋았는디."

신 상의 눈에서는 폭포수처럼 눈물이 넘쳐흘렀다. 억누른 듯한 괴로운 울음소리가 조용한 방 안에 구슬프게 울려퍼졌다.

17

도회지로부터 멀리 떨어진 이름도 모를 한 조그만 시골 마을에서 일어나는 갖가지 사건들을 끌어안고 가을은 지난해처럼, 또 백년 전이나 마찬가지로 깊어갔다.

산빛이나 나무마다 잎사귀에 확실하게 드러나는 가을 기운과 아직 어디엔가 남아 있는 여름의 여력이 때론 충돌하는 듯 2, 3일 날씨가 몹시 나빴다.

널따란 하늘 가득 비구름이 떠 있고 불쾌한 습기가 낮게 가라앉은 구름 아래서 미지근하게 불어오는 남풍과 섞인다. 구름에 가리곤 하는 햇빛은 층을 이룬 진회색 구름덩어리에 금빛으로 테두리를 두르고, 산들을 암자색으로 그리고 나무와 가옥 들의 그림자를 부조화스럽지만 확실하게 말라버린 땅위에 드러냈다.

산비탈을 기어내려온 바람이 화악— 하고 모래연기를 일으키면 무거운 열매를 매단 작물들이 와삭와삭…… 와삭…… 하고 음울한 소리를 내며 일렁인다. 구름 사이로 보이는 암청색 하늘에서는 때때로 가느다란 번개가 번쩍이고 깊숙한 곳에서는 나지막한 천둥소리가 우르르르 하고 울렸다. 세상천지가 대단한 모습으로 날을 보내고 있었다.

그날은 특히 험한 날씨로 저녁 무렵부터는 무서운 바람이 불기 시작하여 농민들은 다들 몹시 불안했다. 이제 마지막으로 여물어가고 있는 모든 작물들이 거친 바람을 만나고 거센 비에 두들겨맞는다는 것은 걱정스러운 일이다.

그래서 그들은 논밭을 돌보느라 분주했으며 우리 밭에서도 소작인 세 사람이 나와 작물을 싸기도 하고 버팀대를 세우기도 했다.

일찍부터 닫아놓은 방 안에 갇혀 점차 거세지는 문밖의 빗소리를 듣고 있으려니 우리는 모두 어쩐지 으스스하여 제각기 자기 방에 편하게 앉아 있을 수 없는 기분이었다.

온 가족이 거실에 모였다.

덧문에 덜컹덜컹 부딪혔다가 지나가는 바람소리, 어딘가에서 삐걱거리는 끼익끼익 소리에 섞여 겁을 먹은 듯한 들개들의 먼 울음소리가 몹시도 우울하게 모두의 마음을 서늘하게 만들고 갈라져 사라졌다.

바람은 점점 거세진다. 어두침침한 하늘을 달리는 구름의 발걸음이 빨라지면서 거센 동남풍이, 나무란 나무 가옥이란 가옥은 모조리 날려버리겠다는 듯이 불기 시작했다.

모래연기가 짤막한 소용돌이가 되어 불어올라 인적 없는 길을 여기저기 돌아다닌다. 모든 나무들이 미친 듯이 머리를 흔들어대고 작은 가지들은 하얀 살갗을 찢기어 날아다녔으며 줄기들은 고통스러운 울음소리와 날카로운 비명을 질러대며 흔들린다. 집 모퉁이에 부딪힌 바람이 고함을 지르고 잎사귀 뒷면을 하얗게 드러내며 몸부림치는 이파리들은 갖가지 소리로 울어댄다—.

천지가 거인의 손바닥 안에서 단숨에 찌부러지는 듯한 황량한 한밤중에 가느다란 사람 그림자 하나가 조용하고 침착하게 길모퉁이에 나타났다.

검은 그림자는 조용히 그 소란 속을 움직였다.

머리를 똑바로 들고 손발이 규칙적으로 움직임에 따라 균등한 발걸음으로 마치 바퀴 위에서 조종당하는 사람 그림자처럼 걷는 모습은 이 주변의 더없이 위축된 만물 가운데서 얼마나 엄숙해 보였던가? 포악한 쾌락에 빠진 폭풍에게는 놀랄 만한 반역자이다.

그의 길게 자란 머리카락은 곤두서서 한바탕 바람이 불 때마다 얼굴로 흘러내리고 옷자락은 펄럭펄럭 휘날리며 발에 엉겨붙는다. 하지만 그런 것쯤은 아무런 방해도 되지 않는다는 듯 그림자는 더없이 침착하고 여유있게 행진을 계속한다.

격렬한 바람에 말려올라간 흙모래가 아무리 흩뿌려도 꼿꼿한 머리는 결코 숙이지 않고 얼굴을 돌리려고도 하지 않는다. 드러난 가느다란 목덜미에는 먼지가 들러붙었고 회오리바람에 날려갈 듯한 키모노가 온몸에서 펼쳐졌다가 오므라들었다가 펄럭였다가 한다.

하지만 그는 그저 걸어간다. 앞길에는 아무런 장애도 없다는 듯이, 혹은 있다고 하더라도 자신은 그것을 아무렇지도 않게 정복할 수 있다는 듯한 기세로 그저 걷는다. 그리고 똑바로 뻗은 길의 모퉁이까지 왔을 때 이 수상한 그림자 앞에 또다른 검은 그림자가 나타났다.

휘날리는 흙먼지 속에 둥글게 줄어든 조그만 모습은 얼마나 연약하게 비틀거리며 오고 있는지! 그 그림자는 너무나 비틀거린다.

한바탕 더운 바람이 엄청난 소리를 내며 지상을 쓸어가자 날리는 낙엽처럼 전후좌우로 날려올라갔다가 내리눌렸다가 이리저리 쓸려다니며 금방이라도 쓰러질 듯이 비틀거리는 그림자는 잠시 멈춰섰다가 휘청휘청 불안한 발걸음으로 몽유병자처럼 움직인다.

양손으로 얼굴을 꼭 감싸쥐고 길 한가득 이쪽저쪽으로 쏠려가고 쏠려오던 그림자는 뜻밖의 사람 발소리에 놀란 듯이 손바닥을 펴고 얼굴을 드러내 어둠과 먼지의 장막을 뚫고 다가오는 자를 보려고 했다.

끝없이 비틀거리며 가까스로 버티고 있던 자 앞에 나타난 첫번째 그림자는 얼마나 무섭고도 위대하게 보였던가!

두번째 그림자는 비척비척하며 한구석의 나무덤불에 몸을 숨겼다.

그 그림자를 먼저 스쳐보내고자 한 것이다.

하지만 어찌된 일인지 지금까지 정면만을 보던 첫번째 그림자는 그 나무덤불 앞에 오더니 걸음을 딱 멈추었다. 그러고는 대단히 열성적인 태도로 반대쪽을 지키고 있다. 그곳에는 상당히 많은 나뭇가지들로 가려지긴 했지만 마을 관공서의 등불이 붉디붉게 몹시도 눈에 띄는 빛을 발하며 반짝이고 있었다.

첫번째 그림자는 한동안 온몸의 주의를 기울여 그중 한점의 빛을 응시하고 있다가, 마침내 급히 몸을 움직여 양손을 공중에 들어올리며 뛰

어오르더니 더없는 환희와 기쁨이 뒤섞인 듯한 대단히 높고 날카로운

"와악!"

하는 고함소리를 내자마자 튀는 공처럼 내달렸다.

둘로 접힌 몸, 입을 벌리고 이를 온통 드러낸 머리를 앞으로 쑥 내밀고 눈도 깜빡이지 않고 오직 한곳을 지켜보며 모래먼지 속을 달려가는 그의 몸 주위에는 빠른 바람소리가 획획 하며 뒤쪽으로 부수어져 지나가곤 했다.

두번째 그림자는 다시 천천히 걷기 시작했다.

양손으로 얼굴을 감싸고 비틀거리는 조그만 그림자는 바람에게 희롱당하며 점점 멀어져갔다.

18

한밤중의 태풍은 날 샐 무렵이 되면서 소나기를 불러왔다.

내리다 말다 하는 비는 상당히 거세게 길을 깎아내어 길 좌우로 몇개나 물줄기를 만들었고, 가운데 두 줄로 난 차 바퀴 자국에는 갈색 흙탕물이 쿨렁쿨렁 소리를 내며 흘러갔다.

농민들은 모두 집에 틀어박혀 짚신 삼기니 새끼 꼬는 일로 시간을 보냈지만 잠시도 가만있지 못하는 아이들 한무리는 마을 끝자락 잡목림으로 들어갔다.

그곳에는 초가을부터 이름 모를 '버섯'들이 잔뜩 고개를 내밀었고 드물게는 '나메꼬버섯'이 노란색 모습을 드러내 이 아이들을 더없이 의기양양하게 만들어주기도 해서 오늘도 아이들은 굳이 험한 날씨에 '버섯따기'를 시작했다.

그들은 모두 열심히 찾았다. 억새를 베어낸 자국에 맨발바닥을 간지러워하며 성큼성큼 숲속으로 숲속으로 나아갔다.

얇은 종이를 적셔 겹쳐놓은 듯한 낙엽을 휘저으며 발톱 새에 진흙이 잔뜩 낀 아이들은 어쩌다가 손에 잡힌 지렁이를 서로 던져대기도 하고 솔잎으로 서로를 간질이기도 하면서 앞다투어 가는데, 맨 앞에 서서 숲에서 이어진 묘지 뒤로 들어간 한 아이가 갑자기 무언가를 발견한 듯 문득 걸음을 멈추더니 주의깊게 앞쪽을 살폈다.

그 모습에 놀란 아이들은 모두 모여서서 손가락으로 가리킨 한 지점을 흔들리는 나뭇가지 사이로 바라보았다.

그곳에는──이파리들이 물거품처럼 무너져내린 사이로──흰 무늬가 있는 검은 천이 깃발처럼 펄럭펄럭 나부끼는 것이 보였다.

"뭐랑가? 뭐가 저렇게 펄럭이는 거여?"

"진짜루 뭐지? 가볼려?"

"응, 그거이 좋어. 자 가보더라고. 우덜 여기서 지둘릴텡게. 어여, 겐(源)!"

"그려 맞어, 니가 가봐. 우덜은 여그서 기둘릴겨."

"뭐여, 내 혼자 가능 거여? 싫어, 내는 그런 거 싫다구. 니들두 같이 오더라고!"

"우덜은 가기 싫당게. 니가 말을 끄냈잖여. 안 그려?"

"응, 맞어."

"그렇구말구. 니가 말을 끄냈지? 갔다 와!"

"니가 갔다 오더라고. 우덜은 여서 기둘릴거여!"

가보자고 말을 꺼냈던 아이는 난처해졌다. 그래서 가위바위보를 해서 진 사람이 가자거나 해도 친구들이 들어주지 않아서 마침내 그가 앞장을 서고 그 뒤에서 모두 따라가는 것으로 정해졌다.

그의 조그만 심장은 호기심과 공포로 오그라들고 고동이 귓속에서 울리는 듯이 느껴졌다. 그는 도망쳐버리고 싶을 만큼 으스스했지만 어차피 이렇게 된 바에야 '겁쟁이'들을 놀라게 할 만큼 용감해야 한다고 각오를 하고는 어깨를 펴고 큰 걸음으로 성큼성큼 다가갔다.

하지만 이렇게 경탄할 만한 용사의 결심이 붉은색을 띤 소나무 가지 높은 곳에 시퍼런 인간의 다리 두 개가 흔들흔들하고 있는 것을 발견한 순간, 무슨 도움이 되었으랴! 그는 얼굴이 새파랗게 질리더니 기겁을 하고 친구들을 향해,

"목매달었어!"

하고 소리를 치는 동시에 걷어차이기라도 한 듯이 묘석 사이를 빠져나가 길 쪽으로 도망을 치고 말았다.

이 뜻밖의 고함에 다른 아이들도 얼마나 놀랐던지!

그들은 정신없이 온갖 고함들을 질러대며 좁은 길을 밀치락달치락 앞을 다투어 이 끔찍한 장소로부터 도망쳤다.

갑작스레 쥐죽은 듯 조용해진 주변에는 나무들만 술렁거리고 '버섯'이 조금 담긴 바구니가 버려진 채, 흔들리는 두 다리 아래서 바람에 나뒹굴었다.

아이들 말을 듣고 마을 남자들은 거의 다 묘지에 모여 모두 한덩어리가 되어 애써 용기를 내가며 부디 거짓말이기를, 하며 다가가보니 이게 웬일이람!

정말 목매단 시체였다.

얼굴을 손수건으로 감싸고 고개를 툭 하니 떨어뜨린 사내가 한줄기 새끼줄에 매달려 망가진 인형처럼 아무렇지도 않게 온몸으로 흔들흔들 하고 있지 않은가!

비에 젖어 몸에 찰싹 달라붙은 키모노를 통해 무섭게 굳어진 살덩이

가 명백한 윤곽을 드러냈다.

일고여덟 가닥씩 들러붙어 옷솔처럼 되어버린 머리카락 위에는 낙엽이니 검불들이 붙어 있다.

그들은 새삼스레 가슴이 내려앉았다.

"도대체 누구여?"

그들은 골똘히 생각을 해보았지만 키모노 무늬도 체형도 낯설었다.

벌써 한 7년 전에 어떤 농사꾼 여자가 같은 묘지 안에서 목을 맨 것을 보고 나서 이런 무서운 일은 전혀 없었기 때문에 농민들은 우선 무엇을 하면 좋을지 전혀 감이 잡히질 않았다.

도롱이니 삿갓으로 비를 가리고 서서 그저 잠자코 멍하니, 아무리 보아도 그저 장난감처럼 바람에 희롱당하고 있는 인간의 육체를 바라보고 있었다.

붉은 흙이 비에 쓸려 몇개의 줄이 생긴 곳에는 발로 차이면서 진흙투성이가 된 나무등걸과 흠뻑 젖은 짚신 한짝이 굴러다니고, 지상에서 서너 자 떨어진 죽은 이의 옷자락에서 떨어지는 물방울로 밑에는 퐁글퐁글 둥글고 조그만 구멍들이 잔뜩 만들어졌다.

"어여 끌어내려야제."

다들 같은 생각을 하면서도 또 누군가 말을 꺼내기를 기다리고 있었다.

커다란 파도가 치는 듯한 소리를 내며 바람이 우듬지에서 우듬지로 불어갈 때마다 격렬하게 움직이는 몸의 무게 때문에 저 가느다란 새끼줄이 툭 하니 끊어져 퍽 하며 시체가 함께 떨어져내리기라도 한다면, 하는 공포가 모든 이를 얼어붙게 만들어버렸다.

의기양양했던 아이들은 자기들을 언제나 때리고 야단치던 '무서운 아부지'와 '형' 들이 오늘은 어쩐 일로 속수무책, 그저 서 있기만 하는 이상한 모습에 놀라고 말았다.

그들은 한쪽 구석에 몰려서서,

"아부지 겉은 어른들두 무서운 게벼ㅡ"

"증말, 무서운 게비다ㅡ"

하고 속삭이며 어른들과 죽은 이를 번갈아 바라보았다.

남자의 사체를 끌어내린 것은 그로부터 한참이 지나 마을에 순사 하나와 묘지기가 오고 나서였다.

굳어뻗친 몸이 들것 위에 놓이고 젖어서 좀처럼 풀어지지 않는 수건을 악전고투 끝에 풀어내자 곁에 섰던 사람 하나가 자기도 모르게 뒷걸음질치며,

"신 상 아녀? 엉? 신 상 아니냐고!"

하며 미친 듯이 소리를 질렀다.

갑자기 주변이 웅성거리면서 많은 머리들이 어깨 너머로 하나의 얼굴을 들여다보았다.

"이런! 신 상이구먼! 신 상이여, 저런!"

"어디? 잠깐 좀 비켜봐. 아이구, 증말이구먼! 이건 도대체 어치케 된 거여?"

"그런 효자 아들을 결국은 그눔의 귀신 겉은 할망구가 이런 한심한 꼴루 맹글어번졌구먼. 어여 뒈져번져야지, 욕심쟁이 할망구!"

모두들 단순한 마음으로 죽음이라는 것을 두려워하고 있던 참에 그렇게 선량하고 어머니를 위하는 신 상이, 어제까지도 이야기를 나누었던 그가 잠깐 사이에 이렇게 서글픈 모습이 된 것을 보니 정말이지 너무나 마음들이 아파서 그저 견딜 수 없이 그 어미가 미웠다. 입마다, 살아서 신 상이 얼마나 어머니에게 당하면서도 효성이 지극했는지를 칭송했다.

"고발을 하면 어떤 죄명이 붙을랑가유? 구타에 의한 치사도 아니겠고……"

모인 사람들 중에 말 잘하는 이가 잘난 체하며 말했지만 아직 젊고 경험이 없는 듯한 순사는 당황해하며 갈라진 목소리로 어서 가족을 부르라고 재촉만 할 뿐 그런 소리는 들은 체도 하지 않았다.

한 남자가 재빨리 커다란 도롱이를 처걱처걱 처걱처걱해가며 논밭을 넘어 방앗간 쪽으로 달려갔다.

방앗간은 저 건너 조그맣게 보이건만 달려간 남자는 함흥차사, 좀처럼 돌아오지 않았다. 모두들, 신 상과 마찬가지 성격을 타고나 사람을 나쁘게 볼 줄 몰랐던 그의 아버지 이야기를 하기도 하면서 때때로 손을 이마에 대고 밭길을 움직여오는 사람들에게 주의를 기울였다.

너무 늦어지는 통에 두번째 사람이 나서려던 때였다. 길 건너편에서 한 노파가 반쯤 미친 듯한 모습으로 구르듯이 달려왔다.

"어라 누구여, 저렇게 달려오는 거이?"

"증말루! 할무니가 엄청나구먼."

모두가 주목하는 가운데 달려든 것은 젠바까의 어머니다.

대관절 어떤 모습이던가?

흰머리가 산발이 되어 뻗쳤고 키모노 소매 한쪽이 찢어진 것도 모르는 듯이 목에서 헉헉 하는 소리를 내고 있지 않은가……

"저런, 젠네 어무니 아녀. 으쩐 일이여. 왜 그리 놀란겨?"

"누구여? 응? 목을 맸다는 거이 누구냐고?"

노파는 새파랗게 질린 얼굴로 모두를 헤쳐가며 덮어놓은 가마니를 들치려 했다.

"뭐 허는 겨? 신 상여! 방앗간집 신 상이 불쌍허게두 이리 되어버렸다고오!"

"좀 정신채리구 츤츤히 이야기를 허믄 될 것 아녀."

떨고 있는 노파를 다들 달랬다.

"뭐여? 신 상? 방앗간 신 상이라구?"

그녀는 마치 실망이라도 했다는 듯이 한숨을 내쉬었다. 그리고 한동안 입을 다물었다가 갑자기 얼굴을 찡그리더니,

"우리 젠도 행방을 몰러. 거그다가 오늘 아침 우덜헌티 어뜬 눔인가 몰러두 느그집 바보가 옆 마을 연못 옆엔가 어디서 묘하게 허고 있는 거를 봤다고 허는 거여……"

하며 눈물을 뚝뚝 떨어뜨렸다.

죽을 리가 없으니 안심하라고 아무리 달래도 이번에는 분명히 뭔가 변고가 있을 것 같은 예감이 드니 제발 시체라도 좀 찾아달라며 노파는 사람들 앞에서 바닥에 꿇어앉다시피 했다.

"그눔을 잘 보살폈드라믄 내는 걱정 안허지. 근디 밥도 제대루 안 먹였으니 내가 무섭당게. 분명히 죽으믄 내를 원망헐 거여. 지발지발 이렇게 빌테니 들어달랑게!"

모두들 역시 요 2, 3일 전부터 날씨가 심상치 않았다고 생각했다.

"하룻밤 새 두 명이나 죽다니 뭔 일이랑가?"

"풀려야 풀 수 없는 전생의 업이여, 무섭구마잉."

"진짜루 겁나는구먼. 근디 우덜 힘으로는 아무것두 안되야. 나무아미타불……"

"그나마 극락왕생했으면 좋겠구먼."

모였던 이들 가운데 반 정도는 노파를 데리고 우울하게 어슬렁어슬렁 자리를 떠났다.

바람이 불 때마다 가마니 끝이 말려올라가 흠뻑 젖은 키모노니 발끝이 보이곤 하는 사체를 지키면서 묘지 가운데 남겨진 이들은 참으로

진지하게 절의 스님들이 곧잘 이야기하던 전생의 숙연이니 극락이니 지옥이니 하는 것들을 생각했고, 모든 것을 침묵으로 견뎌온 신 상은 이렇게 죽고 나서 자신이 보아온 일, 당해온 일들을 하나도 남김없이 인간 한둘쯤 아무렇게나 할 수 있는 자에게 고하고 있지 않을까 하는 생각이 들었다.

그리고 친절했던 사람에게 좋은 보상이 돌아오듯이 못되게 굴었던 자에게는 꽤나 무서운 앙갚음이 떨어질 것 같다. 또 신 상이라면 그런 힘을 가지고 있을 것도 같다.

"하눌님이 벌주신다."

곧잘 하던 말이 떠올랐다.

모두들 이렇게 훌륭했던 신상에게 자신들이 그다지 잘하지 못했다고 생각하면 견딜 수 없이 미안하기도 하고 무섭기도 했다.

"신 상, 잘 기억해주드라고. 우덜은 자네가 불쌍허긴 혔어도 우덜이 워낙 가난하다봉게 암것도 못해준 것이여."

둥글게 솟아올라 움직이지 않는 가마니를 향하여 각자의 마음은 겁먹은 듯 그렇게 속삭였다.

19

온 동네가 무척 혼란스러웠다.

듣기도 끔찍한 목맨 자살이라니!

하물며 못된 구석이라고는 손톱만큼도 없던 신 상이 그렇게 끔찍하게 죽을 줄이야⋯⋯

게다가 또 젠바까마저 죽은 것 같다지 않은가.

도대체 무슨 일일까? 이렇게 되고 보니 지난번 날씨는 역시 흉조였던 건가봐……

모두가 같은 이야기만 했다. 그리고 뜻밖의 시간에 뜻밖의 사람에게 달라붙는 사신, 때로는 자기들도 노릴 것이 틀림없는 사신이 지금은 바로 제 몸 옆에 와 있는 듯한 생각이 들어 그들은 집밖에 나서는 것조차 싫어했다.

나는 이 이야기를 듣고 아무래도 믿기지 않았다.

내가 아는 이 가운데 지금까지 죽어버린 사람은 손가락으로 꼽을 정도밖에 없다. 내가 태어났을 때부터 알고 있는 사람은 지금도 나를 어린아이처럼 여기고 귀여워한다. 그리고 건강하게 열심히 일하고 있지 않은가?

그런데 젠도 신 상도 내가 정말 알게 된 지 아직 두달밖에 안되었는데 죽어버렸다. 더구나 이렇게 갑자기 이렇게 무섭게……

그저께까지 나는 젠바까가 걷고 있는 것을 보았다.

바로 얼마 전까지는 "안녕? 오늘은 몸이 좀 어때?" 하고 신 상에게 인사를 건넸건만 신 상은 이미 죽어 차갑게 굳어 지금이라도 묻혀버릴 것이다——.

나는 아무리 힘들고 괴로워도 죽겠다는 생각은 해보지 않은, 생각하려고도 하지 않은 요즘의 생활을 돌이켜보았다.

이 넓은 세상에서 하루에 몇사람쯤 죽어가는 걸까? 열명, 백명, 천명이 죽을지도 모른다. 하지만 그 가운데 나는 살아 있다. 더구나 이렇게 건강하게 할 일도 많고 사랑을 받으며 살아 있다.

나는 어떤 소극적인 생각도 할 수 없다.

나는 아무리 힘든 일을 만나도——물론 나의 좁은 세계에서 생겼다 사라졌다 하는 일이라고 해봤자 별것 아닌 시시한 것들이라지만——어떻게든지 해내고 만다.

죽겠다고 생각하기 전에 먼저 어떻게 돌파할까를 생각한다. 그리고 나는 자신의 머리가 말라비틀어지고 둔해져서 더이상은 정말 살아 있는 의미가 없어질 때까지는 어떻게든 살아남기로 결심하고 결심하고 또 결심하고 있다. 그런 까닭에 나는 옛날 여자들처럼 쉽사리 목숨을 버리는 짓은 도저히 할 수 없다.

나의 생활에 의미가 있는 동안에는 죽을 수 없다.

하지만 내 바로 옆에서는 이렇게 두 사람이나 죽었다. 그것도 둘 다 평범한 죽음도 아니지 않은가?

내가 만약 그날밤 그 숲을 지나다가 신 상이 죽으려는 것을 말렸더라면?

나는 열심히 제지했으리라. 몸을 고쳐 다시 일하라고 말했을 것이다. 하지만 그것으로 정말 도왔다고 할 수 있을까? 나는 그래봤자 그저 그때 그 나뭇가지로부터 신 상을 떼어놓은 것에 불과하지 않은가?

내가 신 상의 평생을 돌보며 지낼 수는 없다. 언제까지 그를 격려하고만 있을 수도 없다. 그리고 얼마간 치료가 되고 돈을 받고 다시 가난하고 괴롭고 쓸쓸한 세상에 내던져진들 뭐 그리 좋겠는가?

"나는 구해졌다. 하지만 어쩌라는 거지? 전보다 더 힘들고 괴로워 몸부림치며 살게 두는 것을 전혀 원하지 않는다! 너는 한 인간을 살려냈다는 사실에 만족하면서 언제까지나 즐거워하겠지만 나는 언제나 '그때 죽었더라면' 하고 후회해야만 한다."

내가 정말 만약 그때 신 상을 구했다 한들, 평생을 씩씩하게 괴로움을 당하지 않고 보낼 수 없다면 아무것도 아닌 것이 되어버린다.

죽으려 하는 자를 구해내야 한다는 상투적인 감정에 지배당하여 그 사람의 평생을 생각하기에 앞서 자기 마음에 만족을 얻는 것이 아닌가?

여기까지 생각이 미치자 지금까지의 모든 것이 와르르 무너져내리는 것 같았다.

생각해보면 내가 지금까지 해온 대부분의 일들은, 다른 이를 돌본다는 것에 굶주렸던 마음을 채우는 것이 아니던가? 나는 그들에게 입을 것을 주고 돈을 주고 먹을 것을 주고 동정했다.

하나 그런 것들이 그들의 평생에 어떤 의미가 있을까?

만약 내가 정말로 커다란 사랑으로 그들을 감싸고 깊은 동정으로 끌어올리려 했다면 신 상을 죽게 하지 않았으리라!

젠바까를 술주정뱅이로 만들지도 않았을 것을——.

그러나 두 사람은 내가 어떻게도 해보지 못하는 동안 죽어 묻히려 한다. 정말로 내가 아무것도 하지 않는 동안에 일어날 일은 척척 일어나고 말았다.

신 상이 자기 목숨의 소중함을 깨닫도록 내가 힘을 준다는 것은 꿈도 못 꿀 일이었다.

나는 아무래도 그들을 진심으로 사랑하지 않는다. 또는 사랑할 수가 없다! 어찌 하면 좋을까!

나는 마침내 실패하고 말았지만 그들에게 무엇인가 해주어야만 한다는 소망만은 얼마나 나를 힘겹게 하는지!

나는 여러분 앞에는 겨자씨만도 못한 인간이었다. 여러분에게 마음에 들지 않는 일도 어리석은 짓도 많이 했을지 모른다. 나는 지금까지 귀하게 여겨졌던 이른바 자선이라든가 체면상의 친절함이라든가 하는 것을 여러분을 위해서라고 생각만 할 뿐 전부 망가뜨렸다. 쫓아내버리고 말았다.

하지만 그 대신 줄 수 있는 것은 어디에 있는가?

내 손은 텅 비었다. 아무것도 나는 갖고 있지 못하다. 이 작고 보잘것

없는 나는 정말로 앞이 막막하여 당황해하며, 그저 어찌 하면 좋을지 몰라 하고 중얼거리고 있을 뿐이다.

그러나 부디 미워하지 말아주기를. 나는 분명히 조만간 무언가를 붙잡게 될 것이다. 아무리 작은 것이라도 함께 기뻐할 수 있는 것을 찾아내리라. 부디 그때까지 기다려주기를. 건강하게 일해줘! 나의 슬픈 친우여!

나는 울면서라도 공부할 것이다. 열심히 노력할게. 그리고 지금 죽으려고 할 때라도 좋으니 정말로 흉금을 터놓고 허물없이 나와 그대들이 서로를 보며 미소지을 수만 있다면 얼마나 기쁠까! 얼마나 하느님이 기뻐하실까?

내가 사랑하는, 나를 길러주신 해님은 얼마나 "그렇지, 그렇지" 하고 말씀해주실지! 저 좋은 해님이······

젠바까의 주검은 밤이 되어서야 발견했다.

이웃마을 변두리 늪에 개를 끌어안은 채 그는 빠져 있었다.

셀 수 없는 잔새우떼가 긴 머리카락 사이를 들락날락하고 있었다고 한다.

더 읽을거리

미야모또 유리꼬는 우리나라에 전혀 소개되어 있지 않아 일본의 몇몇 작가들에 지나치게 편중되어 있는 우리나라 출판계의 현황을 단적으로 보여준다. 일본어 해독이 가능한 독자에게는 일본 근대여성의 자의식과 일, 결혼, 이혼 등을 작가의 체험에 근거하여 그려낸 『노부꼬(伸子)』(1924)를 권하고 싶다.

谷崎潤一郎

| 타니자끼 준이찌로오 |

1886~1965

토오꾜오 니홈바시 출생. 토오꾜오제대 국문과 중퇴. 와쯔지 테쯔로오(和辻哲郎) 등과 창간한『신
시쪼오(新思潮)』에「탄생」「코끼리」「문신」「기린(麒麟)」등을 차례로 게재, 폐간 후에는『스바
루』동인으로「소년」등을 발표하여 예술지상주의의 거장인 나가이 카후우(永井荷風)에게 격찬을
받았다. 칸또오 대지진 이후 칸사이로 이주하여『치인의 사랑(痴人の愛)』『만지(卍)』『여뀌 먹는
벌레(蓼喰ふ虫)』등을 발표했고 그후『장님이야기』『슌낀쇼오(春琴抄)』등 고전주의시대라 일컬
어지는 시기를 맞았다. 만년의『열쇠』『중풍노인 일기』까지 왕성한 필력을 보였다.

■　　　이단자의 슬픔 異端者の悲しみ

　　　　무능한 아버지와 게으른 어머니로 대표되는 기성세대에 대한 반항심, 깊은 병에 걸려 죽음을 기다리는 누이동생에 대한 매정한 태도, 자신의 재능에 대한 자부심과 그것을 알아주지 않는 세상에의 원망 등 주인공에게서는 천재의식과 굴욕감이 뒤섞인 성장과정을 거쳤던 작가의 모습이 잘 드러난다. 인간의 근본적 추악함과 이기심, 부모와 자식 사이의 갈등, 혹은 우정, 매춘 등을 배치하여 인간에게 있어 도덕 혹은 도덕심이란 무엇인가라는 결코 가볍지 않은 문제를 다루고 있다.

이단자의 슬픔

돌아가신 어머님의 영혼에 바친다

서론

이 작품은 작년 9월 『쭈우오오꼬오론(中央公論)』 정기증간호에 실을 작정으로 그해 여름 8월에 탈고했다. 그리고 이미 교정쇄까지 완성된 단계에서 갑자기 편집국 일부에서 발매금지 위험이 있다는 의견이 나와 당분간 게재를 보류하게 되었던 것이다.

그 의견에 따르면 이 소설의 밑바닥에는 내가 쓴 것치고는 보기 드물게 현저한 도덕적 정조가 흐르고 있다. 하지만 작품 곳곳에 부모자식 간의 충돌이 지극히 노골적이고 망설임없이 그려져 있어, 아비와 자식이 도저히 들어줄 수 없는 욕지거리를 주고받는 광경 같은 것은 지나치게 심각하지 않을까 싶을 정도로 서술되었다. 따라서 대체로 보아 오히려 세간의 도덕심에 도움이 될 만한 작품이긴 하지만, 한구절 한구절 문구에 매달리는 당국자의 기준으로 보자면 어쩌면 이대로는 저급한 독자에게 해를 끼친다고 하여 금지라는 불운에 처할지도 모른다. 어찌 되었든 마침 경보(警保)국장 경질이 있던 무렵이어서 얼마 동안 때를 기다려 가능하다면 금지에 대한 당국자의 방침을 들은 연후에 정정할 곳은 충분히 정정한 뒤 발표하고 싶다는 것이었다. 그리하여 이 원고는 일년 가까이 교정쇄 그대로 서랍 밑바닥에 하릴없이 묻혀 있었던 것이다.

나는 이제까지 어떤 실재인물을 모델 삼아 이야기를 만드는 일은 거의 없었다. 고인이라면 몰라도 현재 살아 있는 인간의 경력을 쓴다는 것은 그 사람에게 폐가 되는 경우가 많으리라 생각했다. 하물며 자기 자신에 관해 거리낌없이 폭로한다는 것은 정말 견딜 수 없을 듯했다. 많은 독자들이 나 자신의 성장과정을 쓴 것이라 믿는「신동(神童)」이니「도깨비 얼굴(鬼の面)」따위도 실은 나와 처지가 다소 닮은 한 청년에 가탁(假託)하여 내 가슴속의 꼭두각시에 관해 말한 것일 뿐이다. 하지만 이「이단자의 슬픔」만은 약간 취향이 다르다. 주변인물은 차치하고, 적어도 이 속에 등장하는 네명의 부모자식들은 당시 내 마음에 사실로 비친 것을 될 수 있는 한, 지장이 없는 한, 정직하고 기탄없이 묘사한 작품이다. 이런 의미에서 이 작품은 나의 유일한 고백서이기도 하다.

나는 이 작품을 네댓 해 전부터 꼭 한번 쓰고 싶다고 생각하면서도 당시 신산한 나날을 보내던 부모가 가엾어서 오랫동안 붓을 들 마음이 나지 않았다. 그런데 재작년, 나의 결혼 전후부터 부모님은 20여년의 고생 끝에 선량한 인간에게 마땅한 응보로 가까스로 순풍을 만났고, 버려졌던 세상으로부터 다시 끌어올려져 친척 친지들의 동정에 기대가며 상당한 영업을 할 수 있게 되었다. 동시에 나 역시 무꼬오지마(向島)에 일가를 이루고 내 아내는 부모님에게 첫 손녀를 낳아드렸다.

우리집이 무꼬오지마에서 코이시까와(小石川)로 이사를 하고 나서도 엄마 아버지는 일요일마다 니홈바시의 집에서 놀러 와서 첫 손녀를 무릎에 안고 정원의 꽃을 바라보며 하루를 즐겁게 지내고 돌아가곤 했다. 온순한 내 아내도 더없이 그분들의 마음에 들었다. 불효자인 나로서는 그나마 아내와 딸이 나 대신 힘닿는 대로 효도하기를 바랐다. 따라서 이 소설에 묘사된 것 같은 험악한 부자간의 갈등은 당시 완전히 해소되어 버렸기에 나는 안심하고 이 글을 쓸 수 있었던 것이다.

그런데 올 4월 하순, 내가 기억하는 한 아픈 적이라곤 없던 건강한 어머니가 불행하게도 단독(丹毒)에 걸렸는데 일주일 정도 지나자 호전되어 의사는 물론이고 모두들 완쾌를 의심하지 않았다. 5월초가 되어 나는 어느 잡지사와 한 집필 약속을 지키기 위하여 이까호(伊香保)에서 한 이십일 칩거할 작정으로 집을 나섰다. 그런데 14일에 어머니가 갑작스레 심장마비로 세상을 뜬 것이다. 그날 아침 위독하다는 전보를 찌기라진센정(亭)에서 받은 나는 즉시 산을 내려와 여섯 시간 동안을 쉼없이 전차와 기차에 흔들린 끝에 저녁때 니홈바시의 아버지 집에 닿았다. 하지만 어머니는 이미 오후 한시에 숨을 거두었다. 내가 여장을 풀 틈도 없이 차가운 주검에 다가가 얼굴을 덮은 수건을 걷고 보니, 보기 흉한 단독의 흔적은 자취도 없이 사라지고, 그 옛날 잡지 등에서 개최하던 예쁜 아가씨 선발에 들었고, 생전에 항상 내 누나가 아니냐고 사람들이 묻곤 하던 아름다운 어머니의 얼굴은 백랍처럼 말갛게 개어 정갈하기만 했다.

이제야말로 나는 좋은 기념으로 이 작품을 공개하고자 한다. 예술가를 자식으로 두었던 어머니에게, 그 여인의 삶의 추억 중 하나로 이 이야기를 바치고자 한다. 이 소설은 우리 부모자식이 불행의 밑바닥에 빠져 있던 일고여덟 해 전의 한 시기를 소재로 삼고 있다. 그 시절 아버지도 어머니도 또 나 자신도 인생에 대해 거의 절망적인 마음을 품고 있었다. 나는 지난해 이 소설을 쓰면서 어머니의 비탄을 묘사하는 부분이 되었을 때 참담하던 당시 상황을 추억하면서 나도 모르게 소리

없는 눈물을 떨어뜨렸는데, 최근 어머니의 상을 입고 다시 옛 원고를 꺼내 보니 새삼 감개가 새롭다. 생각해보면 올해 이달은 이 소설 속에 나오는 누이동생이 죽은 지 7년째 상월(祥月, 일주기 이후 고인이 죽은 달—옮긴이)이다. 그리고 이것이 『쭈우오오꼬오론』에 발표되는 날— 즉 이번 7월 1일은 공교롭게도 어머니의 사십구재에 해당된다. 작년 여름 탈고한 작품이 지금까지 공개되지 않고 있었다는 것도 나에게는 어쩐지 우연이 아니라는 생각이 든다.

나는 이 이야기 속에서 세상을 버린 어머니나 누이동생을 결코 훌륭한 인간으로 그리지 않았다. 그들은 위대한 인간이 아니었기에 오히려 골육인 나의 가슴에 그 죽음이 한층 안타깝고 슬프게 느껴진다. 그들은 정녕코 훌륭한 인간으로 일찍 죽기보다는 훌륭하지 않은 인간으로라도, 어떤 걱정 고생을 겪더라도 더 오래 살고 싶었을 것이다. 죽음은 Nothing이다. 삶은 어쨌든 Something이다. 설령 아무리 힘이 들지라도 Nothing보다 Something 쪽이 나은 것은 분명하다.

나는 내 예술 속에 생전의 있는 그대로를 전하여 그들을 Something 으로서 살려두고 싶다. "어머니여, 누이여, 그대들은 아직 여기 살아 있어요!"라고, 하늘로 돌아간 두 사람의 넋을 향해 고함치고 싶다.

하지만 만약 영혼이라는 것이 불멸한다면 죽음은 Nothing이 아닐지도 모른다. 그렇다면 두 사람의 영혼은 이 소설을 읽고 "뜬세상에서는 이런 일도 있었지" 하며 미소지어주리라. 왜냐하면 나는 그들의 사후 생명이 생전의 그것보다 힘들 것이라고는 믿을 수 없는 까닭이다. 두 사람은 지옥에 갈 만한 인간들은 아니었다. 그들은 분명히 선한 사람들이었다.

마지막으로 이 원고를 발표하기에 앞서 번잡한 공무중에 틈을 내어 굳이 검열의 노고를 아끼지 않고 덧붙여 정치한 평론까지 써주신 나가

따 경보국장의 호의에 나는 심심한 감사를 드리는 바이다. (타이쇼오 6년 6월 씀)

1

낮잠을 자고 있는 쇼오자부로오(章三郞)는 자기가 지금 꿈을 꾸고 있다는 사실을 확실히 알고 있었다. 하얀 새가 공단처럼 반짝이는 날개를 펼치고 그의 얼굴 위에서 팔락팔락 날갯짓을 한다. 이따금 이 날갯짓은 숨이 막힐 만큼 코끝까지 다가와, 녹기 시작한 봄날의 여린 눈처럼 정갈하고 부드러운 깃털이 그의 속눈썹 언저리를 톡톡 건드리기도 한다. ── '나는 꿈을 꾸고 있구나' 하고 그는 몇차례인가 꿈속에서 생각했다. 그의 의식은 눈에 띄게 둔해져 달콤하고 향기로운 숙면의 바닥으로 조물조물 잠겨갈 듯하건만, 약간만 마음을 다잡으면 곧장 되살아나 뇌수 속을 몽롱하게 비추는 듯도 했다. 말하자면 그는 수면과 각성 사이의 세계를 헤매며 한동안 잠을 깨려고도 잠이 들려고도 생각하지 않고, 할 수만 있다면 현재의 반의식 상태에 떠 있고 싶었다. '나는 지금 꿈에서 깨려고 하면 깰 수도 있어.' 그렇게 생각하면서 아름다운 백조의 환상을 멍하니 바라보는 것이 그의 넋으로 하여금 신기한 기쁨과 상쾌함을 맛보게 했다.

창문에서 비쳐드는 초여름 한낮의 빛이 누워 있는 내 눈꺼풀 위에서 빛나 그것이 이런 백조의 꿈이 된 것이다. 그 팔락팔락 울리던 날갯짓 소리는 아마도 바람이 부는 것이리라. ──그렇게 확실히 느끼면서 여전히 꿈을 꿀 수 있다는 것이 그에게는 대단히 드물고 특별한 경험처럼 여겨져, 자기처럼 병적인 신경을 지닌 인간이 아니면 쉽사리 도달

할 수 없는 소중한 경지인 듯 즐거웠다. 어쩌면 그는 자신의 자유의지로 마음먹은 대로 좋아하는 환각을 만들어낼 능력이 있는 것이 아닐까 싶기도 하여, 현재 눈앞에 떠올라 있는 새의 모습을 다시 요염한 여자의 환상으로 바꾸기 위해 조금씩조금씩 마음을 집중하기 시작했다. 그러자 깜깜한 배경 뒤편으로 새의 모양이 점점 얇아져 빨려들어가고, 마치 아이들이 가지고 노는 비눗방울처럼 오색의 무지개를 담고 있는 어여쁜 방울들이 수도 없이 퐁퐁 솟아나왔는데, 그 가운데 가장 큰 방울 표면에 더없이 기이한 알몸의 미인이 어느샌가 생생하게 비치더니 바람에 흔들리는 연기처럼 가볍게 춤을 추며 갖가지 요염한 모습을 만들어내는 것을 그는 분명히 볼 수 있었다.

'고마워라, 고마워라. 나의 뇌수는 틀림없이 신비한 작용을 할 수 있는 거야. 마음대로 꿈을 만들어내는 능력이 있는 거라고. 나는 꿈속에서 사랑하는 사람을 만날 수 있을지도 몰라. 할 수만 있다면 나는 언제까지나 이렇게 잠든 채 살고 싶어……'

하지만 쇼오자부로오는 그렇게 생각한 순간, 번쩍 눈을 뜨고 말았다. 마치 아이가 숨을 너무 불어넣는 바람에 비눗방울을 깨뜨리고 만 것 같은 걷잡을 수 없는 슬픔을 느끼면서, 일단 허공으로 흩어져버린 환상을 되찾아보려 그는 얼른 다시 눈을 감았지만 미녀도 백조도 다시 그를 찾아올 성싶지 않았다.

그는 마지못해 몸을 일으켜 창가에 턱을 받치고 꿈속에 보였던 환상의 정체일까 싶은 오월 하늘의 구름 조각들을 올려다보았다. 여름하늘답게 쾌청한 창공에는 힘찬 남풍이 가득 차서 군데군데 떠도는 구름덩어리들을 바쁘게 북쪽으로 북쪽으로 밀어내고 있었다.

'꿈이나 하늘은 저렇게도 아름답건만 어째서 내가 사는 세상은 이리도 더러운 것일까?'

그렇게 생각하자 쇼오자부로오는 조금 전에 보았던 환상의 세계가 한층 더 그리워져 어찌할 수 없는 안타까움이 가슴을 메웠다.

　그가 사는 집—니홈바시 핫쬬오보리의 비좁은 골목 뒤에 있는 이 이층 방에는 서편 창으로 바라보이는 저 장쾌한 하늘을 제외하면 단 한가지도 미감을 불러일으킬 만한 것이 없다. 4첩 반짜리 방하며 반첩의 맹장지하며 교도소의 감방 같은 벽까지 사방을 막아놓은 모든 평면이 싸구려 과자를 먹어대는 개구쟁이 아이의 볼처럼 때가 타고 더럽혀졌고, 천장이 낮고 숨이 막히는 방 안에 사시장철 배어 있는 퀴퀴한 악취는 그곳에 기거하는 인간의 골수까지 썩혀버릴 듯한 열기를 머금고 있었다. 만약 이 방에 오직 하나밖에 없는 저 창으로 약간이나마 푸른 하늘이 보이지 않는다면 쇼오자부로오는 벌써 미쳐서 죽지나 않았을까 싶을 정도다. 아무리 생각해도 이것이 만물의 영장이라 뽐내는 고상한 생물이 서식할 만한 곳이라고는 여겨지지 않았다.

　하지만 쇼오자부로오는 아무리 인간세상이 더럽더라도 자기가 동화 속의 아이들처럼 가공의 천국으로 올라가버린다거나 몽환적인 낙원으로 들려올라갈 거라고는 바라지 않았다. 흙에서 난 식물이 어디까지나 흙에 뿌리를 박고 생을 향유하듯이 그 역시 현실세계에 집착하여 어떻게든 즐거움을 찾고 싶었다. 또한 그것이 그에게 굳이 불가능하다고 여겨지지도 않았다. 자신이 지금 살고 있는 누항의 오두막들 주변에는 그야말로 온갖 추악함과 음울함과 비운이 우글대고 있지만 인간 세상 모두가 이렇게 어둡고 차가운 것이라고는 믿을 수 없었다. 오히려 그 반대로, 마음껏 부와 건강을 획득하여 왕족과 같은 호사스러운 생활을 영위할 수 있는 신분이 될 수만 있다면 이 세상은 천국이나 몽환의 땅보다 훨씬 즐겁고 아름답게 느껴질 것이 틀림없다. 지금 역경에 빠져 있는 그가 그런 신분이 되고자 하는 것은 어쩌면 망상에 가까운 행운을 바라는 것일지도 모르지만, 천국이나 극락에서 환생하려는 것보다야 훨씬 가능한 일이다.──이렇게 생각하는만큼 그는 세상이나 생명에 실망할 마음은 들지 않았다. 설령 왕족의 지위까지는 오르지 못할지언정 조금씩이라도 현재의 곤경에서 상류사회 쪽으로 떠올랐으면 싶었다. 한 자 올라가면 한 자 오른 만큼의 즐거움이 있다. 다만 그 한 자 정도의 진보에조차 그는 좀처럼 도달할 길이 없다는 것에 부아가 났다.

같은 인간이면서 자기는 어째서 이런 가난뱅이로 태어나 세상의 밑바닥을 출발점으로 삼아야만 하는지, 자신은 무슨 일로 운명의 신으로부터 핸디캡을 부여받은 것인지, 생각하면 할수록 쇼오자부로오는 복장이 터질 것만 같았다. 그것도 자신이 누항에서 태어나 누항에서 죽기에 어울리는, 두뇌가 형편없고 취향도 떨어지는 무가치한 인간이라면 또 모르지만, 명색이 최고학부 교육을 받고 게다가 문학사의 칭호를 곧 받게 될 유능한 청년인 것이다. 자신은, 꿈틀꿈틀 버러지처럼 살아가는 가난뱅이들 틈에 몸을 부리고 아무런 자각도 없이 그날그날을 지내고 있는 인간들과는 다르다. 자신에게는 위대한 천재가 있으며 비범한 소질이 있다. 어쩌다가 그 천재와 소질이 물질적 성공과 치부의 길에 서툴고 예술적 방면에만 뛰어난 까닭에 언제까지나 이렇게 역경을 빠져나가지 못하는 것이다.

"흥, 사람을 뭘로 보고……"

쇼오자부로오는 무심결에 큰소리로 말했지만 금세 깨닫고는 놀라 정신을 차렸다. 그무렵 그는 자주자주 느닷없이 커다란 소리로 혼잣말을 하는 버릇이 생겼다. 그것이 머릿속에서 오랫동안 계속되어온 사상과 맥락이 닿는 것이라면 또 모르지만, 걸핏하면 전혀 아무런 관계도 없이, 말하자면 느닷없이 떠올라 오른쪽에서 왼쪽으로 뇌수를 가로질러가는 'Passing whim'이거나 이런, 하고 생각할 틈도 없이 '툭' 하고 입 밖으로 나와버려 명실상부 혼잣말이 되어버리곤 하는 것이다. 다행히 그가 그런 짓을 할 때 주변에 아무도 없을 때가 많으니 망정이지, 만일 다른 사람이 들었다가는 정말 창피할 수도 참담할 수도 있는 소리들을 뱉어버리는 경우가 있었다. 그리고 그런 식의 창피하거나 참담한 말이라는 것이 대개는 종류가 정해져 있어서 거의 미치광이의 헛소리라고밖에 생각할 수 없는 뜬금없는 것들이었다. 그가 최근에 가장 많이 내뱉는 것은 우선 다음에 적는 세 종류의 말들이다.

"쿠스노끼 마사시게(楠木正成, 남북조시대의 무장—옮긴이)를 치고, 미나모또노 요시쯔네(源義經, 헤이안 말기의 무장—옮긴이)를 쳐부순 다음……"

하는 것이 하나.

"오하마 짱, 오하마 짱, 오하마 짱."

하고, 여자 이름을 세 번 부르는 것이 하나.

"무라이를 죽이고, 하라다를 죽이고……"

하는 것이 또 하나. 대충 이 세가지가 웬일인지 가장 빈번하게 그의 혼잣말에 오르는 것인데, 이 가운데 어느 한가지를 말하지 않는 날이 없을 지경이다. 모두 짤막한 말들이지만 이 말들을 여기 기록한 문자 그대로 말하고 나서야 쇼오자부로오는 비로소 '앗' 하고 정신이 든다. 예를 들자면 처음 문장에서 "…… 미나모또노 요시쯔네를 쳐부순 다음……" 하는 데까지 오기 전에는 그는 자신의 혼잣말을 깨닫지 못한다. 거기까지 정신없이 내뱉어 "…… 쳐부순 다음……"까지 오면 꼭 놀라서 입을 다문다. 두번째 문구의 경우에도 "오하마 짱"의 이름을 반드시 세 번 반복한다. 세번째 문구라면 "…… 하라다를 죽이고……"라고 하자마자 움찔 하고 몸서리를 친다. 언제나 중간음, 빠른 어조로 보통 사람들의 잠꼬대와 같다.

　이런 식의 혼잣말 가운데 그나마 그의 생각과 관련이 있다고 여겨지는 것은 '오하마 짱'이라는 이름 정도이다. 그것은 쇼오자부로오의 첫사랑의 이름이다. 매정한 그는 이삼년 전 그 여자와 헤어지고 지금 그녀가 어디서 무얼 하며 살고 있는지 전혀 관심조차 없으니 이렇게까지 빈번하게 그녀의 이름을 입에 올린다는 것이 스스로도 뜻밖이지만 어쨌든 다른 이름에 비한다면 그래도 약간의 인연이 있는 듯 느껴지긴 한다. 자기 딴에는 잊었다고 생각하지만 '첫사랑'의 인상이 꽤나 깊숙하게 의식의 밑바닥에 박혀서 무언가 '계기'가 있으면 입술에 오르는 것인지도 모른다. 기이한 것은 무라이라든가 하라다라는 이름이다. 이 두 이름은 그의 중학시절 동창생의 이름인데 그는 이 친구들과 특히 각별한 교우관계였다는 기억은 전혀 없다. 두 사람 모두 그저 같은 학년이었다는 것뿐 언제 한번 함께 놀 기회도 없었을 정도이다. 다만 이 두 사람은 그때 학급에서 가장 미소년이어서 쇼오자부로오는 한때 그들의 용모에 마음을 빼앗긴 적이 있었다. 밤이면 밤마다 두 사람의 모습이 어른거려 청춘시절 그를 괴롭혔던 것이다. 꽤 오랫동안, 반년인가 일년 정도 그의 머리는 날마다 두 사람에 대한 망상 때문에 시달렸지만 그런 주제에 실제 교우 면에서는 끝내 담백하고 소원한 관계로 끝나고 말았다. 미소년 쪽에서도 그와 친해지려 하지 않았고 이쪽에서도 그들에게 다가갈 용기 따위는 없었다. 마침내 중학교를 졸업하고 무라이는 고향인 시골로 돌아가 농업에 종사했고 하라다는 큐우슈우의 고등학교 3부에 들어갔다는 소문을 들었다. 물론 쇼오자부로오는 그후 그들을 만난 적도 없고 편지를 주고받지도 않았다. 그의 머릿속에 아로새겨졌던 미소년의 기억은 해가 가면서 점차 지워져갔고 이미 그들의 존재조차 떠올리지 않게 된 무렵이건만, 최근 갑자기 두 사람의 추억이 유성처럼 머릿속을 스쳐다니고, 이런, 하는 동안에 금세 또 어디론가 사라져버린다. 그 사라져버리는 순간에 그는 언제나 앞서 말한 혼잣말을 한다.

"무라이를 죽이고, 하라다를 죽이고⋯⋯"

이름을 부르는 것은 그렇다 치더라도 '죽인다'는 것은 도대체 무슨 소린지 그 자신도 전혀 이유를 알 수가 없다. 말할 것도 없지만 그는 이 두 사람에게 아무런 원한을 품고 있지 않으니 그들을 죽이겠다는 생각은 손톱만큼도 없다. 설령 원한이 있다 한들 그는 도저히 사람을 죽이거나 할 수 있는 인간이 아니다. 혹은 장래에 어떤 기연으로 자신이 이 두 사람을 죽일 만한 사건이 일어날 징조일까, 그 두 사람과 자기 사이에 그와같은 무서운 숙업이 있다는 것을 알리는 것은 아닐까——그렇게도 생각해보았지만 너무나 바보 같은 상상이라고밖에 여겨지지 않았다.

바보 같은만큼 그는 이런 혼잣말을 언제나 더없이 못마땅하게 생각했다. 만약 누군가 있는 앞에서 이런 소리가 무심결에 흘러나온다면 그 사람이 얼마나 놀라겠는가. 그 자신도 얼마나 당황스럽고 소름끼칠 것인가? 길거리 한복판에서 이 말을 내뱉는 순간 우연히 지나가던 형사들의 귀에라도 들어갔다가는 그야말로 경찰서에 끌려가 범죄인이나 미친놈 취급을 당할 것이 분명하다.

"아뇨, 저는 결코 미치광이가 아닙니다!"

그때 가서 그가 아무리 고함쳐봤자 누가 믿어주겠는가. 아마도 정신병원에 끌려가 전문의의 진찰을 받아도 끝내 정신병자 판정을 받을 것이 뻔하다.

그리고 쿠스노끼 마사시게나 미나모또노 요시쯔네에 이르면 정말이지 이상하기 짝이 없다. 이쯤 되면 그는 도대체 어디서 이런 이름들이 떠오른 것인지 도무지 짐작도 가지 않는다. 그는 어린 시절 역사이야기를 무척 좋아했고 『태평기(太平記)』라든가 『헤이께 모노가따리(平家物語)』를 여러번 숙독한 적이 있었다. 모든 아이들이 그렇듯이 그 역시 한때는 마사시게나 요시쯔네를 숭배한 적이 있었다. 하지만 그후 점차 서양의 사조나 문학을 애호하게 되면서부터 일본역사에 대한 흥미는 잃어버리고 말았다. 요시쯔네라든가 마사시게라든가 하는 먼 옛날 영웅의 사적(事蹟) 따위, 목하 그의 생활에 털끝만큼도 영향을 미치지 못하는 것이다. 우선 "쿠스노끼 마사시게를 치고, 미나모또노 요시쯔네를 쳐부순 다음……" 하는 말부터가 거의 무의미하다. 그는 이 말을 입에 올리고 나면 언제나 얼굴을 붉히고 쥐구멍에라도 들어가고 싶은 수치심을 가까스로 혼자서 견디곤 했다.

"내게는 어째서 이런 우스꽝스러운 버릇이 있는 것일까? 심한 신경쇠약에 걸렸다는 증거일지도 몰라."

그는 스스로도 자신의 행위를 정상이라고 생각할 수 없었다. 아무래도 자신에게 얼마간 광인의 기질이 있다는 사실을 깨달을 수밖에 없었다. 다만 다행스럽게도 그의 광기는 발작 시간이 짧고 바로 제정신을 차릴 수가 있기 때문에 지금까지 남들의 주의를 끌지 않고 올 수 있었을 뿐이다.

지금도 막 쇼오자부로오는 혼잣말을 뱉어버리고 나서 '저질렀다' 하는 표정을 짓고 한참을 우울하게 생각에 잠겼지만 마침내 무거운 한숨을 내쉬고 늘쩡늘쩡 가파른 계단을 내려갔다. 현관의 2첩 방 옆에 햇빛이 들지 않는 6첩짜리 방이 있는데 폐병을 앓고 있는 누이동생 오또미가 이불깃에서 창백한 이마를 드러내놓고 고요히 누워 있다.

쇼오자부로오가 들어가자 병자는 움푹 팬 눈꺼풀 속에서 빛나는 처참한 눈동자를 때구루루 한쪽으로 굴리더니 말끄러미 오빠를 바라보았다. '도저히 가망 없는 환자야. 앞으로 한두 달 안에 숨이 끊어지고 말 거야.' 그렇게 알고 있는 탓인지 쇼오자부로오는, 이 동생이 묘하게 말갛고 신비로운 눈으로 바라보는 것이 무서워, 변소에 갈 때면 어쩔 수 없이 이 앞을 지나가야 한다는 것이 언제부턴가 숨이 막힐 듯했다. 그는 될 수 있는 한 눈을 마주치지 않도록 옆을 바라보며 잰걸음으로 마루를 빠져나가 변소 문을 열고 안으로 들어가 숨은 채 좀처럼 나올 성싶지 않았다.

"뇌 쪽이 나쁘면 변비를 조심해야 한다."

지난번 의대생 친구에게 이런 충고를 듣고부터 그는 날마다 더운 물을 마시고 가능한 한 많이 용변을 보려고 노력했다. 그래서 요즈음은 적어도 하루에 두세번 변소에 다니며 15분 정도 쭈그리고 있는 것이 버릇이 되었다. 툭하면 쭈그리고 앉아 그는 무엇 하러 여기 왔는지를 잊어버린 것처럼 언제까지나 끝없이 부질없는 망상에 잠기는 일도 많다.

그날도 그는 변소에 웅크리고 앉아 언제나처럼 그야말로 말도 안되는 상념 쪼가리를 이것저것 머릿속에 그렸다가 지우고 지웠다가 그리기를 계속했는데, 그러다가 어느샌가 중국의 백낙천에 관해 생각하고 있었다.

'잠깐, 나는 어제도 변소에 앉아 백낙천을 생각했잖아.'

그는 문득 생각했다······

'그래, 분명히 어제도 생각했어. 어제뿐인가 그저께도 이 시간쯤 변소에서 백낙천을 생각했는데. 어째서 나는 변소에 들어오면 백낙천을 생각할까. 이 변소와 백낙천이 무슨 상관이 있다고.'

점차 연상의 흐름을 따라 거슬러올라가다보니 그는 오래지 않아 관계를 발견할 수가 있었다. 마침 변소 바닥에 이삼일 전 신문지 조각이 떨어져 있는데 거기 하꼬네 온천에 관한 기사가 쇼오자부로오의 눈에 띄도록 펼쳐져 있다. 원인이라는 것은 아마도 여기 있는 모양이었다. 온천 기사를 생각없이 읽는 동안 그의 넋은 자기도 모르게 일찍이 가본 적이 있는 하꼬네의 절경에 이끌려 서늘한 계곡 강가에 세워진 어느 여관의 욕실 광경을 떠올렸던 것이다. 청렬하고 투명한 더운물이 끊임없이 솟아나는 욕탕 바닥에 몸을 잠글 때의, 그야말로 온몸이 풀어지는 듯한 감촉을 추억하면서 이번에는 입욕의 쾌감을 노래한 것으로 유명한 당시(唐詩) 구절, '온천수 매끄러워 엉긴 때를 씻는구나(溫泉水滑洗凝脂)'하는 「장한가(長恨歌)」의 한구절이 아주 오랜 기억의 바닥에서 불려나왔다. 그리하여 「장한가」로부터 필연적으로 백낙천을 연상하게 된 것이다. 아마도 그저께 아침부터 이 신문지가 같은 곳에 떨어져 있어서 오늘까지 몇번씩이나 이 기사가 눈에 띄었고, 그는 같은 상상을 되풀이하다가 결국은 백낙천에게까지 끌려온 모양이다.

이런 사실로부터 추정한다면 그의 머리의 작용은 그제도 어제도 오늘도 한군데 머물러 움직이지 않는 것 같다. 마음이 항상 일정한 자극에 대해 일정한 망상을 품는 상태에만 머물러 있는 것이다. 적어도 쇼오자부로오에게 베르그쏭이 말하는 '끊임없는 의식의 흐름' 같은 것이 멈춤 없이 흐르고 있다고는 생각할 수 없다.

'…… 그렇지, 도대체 순수지속이라는 둥 하는 그것이 진리일까……'

그러고도 다시 5,6분쯤 그의 연상은 심리학 문제로 옮아가서 언젠가 읽은 적이 있는 베르그쏭의 '시간과 자유의지'의 논지를 군데군데 떠올려보았지만 대개는 흔적 없이 잊어버려 구체적 이론은 무엇 하나 기억나지 않았다. 그럼에도 그는 자신이 기회만 있으면 이런 고상한 문제에까지 생각이 미칠 수 있는 지력(智力)을 지니고 있다는 사실을 무척이나 기쁘게 느끼기 시작했다. 누가 뭐래도 이 뒷골목 나가야(長屋,

칸을 막아 여러 가구가 살 수 있도록 만든 공동주택―옮긴이), 몇백명이나 되는 주민이 있는 이 핫쪼오보리 마을 안에 베르그쏭의 철학 같은 것을 알고 있는 놈은 나 말고는 없다. 만약 인간의 사상이라는 것이 행위와 마찬가지로 밖에서 보이는 것이라면 이 근처 인간들은 내 머릿속의 학문에 얼마나 놀랄까?

'나는 지금 이렇게 멋진, 이렇게 복잡한 생각을 하고 있다고.'

쇼오자부로오는 이렇게 누군가에게 자랑하고 싶을 정도였다.

"엄마, 오빠는 아직도 변소에 있어?"

하는 누이동생의 목소리가 방에서 들릴 때에야 가까스로 쇼오자부로오는 저린 발을 끌며 변소를 나왔다. 마루 쪽 세숫대야에서 손을 씻고 있는데 그녀는 아직도 중얼중얼 무어라 잔소리를 했다.

"세상에 무슨 변소에 그렇게 오래 있어? 오빠가 두세 번 변소에 다녀오면 대충 해가 지잖아. 정말 에돗꼬(江戸子, 서울내기 정도의 의미를 지닌 말―옮긴이)에겐 안 어울려. 빨리 좀 못 나오나? 엄마, 엄마아!"

온종일 천장만 바라보고 누워 꼼짝 못하는 누이동생은 어둡고 쓸쓸한 집 안에서 오로지 엄마만을 의지하고 엄마와의 대화로 가까스로 무료함을 달랬다. 자신의 죽음이 '바로' 한두 달 뒤로 다가와 있다는 예감에 위협을 느껴 그저 서글프고 불안해서 견딜 수 없을 때면 갑자기 어리광을 부리는 듯한 목소리로 "엄마, 엄마" 하고 말을 건다. 하지만 그것은 부엌에서 일하는 엄마의 귀에까지 가닿지 못하는 경우가 많아 그녀는 때로 답답해하며 조급하게 "엄마, 엄마" 하고 불러댄다.

"그래, 그래."

엄마가 주저주저 장지문 너머로 대답하면 그녀는 '쯧' 하고 혀를 차며 "엄마는 진짜 귀머거리라니까. 아까부터 부르는데 아무리 바빠도 그렇게 못 들어?"

이렇게 버릇없이 야단을 치기도 한다. 원래는 열대여섯살짜리 계집 아이치고는 무섭게 '어른스럽고' 영리한 아이였으나 불치병에 걸리고 나서는 한층 신경이 과민해져서 본데없이 자란 아이처럼 고집을 부려 대곤 했지만 엄마는 그러는 것이 오히려 더 불쌍한지 너그럽게 대하고 있었다.

하지만 오빠 쇼오자부로오는 빈사(瀕死)의 누이동생이 시건방지게 구는 것이 못마땅하기만 했다. '빈사'라는 으스스한 무기를 들고 부모형제에게 심술을 부려대는 그녀의 태도를 접하면 기껏 생겼던 동정심이 단박에 반감으로 변했다.

'멍청이! 어린애 주제에 그따위 소리 하지 마! 불쌍해서 보자보자 하니까 저 잘난 줄 알고 뻗대기는. 병자면 병자답게 이불 뒤집어쓰고 조용히 있어야지. 죽을 때 죽더라도 건방진 놈은 질색이야!'

그는 마음껏 소리를 질러주고 싶은 적이 자주 있었다. 그녀가 죽기 전에 꼭 한번이라도 꼼짝 못하게 야단을 쳐주지 않으면 부아가 풀리지 않을 것 같다고도 생각했다. 그러던 차에 마침 변소에 관해 잔소리를 들었으니 쇼오자부로오는 속이 부글부글 끓어올라 무서운 눈으로 병자의 얼굴을 노려보았지만, 언제나처럼 귀기 서리고 이상하게 평온한, 서양의 마녀에게서나 볼 듯한 냉정한 눈을 마주하자 역시 주눅이 들어 입을 다물어버렸다. 지금 동생과 싸움을 했다가는 저 기괴하고 꼼짝 않고 자신을 노려보는 눈동자가 언젠가 그녀가 죽고 나서도 오랫동안 이 방에 남아 밤이면 밤마다 그를 노려볼 것이 틀림없다. 다른 사람이라면 몰라도 겁 많고 병적인 신경을 지닌 쇼오자부로오에게 그것은 분명 있을 법한 일, 너무나 명백한 사실이다. 계집아이 주제에 어머니나 오빠를 조롱하고 야단치는 것은 부도덕한 행위임이 분명하다. 죽어가는 병자라 할지라도 나쁜 짓은 나쁜 짓이니 꾸중을 하는 것이 당연하건만, 이 병자는 어쩐지 기묘한 힘을 지니고 있어 꾸중을 한 사람이 거꾸로 양심의 가책에 시달리는 것이다.——그것을 알고 있는 쇼오자부로오는 지긋지긋해하면서도 결국 짜증을 억누르는 수밖에 없었다.

병자는 아무도 상대를 해주지 않으니 말할 기운도 없어진 것인지 오래잖아 숨이라도 끊긴 듯 문득 입을 다물었다. 그리고 여전히 번쩍번쩍하는 눈으로 베갯머리를 지나가려는 오빠의 뒷모습을 지켜보았다. 오빠는 그녀의 시선을 피해가면서 일단 계단 아래까지 갔지만 다시 돌아와서 주뼛주뼛 병자의 침상 옆에 있는 반침을 열었다.

"오빠, 거기 열고 뭘 꺼내려고?"

누이동생이 퉁명스레 물었다.

"지난번 엄마가 니홈바시에서 빌려온 축음기 있었지? 그거 벌써 돌려줬나?"

쇼오자부로오는 깜깜하고 곰팡내가 진동하는 벽장에 고개를 들이민 채 될 수 있는 한 상냥한 소리로 물었다.

"돌려주진 않았지만 그걸 어쩌려고?——그런 데를 뒤져봤자 없어."

"그걸 잠깐 이층으로 빌려갈까 싶은데 어디다 둔 거야?"

오빠는 반침에서 얼굴을 들어 방 안을 둘러보았다. 건너편 벽에 붙여놓은 옷장 위에 줄무늬 보자기를 덮어놓은 사각형의 물건이 있는데 축음기 같은 모양이었다.

"오빠, 멋대로 그런 걸 가져가면 안되지. 그 축음기는 오요오 짱이 나한테 빌려준 거잖아? 아무렇게나 다루다가 음반에 흠이라도 났다가는 나한테 뭐라 그럴 테니 손 대지 마."

"어때, 잠깐 빌려간다는데. 흠 같은 것 안 만들 테니 걱정 마."

"어머, 엄마! 오빠가 축음기를 가져가."

오빠가 못 들은 척 장롱 위의 물건을 내려 기계를 만지자 환자는 신경질을 부리며 어머니를 불렀다.

"쇼오자부로오, 너는 오또미가 하지 말라면 안하면 될걸."

뒷마당에서 빨래를 하던 어머니는 양손에 비누거품을 묻히고 앞치마를 두른 채 나와 말했다.

"……그 축음기는 오요오 짱이 애지중지하면서 흠이라도 나면 안된다고 빌려주기 싫다는 걸 오또미가 하도 듣고 싶어하기에 내가 사정사정해서 빌려왔잖아. 정말 너처럼 난폭한 녀석이 바늘 내려놓는 법도 모르는 주제에 억지로 해보다가 부수기라도 하면 어쩌려고 그래? 오또미 말고는 엄마도 아버지도 우리 식구는 아무도 그 기계엔 얼씬도 안한다고."

오요오는 쇼오자부로오의 숙부뻘 되는 친척집 딸이었다. 쇼오자부로오 일가가 날이 갈수록 곤경에 빠져가는 것과는 반대로 숙부 쪽은 한 십년 전부터 점차 살림이 불어서 지금은 니홈바시 번화가에 커다란 잡화점을 벌였다. 문과대학에 다니는 쇼오자부로오에게 네댓 해 전부터 학비를 대주는 것도, 작년 봄부터 앓고 있는 오또미의 약값을 내주는 것도 모두 니홈바시 숙부 덕이니 핫쪼오보리의 일족은 만사에 그의 비호를 우러르며 가까스로 입에 풀칠을 했다. 그집 딸이 갖고 있던 축음기를 오또미의 엄마가 병자의 부탁을 받고 빌리러 간 것은 벌써 반년이나 전의 일이다.

"저기, 오요오 짱, 미안하지만 네 축음기를 네댓새만 빌려줄 수 없을까? 오또미가 날마다 너무 심심한지 좀 빌려달라던데……"

"네, 좋아요. 가져가세요."

하고 오요오는 주저없이 승낙했지만 그래도 제일 아끼는 코사부로오(小三郎)의 「쯔나야까따(綱館)」라든가 린쭈우(林中)의 「합승선」 등의 레코드는 일부러 숨겨놓고 건네주지 않았다. 그리고 바늘 놓는 법이니 태엽 감는 법을 일일이 설명하고 나서야 '겨우' 빌려주었다.

"그렇게 아끼는 물건을 빌려오면 안된다고 말했는데, 그만뒀으면 좋았을걸. 고장이라도 냈다가는 큰일이니 내일이라도 당장 돌려줘버려."

소심한 아버지는 저녁때 일터에서 돌아오자 거두절미 이렇게 말하며 어머니를 나무랐다.

"오또미가 하도 듣고 싶다니까 빌려온 거지, 뭐. 그렇다고 싫다는 걸 억지로 빌려온 것도 아니고."

어머니도 지지는 않는다.

"당연하지. 빌려달라는 걸 저쪽에서 거절할 수도 없잖아. 그러니 이쪽에서 적당히 해둬야지. 그렇지 않아도 줄곧 신세를 지는 판에 싫다는 걸 굳이 빌려오지 않아도 될걸."

"신세를 진다지만 내가 뭐 좋아서 신세를 지는 것도 아니고. 그게 싫으면 신세를 안 져도 되도록 해주면 될 것 아냐. 자기가 그렇게 남의 신세를 질 수밖에 없도록 해놓고는 툭하면 내 탓이나 하고 있으니. 안 쪼들리게만 해봐. 누가 좋아서 이러고 사는 건가……"

어머니는 언제나 하는 투정을 늘어놓더니 눈물을 뚝뚝 떨어뜨리며 소맷자락에서 구깃구깃한 휴지를 꺼내 코를 풀었다. 무능한 남편을 원망한다기보다는 이렇게 불평을 하면서 살아야만 하는 처지에 떨어진 자기 신세를 서글퍼하는 것 같았다. 사실, 이 집에서 밤마다 벌어지는 부부싸움의 결말은 언제나 어머니의 우는 소리로 막이 내리곤 했다. 성질 급한 아버지는 이마에 시퍼런 핏대를 세우고 무어라 고함을 질러대며 야단을 치다가도 어머니가 한마디 할라치면 갑자기 풀이 죽어 입을 다무는 것이 정해진 순서이다.

"식구들이 이런 나가야에서 살게 된 게 다 누구 때문이야!"

어머니가 이렇게 말하면 아버지는 한마디도 하지 못했다. 아버지도 어머니도 아들 쇼오자부로오나 딸 오또미 역시 태어날 때부터 가난뱅이는 아니다. 아버지가 마무로(間室) 가에 데릴사위로 올 때만 하더라도 상당한 재산을 물려받아 어머니는 아무런 부족할 것 없는 행복한 양갓집 규수였다. 그러던 것이 최근 20년 동안 줄줄 미끄러져 끝내는 이렇게 끼니마저 걱정할 지경이 되었다. 그것은 전적으로 아버지가 시원찮은 까닭이라고 어머니는 믿었다. 투기사업에 손을 댄다든가 방탕한 생활에 빠져 단번에 몰락한 것이 아니라, 나름대로 성실하게 부모의 사업을 물려받아 데릴사위의 본분을 지키고 있는 동안 자기도 모르게 세상의 흐름을 쫓아가지 못하는 내성적인 성격이 되어 점차 게을러졌고 조금씩 깎아먹듯이 신세를 망쳤으니, 요컨대 책임은 아버지의 무능과 안일함으로 돌아오건만 아버지는 여전히 자신의 약점을 충분히 인식하지 못한 듯했다. 성실하고 완고하며 소심한 그는 소극적인 도덕만 지키고 있으면 인간으로서 본분을 다한 것이니 그 이상의 행불행은 모두 운명이 정하는 일이라고 체념하고 있는 것 같았다. 다만 어머니에게서 정면으로 공격을 받을 때면 양심이 찔리기는 하는 모양이어서 미안하다는 표정으로 풀이 죽곤 했다. 이래서 싸움은 언제나 어머니의 승리로 돌아갔지만 이긴 어머니 역시 쾌재를 부를 만한 기분이 아닌 것은 물론이다. 이기면 이길수록, 아버지가 수그러들면 수그러들수록 자기가 더욱 한심스러워 결국은 어린애같이 '꼴사납게' 훌쩍여가며 구질구질한 잔소리를 늘어놓는 것이다.

축음기에 관한 언쟁 역시 결국 정해진 경로를 따라, 아버지는 면목없다는 듯 미간을 찌푸리고 어머니는 지긋지긋하다는 듯이 눈물을 훔쳐냈다.

"괜찮아요, 아빠. 내가 전에 오요오 쨩네서 축음기를 여러번 만져봤는데 한번도 흠 같은 건 낸 적이 없어. 내가 하면 되니까 다른 사람만 못하게 해주세요."

누워 있던 오또미가 이렇게 말하며 부모 사이에 끼어들었다. 그 무렵 그녀의 용태는 지금처럼 무겁지 않아서 침상에 일어나 앉아 기계를 만질 정도는 되었다. 조그맣고 칠이 벗겨진 잇깜바리(一閑張り, 종이를 바르고 그 위에 옻칠을 한 칠기의 일종—옮긴이) 책상 위에 기계를 올려놓고 때때로 엄마에게 태엽을 감아달라고 해서 그녀는 제가 직접 바늘을 갈기도 하고 레코드를 원반 위에 올리기도 했다.

"흐음, 그건 로쇼오(呂昇)의 「쯔보사까(壺坂)」로구먼…… 오또미, 지금 그거 한번 더 돌려봐. 역시 기다유우(義太夫, 기다유우부시(義太夫節)의 준말로 대가 굵은 샤미센을 사용하는 조오루리의 일파—옮긴이)라는 것도 이렇게 들으니까 좋구먼."

네댓새 지나고 나자 아버지도 싸움은 잊은 듯이 음반 소리에 귀를 기울이며 기분좋게 술을 들기도 했다. 어머니는 나가우따(長唄, 샤미센(三味線) 음악의 일종. 에도시대 카부끼 무용음악으로 발생—옮긴이)가 좋다며 이주우로오(伊十郎)라든가 오또조오(音藏)의 음반을 상자 안에서 찾아내어 오또미에게 올려놓으라고 했다. 병자를 위해 빌려온 물건이 오히려 부모의 위안거리가 되고 정작 딸은 기계를 다루는 기사에 불과한 경우도 있었다. 한 이십장 되는 음반이 매일 밤 질리지도 않고 반복되었는데, 시종 딸아이가 바늘을 움직이는 걸 보면서도 아버지도 어머니도 그걸 배워볼 생각은 전혀 하지 않고 애초부터 아예 겁을 먹고 손도 대지 않았다. 애처롭게 말라비틀어진 병든 소녀가 무거워 보이는 솜 둔 잠옷을 입고 병석에서 일어나 앉아 조용히 음반을 돌리는데 그 옆에서 아버지와 어머니가 고개를 떨어뜨리고 경청하는 모습은 어떻게 보아도 기이한 광경이었다. 그때의 딸의 얼굴은 마치 신기한 요술이라도 행하는 무녀처럼 오싹했고, 부모들은 또 그 마법에 걸린 사람들처럼 어리석어 보였다. 그렇게 축음기라는 물건이 보통사람은 전혀 알수 없는 영묘하고 신비한 기계라도 되는 것처럼 다뤄지고 있었다.

점차 오또미의 병세가 나빠져 몸을 마음대로 움직이지 못하게 되고부터는 대리기사가 없는 탓에 기계는 마침내 보자기에 싸여 장롱 위로 치워졌다. 그것을 덜렁이 쇼오자부로오가 제멋대로 끌어내렸으니 어머니도 동생도 기겁을 한다.

"그만두라면 그만둬야지, 쇼오자부로오! 대낮부터 축음기 소리를 울려대는 집도 없잖아! 게다가 너는 기계를 만져본 적조차 없고."

"축음기 정도 못 만지는 놈이 세상에 어디 있다고. 괜찮으니까 잠깐 이층에 가져갈게요."

쇼오자부로오는 이렇게 간단한 기계에 대해 법석을 떠는 어머니와 동생의 '인색한' 태도가 약이 올라 견딜 수 없었다. 뭐야, 바보같이. 요즘 세상에 축음기 같은 건 흔해빠졌건만 무슨 종기라도 만지듯 겁을 먹고 있어. 그렇게 걱정할 정도라면 아예 빌려오질 말든지. 거기다 빌려주는 사람도 그래. 이런 것 좀 빌려주면서 흠집을 내지 말라는 둥 태엽을 너무 꽉 감지 말라는 둥, 세상에 하나뿐인 귀중품이라도 되는 듯이 뻐기지 않아도 좋잖아. 어차피 쓰다보면 조금씩 낡게 마련이고. 그게 싫다면 이런 물건은 사질 말아야지.——이런 식으로 부아가 치밀자 쇼오자부로오는 무슨 일이 있어도 이 기계를 가져다가 마음껏 쓰고야 말겠다는 오기가 발동했다.

"엄마, 엄마, 안돼 오빠! 그 보자기를 이런 데다 펼쳐놓으면 먼지가 다 묻잖아!"

"그냥 내버려둬, 마음대로 하라고. 나중에 아버지 오시면 일러줄 테니 그렇게 알아라. 뭐야, 정말! 날마다 학교도 안 가고 집에서 빈둥빈둥하면서 어떻게 놀까만 궁리하고 있으니. 세상천지 어디에 그런 대학생이 있을까?"

어머니와 누이동생이 번갈아가며 악을 쓰는 것을 곁눈으로 보면서 쇼오자부로오는 유유히 상자를 이층으로 옮겼다. 창가에 탁자를 놓고 그 위에 기계를 맞춰보려 했지만 솔직히 말하자면 그는 어머니가 제대로 정곡을 찌른 대로 지금까지 축음기라는 것을 만져본 적이 없다. 대충 하면 할 수 있으리라고 '만만하게' 생각했지만 막상 해보려니 제법 복잡해서 좀처럼 마음대로 기계가 움직여주질 않았다. 조그만 기구들을 이쪽저쪽으로 끼웠다가 뽑았다가 하면서 한참 동안 속을 태우고 있자니까 아래서는 어머니와 동생이 안절부절못했다.

"쇼오자부로오, 너 도대체 뭐 하는 거야? 거봐! 할 수 있다고 큰소리치더니, 하지도 못하면서 억지로 만졌다가는 고장난다. 그러니까 내가 말했지. 하려면 밑으로 가져와서 오또미한테 물어가며 하면 좋잖아. 어서 쇼오자부로오, 그렇게 하라니까!"

쇼오자부로오는 '불끈' 열이 올라 어떻게든 기계를 움직여보려 기를 썼지만 어디서 조립이 틀린 것인지 아무리 해도 바늘이 제대로 음반 위를 달리지 않았다. 한숨을 쉬어가며 이마의 땀을 손등으로 훔쳐가며 원망스럽게 기계를 바라보고 있는 동안 그는 견딜 수 없이 서글퍼져서 눈에 하나 가득 눈물이 고였다.

'병신! 이런 걸로 우는 놈이 어딨냐!'

그는 마음속으로 자신을 질타했다. 어머니나 누이동생 같은 가여운 이들과 고집을 겨루다가 운다는 것이 그에게는 약 오르기 짝이 없었다. 자기보다 못한 사람들에 대해 그는 언제나 마음의 냉정함을 유지하고 싶었다.

"아버지 어머니가 무슨 소릴 한대도 오빠는 '아예' 무시해버리니까 안되는 거야. 좀더 그럴듯한 인간에게서 호되게 야단을 맞지 않으면,

저래 가지곤 좀처럼 뭘 모르는 거지……"

아래쪽 방에서 또 누이동생이 시건방진 말투로 잔소리를 한다. 그 소리를 들은 쇼오자부로오는 가슴이 메슥거리는 듯한 불쾌함과 분노를 느끼며 단박에 조금 전의 슬픔을 잊어버리고 말았다.

"저런 나쁜 년, 제멋대로 지껄이는구먼. 누가 뭐래도 너 같은 것한테 축음기 만지는 법 따위를 배울 줄 알고? 그럴 정도면 이 기계를 차라리 엉망진창으로 부숴버릴 테니 두고 봐!"

그는 다시 용감하게 일단 포기하려던 기계를 조립하기 시작했다. 그러자 이번에는 웬일로 제대로 바늘이 돌아갈 것 같아 "키요모또(淸元)「호꾸슈우(北洲)」, 심바시(新橋) 기녀 코시즈(小しづ)"('키요모또'는 일본 고유의 음악인 조오루리의 유파명. 섬세하고 애절한 것이 특징이다——옮긴이)라고 적힌 음반을 올려놓고 틀기 시작했다. "봄안개 에몬자까, 옷깃 가다듬고……" 요염하고 풍성한 여자의 육성이 엄청나게 높은 소리를 내며 명랑하고 기세좋게 노래를 부르기 시작하자 쇼오자부로오는 팔짱을 끼고 빠져들었다. 어머니와 누이동생도 말소리를 줄이고 갑자기 정숙해지고 말았다.

"봐, 어때? 축음기 따위는 누구라도 만질 수 있는 거라고. 꼴들 좋다."

쇼오자부로오는 회심의 미소를 지으며 꿀꺽 침을 삼켰다. 어쩐지 최근에 없던 통쾌한 일이라도 되는 듯 느껴져 노래 리듬에 맞추어 고개를 흔들고 팔을 움직이며 한창 흥이 났는데 "…… 버들벚나무 한창인 마을, 어느샌가 꽃도 져버리고……" 하는 부분에 와서 점차 소리가 이상해지더니 느닷없이 음반이 멈춰서고 말았다. 태엽이 지나치게 풀려서였지만 쇼오자부로오는 전혀 그 원인을 알 수 없었다. 시험 삼아 태엽을 대여섯번 조심스레 감아보았지만 음반은 소가 우는 듯한 기성을 지르며 잠깐 돌더니 다시 서버렸다.

"쇼오자부로오, 너 기계를 망가뜨린 거지? 이상한 소리가 나잖아! 엉, 야!"

어느새 아버지가 돌아온 모양으로 이층을 향해 밑에서 커다란 소리로 간섭을 하기 시작했다.

"너 할 줄도 모르면서 제멋대로 이상한 짓을 해서 기계를 고장낸 거 아냐? 야, 어이! 쇼오자부로오! 저런저런, 이상한 소리만 나고 전혀 움직이질 않잖아? 하려면 어서 기계를 밑으로 가지고 와서 잠깐 오또미한테 보여봐! 엉, 어서!"

이렇게 말하며 꽤나 걱정이 되는 듯 계단 아래쪽에 붙어서서 목울대를 울려가며 끈질기게 소리를 질렀다.

"안 봐줘도 돼요. 상태가 안 좋은 건 기계가 낡아서 그런 거니까……"

괜한 소리를 해가며 쇼오자부로오는 오기가 나서 기계를 덜거덕덜거덕 하고 난폭하게 흔들어댔다. 그 소리를 들으면 틀림없이 아버지가 난리를 칠 것이라고 예측하고 있으려니 아니나다를까, 이번에는 더욱 요란하게

"야, 야, 대체 뭘 하고 있는 거야? 왜 그렇게 덜거덕거리고 있냐고?──너라는 놈은 남의 물건이고 뭐고 상관없이 그렇게 마구 다루니 참 문제야. 모르겠으면 적당히 그만두지 못해?"

그때는 이미 쿵, 하는 격렬한 소리가 이층에서 울려왔고 쇼오자부로오가 갑자기 불안한 목소리를 냈다.

"이 기계는 처음부터 고장나 있었어. 여기저기가 망가져서 아무리 해봤자 움직일 리가 없다고."

마침내 내가 망가뜨려버렸다! 뭐라고 변명을 해봤자 내가 저지른 짓임에 틀림없어. 아마도 엄마가 창백하게 질린 얼굴로 부서진 도구를

정성스레 니홈바시에 옮겨다놓고는 "오요오 짱, 정말 미안하지만 네가 그렇게나 소중히 여기는 물건을 우리집 쇼오자부로오가 이러쿵저러쿵……"해가며 저두평신(低頭平身)하고 사과를 하겠지. 그러면 그 '얄미운' 오요오가 뭐라고 할까? 나에 대해 어떤 생각을 하게 될까?——그런 것까지 상상하자 쇼오자부로오는 새삼스레 기분이 나빠지고, 타인의 '인색함'을 조롱하기보다는 남이 빌려온 물건을 몰래 사용하려던 자신의 비열한 근성이 생생하게 눈앞에 드러나는 듯한 기분이 들었다.

"처음부터 고장나 있기는!"

아버지는 아직도 계단 아래 꼼짝않고 서서 고함을 질렀다.

"자기가 잘못해놓고는 어떻게 고장나 있었다는 둥 하며 둘러댈 수 있는 거지? 지난번까지 아무렇지도 않게 '제대로' 움직였잖아. 정말 큰일이구면. 니홈바시에 돌려주려 해도 할 말이 없으니……"

점점 힘이 빠진 졸아든 목소리를 내기 시작하다가 오또미가 옆에서 무어라고 했는지

"쇼오자부로오, 너 혹시 태엽을 안 감은 것 아니냐? 어쩌면 태엽이 너무 풀렸을지도 모르니까 더 잔뜩 감아보라고 오또미가 그런다. 야, 어이, 태엽을 안 감은 것 아니냐고?"

"태엽 같은 건 충분히 감았다니까."

이렇게 말하며 쇼오자부로오는 어차피 망가뜨린 기계다 싶어 꽉꽉 힘을 주어 '나사'를 돌리자 신기하게도 점차 원반이 빙글빙글 돌기 시작하면서 다시 생생한 코스즈의 미성이 사방에 낭랑하게 울려퍼졌다.

"그거 봐. 고장나거나 한 게 아니잖아. 역시 태엽이 풀렸던 거지."

아버지는 가까스로 안심한 듯한 어조로 말했다.

"그러니 진작 나한테 말을 했으면 좋잖아? 정말 똥고집은 알아줘야 한다니까."

언제나처럼 콧대가 높아져 더더욱 잘난 체해대는 듯한 동생의 말이 귀에 들어오자 쇼오자부로오는 약이 올라서 견딜 수가 없었다. 저런 '밉살스러운 년'이 뻐기게 만들 바에야 아예 기계가 정말 고장이 나버렸으면 싶을 정도였다.

기껏 기계가 움직이기 시작했건만 오히려 기분은 더 나빠져서, 그는 전혀 즐겁지가 않았지만 음반은 한층 더 명랑하게 울리며 거리낌없이 매끄럽게 노랫가락을 뽑아냈다. 키요모또에서 토끼와즈(常磐津, 조오루리의 유파명. 카부끼와 연결되어 발전했다—옮긴이), 기다유우, 나가우따 하는 식으로 갖가지 음반을 이것저것 번갈아가며 들어보았으나 태엽 소동 이래 어딘지 마음에 응어리가 있어 평소처럼 감흥이 일지 않는다. 이따금 홀려버릴 듯한 구절들이 귀에 들려 잠깐 망아의 경지에 헤매어들라치면

'뭐야, 네 꼬락서니는? 부모니 누이동생을 상대로 험상궂게 빼앗아온 축음기가 너는 그렇게 좋냐? 그런 것말고는 세상에 다른 즐거움이 없단 말이야?'

이런 속삭임이 가슴 깊은 데서 솟아나 결국 자신의 야비함에 정나미가 떨어지는 듯한 기분이 들었다.

그렇지만 그는 가족에 대한 '오기' 때문에 재미도 없는 것을 참아가며 한동안 계속할 수밖에 없었다. 그러다보니 한층 자기가 하는 일이 무의미하게 여겨져 참을 수 없이 부아가 치밀어올랐다. 있는 음반을 모조리 다 듣고 마지막으로 남은 "찌하야부루(千早振る, 라꾸고(落語) 작품의 하나—옮긴이)"라는 코산(야나기야 코산(柳家小さん), 토오꾜오 출신의 라꾸고가—옮긴이)의 만담을 올려놓았는데 그것이 뜻밖에도 우스꽝스럽기 짝이 없는 그야말로 기상천외한 것이었다.

"……자아, 킨 상, 이리로 들어와. 그럼 저 뭐야, 당신은 나리히라의

노래(和歌)를 모르겠다는 건가? 분명히 노래는 찌하야부루 카미요도 듣지 않는 타쯔따가와(龍田川)……"

느닷없이 귀에 익은 코산의 음성이 나팔소리 끝에서 튀어나와 이런 소리를 수다스레 늘어놓는데 너무나 어처구니가 없어 쇼오자부로오는 무심결에 "우하하하" 하고 배 밑바닥에서부터 끓어오르는 웃음을 터뜨렸다. 웃고 나서 갑자기 찡그린 표정이 되더니 괜스레 배신감 같은 것이 들어 바로 기계를 멈췄다.

풀이 죽은 그는 방 한가운데에 대자로 벌렁 드러누워버렸다. 그 순간에,

"코산은 정말 잘해."

하는 혼잣말이 언제나처럼 입 밖으로 흘러나왔다.

2

축음기 도구들을 늘어놓은 채 그는 해가 질 때까지 비몽사몽하며 지냈다.

"어이, 쇼오자부로오, 일어나라, 일어나지 못해?"

이런 소리에 눈을 뜨니 아버지가 험상궂은 얼굴로 머리맡에 서서 발끝으로 그의 엉덩이를 툭툭 차고 있다.

'아무리 아버지라도 자기 자식을 깨우면서 발로 찰 거야 없지, 정말 교양 없는 인간이라니까.'

쇼오자부로오는 '발끈'했지만 생각해보면 아버지를 이렇게 거칠고 야만스러운 인간으로 만들어버린 것은 모두 그 자신의 잘못이었다. 그의 아버지는 결코 옛날부터 이렇게 난폭하고 자식에게 냉혹한 인간이

아니었다. 지금도 누이동생 오또미라든가 어머니, 혹은 다른 이들에게 는 오히려 경멸을 당할 정도의 호인이었지만 오직 맏아들인 쇼오자부로오에게만은 맹수처럼 뻐기고 싶어했다. 틀림없이 그것은 쇼오자부로오가 지나치게 부모의 권위라는 것을 무시하며 덤벼들어 이것저것 아버지의 성격을 비틀어놓은 결과이다. 하다못해 표면적으로나마 아버지의 얼굴을 좀 세워주면 좋을 것을, 그는 '겨우' 그 정도도 참지 못하고 너무나 냉정하게 대하는 바람에 아버지 쪽에서도 '이런 망할!' 하는 심정이 되었다.

'아버지를 교양 없다고 욕하기 전에 교육받은 나부터 태도를 고치는 것이 좋아. 그렇게 하면 아버지도 점차 마음이 풀려 서로 감정이 통하게 될 게 틀림없어.'

그는 이런 이치를 너무나 잘 알고 있었다. 참을성있게 아버지에게 조금만 잘하면 자신의 양심도 좀 편안해질 것이라 생각하지 않는 것도 아니었다. 알면서도 일단 아버지의 얼굴을 보면,——혹은 잔소리라도 한마디 들었다 하면, 이상하게도 바로 옹고집이 생기면서 도저히 점잖게 복종할 수가 없어졌다.

아버지를 경멸한다고 해도 물론 적극적으로 악다구니를 퍼붓거나 팔을 걷어붙인 적은 없다. 그럴 수 있다면 그는 아마도 아버지에 대해 그 정도로 불쾌감을 품지 않아도 되었으리라. 아버지를 완전히 타인처럼 느끼고 타인처럼 대할 수 있었다면 그는 조금 더 행복해질 수 있었을 것이다. 자신을 욕하는 자가 타인이었다면 그는 용서 없이 되받아 욕을 했을 것이다. 오해하는 자가 타인이었더라면 그는 곧장 변명을 하려 들었으리라. 가련한 자, 경멸스러운 자, 가난한 자가 타인이었다면 그 는 그 사람을 위로하거나 경원하거나 자비를 베풀 수 있었으리라. 경우에 따라서는 그 사람과 절교할 수도 있었을 것이다. 하지만 바로 그 사람이 육친인 아버지인 까닭에 정말 어찌할 도리가 없는 것이다.

쇼오자부로오가 아버지에 대해 속수무책인 까닭은 반드시 그가 도덕적이어서는 아니다. 도덕이라는, 일정하게 굳어진 단어로는 도저히 설명할 수 없는 어떤 이상하고 가슴이 답답하고 머리를 짓눌리는 듯하며, 어둡고 서글프고 부아가 치미는 감정이 언제나 아버지와 그 사이에 끼어 있어서 그는 암만해도 마음을 열 수가 없었다. 어쩌다 아버지 앞에 나서면 무작정 반항심이 솟아나 불만이나 짜증이 울컥울컥 치밀어오른다. 그런데 아버지의 여위고 수척한 얼굴엔 어딘지 어둡고 남에게 연민을 불러일으킬 만한 애처로운 그늘이 있어서 그 때문에 쇼오자부로오는 말도 못하고 꼼짝을 할 수 없게 되어버린다. 이 늙은이의 혈액 속에서 자신이라는 놈이 태어난 건가 생각하면 어쩐지 견딜 수 없는 기분이 들면서 한순간에 온몸이 굳어버린다.

"스물대여섯이나 된 놈이 날마다 학교나 빼먹고 도대체 너는 어쩔 셈이냐, ……어쩔 셈이냐고!"

때로 그는 할 수 없이 아버지 옆에 불려가서는 꼬치꼬치 힐문을 당하고 잔소리를 듣곤 했다. 그런 경우 쇼오자부로오는 얼굴을 맞대고 앉아 언제까지나 입을 다물고 대답을 하지 않았다.

"너도 이제 어린애가 아니니 무슨 생각이 있겠지. 어이, 도대체 어쩔 생각으로 날마다 빈둥빈둥 놀고만 있는 거냐? 생각이 있으면 말을 좀 해봐."

이런 식으로 아버지는 치근치근 다가앉지만 두시간이고 세시간이고 쇼오자부로오는 입을 꽉 다문 채로 버티고 있었다.

'생각이야 있지만 설명해봤자 이해 못할걸요.'

하고 그는 마음속에서 중얼거릴 뿐 결코 입을 열려 들지 않는다. 그렇다고 일시적으로 마음이나 편하자고 아무 소리나 늘어놓아 아버지를 안심시킬 생각도 없다. 그런 생각을 할 만한 여유가 없을 만큼 그의 마음은 참담한 심정으로 가득 차 있다. 끝내는 아버지가 참지 못하고 욕설이라도 퍼부을라치면 쇼오자부로오는 마음속에 가득 찬 반항심을 가능한 한 명료하게 표정과 태도로 과시하려 들었다. 예컨대 더없이 불량한 표정으로 눈을 부릅뜬다든가 상대방이 정신없이 화를 내고 있는 참에 커다랗게 하품을 해대든가 했다.

"쯧."

하고 아버지는 혀를 차며

"정말 뭐 이런 놈이 다 있냐. 부모한테 꾸중을 들으면서 하품을 하는 놈이 어딨어? 우선 네 그 얼굴이 뭐냐? 어디서 그런 불어터진 얼굴을 하는 거냐고?"

이런 소리를 들으면 비로소 쇼오자부로오는 가슴이 좀 풀리는 듯했다. 요컨대 자기의 표정과 태도의 의미가 아버지의 신경에까지 가닿았다는 것을 발견하고 가까스로 반항의 목적을 이루었다는 듯이 마음이 가라앉았다.

"정말 이래 가지고야 어디 기가 막혀서 말이 안 나온다. 아까부터 입에서 쓴물이 나도록 묻고 있는데 입을 꽉 다물고만 있으니 고집불통인지 멍청이인지 알 수가 없어…… 이제부터 그 뭐야, 정말 정신을 차리고 제대로 해야 해. 지금까지처럼 늦잠도 자지 말고 아침에는 여섯시나 일곱시엔 일어나고 날마다 학교엔 꼭 나가도록 해. 그리고 앞으로는 그렇게 제멋대로 아무데서나 자고 다니는 것도 안돼. 나갔다 하면 사나흘씩이나 자고 들어오는 게 말이 되냐? 지금부터 반드시 고치지 않으면 용서하지 않을 거야……"

결국 아버지는 한발 물러서서 약간 사정하는 투로 이런 말을 남기고 쇼오자부로오를 놓아준다. 이때쯤 되면 역시 아버지의 눈가에는 언제나 눈물이 비치곤 했다.

'눈물을 보일 정도면 왜 좀더 따스한 말을 걸어주지 않았을까? 그리고 나도 어째서 조금 더 고분고분한 태도를 보이지 못한 걸까?'

이렇게 생각하면 쇼오자부로오는 또다른 서글픔이 '사무치게' 가슴을 에는 듯했다. 차라리 아버지가 끝까지 완강한 태도를 보이는 편이 오히려 이쪽으로서는 마음이 편했다.

하지만 이런 슬픔이란 '기껏' 하루 혹은 반나절 정도였고 이튿날 아침 아버지가, 자고 있는 자신을 깨우기라도 하면 금세 전날과 마찬가지 생각이 그의 머리를 지배한다. 그리하여 변함없이 오기라도 부리듯이 정오 가까이까지 늦잠을 자거나 사나흘씩 집을 비우기도 한다.

'그렇게 아버지가 싫으면 어째서 나는 이 집을 뛰쳐나가버리지 않는 건지. 아버지와 크게 한번 싸우고 아예 의절이라도 당해서 영원히 관계를 끊어버리지 않는 건지. 이런 지저분한 나가야에 있느니 있을 만한 곳은 세상에 얼마든지 있지 않을까? 설령 떠돌이 생활을 하며 어떤 처지에 떨어진들 지금보다는 행복하지 않을까?'

그는 이렇게 결심하고 이미 몇번이나 가출을 꾀하기도 했다. 헌책을 내다 팔고 친구에게 돈을 빌리고 하여 약간의 여비를 마련해서 훌쩍 집을 나간 채 열흘씩, 스무날씩이나 여기저기를 떠돌아다닌 적도 있다. 하지만 열흘이고 스무날이 지난 후, 결국 그는 토오꾜오로 돌아올 수밖에 없었다.

'내 한 몸뚱이, 아무려면 어때. 나에겐 부모도 친구도 없어.'

이렇게 생각은 해보지만 그에겐 역시 자신을 낳아준 부모의 집이, 설사 아무리 남루하다 해도 아무리 불쾌함으로 가득 차 있다 해도, 마지막 안식처였다. 자신이 태어난 땅을 그리고 자신이 자란 집을 사랑하는 맹목적인 본능이 언제나 마음 어디엔가 숨어 있어서 기세등등 떠돌이 삶으로 용맹정진할 혈기를 꺾어놓곤 했다.

'나는 평생 다시는 이 집으로 돌아올 수가 없는 거야. 어느 들판 끝자락이나 산속에서 쓰러질지라도 나를 돌봐줄 사람은 없는 거지. 나는 이제 죽을 때까지 아버지 얼굴을 볼 수가 없어. 어린 시절 나를 안고 자고 나에게 젖을 먹이던 어머니도 다시는 만나지 못하는 거다.'

여기까지 생각을 밀고오면 그는 하염없는 떠돌이 인생에 불안을 느꼈다. 그리하여 또다시 아버지와 으르렁거리기 위해 핫쪼오보리 누옥으로 돌아왔다.

이렇게까지 자신의 마음을 구속하고 있는 부모라는 존재와의 끈질긴 인연을 깨달으면 깨달을수록 그는 한층 더 그 인연을 저주하고 또한 두려워했다. 끊임없이 부모를 미워하면서도 끝내 부모의 손을 떠나지 못하는 자신의 의지박약에 분노했다.

"어이, 쇼오자부로오, 일어나라, 안 일어나냐?"

아버지는 여전히 고함을 쳐대며 연달아 그의 엉덩이를 발로 걷어찼다.

"또 낮잠이나 퍼자고 있어…… 거기다 이 꼴이 도대체 뭐냐! 축음기고 뭐고 꺼냈다 하면 그대로고 치울 줄을 모르니…… 썼으면 제대로 치워야 할 것 아냐!"

쇼오자부로오는 멍한 눈을 천장으로 향한 채 얄밉게 하품을 해보이며 아직 졸리다는 듯이 엎어져 있었다. 기실 의식은 이미 분명했지만 이런 경우 순순히 일어나는 것이 싫어 일부러 심술궂게 굴었다.

"일어나라면 일어나라고, 이놈아!"

마침내 아버지는 더 참지 못하고 거칠게 쇼오자부로오의 팔목을 붙잡더니 팔이 빠질 만큼 끌어당겼다. 그러더니 품에서 전보 한통을 꺼내 아들 코앞에 들이밀었다.

"……어이, 정신 못 차리겠냐? 어디서 온 건지 모르지만 너한테 전보가 왔다고. 누군가 네 친구가 죽은 모양이야."

"흐응."

쇼오자부로오는 건성으로 답하며 아버지의 손에서 전보를 받아들었다. 그는 친구의 죽음에 놀라기보다 우선 자기 앞으로 온 전보를 마음대로 개봉한 아버지의 무례함에 기분이 나빴다. 더구나 그것은 오늘 시작된 일이 아니라 요즈음 그에게 오는 편지들은 대개 아버지가 봉투를 뜯고 내용을 검사했다.

"도대체 이건 누구냐? 전보를 칠 정도면 너랑 꽤나 친하게 지냈던 거지?"

"그렇게 친한 것도 아냐."

쇼오자부로오는 여전히 불끈 화를 내며 불퉁스러운 대답을 한다.

"친하지 않은 사람이 죽었다고 전보를 보낼 리가 없잖아? 응, 어이, 어떻게 된 거야?"

"어떻게 된 건지 몰라요."

"모른다는 게 뭐야? 그 말투가 도대체 뭐냐?"

아버지는 까닭 없이 화를 내며 금세 물어뜯기라도 할 듯한 기세였지만

"……사람이 묻는데 제대로 말대답도 안하니 원."

언제나처럼 입속으로 구시렁구시렁 불평을 해대며 어슬렁어슬렁 계단을 내려갔다.

스즈끼, 오늘 아침 9시 사망

이라고 전하는 전보를 손에 든 채 쇼오자부로오는 잠시 멍하니 생각에 잠겼다. 스즈끼의 죽음은 그에게 그다지 뜻밖의 일도 아니고 그다지

슬픈 일도 아니다. 그는 다만 자기가 스즈끼라는 학생과 가까워지게 된 경위를 떠올리며 그의 죽음이라는 것에서 일종의 기이한 운명의 장난을 발견할 따름이었다.

스즈끼는 이바라끼 현 부농의 아들로 요즘 학생 가운데 보기 드물게 품행방정하고 우정이 돈독하며 두뇌가 명석한 남자였다. 친구들 사이에 그만큼 덕망이 있고 그만큼 존경받고 애모의 대상인 청년은 없었다. 문과에 적을 둔 쇼오자부로오는 고등학교 시절 법학과의 스즈끼와는 깊이 사귈 기회가 없었지만 대학에 들어온 해 늦가을, 어느날 쇼오자부로오가 5엔 정도의 돈이 필요해 궁지에 몰렸을 때였다. 그는 그날 저녁 오후 여섯시까지 시모야의 이요몬이라는 곳에서 열리는 중학교 동창회에 어떻게 해서든 5엔의 회비를 만들어 출석해야만 했다. 애초에 중학교 동창회를 이요몬에서 한다는 것이 지나친 사치였지만 담당 간사가 된 쇼오자부로오가 굳이 그렇게 주장하여 여러사람의 뜻을 무시하고 채택했던 것이다.

"맨날 1엔씩 회비를 내서 스시나 도시락을 먹는다는 건 너무 초라하잖아? 이번엔 어디 게이샤라도 좀 부르고 성대하게 한판 놀아보면 어떨까? 뭘 그래, 이봐, 한 5엔씩만 회비를 걷으면 충분할 텐데."

이런 의견을 그는 자신만만하게 내놓았다. 많은 이들이 마땅찮은 기색이었지만 회원 가운데서도 슬슬 노는 맛을 들인 부잣집 아들이나 조금은 여유가 생긴 상점의 후계자들 같은 일고여덟 명의 건방진 녀석들이 하나가 되어 쇼오자부로오를 밀었다.

"그렇고말고, 1엔 2엔으로는 모임다운 모임은 할 수가 없어. 회비 5엔을 못 낸다면 낼 수 있는 사람들만 모여서 일고여덟 명이 그냥 유지들의 간담회를 하면 되잖아. 회의장은 너에게 일임할 테니 카메세이라도 좋고 후까가와정(亭)이라도 좋고 맘대로 골라줘."

하고 그들은 반쯤 장난으로 말했다. 쇼오자부로오의 발의에 찬성하는 자나 반대하는 자나 쇼오자부로오가 5엔도 내기 어려운 가난뱅이인 줄은 몰랐다.

"그렇다면 시모야의 이요몬으로 하지. 야나기바시는 아무래도 잘 모르겠지만 시모야라면 우리 대학생들의 나와바리잖아."

쇼오자부로오는 꽤나 놀아본 사람 같은 소리를 해대며 회원들을 속여넘겼다. 그러고는 서둘러 의논을 마무리지었다.

일단 마무리는 지었지만 정작 쇼오자부로오 자신이 5엔의 회비를 낼 수 없다는 것은 처음부터 알고 있었다. 큰소리를 땅땅 쳤지만 그는 기실 이요몬이니 하는 곳에 아직 단 한번도 가본 적이 없다. 만약 개회 당일까지 회비를 마련할 수 있으면 좋고 아니면 꾀병이라도 부려 안 가면 그만이라고 마음을 먹고 있었다. 그런데 그날 저녁 혼고오(本郷) 큰길에서 그는 운좋게 스즈끼를 만났다.

"마무로 군, 오랜만이야."

하며, 언제나처럼 단정하게 교복에 교모를 쓰고 지금 막 대학 정문을 나온 스즈끼는 별 생각 없이 쇼오자부로오의 얼굴을 보고 빙긋 웃었다. 생각해보면 그때부터 스즈끼는 이미 어딘지 그림자가 엷었다.

마침 두 사람 모두 산쪼오메 전차 쪽으로 걸어가는 참이었다. 그들은 예기치 않게 보도 위를 걸으며 무언가 열심히 이야기를 나누었다. 쇼오자부로오는 마음속에 있는 이야기를 꺼내기 전에 한동안 망설였지만 마침내 네거리에 와서 스즈끼가 작별인사를 하려는 참에

"스즈끼 군, 미안하지만 혹시 5엔 정도 있으면 좀 빌려줄래?"

하고 얼굴을 붉히며 말했다. 스즈끼와 자신의 지금까지 더없이 소원한 관계를 떠올리면 그는 참말 철면피하고 느닷없는 자신의 행동이 부끄럽기 짝이 없었다.

"글쎄, 마침 여기 5엔이 있긴 있는데……"

사람 좋은 스즈끼는 상대방의 마음을 확실히 파악하지 못한 듯 떨떠름한 표정으로 말했다. 쇼오자부로오는 '됐다'고 생각했다.

"빌려줘도 되긴 하지만 다음주 금요일까지는 반드시 갚지 않으면 곤란한 돈인데."

"문제없어. 금요일까지는 반드시 갚을게."

"그럼 자네, 틀림없이 갚을 거지? 만약 안 갚으면 정말 큰일나거든."

스즈끼는 몇번이나 다짐을 하고 5엔짜리 지폐를 쇼오자부로오의 손에 건넸다.

"고마워. 다음주엔 꼭 마련해서 가져올게. 마침 오늘은 좀 바빠서 돌아다닐 틈이 없어서 말이야. ──그럼 자, 안녕."

하고는, 그는 우에노 대로 쪽으로 기세좋게 걸어가버렸다.

'결국은 5엔을 빌리고 말았군. 다음주 금요일까지 내가 이 돈을 갚을 수 있을까 몰라. 저 녀석이랑 절교라도 하게 되는 불쾌한 일이 없어야 할 텐데…… 내겐 정말 나쁜 버릇이 있다니까.'

빌리자마자 곧바로 쇼오자부로오는 그렇게 생각했다. 자기는 어째서 쓸데없는 허영심에 사로잡혀 돈이 있는 것처럼 꾸미거나, 보나마나 돌려줄 '기약'도 없는 것을 남에게서 빌리곤 하는 것일까? 어째서 그때 스즈끼에게 돈을 빌려달라고 했을까? 왜 그때 좀 참지 못했을까? ──그는 자기 행위를 후회한다기보다는 차라리 자신의 성격에 고착된 결함을 탓하고 싶었다.

후회라고 하면 언제나 개전(改悛)이 동반되는 법이다. 하지만 그는 자신의 행위를 비판하긴 하면서도 그것을 고치려는 결심에는 이르지 못했다. 고치고 싶어한들 도저히 자신이 고치지 못하는 성격이라는 것을 너무나 잘 알았다. 만약 다시 한번 지난번의 일 같은 경우를 만난다

해도 자기는 분명히 마찬가지로 이요몬 모임을 주장하거나 스즈끼의 돈을 우려내거나 했을 게 틀림없다. 자신의 후회가 진실이라면 이참에 빌린 돈을 쓰지 말고 두었다가 이요몬의 모임에 빠지고 다음날 스즈끼에게 돌려줘버리면 되지만 쇼오자부로오에겐 아무래도 그럴 의사가 없다.

'스즈끼 문제는 다음주 금요일까지 시간이 있어. 그때까지 어떻게 될 것이고 안된다 하더라도 한두달 좀 어색하게 지내면 되는 거야. 어차피 흐지부지 끝날 텐데.——최악의 경우라 한들 절교당하는 정도인데 뭐.'

이렇게 마음을 먹자 그는 금세 배짱이 생겨 전혀 마음에 거리낌이 없었다. 그러고는 바로 이요몬으로 달려가 술에 취해서 게이샤를 불러 노는 동안 점차 흥이 나 어쩔 줄을 몰랐다. '5엔 빌리기를 정말 잘했다'고 그는 남몰래 마음속으로 중얼거렸다.

'나는 친구에게 사기를 쳐서, 말하자면 남을 기만한 돈으로 놀고 있는데 어쩌면 이렇게 재미있을까? 다음주 금요일이면 자신의 꼼수가 들통날 텐데 어째서 그것이 걱정되지 않는 것일까? 아마도 세상에 나처럼 도덕관념이 없는 인간은 없을 거야. 나는 무엇보다 의지박약인데다 천성적으로 도덕관념이 마비된 일종의 광인임에 틀림없어.'

그는 스스로의 병적인 정신상태가 이상하게 여겨져 자신은 틀림없이 미치광이라고 믿을 수밖에 없었다.

약속한 금요일이 될 때까지 그는 한두번 스즈끼네 하숙에 놀러 갔지만 수요일부터 갑자기 모습을 감추었다. 금요일이 되자 그는 온종일 핫쪼오보리 이층에 틀어박혀 움츠리고 있었다. 이제 그날부터 당분간 학교는 물론 혼고오 거리조차 오갈 수 없었다. '그 일을 부디 부탁합니다'라는 메모가 두세번 왔지만 그는 답장조차 보내지 않았다. 갚으려는 성의도 없고 능력도 없는 그로서는 굳이 변명할 말도 없으니 결국 상대방이 정나미가 떨어지든지 포기해버리든지 자연스레 정리가 될 때까지 버려둘 수밖에.

그는 자신을 배은망덕한 미치광이라고 포기하면서 상대인 스즈끼의 도덕심을 대단히 깊이 신뢰했다. '그 녀석은 그렇게 언제까지나 나를 원망하고 있을 만큼 속 좁은 인간이 아닐 거야. 속은 것을 분개하면서도 나의 신의 없음을 친구들에게 떠들고 다닐 만큼 비열한 근성도 아닐 거고.'——그는 스즈끼의 인격을 자기 편한 대로 해석하면서 자신의 나쁜 짓이 흐지부지 묻히기를 바랐다.

하지만 현실은 그의 희망대로 전개되지 않았다. 믿고 있던 돈이 돌아오지 않자 몹시 당황한 스즈끼는 쇼오자부로오를 잘 아는 두세명에게 은밀히 사정을 호소하여 간접적으로 넌지시 재촉해주기를 부탁했다. 일고(一高)의 기숙사 시절 쇼오자부로오와 같은 방을 썼던 법과의 S라든가 공과의 O, 정치과의 N 등 그 이야기를 들은 사람들은 모두 하나같이 쇼오자부로오를 경멸하고 욕했다.

"흐응, 그 녀석이 자네한테까지 그런 폐를 끼쳤구먼. 어쩐지 요즘 전혀 얼굴을 안 비친다 했더니 그놈이 또 그런 짓을 했단 말이야?"

정치과의 N이 질렸다는 듯이 말했다.

"나한테는 벌써 작년부터 발길을 끊었어.——한때는 매일같이 찾아와서 스자끼니 요시와라니 뻔질나게 나를 끌고 다녔는데 한번도 제가 돈을 낸 적이 없지. 몽땅 남한테 뒤집어씌우고 덤으로 내일 갚는다며 나한테서 15엔을 빌려가고는 끝이야. 유령처럼 사라져버렸다고. 정말 마무로한테는 바보처럼 당했지."

공과의 O가 자신의 어리석음을 조소하듯 약간 우스꽝스럽게 말했다.

"그렇다면 자네들도 이상하구먼. 마무로에게 그렇게 당하면서 잠자코 있을 일은 아니지 않은가? 이쪽에서 그 녀석 집으로 몰려가서 엄중하게 담판을 지으면 될 것 아닌가. 자네들이 가기 어렵다면 내가 대신 가줄게."

법과의 S가 못 참겠다는 듯이 말했다.

"아니, 그만두는 게 좋을걸. 애당초 돈이 있었으면 남을 속일 리도 없겠지만 아무래도 녀석의 집이 엄청나게 어려운 모양이니까. 나도 가본 적은 없지만 핫쪼오보리의 뒷골목 나가야라고 하잖아. 아무리 그래도 그런 고약한 곳까지 쳐들어갈 수야 없지."

이렇게 말하며 N은 불쾌하다는 듯이 미간을 찡그렸다. 그만은 쇼오자부로오의 고질적인 버릇을 알면서도 너그럽게 봐넘기며 아직껏 어울리고 있었다.

"아니, 사실은 나는 너무 약이 올라서 한번 찾아간 적이 있어."

O는 부끄러운 듯이 말하며 머리를 긁적였다.

"작년 겨울이었는데…… 나는 토오꾜오를 그다지 잘 모르지만 그런 복작복작한 시따마찌(下町)는 처음 가봤어. 좁은 골목길을 몇개나 돌아들어가는 정말 찾기 힘든 뒷골목 안이었는데, '이런 나가야에서 대학에 간 사람은 마무로 상네 아들뿐'이라면서 이웃 사람들이 알려줘서 겨우 찾았어. 가서 보니 자네 말대로 정말 초라하고 더러운 집이더군. 빈민굴이나 별 차이가 없는 집이라서 담판이고 뭐고 할 용기가 안 나더라니까. 게다가 당사자는 한 열흘이나 집을 비우고 나이 먹은 아버지가 거꾸로 아들이 어디 있는지 나한테 물어보는 형편이니 말이야. 이쪽이 오히려 미안해져서 거의 기다시피 도망쳐나왔는걸. 그런 주제에 마무로는 자기가 날마다 게이샤 놀음이라도 하는 것처럼 말을 하니 참 어떻게 그럴 수가 있는지."

"물론 다 거짓말이야. 게이샤 놀음은커녕 틀림없이 그날 쓸 용돈도 없을걸…… 마무로도 바보는 아니니까 그 짓만 안해주면 좋을 텐데, 정말 기묘한 놈이라니까. 가끔씩 넌지시 충고를 하긴 하지만 만나보면 이야기가 청산유수에 언제나 천하태평이니 그냥 또 불쌍해서 만나기는 하는데. 아마도 마무로가 태연한 얼굴로 놀러 올 수 있는 건 나 정도가 아닐까. 인간이라는 것이 너무 가까워져버리면 선인인지 악인인지를 모르게 돼."

N이 변명이라도 하듯이 말했다.

"나는 5엔 정도 아깝지 않지만 이런 일로 그 사람과 절교를 한다는 것도 불쾌하니까 언제든지 형편이 좋을 때 갚으면 된다고 혹시 만나거든 전해주게나."

모두의 이야기를 듣고 난 스즈끼는 N에게 이렇게 말했다.

쇼오자부로오는 한달쯤 숨었다가 그후 재촉하는 엽서가 뚝 끊겨 스즈끼도 대충 포기를 했구나, 짐작했다. 어느날 정치과의 N 앞에 그가 불현듯 모습을 드러내더니 자신의 특기인 격언 섞인 농담을 아무렇지도 않게 늘어놓기 시작했다. N 역시 특별히 달라진 것은 없어 보였다. 언제나처럼 쇼오자부로오를 반겼고 저녁식사로 규우나베(牛鍋, 소고기가 들어간 일종의 전골요리—옮긴이)와 술을 대접하며 밤이 깊도록 잡담이 흥겨웠다. N은 스즈끼의 일에 관해 전혀 모른다, 하고 쇼오자부로오는 남몰래 가슴을 쓸어내려 안도하며 비틀거릴 만큼 취했다.

N도 마찬가지로 술에 취하여 친구들에 대한 인물평이니 문학상의 화제 등에 몰두하여 이야기를 나누었지만, 마침내 쇼오자부로오가 작별을 고하고 돌아가려 하자 현관입구까지 나오더니 갑자기 타이르듯이 말했다.

"참 그러고 보니 자네, 지난번부터 스즈끼가 무척이나 애를 태우던데. 자네가 스즈끼에게 반드시 갚아야 할 것이 있다면서? 큰돈도 아니니까 어떻게든 마련해서 빨리 갖다주게나. 자넨 언제나 그런 식이니까 곤란하다고."

N은 쇼오자부로오에게 이런 정도의 이야기는 아무렇지도 않게 할 수 있는 사이였다.

"아아, 이삼일 안에 갚으러 갈게. 모레나 글피쯤에는 틀림없이 갚으러 가겠다고. 스즈끼를 만나면 그렇게 전해주게나. 처음부터 안 갚으려고 작정한 건 아니니까……"

허를 찔린 쇼오자부로오는 안절부절못하며 동정을 구하는 듯한 비굴한 표정을 지었다.

"돌려줄 작정이라면 뭐라고 답장을 해야 할 것 아닌가. 몇번이나 편지를 보내도 꿩 구워먹은 소식이라고 스즈끼가 꽤나 화를 내던데. 자넨 요즘 정말 나쁜 버릇이 들었더구먼. S 같은 경우는 무척이나 분개하면서 반드시 한번 자네를 손보겠다고 한다니 조심하지 않으면 큰일나네. 한번 얻어맞는 편이 자넬 위해서는 오히려 약이 될지도 모르지만……"

"글쎄, 알았어, 알았다니까. 나도 미안하게 생각하는데 너무 잔소리를 해대면 짜증나니까 이제 그 이야기는 그만두게나. 모레 갚는다는데 왜 그래?"

"정말로 모레 갚는 거지? 자네 하는 소리는 믿을 수가 없으니 스즈끼에겐 아무 말 안하겠네. 그러니까 모레 못 갚게 되더라도 나한테는 사양 말고 놀러 오게. 가끔 자네 얼굴을 보지 않으면 나도 어쩐지 쓸쓸하거든."

"아니, 갚는다니까. 꼭 갚을 거야."

쇼오자부로오는 보기 드물게 정색을 하고 굽히지 않았다. 그는 반드시 모레까지 돈 5엔을 마련하겠노라고 마음에 다짐했다.

하지만 막상 모레 당일이 되자 그는 어느샌가 마음의 다짐을 감쪽같이 잊어버리고 온종일 이층에서 소설책을 읽고 있다가, 네댓새 후에는 다시 뻔뻔스럽게 어슬렁어슬렁 N의 집을 찾아 갔다.

"실은 여보게, 약간 사정이 나빠져 아직 스즈끼에겐 갚지 못했네만 잠깐 놀러 왔어."

쇼오자부로오는 상대방이 말을 꺼내기도 전에 머리를 긁으며 서둘러 이런 변명을 늘어놓았다. 보통사람이라면 부끄럽다고 느낄 일을 태연히 말하며 웃을 수 있는 뻔뻔스러움에 그는 자신에게 정나미가 떨어졌다. 자기 마음에는 분명히 범죄자의 소질이 있어서 경우에 따라서는 어떤 나쁜 짓이라도 감행할 수 있는 가능성이 있는 듯이 여겨졌다.

"필경 그렇지 않을까 생각했어. 다른 사람이라면 모르지만 스즈끼는 알다시피 순진한 인간이라서 철석같이 믿고 있으니까 돌려주지 않으면 불쌍하지."

"아아, 괜찮아. 이번에야말로 이삼일 안에 꼭 갚을 거야."

"또 자네의 '이삼일 안'인가? 안 갚았다간 S한테 말해서 얻어터지게 할 거야, 정말로!"

쇼오자부로오가 태연히 변명을 하는 통에 N 역시 태연하게 이런 잔소리를 퍼부었다. 두 사람은 언제나 같은 소리들을 주고받으며 그후 몇번이나 오갔지만 5엔이라는 돈은 좀처럼 스즈끼의 손에 돌아가지 않았다.

그러다가 오월 초에 무슨 악성 장티푸스가 유행하더니 스즈끼가 어쩌다 감염되고 말았다. 그는 평소 위생을 대단히 중시하는 편이고 몸이 건강해 보였지만 불행히도 심장은 약한 편이었다.

"무엇보다 열이 높아서, 심장으로 오지 않으면 좋을 텐데."

스즈끼가 끝내 병원으로 옮겨질 때 문병을 갔던 친구들은 다들 이렇게 말하며 미간을 줍혔다.

"어이, 스즈끼가 점점 더 안 좋은 모양이야. 벌써 꼬챙이처럼 말라버려 볼 수가 없더라고. 자네도 한번 문병을 가는 게 좋지 않을까?"

쇼오자부로오는 N을 만날 때마다 이런 소리를 들었다.

"가고 싶지만 옮으면 안되니까 나는 관둘래. 나도 심장이 약하거든."

그도 정말 심장이 약했다. 그렇지 않아도 티푸스가 유행하는 것이 신경쓰여 언제 걸릴지 모른다는 강박관념이 악몽처럼 그를 괴롭히던 참이었다.

"나 같은 경우는 너무 자주 문병을 갔으니까 어쩌면 벌써 옮았을지도 몰라. 저대로 가면 스즈끼는 도저히 가망이 없어. 죽을 거야."

"그런 소리를 하는 게 아냐. 정말 말이 씨가 되면 어쩌려고……"

쇼오자부로오는 묘하게 흥분하며 서둘러 N의 말을 수습했다.

'그 스즈끼가, 얼마 전까지 우리들과 마찬가지로 건강한 청년이던 스즈끼가 이제 곧 이 세상에서 사라지려 한다.'

그렇게 생각하자 평소에 의미없이 발음하던 '죽음'이라는 명사가 갑자기 천근만근 무겁고 암울하게 마음을 덮쳐오는 것 같았다. '죽을 거야'라고 아무렇지도 않게 뱉어낸 N의 말이 일종의 기이한 울림을 머금고 '죽음' 그 자체 같은 검은 그림자를 쇼오자부로오의 가슴에 드리웠다.

N은 그후 더이상 5엔을 재촉하지 않았다. 두 사람 모두 기억은 하고 있으면서 입 밖에는 내지 않고 지낸다는 것이 어쩐지 쇼오자부로오에겐 우스꽝스럽고 어색했다.

"언제까지나 네가 책임을 다하지 않아서 스즈끼는 마침내 죽게 되었다. 이것으로 너의 신용 없음도 자연히 소멸하게 되는 거지. 너는 정말 운이 좋지?"

심술궂은 운명의 신이 이렇게 말하며 자신을 야유하는 듯이 그는 느꼈다.

　'친구의 돈 같은 것은 떼어먹어봤자 어떻게든 해결이 되겠지'
하고 쇼오자부로오가 얕보고 있던 대로 너무나 '그럴듯하게' 해결이 되어버렸다. 그를 위해서는 지나치게 '제대로' 가고 상대방에겐 너무나 가여운 해결이긴 하지만, 그래도 스즈끼가 살아 있고 쇼오자부로오가 쉽사리 채무를 다하지 못해 사방팔방에서 공격을 당하느니보다야 얼마나 나은지 모른다. 스즈끼가 가여움과 동시에 쇼오자부로오는 누가 뭐래도 운이 좋았다.

　그는 핫쪼오보리 이층에 드러누워 초여름 하늘을 바라보면서 지금 병원에서 죽어가고 있는 병자에 관해 때로 멍하니 생각해보았다. 참담한 병실 풍경은 자기가 문병을 가지 않았지만 목격하고 온 N의 이야기로 대충 상상할 수 있었다.──활기찬 붉은 얼굴에 군데군데 여드름이 났던 건강한 스즈끼의 용모가, 애처롭게 여위고 말라 눈이 움푹 들어간 채 조용히 침대 위에 누워 있다. 창백한 이마와 가까스로 살아 있는 심장 위에 묵직한 얼음주머니가 놓이고 열 때문에 말라버린 입술 끝에 끊임없이 간호사가 포도주를 발라준다. 실내에는 이상한 약냄새가 가득 차고 병자를 둘러싼 친지들은 시시각각 다가오는 불상사의 예감에 떨면서 침대를 응시하고 입을 다문 채 어쩌다가 방을 드나들 때는 '살짝'까지발을 들고 걷는다. 거기 모인 모든 문병객들은 병자의 아버지든 어머니든 형제든 친구든 너나 할 것 없이 새삼스럽게 병자가 훌륭한 인물이었음을 상기한다. 우리 범인(凡人)들은 쉽게 알 수 없는 영혼이라든가 '죽음'의 비밀이 이제는 여기 있는 병자에게만 열려 홀연히 병자를 구천의 높이까지 끌어올리며, 그리하여 그를 비범한 인격자, 신과 인간을 매개하는 불가사의한 지혜자처럼 존경하게 만드는──이런 장엄하고, 숨이 막힐 듯이 무서운 광경이 생생하게 쇼오자부로오의 가슴에 그려졌다. 그는 또한 열에 들떠 신음하는 병자의 머릿속을 상상해보았다. 생사의 기로를 오가며 몽롱한 의식의 표면에 거품처럼 떠오르고 사라지는 환상의 마디마디에는 과연 어떤 것이 나타나는 것일까? 아직도 병자는 못 받은 돈에 대한 원망을 잊지 않고 있을까? "마무로는 나쁜 놈이다. 끝내 나를 속였다. 나는 죽어서도 녀석에게서 돈을 받아내고야 말 테다"라는 식의 헛소리를 내뱉지나 않을까?──그렇게 생각하면 쇼오자부로오는 섬뜩했다. 만약 병자가 그런 헛소리를 할 정도라면 돈을 갚을 걸 그랬다고 생각했다.

제멋대로인 쇼오자부로오는 예부터 내려오는 '사람이 마침내 죽을 때, 그 말이 선하다'는 격언을 기억했다. 하물며 평생 관대한 군자로 통하던 스즈끼가 임종 무렵까지 쇼오자부로오의 배신을 마음에 둘 리는 없으리라. 스즈끼는 분명 친구의 사소한 죄악을 깨끗이 뒤끝 없이 용서해줄 것이다.

"마무로란 놈도 불쌍한 놈이야. 그게 녀석의 병이니까 할 수 없지."

이렇게 말하고 불쌍하다는 듯 웃으며 죽어줄 것이다.──어쨌든 쇼오자부로오는 병자가 성인처럼 달관한 심경에 도달하여 기품있고 아름답게 죽어주기를, 병자를 위해서도 자신을 위해서도 빌지 않을 수 없었다.

"병문안을 가기는 싫지만 만일 스즈끼가 죽으면 알려줘. 나도 장례식엔 얼굴을 내밀게."

그는 거듭거듭 N에게 부탁해두었다.

그 약속을 이행하느라 N이 전보를 보내온 것이다.

'결국 죽어버렸군. 내 친구이자 채권자였던 한 인간이 마침내 죽어버린 건가?'

이렇게 생각하는 것이 얼마나 매정한 짓인지를 알면서도 그는 속으로 혼잣말이 나오는 것을 어쩔 수 없었다. 죽은 친구에 대한 애도보다는, 이런 행운에도 불구하고 아침이면 불쾌하게 잠에서 깨어나는 것은 어쩐지 의아하다는 마음이 앞섰다.

3

혼고오 모리까와쪼오 하숙집 N의 방에는 대학 교복을 입은 네댓 명의 친구들이 모였다. 그들은 어제 죽은 스즈끼의 유해를, 고향에서 상경한 고인의 가족들과 함께 오늘 아침 닛보리의 화장터까지 운구하고 마침 한낮의 무더위에 고픈 배를 달래가며 돌아온 참이었다. 모두들 계속된 마음고생으로 수척해져서, 서둘러 밥을 먹을 마음도 없는 듯이 축 늘어져 있었다.

"아아, 힘들다, 힘들어. 이렇게 더워서야 나도 죽을 것 같아……"
하고 교복 윗도리를 벗고는 얼굴에 손수건을 덮은 채 벌렁 누워버린 공과의 O가 졸린 듯한 소리로 말했다.

"내일 아침 몇시 기차였더라? 그냥 정거장까지만 나가는 걸로 난 좀 봐줬으면 해. 이렇게 다들 시골까지 몰려갔다가는 오히려 저쪽에 폐가 될 테니까 누군가 대표로 가면 어때?"

N이 웃통을 벗고 겨드랑이 아래 땀을 닦으며 말했다.

"나는 시골까지 갈 작정이야."

언젠가 쇼오자부로오를 손봐주겠다고 나섰던 법과의 S가 열심히 진지한 어투로 말했다.

"……어차피 난 갈 생각이었으니까 대표로 가도 되지만 역시 자네들도 가는 것이 어때? 토오꾜오에서 하나라도 더 가는 편이 스즈끼 집에서도 분명히 좋아들 할 거야. 그렇게들 하자고, 그게 좋아."

이런 이야기를 하고 있는 판에 한두달 그들에게 모습을 보이지 않던 쇼오자부로오가 엄숙한 표정으로 주춤거리며 들어왔다. 성질이 급한 S는 얼핏 불쾌한 기색을 드러내며 눈길을 돌렸다.

"이런, 실례. 정말 오랜만⋯⋯"

이렇게 말하며 학생들끼리는 약간 지나치다 싶게 정중히 고개를 숙이며 묘하게 풀이 죽은 얼굴로 쇼오자부로오가 인사를 하자 드러누웠던 사람들은 어쩔 수 없이 일어나 잠자코 인사를 했다. '정말 오랜만⋯⋯'이라는 그의 한마디 속에는 단순히 격조했음을 사과하는 것뿐 아니라 지난번부터의 부정한 행위를 사죄하는 의미도 포함되어 있었다. 적어도 쇼오자부로오는 그렇다고 생각했다. 그리하여 그들이 억지로라도 자신에게 아는 체를 했다는 것으로 그 죄를 암암리에 용서받은 것이라고 해석하고 싶었다.

"어제 자네한테 친 전보는 받았지?"

싸늘한 분위기를 무마하듯이 N이 말했다.

"응, 고마워. 오늘 자네한테 상황을 알아보러 왔는데 장례식은 언젠가?"

"장례는 시골에서 하니까 S가 대표로 가기로 하고 우리는 정거장까지 유골을 배웅하러 가려고 해. 내일 오전 열시니까 그때까지 우에노역으로 나오면 돼."

"아니, 잠깐, 나도 어쩌면 시골까지 갈까 싶기도 해."

O가 갑자기 고쳐앉으며 뭔가 생각났다는 듯이 말했다.

"자네가 시골까지 간다는 것은 다른 야심이 있어서겠지? 오늘 아침에도 화장터에서 스즈끼의 누이동생을 붙잡고 쓸데없는 소리를 늘어놓았잖아. 그런 걸 보면 자네도 정말 못 말려."

N이 이렇게 말하자 O는 싱글싱글 웃어가며,

"어쨌든 동생이 정말 예쁘더라. 스즈끼가 살았을 때 동생 이야기를 듣긴 했지만 그렇게 미인일 줄은 몰랐어. 그 여자가 상복을 입고 울어서 부은 눈으로 장례식장에 서 있는 모습을, 실은 좀 보고 싶어."

"그렇게 맘에 들면 스즈끼가 살았을 때 이야기를 해서 장가라도 들지. 자네라면 스즈끼네 부모님도 분명 싫다고는 안하셨을 텐데."

"정말 아깝다."

O는 반쯤은 진심으로 유감스럽다는 듯이 말했다.

"하지만 지금부터라도 늦지 않아. 죽은 오빠의 친우라고 하면 그쪽 집에서도 우리를 신용할 테고…… 그렇게 되면 나도 시골까지 가서 자네와 경쟁을 할 거야."

"그렇게 하세, 그렇게 해. 스즈끼의 누이동생을 걸고 둘이 함께 시골로 가자고. 혼자서 대표로 간다는 건 기차 안에서 심심해서 못 견딜 거야."

S가 이렇게 말하며 유쾌하게 웃었다.

언제나 여자이야기만 나오면 신이 나서 누구보다 먼저 이러쿵저러쿵 떠들어대는 쇼오자부로오였지만 여기서는 경쟁상대로 끼어들 자격이 없다고 생각한 것인지 입을 움찔움찔해가며 묵묵히 세 사람의 이야기를 듣고 있었다. 단지 인품이 모자랄 뿐 아니라 제 처지를 생각해도 쇼오자부로오는 도저히 스즈끼의 누이동생과 결혼할 수 있는 신분이 아니다. 거지나 진배없는 뒷골목 아가씨가 아니고야 그에게 시집올 여자가 있을 법하지 않다. 그렇게 생각하니 그는 세 사람의 부유함이 부러웠다. 농담이라곤 하지만 스즈끼 같은 시골 부잣집 규수를 아내로 맞아 즐거운 가정을 만든다는 둥 하는 달콤한 공상에 빠질 수 있는 친구들의 위치가 샘이 났다. 자기도 O나 N, 혹은 S같이 상당한 재산이 있는 집에 태어나 아무런 부족함 없이 학문을 닦아갈 수 있다면 이런 비열한 품성이 되지는 않았으리라. 자기 역시 부잣집 아들이었다면 아마도 친구들에게서 지탄받고 경멸당할 인간이 되지는 않았을 것이다. 그들에 대해 그가 지닌 약점의 원인은 모조리 돈 문제로 귀착된다. 돈만 있으면 넓은 학식이나 두뇌의 명석함에서 자기는 그들에게 결코 뒤지지 않는다. 하물며 자기에겐 그들이 도저히 미치지 못할 예술적인 천재가 있다.

'두고 봐, 난 너희들에게 배척당하지만 멋진 일을 해내고야 말 거야.'——

어느새 쇼오자부로오는 말없이 가라앉아버렸고 그 모습이 가여웠던지 N이 갑자기 화제를 바꾸어 달래듯이 말했다.

"누이동생 말이 나온 김에, 자네 동생도 오랫동안 아프다면서? 어떤가, 좀 나아졌나?"

"아니, 전혀. 못 살 것 같아. 별로 오래 버티지 못할 거야."

동생 이야기로 겨우 되살아난 쇼오자부로오는 부러 걱정스러운 표정을 짓고는 동정이라도 구하듯이 세 사람의 얼굴을 곁눈질로 살피며 절망스러운 투로 말했다.

"뭔데, 병명이?"

O가 처음으로 허물없는 음성으로 쇼오자부로오에게 말을 걸었다.

"폐병이야."

이렇게 대답하는 그의 얼굴에는 단번에 무거운 짐을 내려놓은 듯한 기쁨이 빛났다.

"자넨 친구 동생들에게 무척이나 신경을 쓰는 버릇이 있구먼."

N이 옆에서 끼어들며 놀리기 시작했다.

"⋯⋯아니, 마무로 동생은 오빠와는 달리 미인이라더군. 폐병 같은 것에 걸리는 여자들은 대개 옛날부터 정해놓고 미인이니까, 안 봐도 알아. 나이는 열여섯살에 세련된 에돗꼬에다 덤으로 꽤나 영리한 아가씨인 모양이니 어쩌면 스즈끼 동생보다 나을지도 몰라. 어떤가, 여기서 그 자신있는 사교술을 발휘하여 마무로네 집에 병문안을 가보려나?"

"아무리 미인이라도 폐병은 사양하겠네. 병이 나으면 사교술을 쓰겠지만."

"병이 나으면 나는 동생을 게이샤로 만들 테니 그렇게 되면 O한테 귀여움을 받아볼까? 사실 개는 좋은 여자야. 제 동생 자랑을 하기도 우습지만 그런 얼굴도 흔치 않지."

쇼오자부로오는 금세 흥이 나서 이런 말도 안되는 소리를 지껄여댔다. 뼈와 가죽만 남을 만큼 여위고 쇠약해진 누이동생을 그는 지금까지 단 한번도 '흔치 않은 얼굴'이라고도 '게이샤로 만들겠다'고도 생각해본 적이 없다. 그는 이 기회에 무엇이든 이들이 흥겨워할 만한 이야기를 꺼내 자신에 대한 친구들의 반감을 빨리 없애버리고 싶었다.

"스즈끼 동생을 아내로 삼고 마무로 동생을 첩으로 들일까? 그 오빠에 그 동생일 테니 마무로의 동생도 게이샤가 되면 분명히 수완이 보통 아닐 거야"

하더니 S는 명랑하게 웃어젖혔다. 그 웃음이 너무나 천진해서, 약간 빈정거리는 듯하다고는 느끼면서도 마무로를 비롯하여 N도 O도 다들 뒤집어질 듯이 웃어댔다.

'나를 손봐주겠다던, 그 한 성깔 하는 S조차 나에게 웃는 얼굴을 보일 정도니 이젠 괜찮아. 죽어버린 스즈끼 이야기와 죽어가는 동생이야기, 두 사람의 사령(死靈)과 생령(生靈) 덕분에 다행히도 O도 S도 나에 대한 원망을 잊어버린 모양이야. 이렇게만 되면 이젠 끝난 거야. 역시 인간이라고 하는 것은 그렇게 언제까지나 한 인간을 미워하지는 못하는 모양이로군.'

쇼오자부로오는 세 친구를 멋진 계략으로 속여넘긴 듯한 엷은 기쁨을 느꼈다. 그리고 이런 기회를 놓치지 않고 연회석의 어릿광대처럼 저질스러운 우스갯소리와 바보짓을 남발하여 세 사람이 배를 잡게 만들었다.

"우하하하, 오랜만에 만나보니 여전히 마무로는 사람을 웃기는군."

손님이 만담꾼을 칭찬하는 듯한 말투로 S가 진심으로 감탄사를 연발하자 쇼오자부로오는 그야말로 만담꾼의 근성을 드러내며,

"그건 그렇고 내가 아직 점심을 안 먹었는데 쇠고기나 좀 먹여주겠나? 여보게 어떤가, 실은 아까부터 배에서 꼬르륵 소리가 나고 있다네……"

이렇게 말하며 쭈뼛쭈뼛 N의 눈초리를 살펴가며 묘하고 불안한 음성을 냈다.

"거봐, 또 시작됐네, 밥 달라는 재촉이.―어차피 우리도 밥을 먹어야 하니까 가만히 있어도 먹여줄 거야. 그런 불쌍한 얼굴 안해도 되잖아."

"먹여준다지만 하숙집 밥은 사양이야. 웬만하면 쇠고기를 좀 먹여주게나. 이삼일 고기를 못 먹었더니 너무 쇠고기가 먹고 싶구먼. 먹는 김에 맥주도 마시면 더욱 좋고."

"아하하하, 찬성, 찬성, 나도 맥주가 마시고 싶어졌어. 어이 N, 마무로가 저렇게 마시고 싶다잖나, 한 반 상자 쏘게나."

쇼오자부로오의 말투가 너무 우스꽝스러워 S도 O도 화를 내기보다는 웃음을 터뜨리고 말았다. 그들은 쇼오자부로오를 경멸하면서도 증

오심은 점차 잊어가는 듯이 보였다. '사귀어보면 마무로란 놈도 좋은 녀석이야. 근본이 악인은 아닌데 그저 너무 태평스럽고 푼수데기라 신용을 잃은 것이니 생각하면 불쌍한 인간이지. 저런 녀석에겐 이쪽에서 아예 돈을 빌려주지 않도록 조심만 하면 재미있게 지낼 수도 있어' —— 그들은 쇼오자부로오에 대해 이렇게 정리를 한 모양이었다.

쇼오자부로오 편에서도 역시 그들에게 그 이상의 사귐을 바라지 않았다. 그는 애당초 교우라는 것에 그다지 큰 가치를 두지 않는 인간이었다. 자기 성격이 제멋대로이고 부도덕하며 몹시 비사교적으로 생겨먹었다는 것을 알고 있는 그는 평생 자신과 의기투합하는 친구를 만들려는 생각은 꿈에도 없었다. 그는 우선 어떤 타인에 대해서도 속마음을 털어놓고 진지하게 이야기를 하고자 하는 기분이 들지 않았다. 좀더 확실히 말한다면 그는 친구들과 진심으로 교제할 필요를 느끼지 않았다. ——물론 그의 마음속에도 무언가 진지한 것이 숨겨져 있음에 틀림없다. 하지만 그것은 장래 그의 천재성이 성숙했을 때, 시나 소설이나 그림 같은 예술형식으로 발표되는 경우가 있을지는 모르겠으나 도저히 개별적인 인간에게 혀끝으로 이야기해 들려줄 만한 것은 아니었다. 그는 자신의 가슴 깊은 곳에서 불타고 있는 예술적인 욕구를 끊임없이 어렴풋이 의식하면서도 막상 친구들을 만나면 비열하고 시시껄렁하고 장난스러운 농담 말고 다른 이야기를 할 마음이 들지 않았다. 일단 타인을 접하면 그의 머리 깊은 곳에서 용솟음치던 소중한 무엇이 그 빛을 잃고, 지극히 표면적이고 경박하고 거짓되고 추악한 면만이 활동을 했다. 그럴 때면 그는 자기 스스로를 열등한 인간이라고 믿게 되고, 남자로서의 자존심이니 염치 따위도 잃어버리는 것이다.

'친구뿐 아니라 나 이외의 인간이라고 하는 것은 나 자신에 대해 그다지 강한 영향이나 감화를 끼칠 수 있는 것이 아니다. 나와 그들은 어디까지 가나 그저 표면적이고 적당한 접촉을 이어갈 따름이다. 나는 그들의 행복을 빌 마음도 없거니와 그들에 의해 내가 훌륭해질 생각도 없다. 그들 사회로부터 존경을 받거나 신뢰받는다는 것이 나의 진가에 얼마나 관계가 있을까? 나의 예술적 천분에 얼마나 도움이 될까?'

쇼오자부로오는 이 세상의 인간—친구에 대해 이 이상의 친근함을 느낄 수 없었다. 인간과 인간 사이에 성립되는 관계 가운데 그에게 유일하게 중요한 것은 연애뿐이었다. 그 연애라는 것도 어떤 아름다운 여자의 육체를 갈망하는 것이니 좋은 옷을 입고 맛있는 음식을 먹는 것 같은 관능의 쾌락에 불과한 것이지 결코 상대의 인격, 상대의 정신을 사랑의 표적으로 삼는 것은 아니다. 설령 그가 연애에 빠져 목숨을 버리는 일이 있다 한들 그것은 아마도 연인을 위해서라기보다는 자기의 환락을 위한 헌신일 것이다. 따라서 그는 친절이라든가 박애라든가 효행이나 우정 따위 도덕적인 쎈티먼트가 완전히 결여되었을뿐더러, 그런 정조를 느낄 수 있는 타인의 심리도 이해할 수가 없었다.

하지만 그는 굳이 세상에서 말하는 이른바 '인간혐오자'—'Misanthropist'는 아니다. 그는 인간을 바보취급하면서도 그들과 함께 술을 마시거나 여자를 사거나 농담을 하는 것은 좋아했다. 열흘이나 스무날씩 친구들의 얼굴을 못 보면 쓸쓸해서 못 견뎠다. 그의 가슴속에는 한적하고 고독한 생활을 동경하는 명상적인 마음과 시끌벅적한 잔치자리의 불빛을 그리워하는 어릿광대적 근성이 끊임없이 번갈아 일어난다. 친구들의 돈을 떼어먹고 세상에 얼굴을 못 들게 되면 그는 얼마간 숨어 핫쪼오보리 이층에 틀어박히거나 떠돌이 여행길에 오르거나 한다. 그럴 때 그는 자신이 대단히 위대한 인물이나 된 듯이 우쭐해진다. 마침내 빚의 시효가 만료되어 어느샌가 악평의 열기가 식어버리면 갑작스레 N이니 O가 보고 싶어져서 뻔뻔스레 그들의 하숙으로 놀러 가 파렴치하게 쇠고기 전골을 내라고 졸라대고 게이샤를 사러 가는데 끼어든다. 이렇게 해서 친구들로부터 '까불이'라고 불리고 '천하태평'이니 '만담집' 소리를 들으며 술자리에 없어서는 안될 광대처럼 대접을 받는 것이 그에겐 유쾌하기 짝이 없다. 따라서 그와 친구들 관계는 결국 '술친구' 정도에 머물렀다. 어쩌다가 쇼오자부로오의 인격을 과대평가하여 저쪽에서 친교를 원하는 이가 있으면 오히려 쇼오자부로오는 마땅치 않았다. 그가 친구들에게 원하는 것을 노골적인 대답으로 표백해버리자면 '어차피 나는 이기주의적이고 더없이 믿을 수 없는 성격이니 그게 싫다면 차라리 사귀지 않는 편이 좋다. 하지만 '흐리멍텅'한 대신 말을 잘하고 상당히 귀여운 데도 있으니 그게 재미있다면 신용 없다는 것을 용인하고 사귀면 된다.'——이런 이야기로 귀착되었다.

이튿날 오전 열시에 스즈끼의 유해는 재가 되어 조그만, 인간의 뼈가 다 담기리라고 여겨지지 않을 정도로 조그만 단지에 담겨 우에노 역에서 고향으로 옮겨졌다. 배웅하려는 학생들이 50명 가까이 모여 플랫폼의 열차 창 앞에 섰다.

"생전에 자식놈을 여러가지로 돌봐주셔서 감사합니다. 오늘은 또 이렇게 멀리서 일부러 배웅까지 해주셔서 대단히 송구스럽습니다."

스즈끼 아버지는 시골풍의 예절바른 문구로 일일이 학생들에게 인사를 하며 돌아다녔다. 아름답다는 고인의 누이동생 역시 아버지의 뒤를 따라 다소곳이 머리를 숙이곤 했다.

쇼오자부로오 역시 다른 학생들과 마찬가지로 아버지와 누이동생으로부터 정중한 인사를 받았다. "자식놈을 여러가지로 도와주셔서⋯⋯" 이런 소리를 들었을 때 그는 남들처럼 "별 말씀을" 하는 대답만으로는 성이 차지 않았다. "⋯⋯아뇨, 저야말로" 하고 덧붙이고서

슬쩍 그 작은 단지 쪽을 난처한 듯 곁눈질했다.

50여명의 학생들 가운데는 길에서 만나면 멱살을 잡히지나 않을까 걱정될 만큼 쇼오자부로오가 거듭 잘못을 저지른 사람들도 섞여 있었다. 하지만 모두들 고인의 넋에 경의를 표할 뿐 그의 체면을 구겨놓으려는 사람은 없었다. 그는 갑자기 떳떳한 몸이 되었다고 느꼈다. 고인은 죽어서까지 쇼오자부로오에게 은혜를 베푸는 모양이었다.

4

계속되던 장맛비가 저녁부터 개이더니 이층 방에는 저녁 해가 찬란하게 비쳐들었다. 언제나처럼 대자로 드러누운 채 온몸에 흠뻑 땀을 흘리며 낮잠에 빠졌던 쇼오자부로오는 문득 계단이 삐걱거리는 소리에 눈을 떴다.

"그야 나도 병원에 입원을 시키고야 싶지만 돈이 없으니 별수 없잖아."

쉰 목소리로 속삭이듯이 말하며 쇼오자부로오가 자고 있는 방으로 들어온 것은 아버지였다. 그 뒤에서 어머니가 온통 눈물범벅이 되어 '훌쩍훌쩍' 흐느껴가며 올라왔다.

'아아, 또 엄마가 뭐라고 아버지를 구슬리고 있구먼.'

쇼오자부로오는 잠결에 멍하니 깨달았다. 언제나 병자가 들어선 안될 이야기를 하려면 부모님은 살짝 이층으로 올라와 소곤소곤 귓속말을 한다.

"그러니까 니홈바시에 이야기해서 부탁해보면 되잖아. 한 사람이 죽느냐 사느냐 하고 있는 판에 입원도 시키지 않고 있으니 부모가 너무 무정하다는 소릴 들어도 싸다고요."

어머니는 열일고여덟살짜리 계집아이나 낼 것 같은 들척지근한 코맹맹이소리를 내가며 가엾게 소맷자락을 물고는 소리 죽여 울었다. 외동딸을 잃게 될 슬픔에 그녀의 머릿속이 혼란하여 사리분별이 되지 않았다.

"툭하면 그런 소릴 하지. 무정하긴 뭐가 무정해? 우리가 오또미한테 할 수 있는 건 다 하고 있잖아."

이렇게 거칠게 말을 꺼내던 아버지는 갑자기 끔찍하고 불길한 사건을 눈앞에서 보는 듯한 음울한 눈을 번쩍이며 좀더 소리를 낮추었다.

"게다가 여보, 살아날 것 같으면야 빚을 얻어서라도 입원을 시키겠지만, 어차피 못 살 걸로 정해진 것을 거기까지 해봐야 결국은 아무것도 아니라고. 저런 상태로는 장마가 끝날 때까지나 버틸지 모르겠다고 의사가 말할 정도니 불쌍하긴 하지만 이제 와서 방도가 없지.……그저 이러나저러나 모두 저 아이의 수명이라고 생각하고 포기해야지."

상냥하게 달래고 타일렀지만 어머니는 철없는 아이처럼 고개를 흔들었다.

"살아나지 못하더라도 하다못해 병원에 넣어놓고 좋은 의사한테 보이기 전에는 나는 포기할 수가 없어…… 카와무라의 테루 짱이 죽을 때도 니혼바시에 이야기해서 준뗸도오 병원에 입원을 시켰잖아요? 못 살 테니까 내버려두다니, 당신 같은 그런 인정머리 없는 부모가 세상 천지 어디에 또 있을까……"

"누가 내버려둔대? 날이면 날마다 하가와 상이 봐주고 할 수 있는 치료는 다 하고 있잖아."

"하가와 같은 돌팔이의사가 뭘 알아?"

"바보 같은 소리 하지 마! 그 사람도 번듯한 의학박사에다가 이 근처에서는 다들 알아주는 의사 선생이라고! 당신같이 말귀 못 알아듣는 사람도 없어."

아버지는 불끈해서 고함을 질렀지만 그래도 엄마가 불쌍했던지 금세 다시 부드러운 말투로 달랬다.

"하가와 상은 어렸을 때부터 오또미를 봐왔으니까 어중간한 의사한 테 보이는 것보다야 얼마나 미더운지 몰라. 설령 어떤 박사가 보더라도 도저히 살아날 수 없다고 그 사람이 단언을 했으니 오또미도 지지리 운이 없는 거야. 그야 원대로 한다면야 대학병원에 입원을 시키든지 아오야마 상에게 봐달라든지 한이 없겠지만, 그래봤자 결국은 살아나지 못한다는 걸 알면서 맘이나 편하자고 돈을 쓰는 것뿐이니, 가난뱅이가 그렇게 무리해서까지 남들 흉내를 낼 수도 없잖아."

그때 계단 아래 병실에서 "엄마, 엄마" 하고 불러대는 오또미의 목소리가 들리자 엄마는 할 수 없이 이야기를 멈추고,

"그래, 그래. 엄마 지금 내려간다"
하며, 서둘러 눈가의 눈물을 닦아냈다.

"그거 봐, 또 우리가 이층에 있으면 오또미가 신경을 쓰니까 빨리 내려가줘야지. 우는 얼굴 보이지 말고, 꼴불견이니까."

"엄마, 엄마아! 다들 이층으로 가버리면 내가 심심하잖아."

"그래, 알았어. 지금 간다니까."

계단을 내려가는 엄마는 아직도 킁킁 코를 훌쩍였다.

"야, 쇼오자부로오, 또 낮잠이나 퍼자고 있냐! 안 일어날래, 어서! 일어나라니까."

엄마 뒤를 따라 내려가려던 아버지는 쇼오자부로오의 한심한 모습이 눈에 들어왔으니 잠자코 지나칠 리가 없었다.

'참 불쌍한 아버지야. 마누라는 퍼부어대지, 자식놈은 바보 취급하

지, 딸은 죽어버리다니. 정말 불쌍한 늙은이구면.'

이렇게 생각하며 자는 척하던 쇼오자부로오는 언제나처럼 엉덩이를 걷어차이는 순간, 바로 동정심이 어디론가 사라져버렸다. 자고 있던 자식과 차고 있는 아버지는 잠시 눈싸움을 하며 버티었지만 어쩌다 아버지의 미적지근한 발바닥이 우연히 쇼오자부로오의 허벅지 위에 닿자 그 감촉이 뭐라 할 수 없이 기분 나빠 소름이 끼칠 것 같았으므로 마침내 아들은 더 견디지 못하고 고개를 들었다.

"낮잠을 자지 말라고 그렇게 일렀는데도 어째서 네놈은 그 모양이냐? 정말 뻔뻔한 놈이라니까."

아버지는 금방 숨이라도 넘어갈 듯이 고함을 질러대며 노려보더니 그것만으로는 성이 안 차는지,

"낮잠 잘 시간이 있으면 하가와 상한테 가서 오또미 약이라도 좀 받아와라. 저녁에 먹을 것이 없으니까 지금 바로 가야 해. 네놈은 동생이 병으로 누워 있는데 뭐 하나 도울 생각을 안 하니."

'자기도 애비 된 주제에 땡전 한푼 자식놈 학비를 보탠 적이 없으면서……'

쇼오자부로오는 속으로 아버지의 말투를 흉내내어 말대꾸를 했다.

아버지와 어머니는 이튿날도 이층으로 올라와 전날과 마찬가지 말싸움으로 울고 화내고 비난하고 했다. 입원을 시킬 수 없다면 간호사나 하녀라도 썼으면 좋겠다고 어머니가 말했다. "오또미가 가여워서 말은 안하고 참고 있었지만 부엌일이니 병수발이니 나 혼자 다 해야 하니 정말 너무나 힘들어. 뭐라고 말만 하면 가난하니까 어쩔 수 없다고, 나 고생시킬 생각만 하고 있으니." ── 불어터진 얼굴로 언제나 입버릇처럼 하는 소리를 늘어놓는데 아버지는 점잖게 팔짱을 끼고는 그저 한숨만 내쉬며 흘려들었다. 그는 이미, 언제까지나 옛날 같은 줄 알고 있는

어머니의 철부지 같은 생각에 만정이 떨어진 모양이었다.

'저렇게 부부싸움을 하려면 아예 이혼을 해버리면 좋을 것을. 저런 엄마와 아버지라면 지금부터 점점 더 가난해질 따름이지.'

옆에서 보고 있는 쇼오자부로오는 우스꽝스럽기도 하고 불쌍하기도 한 기분이었다. 공평한 그의 눈으로 관찰하자면 오늘의 궁핍으로 떨어진 원인이 딱히 아버지의 무능만도 아니다. 아버지 입장에서는 엄마를 향해 "네가 잘못해서 나까지 요꼴이다"라고 불평하고 싶을 것이다. 그걸 참고 있는 것을 보면 사실은 아버지 쪽이 엄마보다는 좀더 영리한지도 모른다.

'부엌일부터 병수발까지 나 혼자 하고 있다'고 엄마는 입만 열면 불평을 하지만 기실 그녀는 뻔뻔한 게으름뱅이로, 한 집안의 주부 자격도 없거니와 각오도 없었다. 아직 오또미가 건강할 때부터 그녀는 단 한번도 자기 손으로 아침을 지은 적이 없다. 안 지었다기보다 짓는 법을 모른다.

"한 집안의 주부가 밥을 안 짓고 어쩌겠다는 거야?"

아버지가 말하면 그녀는 언제나 부루퉁한 얼굴로,

"어차피 나는 솜씨가 없으니까. 이런 가난뱅이가 되어 밥까지 하게 될 줄은 몰랐거든"

하며, 입을 내밀고 토라졌다.

아버지는 할 수 없이 저녁때 일터에서 돌아오면 스스로 앞치마를 두르고 뒤꼍에서 쌀을 씻었다. 아침에는 엄마와 아들딸이 다 자고 있을 때 자리에서 일어나 부뚜막 앞에 앉아 불 피우는 대나무통을 불어 불길을 살렸다. 그리하여 그가 솥의 밥을 밥통에 옮기고 된장국을 끓였을 때쯤 엄마는 가까스로 이불을 빠져나왔다. 그런 정도의 노역을 마친 후에야 아버지는 서둘러 아침을 먹고, 때로는 도시락까지 자기 손으로 챙겨 허겁지겁 가게까지 달려갔다. 가게라는 것은 에찌젠보리의 운송회사로 네댓 해 전부터 그는 그곳의 지배인으로 있었다.

이런 식으로 아버지나 어머니나 그저 눈앞의 무사안일만을 바라가며 고생고생, 한심하게 일생을 보낼 모양이었다. 남편은 아내를 다스릴 힘이 없고 아내는 남편을 격려할 마음이 없으니 서로가 현재의 처지에서 빠져나갈 궁리도 하지 않았다. 그들은 날마다 자신의 불행을 한탄하면서 추악한 삶을 이어갈 뿐, 분발하려고도 자살하려고도 하지 않았다.

'생활고라는 것이 이렇게 비참한 것일까? 그저 굶지 않고 먹고산다는 것이 이렇게 힘드는 건가? 나도 이제 세상에 나가면 부모와 같은 고생을 겪어야만 하는 걸까?'

집안의 상황을 목격하는 것만으로도 쇼오자부로오는 자신의 장래가 걱정되었다. 그는 평소에 어머니의 제멋대로와 아버지의 무기력을 경멸하지만 자기 역시 이런 부모의 자식으로 태어났으니 그들의 약점을 고스란히 물려받았다는 사실을 부정할 수 없었다. '나에겐 뛰어난 재능이 있어.' 그렇게 믿으면서도 그는 그 재능을 전혀 연마하려 하지 않았고, 틈만 나면 안일을 탐하고 낮잠과 수다떨기, 주색잡기에 놀아났다. 그는 어머니보다 훨씬 더 게으르고 허영이 심하며 아버지보다 더 무기력하고 의지박약한 사내였다.

이대로 우물쭈물하고 있다가는 그도 부모와 마찬가지로 참담한 운명에 빠지는 것이 필연적이었다. 필연적일뿐더러 이미 그 운명에 시시각각 빠져들고 있다고도 느껴졌다.

'나는 조만간 어떻게든 해야 해. 훌륭해지려면 바로 지금 그렇게 되어야만 한다고.'

쇼오자부로오는 아연 마음이 초조해지는 때가 있었다. 갑작스레 떨치고 일어나 우에노라든가 대학의 도서관에 틀어박히거나 책상 위에 원고지를 펴놓은 채 펜을 붙들고 이틀사흘씩 골똘히 생각에 잠기기도 했다. 하지만 불행히도 그의 머리는 오랫동안 방탕에 길들여져 돌덩이처럼 둔하고 게을러졌다. 책을 읽어도 원고를 써도 그의 마음은 단 5분도 한곳에 집중하지 못했다. 조금 전에 책상 앞에 앉아 뭔가 시작했는가 싶으면 어느새 여자 생각이니 술냄새니 너무나 병적이고 황당무계한 갖가지 환락을 부질없이 마음속에 떠올리고 있었다. 그는 깨어 앉아 꿈을 꾸는 것이나 마찬가지였다. 자고 있으나 깨어 있으나 구별 없이 기괴하기 짝이 없는 요녀들의 춤이니 피투성이 범죄 장면, 불가사의한 마술사의 무대 따위가 아편이나 해시시를 피울 것도 없이 그의 눈앞에 쉴 새 없이 변환 출몰했다.

그의 마음의 움직임이 느슨해짐과 동시에 신경쇠약은 점차 심해질 뿐이었다. 건망증이니 혼잣말, 고집부리기, 그런 징후가 하루에도 번갈아 나타나 그를 괴롭혔다. 스즈끼가 죽고부터 그의 뇌수에 둥지를 튼 강박관념은 날이 갈수록 점점 맹렬하게 그의 신경을 위협했다.

'나는 언제 죽을지 몰라. 언제 어디서 갑자기 죽을지 몰라.'

그렇게 생각하면 쇼오자부로오는 안절부절 어쩔 줄을 모르게 두려워지곤 했다. 죽음에 대한 공포 때문에 그는 모든 급격한 질병들에 과민해졌다. 뇌출혈, 뇌일혈, 심장마비…… 그런 재앙이 지금이라도 자기 몸에 닥쳐서 한순간에 사지가 마비되어버릴 것 같은 기분이 하루에도 대여섯번씩 들었다. 길을 걷고 있으면 갑작스레 가슴이 아파서 정신없이 대여섯 블록씩을 달리지 않나, 전차 안에서 갑자기 머릿속이 확 뜨거워져 허둥지둥 밖으로 뛰쳐나가지 않나, 한밤중에 이불을 걷어차고 계단을 구르듯이 내려와 수돗물을 얼굴에 확 끼얹기까지, 공포는 거의 쇼오자부로오가 발광할 지경에 이르도록 그를 흥분시켰다. 그는 새파랗게 질려 머리와 가슴을 움켜쥐고 밤새도록 부들부들 떨기도 했다.

그러고는 아침 해를 보고 나서야 비로소 안심한 듯이 한낮이 되도록 푹 자버렸다.

그는 이 신랄한 병마의 독수(毒手)를 누구에게 하소연하여 어떤 방법으로 몰아낼 수 있을지 알 수가 없었다. 적어도 그의 병은 세상에 널린 의약의 힘으로 치유되리라고는 여겨지지 않았다.

"제발 선생님 살려주십시오! 저는 무서워서 어쩔 줄을 모르겠어요. 당장이라도 죽을 것만 같아요."

이렇게 절망스러운 절규를 해봤자 의사는 아마도 속수무책이리라.

"뭐가 그리 무섭단 말인가? 자네 몸은 아무데도 나쁜 데가 없다네. 안 죽을 테니까 괜찮아. 그냥 안심하고 있게나"

하며, 그저 팔짱을 끼고 기껏해야 입으로 쇼오자부로오를 위로할 뿐일 것이다.

만약 그 의사가 대단한 형안(炯眼)을 지녀──단지 육체의 질병뿐 아니라 육체 깊은 곳에 숨어 있는 정신의 질병까지를 꿰뚫어볼 수 있는 사람이라면 필경 차가운 미소를 띠며,

"허어, 이 병은 상당히 무겁지만 의사는 도저히 못 고친다네. 자네는 어릴 때부터 너무 부자연스러운 육욕에 사로잡혀 영혼을 지나치게 학대해왔기 때문에 지금 그 보복을 당하는 거지. 나는 자네가 어떤 인간인지를 잘 알고 있어. 자네는 태어날 때부터 정신적인 결함이 있어. 자네는 의사에게도 신에게도 버림을 받은 거지. 안되었네만 내 힘으로는 자네 목숨을 구할 수가 없다네."

성가시다는 듯한 얼굴로 선고를 내릴 것이다.

그러니 누구보다 확실히 자신의 병의 근원을 자각하고 있는 쇼오자부로오는 굳이 그런 선고를 받기 위해 의사의 진찰을 받으러 갈 마음은 들지 않았다. 그저 자신의 병에 대해 실망과 오뇌를 되풀이할 따름

이었다.

'네 괴로움은 하늘의 벌이다. 하늘을 거역하며 살아가려는 인간 누구나가 받아야만 하는 벌이지. 너 같은 인간이 시건방지게 하늘을 거역하며 살려 들면 결국은 미치광이가 될 뿐이야. 너는 그런데도 네 생활을 고치려 들지 않는 거냐?'

그는 이렇게 말하는 양심의 속삭임을 들었다. 그리고 그는 이런 속삭임에 대해 이렇게 답했다.

'누가 도대체 나를, 하늘을 거역하며 살아야만 하는 인간으로 낳아놓았지? 선에 대해 진지해지지 못하고 아름다운 악업에 대해서만 진지해질 수 있는 기괴한 심성을 나에게 심어놓은 것은 누구냐고? 나는 나의 배덕에 대해 천벌받을 짓은 하지 않았어.'

그는 어디까지나 이런 부당한 천벌에 대해 반항해야만 했다. 신이 내리치는 징벌의 채찍을 달게 받을 수는 없었다. 그는 어떻게 해서든지 해일처럼 밀려드는 죽음의 공포를 떨치고, 살 수 있는 만큼은 살고 싶었다. 설령 그의 처지가 애처롭다 한들 그가 태어난 세상에는 악마가 가르쳐주는 갖가지 환락이 넘쳐나는 듯이 보였다. 그는 부디 살아남아 언젠가 한번쯤은 자신의 육체를, 자신의 관능을 그 환락의 독주(毒酒)의 바닷속에 담가보고 싶었다. 술꾼이 잔 속의 한방울 술을 아끼듯이 미주(美酒)를 한방울씩 아껴가며 조금이라도 더 맛보며 살고 싶었다.

그는 자신의 병을 근본적으로 치유하는 길을 단념하고 한때라도 이 저주스러운 괴로움을 잊기에만 몰두했다. 어쩌다 공포스러운 발작을 느끼면 한밤중이든 대낮이든 길 한복판에서나 전차 안에서나 서둘러 술을 들이켰다. 아무리 무서운 순간이라도 그 자리에서 취해버리기만 하면 금세 신경은 진정되고 사지의 떨림이 멈추곤 했다. 이런 케케묵은 방법이 오히려 병세를 무겁게 할 뿐이라는 것을 알면서도 그는 눈앞의 위안을 위해 장래를 생각할 여유가 없었다.

술만 마시면 무서울 것이 없다.──쇼오자부로오는 점차 이런 미신에 사로잡히게 되었다. 그날그날 생명을 편안히 유지해가기 위해서 술은 밥보다 더 필요했다. 특히 매일 밤 잠들 무렵 일정량의 술을 마시지 않고서는 도저히 잠들 수 없었다. 돈이 있으면 그는 위스키를 작은 병으로 사서 외출시엔 반드시 품에 넣고 다녔다. 돈이 떨어지면 어쩔 수 없이 알코올 성분이 섞인 것은 뭐라도 상관없이 마셔댔다. 슬쩍 부모의 눈을 속여 화로 옆의 서랍에서 10전짜리 은화를 훔쳐내서는 막걸리를 사들고 올 때도 있었다. 마침내는 한밤중에 부엌 찬장을 뒤져서 맛술이 담긴 호리병을 병째 들고 들이켜기도 했다.

"어쩐지 맛술이 너무 빨리 줄어서 이상하다 싶었더니 아무래도 밤중에 쇼오자부로오가 마시나봐요. 그래요 여보, 틀림없어."

어느날 엄마가 아버지한테 말했다.

"설마, 어떻게 맛술을 마신다는 거야. 만약 그놈이 마신다면 진짜 못 말릴 녀석이로군. 어쨌든 오늘밤에 몰래 다른 데다가 숨겨놔. 그런 걸 마셔대다가는 몸이 못 견디지."
하고 아버지는 반신반의하며 말했다.

그날밤, 쇼오자부로오는 평소처럼 부엌을 뒤지러 들어갔지만 맛술은 좀처럼 찾을 수가 없었다. 혹시나 싶어 찢어진 창호지 틈으로 들여다보니 호리병 하나가 아버지 베갯머리에 재떨이와 함께 놓여 있었다. 아버지와 어머니는 병자인 오또미를 사이에 두고 정신없이 코를 골며 입을 떡 벌리고 자고 있었다. 숙맥인 아버지도 울보 어머니도 옛날부터 이상하게 잠들은 잘 잔다. 쇼오자부로오는 밤이나 낮이나 대리석 조각처럼 누워 있는 누이동생의 숨소리에 귀를 기울이며 실수 없이 베갯머리의 호리병을 들어냈다. 그러고는 변소에 숨어 불쾌한 냄새에 얼굴을 찡그려가며 꿀럭꿀럭 목울대를 울려댔다.

그러고 나서 5, 6일이 지난 어느날 한밤중의 일이었다. 가족이 모두 잠든 때를 노려 삐걱거리는 계단을 내려온 쇼오자부로오는 침침한 호롱불빛이 비치는 거실 사방을 둘러보았지만 이미 호리병은 아버지 머리맡에 없었다.

"어, 또 눈치를 채고 다른 데다 숨겼군."

이렇게 중얼거리며 그는 멍청히 방 한가운데 우뚝 선 채로 세 사람의 잠든 모습을 내려다보았다. 언제나처럼 엄청나게 코를 골아대며 입을 쩍 벌리고 쿨쿨 자고 있는 어머니의 모습이 길바닥에 쓰러진 행려병자처럼 애처로웠다. 쇼오자부로오는 최근 2, 3년 동안 부모의 얼굴을 찬찬히 바라본 적이 없다는 생각이 들어 한동안 그들을 지켜보았다. 잔뜩 때가 끼고 헤실헤실 비어지는 메이센의 솜 둔 잠옷자락에서 뼈가 불거진 두 손목을 드러내놓고, 시들어버린 꽃잎 같은 발등을 천장으로 향한 채 무심히 잠든 아버지의 양 볼은 눈두덩과 치열(齒列)이 비쳐 보일 만큼 움푹 패었다. 살아 있는 남자의 잠든 모습이라기보다 굶어죽은 인간의 해골에 가까운 모양이다. 어머니는 몸이 튼튼한 덕인지 비교적 가난뱅이 티가 나지 않는, 살집 좋고 하얀 피부를 가슴까지 내놓고 양팔을 칠칠맞게 좌우로 벌린 채 한쪽 무릎을 세우고 잠들었다. 그들의 잠이 깊으면 깊을수록 쇼오자부로오는 오히려 그들이 애처롭게 느껴졌다. 온종일 노동과 걱정으로 파김치가 되어 패잔(敗殘)의 남은 생을 가까스로 밤중의 숙면에 의탁하고 있는 노부부의 조용한 입술과 눈꺼풀 안쪽에는 낮에 쇼오자부로오를 꾸중할 때와 같은 분노의 눈동자도 빛나지 않고 욕지거리도 울리지 않았다. 그들은 마치 쇼오자부로오의 발아래 몸을 누인 채 자식의 자비와 구원을 애원하는 것만 같았다.

"쇼오자부로오여, 부디 우리를 도와주렴. 너는 우리 아이 아니냐. 넓은 세상에 너 말고 우리를 구해줄 인간은 없어. 부디 우리를 가엾게 여겨줘. 제발 마음을 고쳐먹고 우리에게 자식 노릇을 해주렴."

'지독한' 세상의 고통에 허덕이는 듯한, 토막토막 이어지는 숨소리가 그에게는 어쩐지 이런 말로 들렸다. 자기는 어째서 이런 서글픈 사람들을 무자비하게 대하고 끔찍하게 여겼던 것일까. 이런 가여운 부모에게 어째서 반감을 지닌 것일까…… 그렇게 생각하자 쇼오자부로오는 가슴이 미어졌다.

'세상에 나 같은 악인은 없다. 나야말로 정말 배덕자야. 하늘에게도 신에게도 버림받은 인간이다.…… 아버지, 어머니, 부디 저를 용서해주세요.'

그는 저도 모르게 양손을 합장했다.

"오빠, 또 맛술을 마시러 온 거 아냐?"

잠든 줄 알았던 오또미가 어느샌가 눈을 뜨고 수정처럼 말간 눈빛으로 쇼오자부로오를 뚫어지게 바라보며 말했다.

"갖다 감췄으니까 그런 데서 찾아봤자 있을 리 없어. 마시지 말라는데 오빤 도대체 왜 그럴까?…… 정말이지 우리집 부엌에는 밤마다 머리가 시커먼 커다란 쥐새끼가 나오니 뭘 그냥 둘 수가 없지."

병자는 가느다랗고 힘없는 음성으로 빈정대더니 툭하면 가래가 걸리는 목구멍 안쪽에서 쉐쉐, 하는 소리를 냈다.

한참 동안 쇼오자부로오는 겁먹은 듯이 멈춰서서 거의 아무런 표정도 없는 투명한 병자의 눈 속을 들여다보다가 지난번부터 참고 있던 증오심이 한꺼번에 폭발했다.

"이년이, 건방진 소리를 지껄이고 있어!"

하며, 그래도 그는 으스스한 듯 주저하며 나지막하게 소곤거리듯 말했다.

"뭐야, 너는? 누워만 있는 병자 주제에 입만 살아서 이러쿵저러쿵 제멋대로 지껄이고 있어. 불쌍해서 봐주려니까 저 잘난 줄 알고 도대체 어디까지 기어오르는 거야? 너 같은 게 잔소리 안해도 되니까 입 닥치고 조용히 있어. 어차피 너 같은 병자는……"

여기까지 말한 쇼오자부로오는 다음에 자신이 하려는 말이 너무나 참혹해서 스스로 경악하며 나중 말을 흐지부지 흐렸다.

"…… 남 참견하지 말고 저나 잘하고 있으면 그게 남을 돕는 거라고. 멍청이!"

병자는 더이상 아무말이 없었다. 찌는 듯이 더운 조용한 한밤중 방 안에서 여전히 표정 없는 그녀의 눈동자는 언제까지나 언제까지나 얼음처럼 차갑게 쇼오자부로오를 응시하고 있었다.

'오빠가 하려다 망설인 말의 의미는 나도 잘 알고 있어요. 어차피 나는 곧 죽을 거예요.'

그녀의 눈동자는 이렇게 말하는 것처럼 보였다.

5

그 무렵, 마조히스트(Masochist) 쇼오자부로오는 그의 요구를 뭐든지 들어주는 창녀 하나를 찾아냈다. 그 여자를 만나고 싶어 그는 수단방법을 가리지 않고 유흥비를 조달해서는 사흘이 멀다 하고 카끼가라쪼오에 있는 수상한 집을 찾았다. 수업료니 책값이니 하는 명목으로 니홈바시 친척에게서 뜯어내는 학비는 물론이고 기껏 우정을 회복한 친구들에게 그는 또다시 못할 짓을 하고, 마침내는 빌린 책마저 팔아치우며 스이뗀구우 뒷골목의 그 여자를 찾아다녔다. 격렬한 공포와 격렬한 환락이 번갈아 그를 사로잡아 만사를 분간 못할 섬망(Delirium)의 골짜기에 떨어뜨렸다.

사나흘씩이나 집을 비우고 언제나 한밤중 한두시에나 핫쪼오보리로 돌아오는 쇼오자부로오는 사지의 피로와 싸구려 술의 취기로 물먹은 솜처럼 늘어진 몸을 쿵쿵, 하고 덧문에 부딪쳐가며 잠든 부모를 깨우곤 했다.

"도대체 뭐 하고 이제 오는 거야? 그렇게 문을 두드려 대면 오또미가 놀라잖아. 너 같은 인간하곤 부모고 자식이고 없으니까 어디든 네 멋대로 가버려. 두번 다시 돌아올 생각 말어."

집 안에서 아버지가 고함지르는 소리가 들리면 쇼오자부로오는 한층 더 요란하게 문을 두드렸다. 결국 아버지가 견디지 못하고 문을 열 때까지 언제까지나 쿵쿵, 판자문을 걸어찼다.

"이 자식! 네 멋대로 어디든지 가버리라는데 왜 안 가는 거야. 왜 안 가냐고!"

문을 열자마자 아버지는 느닷없이 쇼오자부로오의 멱살을 틀어쥐더니 관자놀이 언저리를 힘껏 때렸지만 그것은 거의 하나의 관례였다.

"아빠, 아빠, 이웃들이 들어요. 그만 해줘요.…… 쇼오자부로오! 네가 그러고 섰으니까 그렇잖아. 빨리 빌어, 어서!"

어머니는 둘 사이에 끼어들어 머뭇머뭇하며 이렇게 소리를 쳤다.

"이 나쁜 놈! 아직도 그러고 버티고 서 있는 거야?"

계속해서 자식의 머리를 두드려대는 아버지의 얼굴엔 때로 눈물이 비치고 음성은 기이하게 떨리곤 했다.

그런데도 쇼오자부로오는 잘못을 빌지도 나가버리지도 않았다. 미친 듯이 날뛰는 아버지의 팔을 억지로 끌고 가까스로 엄마가 안방으로 데려갈 때까지 그는 고집스럽게 고개를 쳐들고 막대기처럼 서 있었다.

매일밤 이어지는 독기어린 자극 때문에 저려오는 머리를 현기증이 날 만큼 쾅쾅 흔들어놓는 것이 그는 오히려 기분이 좋아 일종의 통렬한 쾌감까지 느꼈다.

6월말, 계속되던 장마가 모처럼 활짝 갠 어느날이었다. 네댓새 전부터 특히 용태가 나빠진 누이동생은 아침 일곱시, 출근하려던 아버지를 불러세우더니,

"아빠, 어쩐지 나 오늘 너무 쓸쓸하니까 아무데도 가지 말고 있어줘. 응? 아빠"

하며, 평소에 하지 않던 서글픈 소리로 어리광을 부렸다. 쇼오자부로오에게 욕을 먹을 만큼 건방지던 병자도 그 무렵엔 눈에 띄게 기력이 쇠하여 일고여덟살짜리 어린 시절의 어리석음으로 돌아가 있었다. 밤만 되면 혼자 자기 싫다며 아버지의 여위어빠진 팔에 안겨 잠이 들었다. 그녀는 아버지에게 안겨 있으면, 어쩌면 죽는 일도 없으리라 믿고 있는 모양이었다.

"아빠, 오또미가 쓸쓸하다니까 오늘은 하루 쉬세요."

엄마도 딸을 거들어 눈짓을 하며 아버지에게 말했다.

"그럼 아빠가 가게를 하루 쉬고 오늘은 집에 있어줄게."

아버지는 상냥하게 딸의 말대로 걸치려던 앞치마의 끈을 풀었다.

전날 저녁부터 카끼가라쬬오의 술집에 묵었던 쇼오자부로오는 오포(午砲)가 울릴 무렵에야 눈을 떴는데 상대 여자는 이미 자리에 보이지 않았다.

'근데, 어쩌면 오늘밤쯤 동생이 죽지 않을까 몰라.'

얼핏 그런 생각이 그의 가슴에 떠올랐다. 그리고 이상하게도 그 생각은 내내 그의 마음에 응어리져 파리라도 꾀듯이 점점 확산되었다. '벌

레가 알린다'는 둥 '가슴이 울렁거린다'는 둥 세간에서 흔히 하는 말은 이런 경우의 기분을 뜻하는 건가 싶었다. 끝내는 동생이 오늘밤 죽으리라는 것이 이미 다 알려진, 의심할 수 없는 사실인 듯 느껴지기조차 했다.

그는 동생의 병에 관해 한번도 오빠다운 걱정을 한 적이 없었건만 역시 핏줄이 무서워 '벌레가 알리는' 건가 싶으니 어쩐지 괴로운 심정이었다. 자기와 그녀 사이의 육친관계가 그 정도로 뿌리 깊은 것이라고는 전혀 믿고 싶지 않았다.

오후 한시쯤에 계산을 마치고 술집 문을 나선 쇼오자부로오는 아직 품에 남은 돈 2엔을 어떻게든 그날 안으로 써버려야 시원할 것 같았다.

"술이야, 술, 술만 마시면 가슴도 진정될 거야."

──그는 비틀비틀 닌교오쪼오의 비어홀로 들어섰다. 위스키니 정종을 연거푸 들이마시고 혀를 데일 것 같은 뜨거운 양식을 세 접시나 먹어치우고 얼큰해서 밖으로 나오니 한낮의 태양이 술에 취한 창녀의 입김처럼 뜨겁게 그의 목덜미를 지져댔다. 그는 현기증이 일어 금방이라도 쓰러질 것 같았지만 다행히 가슴은 가라앉았다.

"그래, 지금부터 아사꾸사로 가는 거야. 아사꾸사로 가서 활동사진을 보고 가야지. 재미있을걸⋯⋯"

하고, 그는 큰 소리로 혼잣말을 했다.

그날밤 쇼오자부로오가 핫쬬오보리 집 앞에 온 것은 아홉시쯤이었다. 문을 열자

"쇼오자부로오냐, 어서 와, 빨리 오라니까!"

하는 어머니의 젖은 목소리가 들렸다.

좁은 6첩짜리 방에 부모를 비롯하여 니홈바시의 친척들이 꽉 들어차

땀냄새가 코를 찌르는 무더위를 참으며 병자의 머리맡을 둘러싸고 있었다.

"오또미 짱, 오또미 짱, 오빠가 왔어요."

시집가기 전의 화려한 타까시마다(高島田, 높이 치켜올린 미혼 여성들의 머리 모양으로 신부의 정장용이기도 하다──옮긴이) 머리를 한 오요오가 병자의 귓가에 입을 대고 말했다.

"정말 신기하기도 하지. 언제나 늦게 오더니 오늘따라 쇼오자부로오가 일찍 들어오다니……"

이렇게 말하며 어머니는 새빨간 눈가를 문질렀다.

병자는 그런 말들을 다 알아듣는 듯했다. 하지만 이미 입술이 굳어버렸는지 한마디도 하지 못했다. 그녀는 그저 영리한 개처럼 눈을 치뜨고 지그시 쇼오자부로오의 얼굴을 응시했다.

'오또미, 오또미, 어째서 너는 나를 그렇게 흘겨보는 거야? 지난번에 내가 널 야단친 것은 그냥 일시적으로 화가 나서 그런 것뿐이야. 제발 그렇게 노려보지 말고 이제 적당히 용서해줘. 나는 네 오빠잖아. 나도 오늘은 불길한 예감이 있었어……'

오빠는 마음속에서 이렇게 말하며 상한 감냄새 같은 술내를 무거운 한숨과 함께 토해냈다.

"저기요 여보, 하가와 상더러 주사를 한번 더 놔달라고 할까요?"

어머니가 말했다

"그럴까, 그래도 되긴 하지만 어차피 마찬가지 아냐? 쇼오자부로오도 돌아왔고 다들 모였으니 이젠 됐어. 무리하게 살려두는 것도 오히려 당사자만 불쌍하지."

이렇게 말하는 아버지의 입가에는 옥죈 듯한 웃음이 보였다.

안타깝고 숨이 막힐 듯한 괴로운 시간이 침묵 속에서 두시간쯤 흘러

갔다. 돌연, 병자의 입술이 달팽이가 꿈틀거리듯이 천천히 움직였다.

"엄마…… 나 응가 하고 싶은데 이대로 해도 돼?"

"그럼 되고말고, 그대로 하렴."

엄마는 자식의 마지막 응석을 흔쾌히 받아주었다.

한동안 병자는 의식을 확실히 회복하여 좌우의 사람들에게 띄엄띄엄 말을 걸었다.

"아아, 난 정말 이게 뭐야. 열대여섯살에 죽어버리다니…… 그래도 나는 힘들지도 않고 아무렇지 않아. 죽는다는 게 이렇게 편한 건가……"

사람들은 모두 철인(哲人)의 가르침을 듣는 듯이 침을 삼키며 귀를 기울였다. 그 말이야말로 이제 육체를 벗어나려는 영혼이 지른 단말마의 음성이었다. 그것이 끝나고 점차 병자의 숨이 사그라들었다.

"이상하군, 병자들이 죽을 때면 곧잘 딸꾹질을 하던데 이 아이는 전혀 안하네. 연극 같은 데서도 딸꾹질을 해보이잖아……"

아버지는 이상하다는 듯이 임종의 모습을 지켜보며 말했다. 죽은 몸은 아직도 조금 움직이고 있었다. 움찔움찔 어깨 근육이 강직되고 입술 사이로는 모란채 같은 색 바랜 혀를 내밀었다.

느닷없이 엄마가 칠칠맞게 커다란 소리로 엉엉 울기 시작했지만 아버지가 엄하게 나무라자 소맷자락을 입에 물고는 시체 옆에 엎드려버렸다.

그로부터 한두달 지나 쇼오자부로오는 단편소설 하나를 문단에 발표했다. 그가 쓰는 것은 당시 세간에서 유행하던 자연주의 소설과는 전혀 다른 경향의 것이었다. 그것은 그의 머릿속에서 발효되는 기이한 악몽을 소재로 한, 감미롭고 향기로운 예술이었다.

더 읽을거리

『치인의 사랑』(김용기 옮김, 책사랑 2003)은 작가의 전기 문학활동의 집대성이라 할 만한 장편소설로, 칸또오 대지진 이후 미국적 풍조의 하나이던 '모던 걸' 나오미라는 소녀를 주인공으로 여성의 매력과 그 노예가 된 남성을 그렸다. 『그늘에 대하여』(고운기 옮김, 눌와 2005)는 패전 이후 칸사이로 이주한 작가의 고전회귀에 의한 일본미의 재발견을 그린 수필이다.

島崎藤村

| 시마자끼 토오손 |

1872~1943

나가노 현 출생. 메이지학원 졸업. 인간해방과 예술가치를 제창한 키따무라 토오꼬꾸 등과 『분가꾸까이(文學界)』를 창간, 「봄나물집(若菜集)」으로 서정시인으로 등장해 당시 일본의 낭만주의운동에 참여했다. 코모로에서의 교사시절부터 소설로 전환하여 장편 『파계(破戒)』로 작가로서 흔들리지 않는 위치를 마련한 후, 자연주의를 대표하는 자전적인 소설을 쓰기 시작했다. 조카와의 연애를 그린 「신생」, 메이지유신 전야의 아버지의 생애와 그 시대를 묘사한 대작 『동트기 전(夜明け前)』 등 '이에(家)'와 핏줄을 둘러싼 문제를 평생 추구했다.

■　　클 준비 伸び支度

어머니 없이 자란 한 소녀의 초경을 둘러싼 아버지의 당황과 소녀의 성장을 사실적으로 그려냈다. 아버지의 인형이었던 소녀가 여자가 되어가면서 느끼는 어머니에 대한 그리움, 아이들의 세계에 결별을 고하고 어른의 세계로 발돋움해가는 내면이 자연주의의 대표작가다운 솜씨로 묘사되어 있다. 이런 단편을 통해서도 가족, 혈연 혹은 그것의 붕괴과정을 차가운 눈으로 바라봄으로써 일본의 근대가 지닌 근본적인 모순을 꿰뚫어 보고자 했던 작가의 눈을 느낄 수 있다.

클 준비

대부분의 집에서 열너덧살 되는 딸들이 그런 것처럼, 유우꼬도 그 나이 무렵이 되고 보니 인형 같은 건 어느새 잊어버리게 되었다.

인형에게 입힐 키모노니 주반(키모노 안에 입는 속옷——옮긴이)이니 하면서 법석을 떨던 무렵의 유우꼬는, 그걸 위해 얼마나 많이 조그만 키모노를 만들고 작은 두건들을 만들어 어린 시절의 즐거움을 삼았는지 모른다. 읍내 장난감가게에서 싸구려를 사서 금방 머리가 떨어진 놈, 얼굴에 때가 묻고 코가 떨어져나가 도깨비같이 기분 나쁘게 되어버린 놈——유우꼬의 낡은 인형들은 가지각색이었다. 그중에서도 아버지와 함께 대지진이 있기 전의 마루젠(丸善)에 갔을 때 아버지가 사준 인형을 가장 오래 가지고 있었다. 그것은 독일 쪽에서 막 새로 들여온 갖가지 장난감과 함께 마루젠 이층에 진열되어 있던 것으로, 이국 어린이의 복장이기는 하지만 귀엽고 싸고 튼튼하게 만들어진 것이었다. 갈색 머리를 덮어쓴 듯한 남자아이 인형인데 눕히면 눈을 감고 일으켜 세우면 귀여운 눈을 반짝 떴다. 유우꼬가 이 인형에게 말을 걸 때는 마치 살아 있는 어린아이에게 말을 거는 것처럼 보일 정도였다. 그렇게 좋아해서 안아주고 쓰다듬어주고 늘 가지고 다니며 매일같이 옷을 갈아

입히고 심지어는 그 인형을 위해 작은 이불이나 베개까지 만들었다. 유우꼬가 감기라도 들어서 학교를 쉬는 날이면 그녀의 베개맡에 발을 드러내놓고 언제나 웃는 얼굴로 옛날이야기 상대가 되어준 것도 그 인형이었다.

"유우꼬 상, 놀자아"

하면서 한때는 자주 그녀의 집으로 놀러 왔던 이웃의 꼬마아가씨도 있다. 미쯔꼬 상이라고, 유치원에 들어갈 나이의 계집아이답게 턱까지 닿는 단발머리를 늘어뜨린 아이였다. 유우꼬도 자주 미쯔꼬 상을 보러 가서 시간만 있으면 함께 종이접기나 공기놀이를 하며 놀았다. 그 무렵 이 두 사람의 상대역은 언제나 그 인형이었다. 그처럼 사랑을 독차지하는 대상이었지만 점차 유우꼬에게서 잊혀갔다. 뿐만 아니라 유우꼬가 인형 같은 걸로 이전처럼 법석을 떨지 않게 될 무렵부터는 미쯔꼬 상과도 별로 놀지 않게 되었다.

하지만 유우꼬는 아직 겨우 고등소학교 1학년(현재의 중학교 1학년—옮긴이)을 마칠까 말까 하는 정도의 나이였다. 그녀는 아무것도 없이는 견딜 수 없는 아이였다. 아이들을 좋아하는 유우꼬는 어느샌가 이웃집에서 다른 아이를 안고 와서 자기 방에서 놀게 했다. 세는나이로 두살밖에 안된 남자아이인데 저 말 안 듣는 미쯔꼬 상에 비하면 이 아이는 어찌나 얌전한지. 킨노스께 상이라는 이름처럼 남자답고, 아랫볼이 통통한 얼굴에 미소지을 때는 작은 보조개가 패여 귀여웠다. 게다가 이 아이의 좋은 점은 유우꼬가 하자는 대로 하는 것이었다. 잠시도 가만히 있지 못하고 걸핏하면 유우꼬가 감당할 수 없는 일을 벌이던 미쯔꼬 상과는 전혀 딴판이었다. 유우꼬는 인형을 껴안듯이 킨노스께 상을 껴안고 어디든지 가고 싶은 데로 데려갈 수 있었다. 자기 곁에 두고 놀리고 싶으면 그럴 수도 있었다.

이 킨노스께 상은 1월생의 두살배기인데도 아직 말을 잘 못한다. 꽃봉오리 같은 입술에서는 "움마 움마" 같은 소리밖에 나오지 않는다. 어머니 이외의 친한 사람을 부를 때에도 "짜아짱"('카아상(엄마)'의 유아적 발음—옮긴이)이라고밖에 부를 줄 몰랐다. 이런 어린아이가 유우꼬네 집에 따라와 보니 유우꼬의 아버지도 있고 오빠도 둘이나 있다. 하지만 킨노스께 상은 그런 사람들까지 "짜아짱"이라고 부를 수밖에 없었다. 역시 이런 어린아이가 부르는 말이란 친한 사람에 한정되어 있었다. 애당초 킨노스께 상을 유우꼬네 집에 처음으로 안고 와서 보인 것은 오하쯔라는 식모였는데 오하쯔가 아이 좋아하는 것은 유우꼬 못지않았다.

"짜아짱."

이것이 거실로 유우꼬를 찾으러 갈 때 아이의 소리다.

"짜아짱."

이것은 또한 부엌에서 일하고 있는 오하쯔를 찾을 때 아이의 소리이기도 하다. 킨노스께 상은 아직 아장아장하는 불안한 걸음걸이로 거실과 부엌 사이를 왔다갔다 하며, 유우꼬나 오하쯔의 어깨에 매달리거나 두 사람의 옷자락을 잡고 늘어지면서 놀았다.

3월, 눈송이가 솜처럼 마을에 내렸다가 하룻밤 사이에 몽땅 녹아버릴 무렵에는 유우꼬네 집에서는 더이상 미쯔꼬 상을 부르는 소리가 들리지 않았다. 그것이 "킨노스께 상, 킨노스께 상"으로 바뀌었다.

"유우꼬 상, 왜 놀러 안 와요? 절 잊어버린 거예요?"

이웃집 이층 창에서 미쯔꼬 상의 목소리가 들려왔다. 그 조숙한, 꼬마아가씨다운 목소리는 이른 봄 마을 공기를 크게 울리며 들려왔다. 유우꼬가 어떤 여자고등학교에 들어가기 위한 수험준비에 한창 바쁠 무렵, 좀 늦은 시간에 지금 다니고 있는 학교에서 돌아오다가 그 미쯔꼬 상의 목소리를 들었다. 그녀는 그다지 기분 나쁜 얼굴을 하지도 않고 그냥 흘려들은 채 집에 돌아와 보니 거실 장지문 옆에서 오하쯔가 바느질을 하면서 킨노스께 상을 놀게 하고 있었다.

뭣 때문인가, 그날 유우꼬는 킨노스께 상을 화나게 만들어버렸다. 아이는 유우꼬한테는 오지 않고 오하쯔한테만 갔다.

"짜아짱."

"네에, 킨노스께 상."

오하쯔와 아이는 유우꼬 앞에서 이런 말을 주거니 받거니 하고 있었다. 아이가 부를 때마다 오하쯔는 '어이구, 귀여워라' 하는 표정으로 같은 행동을 몇번이고 되풀이했다.

"짜아짱."

"네에, 킨노스께 상."

"짜아짱."

"네에, 킨노스께 상."

얼마나 오하쯔의 목소리가 컸던지 유우꼬의 아버지가 웃으며 나타났다.

"난리도 아니구먼. 내 방에서 들었는데 자네는 마치 만담을 하는 것 같지 않나."

"주인어른" 하고 오하쯔는 스스로도 이상한 듯 웃다가 좀 지나서는 유우꼬와 킨노스께 상의 얼굴을 번갈아 보면서 "이렇게 킨노스께 상이 저한테만 달라붙어서는…… 오늘은 유우꼬 상과 킨노스께 상이 싸웠나봐요."

'싸움'이라는 말에 아버지가 웃음을 터뜨렸다.

유우꼬는 하릴없이 오하쯔에게서 떨어지지 않는 아이를 바라보았다. 여자로 꾸며보고 싶을 만큼 뽀얀 아이, 아름다운 눈썹, 약간 벌어진 입술, 배냇머리 그대로인 짧은 머리카락, 어린아이다운 이마── 모든 것이 귀여웠다. 왠지 모르게 유우꼬에 대해 토라져 있는 듯한 천진난만함이 그 어린이다운 모습을 더 한층 귀엽게 보이게 했다. 이런 애처로움은, 저 생명이 없는 인형에게서는 찾아볼 수 없던 것이다.

"뭐니뭐니 해도 킨노스께 상은 유우꼬의 장난감 인형이지"라고 말하며 아버지는 웃었다.

유우꼬의 아버지는 홀아비로, 중년에 짝을 잃은 사람들이 흔히 그런 것처럼 남자 혼자서 겨우겨우 유우꼬 들을 키워왔다. 이 아버지는 킨노스께 상을 인형 다루듯 하는 유우꼬의 행동을 마냥 웃을 수만은 없었다. 왜냐하면 그런 유우꼬가 실은 아버지의 인형아가씨였기 때문이다. 아버지는 유우꼬를 위해 인형까지도 손수 골랐는데, 같은 마루젠 이층에 있던 독일제 인형 가운데서도 자기 마음에 드는 것을 찾아 그것을 유우꼬에게 주었던 것이다. 유우꼬가 그 인형을 위해 몇가지 작은 옷을 만들어 입힌 것과 똑같이 아버지도 유우꼬를 위해 자기가 좋아하는 것을 골라서 입혔다.

"유우꼬 상이 가여워요. 요만할 때 빨갛고 화려한 것을 입히지 않으면 언제 입힐 수 있겠어요."

이런 소리를 하면서 유우꼬를 두둔하는 듯한 여자 손님들이 없었던 것은 아니지만 아버지는 듣지 않았다. 딸의 옷차림은 될 수 있는 대로 청초하게. 아버지는 자신의 취향에 맞춰서 유우꼬가 입는 옷도 소지품도 모두 다 자기가 골라줬다. 그리고 언제까지나 자신의 인형아가씨로 남아 있기를 바랐다. 언제까지나 어린아이로, 자기가 말하는 대로 따르고 자기 마음대로 할 수 있도록……

어느날 아침, 오하쯔는 부엌에서 일하고 있었다. 거기에 유우꼬가 와서 섰다. 유우꼬는 이불을 끌어안은 채 아무 말도 못하고 창백한 얼굴을 하고 있었다.

"유우꼬 상, 왜 그래?"

잠시 오하쯔도 어리둥절해했으나 유우꼬에게서 이불을 받아 살펴보고는 금방 알아차렸다. 오하쯔는 체격도 크고 힘도 센 여자였으므로 떨고 있는 유우꼬를 뒤에서 안듯이 해서 거실 쪽으로 데려갔다. 그러고는 한쪽 구석에 유우꼬를 눕혔다.

"그리 걱정하지 않아도 괜찮아요. 내가 편하게 해줄 테니까——누구에게나 있는 일이니까——오늘은 학교도 쉬어요."

오하쯔가 유우꼬 머리맡에서 말했다.

할머니도 없고 어머니도 없고 그 누구도 말해줄 사람이 없는 가정에서, 생전 처음으로 유우꼬가 경험하는 이런 일이 생각지도 못한 때에 닥쳐왔다. 좀처럼 학교를 쉰 적이 없는 딸아이가, 그것도 수험을 눈앞에 둔 싯점이었다. 3월다운 따사로운 봄 아침햇살이 거실 장지문에 비칠 무렵 아버지가 유우꼬를 보러 왔다. 무슨 일인지 오하쯔에게 물었다.

"예에, 좀……"

하고 오하쯔는 모호한 대답만 했다.

유우꼬는 아무 말도 없이 괴로운 듯 누워 있었다. 아버지가 걱정스러운 얼굴로 들여다보러 올 때마다 숨기기도 어려워 오하쯔는 결국 더이상 숨길 수가 없게 되었다.

"주인어른, 유우꼬 상은 아픈 게 아닙니다."

그 말을 듣고 아버지는 반신반의하면서 딸 곁을 떠났다. 평소 엄마 역할까지 겸해서 옷준비부터 모든 것을 도맡아온 아버지지만 그날만은 아버지가 할 수 있는 일이 전혀 없었다. 바깥부모의 비애라고나 할까, 아버지는 그 이상은 오하쯔에게 묻지도 못했다.

"벌써 몇시야?"

아버지가 거실에 걸려 있는 기둥시계를 보러 왔을 무렵에는 시곗바늘이 열시를 가리키고 있었다.

"점심때는 오빠들도 돌아오겠구면" 하고 아버지는 거실 안을 둘러보며 말했다. "오하쯔, 자네한테 미리 부탁해두는데 다들 학교에서 돌아와서 물으면 이렇게 말해줘―오늘은 아빠가 유우 짱더러 쉬라고 했다고―몸이 좀 안 좋은 모양이라고―머리가 약간 아파서라고."

아버지는 유우꼬의 오빠들이 학교에서 돌아왔을 때를 예상해서 딸을 위한 여러가지 구실을 생각했다.

정오가 되기 좀 전에 이미 두 오빠들이 잇따라 기운차게 돌아왔다. 한 오빠가 유우꼬가 누워 있는 것을 보자 가만히 있지 못했다.

"어이, 왜 그래?"

그 기세에 눌려 유우꼬는 금방이라도 울 것 같았다. 그때 오하쯔가 뛰어들어 여러가지 핑계를 댔으나 아무것도 모르는 오빠는 영문을 모르겠다는 표정으로 계속해서 유우꼬를 몰아세웠다.

"머리 좀 아프다고 학교를 쉬다니, 그런 놈이 어디 있어? 약해빠진 녀석."

"저런, 그렇게 심한 말을" 하고 오하쯔는 오빠를 달래듯이 말했다. "유우꼬 상은 내가 쉬라고 한 거예요―오늘은 내가 쉬라고 했단 말이에요."

묘한 침묵이 이어졌다. 아버지조차 뭐라고 설명할 수가 없었다. 아버지는 다만 입을 다문 채 유우꼬가 누워 있는 방 바깥 복도를 왔다갔다할 뿐이었다. 마치 유우꼬의 어린 날이 종말을 고한 듯이―언제까지나 그렇게 아버지의 인형아가씨가 아니라는 듯이, 기다리고 기다리던 그 어떤 날이 드디어 아버지의 눈앞에 당도한 것처럼.

"오하쯔, 유우 짱은 자네에게 맡기네."

아버지는 말하기 어려운 듯 겨우 그렇게만 말하고 다시 자기 방으로 돌아갔다. 이렇게 괴로운, 어떻게 말하기조차 어려운 하루를 유우꼬는 누워서 보냈다. 저녁 무렵에는 많은 꼬마들의 목소리에 섞여서 예의 미쯔꼬 상의 새된 목소리도 집 밖에서 들렸으나 유우꼬는 누운 채로 듣고 있었다. 앞마당의 어린 풀도 하룻밤 사이에 훌쩍 클 정도로 따뜻한 봄밤의 슬픔이 정말 그만큼의 크기로 유우꼬의 작은 가슴을 아프게 했다.

이튿날부터 유우꼬는 오하쯔가 가르쳐준 대로 해서 언제나처럼 학교에 가려고 했다. 그해 3월에, 잘못하면 또 일년을 기다려야 하는 중대한 수험준비가 그녀를 기다리고 있었다. 그때 오하쯔는 자기가 여성이 되었을 때의 일을 꺼내서,

"나는 열일곱살 때였어. 그 정도로 늦되었던 거지. 좀더 빨리 네게 이야기를 했더라면 좋았을걸. 그동안 몇번이나 이야기를 할까 말까 했는데 아직 유우꼬 상에게는 이른 것 같아 지금까지 이야기를 안했던 건데…… 내가 늦었으니까…… 학교에서 체조 같은 것은 그 기간에는 쉬는 게 좋아요."

이런 이야기를 유우꼬에게 해주었다.

불안하기도 하고 걱정도 되고 생각만 해도 쑥스러워 얼굴이 빨개질 것 같은 마음으로 유우꼬는 학교로 가는 길을 따라갔다. 이 갑작스러운 변화──그것을 일단 알고 나면 아무 걱정도 할 것 없는, 흔히 있는 일로 생각되는 이 변화를 무슨 연유에선지 유우꼬는 모르고 있었다. 실제로 필요한 세심한 주의사항을 빠짐없이 오하쯔에게 배웠는데도 이럴 때 엄마가 살아 있어서 그 품에 안길 수 있으면 얼마나 좋을까 하는 생각에 자꾸만 슬퍼졌다. 언제나처럼 학교에 다다라보니 유우꼬는 이미 이전의 자신이 아니었다. 매사에 자유를 잃은 듯하고 행동반경이

좁아졌다. 어제까지 함께 놀던 친구들로부터도 멀리 떨어져 여러 친구들이 선생님들과 줄넘기나 공던지기를 하며 노는 모습을 운동장 한구석에서 쓸쓸하게 바라보고만 있었다.

그로부터 일주일이 지나자 조금씩 유우꼬는 정상적인 몸으로 되돌아왔다. 넘쳐나던 것도 완전히 깨끗해졌다. 마치 봄눈에 젖어서 오히려 더 잘 자라는 어린 풀처럼 성장기의 유우꼬는 한층 더 생기발랄한 건강을 되찾았다.

"아, 다행이다"라고 말하며 주변을 돌아보다가 갑자기 유우꼬는 왠지 모르게 슬픔이 북받쳤다. 그 슬픔은 어린 시절과의 결별을 고하는 슬픔이었다. 그녀는 이제 더이상 지금까지와 같은 눈으로 주변 어린아이들을 바라볼 수도 없게 되었다. 저 미쯔꼬 상이 검고 치렁치렁한 머리카락을 흔들며 자못 천진난만하게 집 주변을 뛰어다니고 있는 것을 보며 유우꼬는 자기도 다시 한번 아무것도 모른 채 잠들어보고 싶다는 생각을 했다.

남자와 여자의 차이가 지금은 분명하게 유우꼬에게 보이기 시작했다. 그녀는 마냥 천하태평인 오빠들과 달리 스스로 자신을 지키지 않으면 안되었다. 어른의 세계를 완전히 다 알았다고 할 수는 없지만 적어도 그것을 들여다보기는 했다. 그런 마음에서 유우꼬는 말로 표현하기 어려운 경이로움에 대한 유혹을 느끼기도 했다.

아이를 좋아하는 오하쯔는 여전히 이웃집에서 킨노스께 상을 안고 왔다. 고집있게 생긴 아이는 전보다 더 귀여운 표정을 보이며 유우꼬의 어깨에 매달리기도 하고 뒤를 좇아다니기도 했다.

"짜아짱."

다정하게 부르는 킨노스께 상의 목소리는 변함이 없었다. 그러나 유우꼬는 이제 이전과 똑같이는 이 어린아이를 안아줄 수 없었다.

유우꼬의 어머니는 그녀가 태어난 지 얼마 안되어 심한 산후 출혈로 죽었다. 어머니가 죽던 때는 사람 몸에 마치 밀물과 썰물이 번갈아오듯 하며 서너장의 홑옷을 흠뻑 적셨다. 그처럼 무서운 기세로 어머니에게서 빠져나갔던 조수가——15년이 지나서——그 어머니와 생명을 맞바꾼 듯한 인형아가씨에게 밀려온 것이다. 하늘에 뜬 달이 찼다 기울었다 할 때마다 그것과 호흡을 맞추는 듯한 기적 아닌 기적은 아직 유우꼬에게는 잘 이해되지 않았다. 그것이 사람들이 말하는 것처럼 규칙적으로 흘러넘치는 것이 도무지 믿기지 않았다. 이유를 알 수 없는 불안은 아직도 계속되고 있어서 끊임없이 그녀를 위협했다. 유우꼬는 그런 걱정 때문에 아이의 세계와 어른의 세계 사이에서 한숨 쉬며 떨고 있었다.

더 읽을거리

『폭풍우 외 7편』(노영희 옮김, 소화 1996) 속에는 「성장준비」라는 제목으로 이 작품과 같은 작품이 들어 있다. 『봄』(노영희 옮김, 소화 2000)은 작가 자신을 연상시키는 주인공 키시모또를 중심으로 잡지 『문학계』 동인들의 고난에 찬 삶을 묘사한 회고적 장편소설로, 『파계』와는 전혀 다른 사소설적 성격이 타야마 카따이(田山花袋)의 『이불』의 적나라한 애욕생활의 고백에도 영향을 주었다.

川端康成

| 카와바따 야스나리 |

1899~1972

오오사까 출생. 열다섯이 되기 전 아버지, 어머니, 할머니, 누나와 할아버지 등을 차례로 잃고 고
아가 되었다. 제1고를 거쳐 토오꾜오대학 영문과에 진학, 후에 국문과로 옮겼다. 요꼬미쯔 리이찌
등과『분게이슌주우(文藝春秋)』동인으로 참가하고『분게이지다이(文藝時代)』를 창간하여 신감
각파운동을 일으켰으며 타이쇼오(大正, 1912~26)에서 쇼오와(昭和, 1926~89) 초기까지는 소설가
로서보다 평론가로 활약했다.『수정환상』『금수』등을 거쳐『설국』을 발표하는 1935년경부터 소
설가로 우뚝 서 1968년 노벨문학상을 받았다.

■　　**장편(掌篇)소설 3편**

망원경과 전화 望遠鏡と電話/삽화 插話/산다화 さざん花

　　일본의 전통적인 아름다움을 주로 그린 장편(長篇)소설로 유명한 그에게는 실은 창작 초기부터 전후까지 무려 120편 이상의 장편(掌篇)소설이 있다.

　　이 짧은 3편의 작품에는 제2차 세계대전을 전후한 일상을 보는 쓸쓸한 관조가 담겨 있어 이른바 고아 의식을 지니고 평생을 살았으며 '임종의 눈'으로 세상을 지켜보았다고 일컬어지는 카와바따의 문학적 개성이 잘 드러나고 있다.

망원경과 전화

1

뽀브레 씨의 두 의족은 이 이야기를 하기에 지나치리만큼 좋은 조건이지만 우리 제자들 입장에서도 아주 편했다.

첫째, 우리가 무턱대고 아무때나 찾아가도 선생님이 안 계시는 일은 없다. 게다가 바깥출입을 할 수 없는 선생님은 단 한번도 우리가 찾아가는 것을 기뻐하시지 않은 적이 없다.

"선생님은 걸어다닐 수 없는 쓸쓸함을 달래기 위해 프랑스어 교수가 된 거야."

이것이 누구나 생각하는―그리고 한결같은 소문이었다.

"아름다운 사람들에게선 프랑스 화장품 냄새가 나고―그리고 프랑스어가 로망인 일본, 나는 떠나지 않을 거야"라고 선생님은 종종 노래하듯이 말한다.

프랑스어가 로망인 일본―이것은 제자들의 노래이기도 했다. 특히 가난한 학생인 나에게는 아름다운 노래였다.

다리를 잃기 전의 뽀브레 씨는 프랑스 대사관의 젊은 서기관이었다고 한다. 그런 연유로 그의 제자 중에는 아름다운 부인이나 아가씨가 많았다.

그 여자들은 언제나 선생님 주변에서, 대사관의 무도회 같고 크리스마스 같고 또 요꼬하마 선창가 같은 분위기를 어렴풋이 풍겼다. 게다가 선생님은 틈만 있으면—— 그렇게 여겨질 만큼 자주 일본노래 한소절을 부르곤 했다.

"금란단자 띠를 매면서

새색시여 그대는 어찌 우는가."

프랑스의 혀 꼬부라진 목소리로 부르니 그 노래는 고풍스러운 애수가 없어지고 묘하게 새롭고 밝은 이국적 분위기를 띠었다.

그 노래를 들으면서 나는 생각하곤 했다.

'그렇구나, 장애인이라는 불행도—— 외국에서는 오히려 그 추함이 부드러운 애교로 보일지도 몰라.'

그러나 R꼬가—— 그녀는 열다섯살 난 여학생인데, 어느날 내게 말한 적이 있다.

"뽀브레 선생님을 일본에 머물게 한 것은 분명 일본 아가씨의 헤픈 눈물이었을 거라는 소문이야. 선생님이 다치셨을 때 누군가가 엉엉 울어버린 탓으로 앞뒤 생각하지 않고 맹세를 해버렸을 거라고."

2

소리나는 쪽을 돌아보니 비둘기가 발코니 위를 걷고 있었다. 한물간 독일 음악가가 널어놓은 재킷 옆에서 그 비둘기가 마을 하늘로 날아올랐다. 마을 건너편에는 한낮의 아지랑이가 드리워져 증기선이 지나가지 않았다면 노을빛 바다는 먼 산맥과 구분이 안되었을 것이다. 호텔의 비둘기는 여섯 마리, 7월의 열기를 널리 빨아들여 잿빛으로 흐린 마을 위를 날고 있었다.

뽀브레 씨는 가죽의자에 일본식으로—라고 말하는 것은, 두 다리의 의족을 풀면 단정하게 다리를 붙이고 앉을 수밖에 없기 때문인데, 장식물처럼 앉은 그 자세로 나에게 말하기를

"의자를 창 쪽으로 붙여주게."

창가에는—이 방의 상징 같은 커다란 망원경이 놓여 있다. 선생님이 다리를 잃고 언덕 위의 호텔로 옮겨왔을 때 친구들과 지인들이 선물한, 재치있는 물건이다. 선생님은 제자들에게도 절대로 손을 못 대게 할 정도로 그것을 아꼈다. 제자들 또한 그것을 들여다보는 것은 선생님의 눈 속—다시 말해서 마음속으로 무례하게 밀고 들어가는 것 같은 느낌이 들어서 망원경을 신성하게 다루는 것이 이 방에서의 예의였다.

그런데 오늘은 선생님 쪽에서 내게

"자네는 망원경으로 인생을 본 적이 있나?" 한다.

"인생을?—나는 오페라 글라스로 여배우의 춤을 본 적이 있을 뿐이다. 심바시 연무장에서 벗꽃 필 무렵의 춤을"이라고, 나의 프랑스어가 나를 젠 체하게 만든다.

"다른 인생을 발견했나?"

"여배우의 몸뚱이가 내 눈 가득 덮어씌우듯 날아들어 나를 놀라게 했지. 실물보다 한배 반이나 큰 몸뚱이가 물결 같은 압력으로 내 얼굴 가까이로 밀려왔어."

"그래.—그럼 S꼬는 뭘 보았지?"

"나?—나는 높은 탑에서 도시를."

"감상은?"

"어릴 때 기억이야. —— 새는, 새가 하늘을 날고 있었는데, 새는 왜 좀 더 빨리 날지 못할까 하고 생각했어."

"그 새는 비둘기였나?"

"응, 비둘기. —— 비둘기라는 프랑스어를 잊어버려서 새라고 말했어. 쌍안경 속에서 날개 소리가 들리는 듯했지."

"그래" 하면서 선생님은 망원경의 촛점을 맞추다가 갑자기 뾰족한 코를 내게 들이밀며

"이걸 좀 봐."

"앗" 하고 나는 망원경에서 얼굴을 뗐다. 내 얼굴 바로 앞에서 한쌍의 남녀가 입맞춤을 하고 있었다. 다시 들여다봐도 —— 입맞춤을 하고 있었다.

여자는 화장기 없이 하얀 이마에, 어울리지 않는 홍조가 뺨에 비치는 것으로 보아 병이 나은 지 얼마 되지 않았음이 분명하다. 남자가 입술을 움직임에 따라 여자는 어깨부터 흔들리고 있다. 여자의 머리카락다발이 툭, 하고 등으로 떨어졌다. 그러고는 눈을 뜬 채 남자의 얼굴을 바라보고 있다. 그녀는 아프고 나서 오늘 처음으로 머리를 감은 듯, 아무렇게나 다발지어 찔러두었던 머리빗이 빠져서 떨어진 것이리라.

내 얼굴이 창백해진 것을 보고 S꼬는 다른 사람의 비밀을 캐려는 듯

"나도 봐도 돼?"

"안돼요" 하고 나는 망원경 앞을 막아섰다. 아까도 S꼬가 없었다면 나는 선생님에게

"색정이 —— 파도 같은 압력으로 내 얼굴로 밀려왔다"고 말하고 싶었던 터다.

선생님은 무서울 정도로 정색한 얼굴에 미소를 지으며

"신이라는 이름이 붙은 모든 것은 인간과는 좀 다른 눈을 가진 데 지나지 않아."

"예술의 천재도——."

"아무튼 Y와 S꼬는 내일도 오늘처럼 세시에 와. 나는 희곡을 하나 쓸 거야. 내가 두 사람을 신으로 만들기로 하지."

3

다음날, S꼬는 엷은 남색의 새 크레이프(바탕을 오글쪼글하게 짠 직물——옮긴이)를 입고 나보다 5분 먼저 와 있었다. 평소와는 다른 향수냄새가 났다. 바다에는 소나기구름이 떠 있고 돛빛이 선명했다. 해안의 가스탱크가 번쩍번쩍 빛나고 있었다.——하지만 마을에서 멀리 바라보이는 것들 중에 새하얀 것은 새 목욕탕 굴뚝과 커다란 병원 벽뿐이었다.

뽀브레 씨는 망원경 옆에 탁상전화를 끌어다놓고 S꼬에게

"57번, K병원, 3호실 환자를 불러줘. 그녀 집이라고 하고."

망원경 속——다시 말해 내 눈 한 자 앞에서 어제의 그 남녀가 오늘도 입맞춤을 하고 있다. 그 병원 옥상 정원으로 간호사가 올라온다. 간호사가 그 여자 앞에서 허리를 살짝 굽힌다. 두 사람이 함께 내려간다.——S꼬가 놀라 수화기를 귀에서 떼고 일본어로

"받으셨습니다."

"그럼 Y, 내 말을 그녀에게, 그녀의 말을 내게 통역하게"라는 선생님의 말을 듣고 내가 수화기를 건네받으니

"여보세요, 여보세요, 누구, 누구야? 당신?" 하는 그녀의 목소리다.

"누구냐고, 남편이냐고, 그녀가 말한다."

"남편이다.——너는 지금 옥상 정원에서 원장 아들과 키스를 하고 있었다."

"난데, 당신은 지금 옥상 정원에서 원장 아들하고 키스하고 있었잖아."

대답이 없다.

"그저께 처음으로 키스하고 어제도 오늘도 오후 세시에 같은 벤치 옆에 서서 키스했다."

"그저께 처음으로 키스하고——."

"당신. 정말로 당신이야? 겁주기 없기예요. 회사에 있는 거야? 집? 당신 목소리가 아니야. 어디 계시는 거죠?"

"그녀는 사실을 부정하려 하고 남편의 목소리라고 믿기지 않는 모양이다."

"믿게 만들어.——오늘 아침 병원에 문병 갔다가 집으로 돌아왔다. 잊어버리고 병실에 지팡이를 두고 왔다."

"아내의 부정을 보고 평소의 목소리가 나오리라고 생각해? 오늘 아침에 당신 병실에 지팡이를 놓고——."

"아, 지팡이를——지팡이를 가지러 도로 오신 거야? 어디 계시는 거죠?"(이하 프랑스어로 말한 것은 생략함.)

"병원에 도로 가지 않더라도 당신이 하는 짓 정도는 보여. 남편은—— 아내는 남편 것이라는 사실을 잊어버리고 있는 당신은, 남편 눈을 경멸하고 있을지도 모르지만, 어림없어. 당신은 오늘 아침 내가 돌아오고 나서 침대 위에 앉아 손톱을 깎고 오렌지를 먹고 양말을 신고는 다리를 바라보고 연지를 바르고 오랫동안 거울을 보고——."

"그, 그걸——."

"시(私, 나——옮긴이)의 눈은 신의 눈이야."

"아니, 아니야, 아니야. 당신은 자기를 가리켜 '시'라고는 하지 않아."

"그놈은 당신 전에 당신 병실에 있던 아가씨하고도 그 돗자리 깔린 벤치에서 키스를 했지. 그리고 젊은 간호사와도——그녀는 가엾게도 병원에서 쫓겨났다는구먼. 나는 다 보고 있었어. 결국 당신까지, 그 남자의 키스용 벤치에 다가가서, 멍청이."

"아, 여보, 용서하세요——" 하는 절규와 함께 전화가 끊겼다. 선생님이 통을 조금 손댄 망원경을 들여다보니, 악마에게 쫓기듯 새파랗게 질린 그 여자가 병원 현관을 뛰쳐나와 두리번두리번 주변을 둘러보다가 푹 쓰러졌다.

"제1막 성공.——그녀는 이리하여 세계에서 가장 정숙한 부인이 되었다." 선생님은 차갑게 웃었다.

4

뽀브레 씨의 망원경으로는, 그 병원 입구와 약국, 의무실과 취사장, 북쪽 병실과 옥상 정원이 바로 옆집처럼 보인다. 그런 것들은 그 부근의 다른 집에서는 결코 볼 수 없는 것이다. 게다가 멀리 언덕 위에서 보고 있으리라는 것을 그곳 사람들은 알 리가 없다.

"튼튼한 다리로 걸어다니는 사람들보다 나는 오히려 더 많은 벌거벗은 인생을 보았다.——나의 멋진 프랑스어 제자들과 병원 사람들, 내게는 두 가지 인생이 있었다. 제자들은 아직도 나를 외교관이라고 생각하고 있다. 그래서 나는 병원의 인생들과 더 많이 함께 기뻐하고 울었다. 그곳의 선과 악을——하지만 망원경으로 확대되어, 신처럼 알았고 신처럼 외로웠다. 자네들의 도움을 빌려서 나는 신의 심판을 내리는 거지. 제2막으로 들어가자."

제2막은 비극이 아니었다. 의무실에서 언제나 현미경을 들여다보고 있는 의사가 있었다. "현미경은,——망원경과는 또다른 신의 눈임에 틀림없다. 게다가 장애인에 대한 애정은——" 하면서 선생님은 뺨을 붉혔다.

그는 약품 때문에 오른쪽 귓불에 화상 같은 상처가 나 있다. 한 간호사가 그를 사랑했다.——선생님은 그 간호사의 음색을 S꼬에게 흉내내게 하려고 의사를 전화로 호출했는데

"저기, 저, 저는 우리 병원 최신참 간호사입니다" 하고 S꼬는 더듬거리고 말았다.

"제2막 내일로 연기."

그래서 나와 S꼬는 호텔 파라에서 차를 마시고 왔는데, 방으로 돌아오자마자 선생님이 엄한 어조로 그녀에게

"S꼬——, '저요, 부탁이에요. 대학생과 결혼을 약속했어요' 하고 전화로 말하게."

"저기, 저 부탁이 있어요. 실은 대학에 다니는 분과 결혼을 약속해서——" 하더니 뒤로 물러서 얼굴이 새빨개져서는

"어머나, 엄마."

S꼬의 어머니였다. 선생님은 눈을 가늘게 뜨고 웃으며

"내일은 연인 역을 할 수 있도록 S꼬를 연인으로 만든 거야."

우리는 얼마 뒤 호텔을 나왔다. 마당의 녹나무가 석양에 불타는 듯했다. 뒤에서 선생님의 명랑한 노랫소리가 들렸다.

"금란단자 띠를 매면서

새색시여 그대는 어찌 우는가."

"나 어쩌지? 부끄러워서 집에 들어갈 수가 없어."

"해변 쪽으로 좀 걷지."

넓은 도로를 무서운 속도로 자동차가 달려왔다. 옥상 정원의 여자다. 그녀는 키스하던 상대에게 착 달라붙어 기대고 있다. 선생님이 졌다. 망원경은 이 자동차도 우리도('관찰할 수 있다' 정도의 문장이 생략됨——옮긴이)—— 나는 소름이 끼쳐 S꼬에게 몸을 기댔다. 날아가는 자동차로부터 열정이 내게 전해왔다. 호텔이 있는 언덕을 돌아보니 비둘기 세 마리가 천천히 날고 있었다.

삽화

1

매달 초에 받는 2원의 용돈은 으레 어머니가 손수 요시꼬(芳子)의 동전지갑에 50전짜리 은화로 넣어주곤 했다.

50전짜리 은화는 그 무렵 점점 줄어들고 있었다. 가벼운 듯하면서도 무게가 있는 이 은화는 빨간 가죽으로 된 작은 동전지갑을 당당함과 위엄으로 가득 채워 넘치게 하는 것처럼 요시꼬에게는 보였다. 50전짜리 은화는 용돈을 쓰지 말라는 경계의 뜻을 담고 있어서 월말까지 지갑의 동전주머니에 그대로 들어 있는 경우가 많았다.

직장 동료들과 영화를 보러 가거나 찻집에 가거나 하는, 아가씨들이 흔히 즐기는 향락을 요시꼬는 배척할 생각은 없지만 자신의 생활 밖의 일로 생각해왔다. 경험이 없으므로 유혹을 느끼지 않았다.

일주일에 한번 회사에서 돌아올 때 백화점에 들러 하나에 10전 하는 소금맛 나는, 그녀가 가장 좋아하는 자루빵을 사는 것 외에는 자기가 돈을 내서 뭔가를 샀다고 할 만한 것이 없는 요시꼬였다.

그런데 어느날 미쯔꼬시(三越) 백화점 문구점에서 유리로 만든 문진

　　　　　　　　　　　　　　　　일본 **창비세계문학**

이 눈에 띄었다. 육각형으로 개를 돋을새김한 것이다. 그 개가 무척이나 귀여워서 자기도 모르게 만져보았는데 싸늘한 차가움과 뜻밖의 묵직함, 갑자기 다가오는 상쾌한 감촉 등, 이와같은 빈틈없는 세공품을 좋아하는 요시꼬는 무심결에 끌려들고 말았다. 요시꼬는 한참 동안 그것을 이리저리 살펴보고는 아쉬운 듯 원래 상자 안에 살그머니 내려놓았다. 40전이었다.

다음날도 왔다. 어제와 마찬가지로 그 문진을 들여다보았다. 그다음 날도 또 와서 보았다. 그렇게 열흘 가까이 반복하다가 겨우 결심하고

"이거 주세요"라고 말했을 때에는 가슴이 두근두근했다.

집에 돌아오자 어머니와 언니는

"이런 장난감 같은 걸 사가지고" 하고 웃었지만 손에 들고 한참 들여다보더니

"글쎄, 상당히 예쁘게 만들었어."

"굉장한 솜씨야"라고 말했다. 전등에 비추어보기도 했다.

잘 닦아낸 유리면과 젖빛유리처럼 뿌연 부조는 미묘한 조화를 이루었고, 육각형으로 잘린 부분도 정교한 격조가 있어서 요시꼬에게는 아름다운 예술품이었다.

이레나 여드레씩 걸려서 자신의 소유물로 할 만한 가치가 있음을 확인한 요시꼬로서는 누가 뭐라고 하든 상관없는 일이기는 했으나 어머니나 언니가 인정해주니까 역시 기분이 좋았다.

기껏 40전짜리 물건을 사는 데 열흘 가까이나 걸려 지나치다고 사람들의 웃음을 살지라도 그러지 않고서는 요시꼬는 만족할 수가 없다. 좋다 싶어 충동적으로 덜렁 샀다가 후회하는 일은 없었다. 이거다 하는 확신이 들 때까지 며칠이고 바라보고 생각해보는, 그런 정도의 사려분별력이 열일곱의 요시꼬에게 있었던 것은 아니다. 하지만 소중한

것이라고 뇌리에 박혀 있는 돈을 값없이 함부로 쓰는 것은 어쩐지 두
려웠던 것이다.

삼년쯤 지난 뒤 문진 이야기가 나와서 모두가 웃었을 때

"그 무렵에는 정말 귀여웠어" 하고 어머니가 회상하듯 말했다.

요시꼬의 소지품 하나하나에는 이와같은 잔잔한 미소 같은 삽화가
붙어 있었다.

2

위에서부터 아래로 내려오면서 순서대로 쇼핑을 하는 것이 편하다고
생각해 우선 엘리베이터로 5층에서 내렸다. 일요일, 요시꼬는 모처럼
쇼핑을 가는 어머니를 따라 미쯔꼬시에 왔다.

그날 쇼핑이 끝나고 1층까지 내려왔는데 어머니는 당연한 것처럼 지
하 특별판매장으로 들어간다.

"저렇게 붐비는데 어머니, 난 싫어요" 하고 요시꼬가 투덜거렸지만
어머니에겐 들리지 않는지, 경쟁이라도 하는 듯한 특별판매장의 분위
기가 어머니에게 옳은 듯했다.

특별판매장은 낭비를 하도록 만들어진 것인데 우리 어머니는 어떨까
바라볼 요량으로 요시꼬는 좀 떨어져서 뒤따라갔다. 냉방이 되어서 그
다지 덥지는 않다.

먼저 어머니는 세 묶음에 25전 하는 편지지를 산 뒤 요시꼬를 돌아
보는 바람에 둘이서 씽긋 웃었다. 최근 어머니가 요시꼬의 편지지를
이따금 사용해서 불평을 들었기 때문에 이 정도면 안심이다, 하는 얼
굴을 보였던 것이다.

어머니는 부엌용품 매장이니 속옷 매장 등 사람들이 쓸데없이 많이 몰리는 곳으로 다가가, 사람들을 헤치고 들어갈 용기는 내지 못한 채 발꿈치를 들고 들여다보거나 앞 사람의 소매 사이로 손을 뻗치기도 했지만 물건은 하나도 못 사고 뭔가 미련을 떨치지 못한 듯, 결단을 내리지 못한 표정으로 출구로 발을 옮겼다. 그 출구 언저리에서

"어머, 이게 95전이라고? 어쩜……" 하고 어머니는 박쥐우산을 하나 집었다. 거기에 쌓인 박쥐우산 더미를 파뒤집어보면 어느 거나 다 95전짜리 가격표가 붙어 있는데도 어머니는 자못 놀라운 표정으로

"정말 싸지? 요시꼬, 싸지 않아?"라고 말하며 갑자기 기운을 되찾았다. 마음이 개운치 않았던 망설임이 배출구를 찾은 듯한 기세였다.

"응? 싸다고 생각하지 않아?"

"정말" 하고 요시꼬도 한개 손에 들어보았다. 그것을 어머니는 자기가 받아들고 펴서는

"우산살만으로도 싼 거야. 천은 인조견이지만 상당히 튼튼하게 만들었잖아."

이렇게 제대로 된 물건을 어떻게 이런 값에 파는 것일까. 요시꼬는 얼핏 그런 생각이 들자 오히려 하자가 있는 물건을 사도록 강요받는 듯한 묘한 반감이 솟았다. 어머니가 자기 나이에 맞을 듯한 것을 열심히 찾느라 뒤집고 펴보고 하는 것을 한참 동안 기다리고 있다가

"어머니, 평소에 쓰는 게 집에 있지요?"

"응, 하지만 그건 말이지……"라면서 흘끔 요시꼬를 보고는

"10년, 아니 더 되었지, 15년은 되었을까, 너무 오래 써서 낡았고 구식이라서. 게다가 요시꼬, 이것은 누군가에게 줘도 좋아할 거야."

"그래요. 누굴 주면 괜찮겠네요."

"누구나 좋아할 거야."

요시꼬는 웃었으나 어머니는 누군가를 생각하며 우산을 고르고 있는
것이다. 가까이에 그런 사람은 없다. 있다면 누군가라고는 말하지 않
았을 것이다.

"이봐, 요시꼬, 어때?"

"글쎄요."

요시꼬는 역시 별로 내키지 않는 듯한 대답을 해버렸지만 어머니 옆
으로 다가가 어쨌든 어머니에게 어울릴 듯한 우산을 찾아보았다.

인조견으로 된 얇은 옷을 입은 여자들이 싸다, 싸다 하면서 잇달아
아무런 주저 없이 사가지고 간다.

요시꼬는 약간 굳은 얼굴로, 상기되어 있는 어머니가 가엾다는 생각
이 들면서 자신이 주저하고 있는 데에 화가 났다.

"아무거나 하나 빨리 사지 그래요"라고 말하려고 돌아보자

"요시꼬, 그만두자."

"예?"

어머니는 입가에 엷은 미소를 띠며 뭔가를 떨쳐내듯 요시꼬의 어깨
에 손을 걸치고 그곳을 벗어났다. 하지만, 하고 이번엔 오히려 요시꼬
가 무언가 마음에 걸렸으나 대여섯 걸음 걸어가는 사이에 깨끗이 털어
버렸다.

어깨에 얹힌 어머니의 손을 힘주어 잡고 크게 한번 흔든 뒤 어깨를
겹치듯 서로의 몸을 기대며 출구로 서둘러 나갔다.

지금으로부터 7년 전, 1939년의 일이었다.

3

구운 함석을 이은 오두막에 비가 내리든가 하면 그때 박쥐우산을 사
뒀더라면 좋았을걸, 하는 생각이 나서 요시꼬는 무심코 친정어머니에
게 지금은 100엔인가 200엔이에요, 하고 우스갯소리라도 하고 싶어지
지만 어머니는 칸다에서 불에 타죽었다.

그 우산을 사두었다고 하더라도 그것 역시 타버렸을 것이다.

유리 문진은 우연히 남았다. 요꼬하마의 시집에 불이 났을 때 거기
있던 것들을 정신없이 비상봉투에 주워담았는데 그중에 문진이 들어
있어서 미혼 시절의 유일한 기념품이 되었다.

저녁때부터는 골목길에서 이웃집 아가씨의 기묘한 음성이 들리는데
하룻밤에 천엔씩 번다는 소문이었다. 그 아가씨들의 나이 때에 일고여
드레씩이나 고민하다가 산 40전짜리 문진을, 요시꼬는 문득 손에 들고
귀여운 개 조각을 들여다보다가 주변의 타고 남은 마을에는 한마리의
개도 남아 있지 않음을 깨닫고 흠칫 놀라는 일도 있었다.

(H녀의 수기에서)

산다화

전쟁이 끝나고 일년여가 지난 올 가을에는 열 가구쯤 되는 우리 동네에도 출산이 잇달아서 네 집이나 아기를 낳았다.

네 사람의 산모 중 가장 선배인 동시에 최다산인 여자는 쌍둥이를 낳았다. 둘 다 딸이었는데 하나는 반년쯤 되어서 죽었다. 젖이 잘 나와서 남은 젖을 이웃집 아이에게 나눠주고 있다. 이웃집은 위에 아들이 둘 있는데 이번에 첫딸을 낳았다. 이 아이의 이름을 내게 부탁하기에 카즈꼬(和子)라고 지었다. '和'자를 사람의 이름에 쓸 경우 '카즈'로 읽는 것은 그다지 까다로운 부류에 드는 것은 아니지만, 이런 한자의 번거로운 사용법은 나도 이전부터 피해야겠다고 생각해왔고 이 아이가 컸을 때는 한층 더 성가시게 될지도 모르기는 하나, 평화를 생각하며 그렇게 지었다.

쌍둥이가 둘 다 계집아이였을 뿐 아니라 우리 동네에서 태어난 다섯 아이 중 넷이 계집아이였다. 신헌법의 산물일 거라는 우스갯소리도 해가며 거기서도 평화로운 느낌을 받았다.

다섯 중 넷이 딸인 것은 물론 우리 동네가 우연히 그러할 것이고 열 집에서 다섯이나 태어난 것도 약간 지나친 사례이기는 하지만 이것이 바로 올 가을에 전국적으로 출산이 엄청나게 많음을 증명하는 것임에는 틀림없었다. 말할 것도 없이 평화가 내린 하사품이다. 전쟁중에 내려갔던 출산율이 일거에 올라간 것이다. 무수한 젊은 남자들이 아내에게로 돌아왔으니 당연한 일이다. 하지만 출산은 귀환병 가정에만 많은 것이 아니다. 남편이 나가 있지 않던 집에도 많았다. 중년층에도 생각지도 않던 아이가 생겼다. 전쟁이 끝났다는 안도감이 임신을 부추겼던 것이다.

평화를 이것만큼 현실로 보여준 예는 없을 것이다. 일본의 패전도 오늘날의 생활고도 장래의 인구난도 개의치 않는, 무엇보다 개인적이고 본능적인 움직임이다. 막혔던 샘물이 터져나오는 것 같았다. 말랐던 풀이 다시 싹을 틔운 듯했다. 이를 생명의 부활이라 하고 생명의 해방이라 하여 평화에 환희와 축복을 더하는 힘이 되기도 할 것이다. 동물적인 것일지 모르지만 인간을 애틋하게 여기게도 될 것이다.

또한 태어난 어린아이는 부모로 하여금 전쟁중의 고난을 잊게 해줄 것이다. 하지만 쉰살이 된 나에게는 전쟁이 끝나도 아이가 생길 만한 일은 일어나지 않았다. 나이 든 부부는 전쟁이 진행되는 동안 점차 담백해져서 평화가 돌아와도 그 습관은 고쳐질 기미조차 보이지 않았다.

전쟁에서 벗어나 정신을 차려보니 어느덧 인생의 황혼이 다가와 있었다. 그럴 리가 없다고 생각은 하지만 패전의 슬픔은 심신의 쇠락을 동반했다. 자신들이 살던 나라와 시대는 멸망한 것 같았다. 적막한 고독 속으로 쫓겨돌아온 나는 이웃 사람들의 출산을 보며 마치 저승에서 생명의 빛을 바라보는 것 같은 느낌을 받기도 했다.

그 다섯 명의 아기 중에서 딱 하나밖에 없는 남자아이를 낳은 것은 네 사람의 산모 중 가장 나이 어린 사람이었다. 뚱뚱해 보이지만 의외로 골반이 좁아 산고가 길었다고 한다. 자연스러운 산통만으로는 아이가 나오지를 않아서 둘째 날은 일어나서 걸었다는 소문이 또 금세 이웃에 돌았다. 초산이지만 전에 한번 유산한 적이 있다.

우리집에서는 열여섯살 먹은 딸이 이웃들의 아기에게 관심이 있어 허물없는 집에는 보러 다녀와서 화제로 삼곤 했다. 방에서 뭔가 하다 말고 느닷없이 뛰쳐나가는가 싶으면 아기를 보고 오는 것이었다. 갑자기 보고 싶어졌던 건가 싶다.

어느날 딸아이가 "아버지, 아버지, 시마무라 상 댁에는요, 이전 아기가 돌아왔대요──정말일까?" 하고 방으로 들어오며 묻고는 내 앞에 앉았다.

"그럴 리는 없지" 하고 나는 즉각적으로 반발했다.

"그래요?"

딸은 맥빠진 얼굴이 되었다. 굳이 실망한 것 같지는 않았다. 숨차게 뛰어왔으니 한숨 돌린 거겠지. 하지만 나는 약간 망설였다. 무심코 부정해버렸지만 그게 잘한 걸까?

"또 시마무라 상네 집에 아기 보러 갔었어?" 하고 나는 부드럽게 말했다. 딸은 고개를 끄덕였다.

"그렇게 귀여운 아기야?"

"귀여운지 어떤지 아직 잘 모르겠어요. 이제 막 태어난걸요."

"그래?"

"요시꼬가 아기를 보고 있는데 아주머니가 오시더니, 요시꼬 상, 이 아기, 이전 아기가 돌아온 거야, 하시더라고요.──아주머니, 전에 아기가 생겼었나봐요. 그 아기를 말하는 거죠?"

"글쎄다" 하고 이번에는 애매하게 대답하기는 했지만 여전히 부정적이었다. "아주머니는 그런 기분이 드는 게지. 하지만 그런 걸 어떻게 알겠어? 이전 아기가 사내아인지 계집아인지조차 모르잖아, 태어나지 않았으니까."

"그렇네" 하고 딸아이는 선선히 수긍했다. 나는 뭔가 좀 걸렸지만 딸아이는 그다지 신경을 쓰지 않는 듯해 그 이야기는 그것으로 끝났다. 육개월 정도에 유산을 했으니 사내아인지 계집아인지는 알았을지도 모른다는 생각이 들었지만 그 이야기는 그만 하기로 했다.

그런데 시마무라 상네는 부부가 다 이전 아기가 돌아왔다고 말한다는 소문이 이웃에 돌아 결국 내 귀에까지 들어왔다.

건강한 이야기 같지 않아서 나는 딸아이에게 그럴 리가 없다고 부정했던 것인데, 생각해보니 그다지 건강하지 않을 것도 없는 것 같았다. 옛날에는 이런 생각이 굳이 병적인 감정이 아닌 것으로 통용되었다. 현대에 와서도 그 흔적이 완전히 없어졌다고는 말할 수 없다. 이전 아이가 다시 태어났다는 점에 대해 시마무라 부부는 남들이 알 수 없는 실감과 확신이 있을지도 모르는 일이었다. 감상적인 생각에 지나지 않을지도 모르지만 시마무라 부부에게는 엄청난 위로와 기쁨이 되고 있음에 틀림없었다.

이전 아기는 출정중이던 시마무라가 부대 이동으로 얻은 사흘간의 휴가 기간에 생겼다. 하지만 남편이 없는 동안에 유산되었다. 그리고 집으로 돌아온 후 일년 넘게 지나서 이번 아기가 태어난 것이다. 이전 아기를 잃은 데에는 그와같은 부부의 슬픔과 회한이 있었다.

이전 아기에 대해 우리 딸도 '그 아기'라는 등 실재했던 인물인 양 이야기했지만 세상에서는 물론 일반적으로 하나의 인간으로 인정하지 않는다. 그 아기가 존재했던 것처럼 두고두고 말하는 것도 시마무라 부부뿐일 것이다. 그 아기가 생명 있는 사람이었는지에 대해 나는 뭐라고 말하기 어렵다. 그것은 모태 속에 있었을 뿐이다. 이 세상의 빛을 보지 못했다. 마음이라는 걸 가지지 못했을지도 모른다. 하지만 우리와 오십보백보일 터이고 어쩌면 가장 순수하고 가장 행복한 생이었다고 말할 수 있을지도 모른다. 적어도 살려고 하는 그 무엇인가가 거기에 깃들어 있었다.

물론 이전 아기와 이번 아기가 같은 씨알이라고 인정할 수는 없다. 하지만 이전의 유산과 이번 임신 사이의 생리적, 그리고 심리적 관계조차 우리는 정확히 알 수가 없다. 더욱이 언제 어디서 무엇이 와서 수태가 되는 것인지, 그 살려고 하는 것의 정체는 무엇인지 전혀 알 수 없는 것이다. 이전 아기의 생과 나중 아기의 생이 각기 독립된 별개의 것인지, 모두를 포함하는 하나의 생인지 알 수 없다고 말할 수도 있을 것 같다. 이전 아기, 즉 죽은 사람이 다시 태어났다는 것은 비과학적이라고, 지식으로 추정하는 것에 불과하다. 다시 태어났다는 근거는 있을 리가 없지만 다시 태어난 게 아니라는 증거도 찾기 어려울지 모른다.

나는 조금이나마 시마무라 부부에게 동정을 느끼게 되자 지금까지 거의 무관심했던 유산한 아기에게도 뭔가 동정심 같은 것이 솟아났다. 실제로 살았던 사람인 양 생각되기 시작한 것이다.

시마무라의 마누라는 유도분만이 싫어서 아기를 낳으러 간 둘째 날은 일어나서 걸었다고 할 정도로 깔끔한 측면도 있어서 우리 딸은 뜨개질이나 학교에서 하는 수예에 대해 물어보러 자주 가곤 했다. 토오꾜오의 친척들이 공습화재로 집을 잃고 오기 전에는 친정에서 와 있던 어머니와 둘만 살아서 딸이 드나들기 편했던 모양이다. 우리 동네 소방조장이던 나도 출정가족의 임부(姙婦)와 노모 둘이서만 사는 집이라 신경을 쓰고 있었다.

다들 직장에 나가는 우리 동네에서 낮에 집에 있는 사람이 나밖에 없으니 소방조장을 억지로 떠맡았던 것이다. 소심해서 다른 사람에게 억지로 일을 시키려 하지 않는 점에서 오히려 적임이었는지도 모른다.

책을 읽거나 쓰느라 밤을 새곤 하니 야경(夜警)으로 안성맞춤이었는데, 가능한 한 이웃들의 안면을 방해하지 않는다는 방침으로 일관했다. 불빛만 단속하고 깨우지 않도록 조심했다. 카마꾸라는 다행스럽게도 그것만으로 좋았다.

매화꽃이 필 무렵의 밤, 시마무라네 집 부엌에서 불빛이 새어나오는 것 같아서 나는 뒷문을 붙잡고 한쪽 발을 걸치려다 지팡이를 담장 안쪽으로 떨어뜨린 일이 있었다. 이튿날 주우러 갈 생각이었지만 여자들만 사는 집 뒷문에 한밤중에 지팡이를 떨어뜨리고 왔다는 것이 좀 묘한 느낌이 들었다. 이튿날 오후 저쪽에서 갖다주었다. 시마무라의 아내는 문간에서 우리 딸을 불러내어

"어젯밤 아버님이 순찰 오셨다가 떨어뜨리고 가셨어."

"어머, 어디다가 떨어뜨리셨는데요?"

"뒷문 안쪽에."

"웬일이야. 아버지가 어떻게 되셨나봐."

"어두웠잖아, 그래서……"라는 둥 하는 두 사람의 이야기소리를 나는 들었다.

우리 동네는 카마꾸라에서도 가장 산 쪽에 있는 작은 계곡인데, 공습 때 나는 누구보다 빨리 대피하는 편이었다. 뒷산 동굴 입구까지 올라가면 우리 동네를 대충 내려다볼 수도 있었다.

그날은 아침 일찍부터 함재기(艦載機)가 공습을 와서, 머리 위에서 폭음과 총소리가 작열하곤 했다.

"시마무라 상, 위험해요, 빨리빨리—" 하고 부르며 나는 동굴 입구에서 대여섯 걸음 내려갔는데,

"어머나, 작은 새가—작은 새가 저렇게 무서워하고 있어요."

작은 새가 두세 마리, 커다란 매화나무 속에 있었다. 가지와 가지 사

이를 날고 있었는데 날개만 파닥거릴 뿐 전혀 앞으로 나아가지 못했다. 푸른 잎 속의 좁은 공간에 떠서 경련하듯이 날개를 파닥였다. 겨우 가지에 가까이 가도 가지를 잡을 수가 없어서 발을 앞으로 내밀고 뒤로 쓰러질 듯한 자세로 날개를 파닥이고 있었다.

시마무라의 아내도 동굴 입구에 들어와 작은 새가 떨고 있는 것을 보고 있었다. 발꿈치를 들고 쪼그리고 앉아 두 팔로 무릎을 꽉 끼고는 고개를 들고 있었다.

옆 대숲의 대나무 줄기에 뭔가 파편 같은 것이 하나 부딪쳐 날카로운 소리가 났다.

시마무라네 아기가 환생했다는 이야기에 동정을 느끼게 되자 나는 왠지 떨고 있던 작은 새가 생각났다. 유산한 아기는 그때 뱃속에 있었을 것이다.

어쨌든 이번 아기는 무사히 태어났다.

전쟁중에 아기가 예기치 못하게 유산되는 경우가 매우 많았다. 임신하는 일도 적었다. 여자의 생리도 비정상이 많았다. 그러던 것이 이번 가을에는 열 집밖에 안되는 우리 이웃에서 네 집이나 아기를 낳았다.

딸을 데리고 시마무라네 집 옆을 지나노라니 나무 울타리에 산다화가 피려 하고 있었다. 내가 좋아하는 꽃이다. 꽃이 피는 계절을 좋아하는 것인지도 모른다.

전쟁 때문에 이 세상의 빛을 보지 못하고 잃어버린 아이들이 불현듯 불쌍한 생각이 들고, 전쟁중에 흘러가버린 나의 삶 또한 서글퍼지면서, 그런 것들이 무엇인가로 다시 살아돌아오는 일이 과연 있을까 하는 생각을 했다.

■ 더 읽을거리

1968년 노벨문학상 수상작인 『설국』은, 김채수 번역본(과정학사 2002)을 비롯하여 무려 15종 이상이 출간되어 있다. 페미니즘적 시각으로 이 작품 곳곳에 숨겨져 있는 성적 은유들을 읽어내는 것도 새로운 읽기의 즐거움을 줄 것이다. 『산소리』(신인섭 옮김, 웅진닷컴 2003)는 중편소설로, 작가의 전후 대표작이며, 삶의 권태와 피로감에 시달리는 예순살 넘은 회사원 신고가 주인공이지만 패전 후 일본 여성들의 삶을 엿볼 수 있는 좋은 텍스트이기도 하다. 『이즈의 무희』(다락원 일한대역문고 2001)는 작가가 스무살 때 이즈 여행에서 만난 유랑하는 무희와의 담담한 사랑을 그린 표제작을 비롯한 그의 대표적 단편들을 모아놓았다.

大岡昇平

| 오오오까 쇼오헤이 |

1909~88

토오꾜오 출생. 쿄오또대학 불문과 졸업 후 회사원으로 일하면서 코바야시 히데오(小林秀雄)가 주재하는 『분가꾸가이(文學界)』 등에 소설과 평론, 스땅달의 번역 등을 발표했다. 1944년 출정, 필리핀에서 포로가 되었던 체험 등에 근거하여 전후 『포로기』 『들불(野火)』 등을 써서 높은 평가를 받았다. 그후 『무사시노 부인(武藏野夫人)』 『꽃 그림자(花影)』 등의 현대소설과 강직하고 신랄한 비평으로 알려졌다. 전쟁문학의 대표작인 『레이테 전기(レイテ戰記)』 완성 후, 예술원회원으로 추천되었으나 포로체험을 이유로 거절하기도 했다.

■　　　모닥불 たき火
　　　　　　전쟁중 공습으로 파괴된 건물 더미에 깔린 어머니가 죽어가는 모습을 보면서 혼자 살아남은 소
녀가 뒷날 여러 남성들을 거치며 피폐해지는 과정, 그 과정에서 알게 된 한 남자의 어린 딸—주인공의 어
린시절 모습과 겹치는—을 죽이려다 실패하기에 이르는 마음의 궤적을 법정에서 진술하는 형식을 빌린
소설. 전쟁이라는 비극이 한 인간의 정신에 어떻게 지울 수 없는 상처를 남기는지를 섬뜩하게 그려내고
있다.

모닥불

주거: 토오꾜오 도 신주꾸 구 ××쪼오 2-5-55 스기야마 겐이찌로오 댁

직업: 가사 보조

이름: 스자까 미쯔꼬

　1940년 9월 23일생(30세)

위의 사람에 대한 미성년자 약취유괴, 살인예비, 살인미수 피의사건에 대해 196
×년 11월 ×일, 토오꾜오 구치소에서 본관이 사전에 피의자에 대해 자기 의사에 반
하여 진술할 필요가 없음을 알리고 취조한바, 피의자는 다음과 같이 진술했다.

　스기야마 겐이찌로오와의 관계에 대해 말씀드리겠습니다. 196×년 3
월 신주꾸 구 요쯔야 4쪼오메에서 위 사람이 경영하는 카네미쯔(金光)
그래픽주식회사에 사무원으로 고용되었으며, 이어서 같은 해 5월경 이
사람의 자택 가사 도우미가 되었고, 같은 해 6월경에 이 사람과 관계를
가진 뒤부터 가사 보조를 하면서 관계가 지속되었습니다.
　스기야마의 집에는 전처(사망)와의 사이에서 태어난 장녀 미에꼬(6
세)가 있을 뿐이었습니다. 가게에서 젊은 사무원이 마작을 하러 오는

것 이외에는 손님이 없습니다.

제 경력을 말씀드리겠습니다.

(본관은 범행에 관해 진술하는 것으로 족하다고 말했으나 피의자가 "꼭 경력을 말하게 해주십시오. 범행과 관계가 있습니다"라고 강하게 주장하므로 임의로 말하게 하고 가능한 한 피의자가 말하는 그대로 한마디 한마디 녹취했다.)

제가 태어난 곳은 나고야 시인데 1945년 3월 대공습 때는 다섯살로 어머니와 둘이서 살고 있었습니다. 아버지는 남방에서 전사하여 안 계셨습니다. 열살이던 오빠는 집단소개(集團疏開)로 나가노 현에 가 있었습니다.

그날밤, 눈을 떴을 때는 저에게 방공 두건을 씌운 어머니가 두건 위로 저를 두드려 깨우고 있었습니다. 방 안이 시뻘겠는데 밖에서는 쿵쿵 하는 큰 소리가 끊임없이 들려왔습니다.

밖에 나가니 주변이 온통 시뻘겋고 산처럼 높은 불에 둘러싸여 있었습니다. 그 속을 많은 어른들이 뚜벅뚜벅 큰 발소리를 내며 걸어갔습니다. 저는 어머니의 손에 이끌려 걸어갔는데 옆을 지나가는 사람에게 부딪혀 몇번이나 넘어지던 것이 생각납니다. 어머니는 커다란 짐을 등에 메고 두 손에 보따리를 들고 있었습니다. 어머니는 저더러 왼손에 든 어머니의 보따리를 꼭 잡으라고 하셨습니다. 하지만 금방 놓쳐버리곤 해서 어머니는 당신의 손목과 제 손목을 끈으로 묶었습니다.

갑자기 쿵 하고 땅이 울리고 발밑 지면이 흔들렸습니다. 찢어지는 듯한 큰 소리가 계속되고 뭔가 커다란 것이 위에서 덮쳐왔습니다. 길옆에 있던 집이 무너진 것입니다. 정신을 차려보니 제 몸은 어머니와 묶은 끈이 닿는 한 멀리 날아가 있었습니다. 그리고 어머니는 허리 아래 부분이 콘크리트 조각과 목재 등에 깔려 있었습니다.

어머니의 일그러진 얼굴이 밝게 비치는 빛 때문에 아주 잘 보였습니다. 어머니는 뭔가 큰 소리로 외쳤습니다. 하지만 주변에는 온통 끙끙대는 신음소리, 어머니와 마찬가지로 뭐라고 외치는 소리가 들릴 뿐이었습니다. 가끔 지나가는 사람이 있어도 거들떠보지도 않고 달려가버렸습니다.

어머니는 저를 끌어당기고는 눈 속을 지그시 바라보며 말했습니다.

"밋 짱, 다치지 않았지? 걸을 수 있지? 이 길을 똑바로 걸어가면 공원에 갈 수 있어. 언젠가 아빠랑 같이 원숭이 보러 갔던 공원이야. 거기 먼저 가 있어. 엄마도 금방 따라갈게. 혼자 갈 수 있지?"

그때의 어머니의 진지한 눈을 잊을 수가 없습니다. 어머니는 다리가 묻혀서 빠져나올 수 없다는 사실을 제가 알았는지 어떤지는 기억이 없습니다. 저는 그저 거기 선 채로 울고 있었습니다. 어머니는 저를 껴안았습니다. 아플 정도로 세게 안았습니다.

"밋 짱, 엄마랑 같이 죽을래?" 하고 물었습니다. 저는 죽는다는 것이 무엇인지 몰랐습니다.

"같이 죽자. 그게 더 나을 거야"라고 어머니는 말했습니다.

저를 혼자 남겨두고 가는 것이 걱정이 되었던 것입니다. 같이 죽는 것이 저를 위한 일이라고 생각했음에 틀림없습니다. 정말 어머니가 말한 대로였습니다. 정말로 저는 그때 죽었더라면 더 좋았을 것입니다.

어머니는 또 소리를 질렀습니다. "우리 아이를 부탁합니다."

그다음부터는 제게 전혀 기억이 없습니다. 연기가 한쪽에서 자욱하게 밀려오고 이상한 냄새가 났으니까 질식을 한 것인지도 모르겠습니다. 정신을 차려보니 저는 어딘가 절 같은 데 있었습니다. 누군가가 구해준 것입니다. 거기에는 저처럼 흙투성이인 어른과 아이 들이 많이 있었습니다. 어머니는 없었습니다. 그러고는 그대로 저는 또다른 어떤 소학교 같은 곳으로 보내졌고 거기서 다시 어느 시골집으로 보내졌습니다. 거기가 지금 제가 이름으로 쓰고 있는 스자까라는 사람의 집인데 농가였습니다. 저는 시설로부터 스자까 댁의 양녀로 보내진 것입니다. 저는 열다섯살까지 스자까 댁에서 살았습니다. 오빠는 그뒤 어떻게 되었는지조차 모릅니다.

집 옆에 넓은 강이 있었습니다. 그 강가에서, 저는 학교에서 돌아오다가 쉬는 일이 많았습니다. 멀리 철교가 보였는데 하루에 대여섯 번 느릿느릿 열차가 지나갔습니다. 그 너머에는 히다(飛驒)에서 키소(木曾)까지 높은 산들이 첩첩이 겹쳐 있어서 겨울이 되면 그 뒤쪽으로 보이는 산꼭대기가 눈으로 화장을 했습니다. 그렇게 파란 하늘과 하얀 강변 사이에서 우두커니 앉아 시간을 보내는 것을 좋아했습니다. 하늘에서 뭔가 저를 위로하는 듯한 소리가 들려오는 것 같았거든요.

스자까 댁에는 아이가 없어서 저를 데려갔던 것인데 제가 가서 2년이 지났을 때 아들이 하나 태어났습니다. 그뒤로 이상하게 되었습니다. 양아버지는 제분공장을 시작했는데 그게 잘 안되었던 모양으로 집안 살림이 어려워졌습니다. 먹는 것에 대해 잔소리를 하기 시작했습니다. 같은 반 아이의 도시락을 훔쳐먹고 말아서 이틀 동안 헛간에 갇힌 적이 있습니다. 양어머니는, 처음 저를 데려왔을 무렵 뭔가 마음에 들지 않는 게 있으면 제가 방구석 쪽에 가서 오줌을 누는 버릇이 있었다고 보는 사람마다 이야기했습니다. 중학교에 들어간 뒤 어느날 어릴 때 사진을 보았습니다. 집 앞에서 양어머니와 찍은 스냅 사진이었습니다. 여윈 모습으로 고개를 약간 기울이고 양어머니의 소맷자락에 매달려 있었습니다. 내가 이렇게 초라한 계집애였던가, 지금도 그런가, 하는 생각에 서글퍼졌습니다. 저는 집을 나와 토오꾜오로 왔습니다.

그뒤의 이야기는 별로 하고 싶지 않습니다. 삼류소설의 줄거리 같으니까요. 저는 뭐든 닥치는 대로 했습니다. 라면집 배달이라든가 세탁

소 보조, 다방 종업원 등등. 그뒤 요꼬따의 어떤 진주군(進駐軍) 집 식모가 되어 파티에 호스티스로 내보내졌습니다. 거기에 쇠고기를 납품하던 외무사원 하세가와와 결혼했습니다. 1960년, 같은 아파트에 살던 학생과 가까워져서 하세가와와 헤어져 얼마 동안 그와 동거했습니다. 안보투쟁으로 시끄러울 무렵이었는데 학생과 함께 모금함을 목에 걸고 가두에 나선 적도 있습니다. 얼마 뒤 그 학생이 검거된 사이에 그의 친구인 다른 학생과 가까워져서 그가 아르바이트로 바텐더를 하던 바의 호스티스가 되었습니다. 그러던 중 먼저의 학생이 출소하여 바에서 싸움을 하는 바람에 그 바도 그만두고 그 바의 단골이던 중년 쎄일즈맨과 동거했습니다. 하지만 그 남자의 부인이라는 사람이 시골에서 올라오는 통에 20만엔의 위자료를 받고 헤어졌습니다.

저도 어느새 스물여덟살이었습니다. 변덕스러운 남자들에게 기대는 것도 질려서 스기야마의 회사에 사무원으로 들어갔습니다. 스기야마는 그 무렵 서른두세살쯤 되었을까요. 회사 일은 표면적으로는 그래픽 디자인으로 여러 회사의 카탈로그나 PR지의 레이아웃 등을 도급받는 것이지만, 주로 스기야마의 인맥을 이용해서 지방 명산품이라 일컬어지는 수상쩍은 과자류를 백화점에 납품하거나 그다지 이름이 알려지지 않은 청량음료를 중개하는 등 뭐든지 닥치는 대로 했습니다. 급여도 엉터리여서 매일 밤 여덟시 넘게까지 잔업을 시키고 월급은 고작 3만엔이었습니다. 후생비도 없고 보너스도 나오는지 마는지 알 수가 없었습니다. 스기야마는 "나는 언더그라운드 실업가다"라고 말했습니다. 그런 데니까 저 같은 사람도 채용해준 거겠지요.

하지만 얼마 안 가 스기야마 집에 일하러 다니던 가정부가 그만뒀을 때 집안일을 거들어주러 간 것을 계기로 슬금슬금 끌려들어가 살게 되면서 스기야마와 관계를 가진 거니까 저는 근본부터가 정숙하지 못한 여자입니다. 제 마음대로 자유롭게 살고 있는 셈이었지만 그 자유라는 것이 단지 남자와 관계하는 자유에 불과한 것이어서 남자와 자고 난 뒤 문득 생각하면 공허한 기분이 들 때가 많았습니다. 스기야마의 회사는 경리고 뭐고 다 엉망진창이어서 집안살림 또한 엉망이었습니다. 제 저금에서 돈을 꺼내 지불해야만 할 때도 있었습니다. 미에꼬를 유치원에 데려다주고 데려오고 하는 일도 제 일이었습니다. 밤에는 목욕을 시키고 그림책을 읽어서 재웁니다. 저는 미에꼬를 정말 좋아했습니다. 그런 생활환경이었기 때문에 어딘가 외로워 보였습니다. 어릴 때 제 사진과 똑같았습니다. 미에꼬도 저를 따랐습니다.

스기야마는 일 때문이라는 둥 하면서 귀가시간이 일정하지 않았습니다. 여차하면 새벽 두세시고 아예 외박을 하는 경우도 있었습니다. 하지만 미에꼬는 아버지를 좋아해서 어쩌다가 저녁때 일찍 돌아오는 날은 함께 바깥에 나가 차가 도착하는 것을 기다릴 때도 있었습니다.

그러다가 스기야마의 외박이 잦아졌습니다. 그전부터 이상하다고 생각했습니다만 제가 가기 전부터 따로 여자가 있어서 아이까지 있다는 사실을 알게 되었습니다. 어디 바의 호스티스라는데 거기까지는 괜찮습니다만 석달 전 갑자기 스기야마는 그 여자와 아이를 집으로 데려오겠다고 했습니다. 불황 때문에 도저히 두집 살림을 할 수 없으니까 합친다는 겁니다. 지금까지처럼 있어도 괜찮지만 싫으면 나가달라, 전별금은 50만엔, 한꺼번에 주지는 못하지만 우선 어딘가 아파트라도 얻으면 사례금과 보증금은 내주고 매달 최저생활은 할 수 있도록 해주겠다.

"가끔 위문도 가줄게"
하고 징그러운 목소리로 말했습니다. 저는 스기야마에게 별다른 미련은 없지만 너무나 제멋대로인 데 대해 화가 치밀었습니다.

그래서 어느날 그가 귀가하지 않은 이튿날 아침 미에꼬를 데리고 여행을 떠났습니다. 이것이 미성년자 약취유괴에 해당하는 행위라는 겁니다.

스기야마는 곧바로 경찰에 신고하지는 않은 모양입니다. 체면도 있고 신문에라도 나면 곤란하기 때문이었겠지요. 조금만 타격을 받아도 회사가 넘어갈 처지였던 거지요. 미에꼬에게는, 아빠가 사업 때문에 홍콩에 가고 없으니까 그동안 데리고 여행이라도 다녀오라고 부탁을 받았다고 말해뒀습니다만 저는 어딘가에서 미에꼬와 둘이서 자활을 할 생각이었습니다. 그전 남자와 헤어질 때 받은 돈이 10만엔 정도 남아 있었습니다. 저는 그게 나쁜 일이라고는 생각하지 않습니다. 미에꼬가 스기야마의 딸임은 분명하지만 저를 더 따랐습니다. 같이 목욕을 하고 밤에는 저와 함께 잤습니다. 새엄마와 아이가 오고 제가 없어지면 어떤 일을 당할지 알 수 없습니다. 저의 딸이 되는 것이 더 행복할 것입니다. 물론 그때는 같이 죽자든가 하는 생각은 전혀 하지 않았지요.

미나까미, 이까호 같은 온천지에 2, 3일씩 묵으며 돌아다녔습니다. 여관 종업원으로 들어가 일하려고 했습니다만 아무리 일손이 부족한 세상이라고는 해도 애 딸린 사람을 써주는 데는 없습니다. 결국 제가 할 수 있는 일이라고 해봐야 술집 호스티스 같은 것밖에 없어서 역 앞에 있는 여관으로 거처를 옮기고 호스티스 모집광고가 나붙은 술집에서 이틀 밤 일해보았는데 아르바이트라고 말하는 매춘을 강요받습니다. 밤에 미에꼬를 돌봐줄 사람을 찾을 수가 없습니다. 물론 숙박부에는 가명을 쓰고 모녀라고 했습니다만 미에꼬는 "집에 가자"며 울어대는 겁니다. 여관에서도 이상하게 생각하는 것 같아서 거길 떠났습니다.

죽어버리자고 생각한 것은 아흐레째에 먼 북쪽의 다른 온천지에 도착했을 때였습니다. 우쯔노미야(宇都宮)에서 산 신문에서 스기야마가 드디어 수색을 의뢰했다는 것을 알았기 때문입니다.

그 온천지는 가까운 산 위에 있는 호수에 단풍을 보러 올라가는 등산객으로 붐비고 있었습니다. 미에꼬에게 새 옷, 카디건, 코트를 사서 입혔습니다. 산은 추울 거라고 생각했기 때문입니다. 운동구점에서 하이커용 접이식 삽과 밧줄을 샀습니다. 땅을 파야 했기 때문입니다. 살인 준비가 아닙니다. 매장을 위한 것이지요.

산 위에 호숫물을 가득 채운 그 휴화산은 저를 초대하는 듯했습니다. 빨갛게 물든 산 위에서의 죽음, 빨간 단풍 속에서 죽자는 생각이 그 온천지까지 왔을 때 갑자기 떠올라 고정관념이 되어버렸습니다.

그날밤, 미에꼬와 함께 누운 침대 속에서 "산의 단풍을 보고 오자"고 약속했습니다.

날씨는 맑게 개어 있었습니다. 버스가 산자락을 꾸불꾸불 올라가는 동안 창밖 나무들의 푸른색에 조금씩 빨강과 노랑이 섞입니다. 가는 도중에 보이는 외륜산의 정상 부분, 옆으로 줄을 그은 듯한 위쪽은 잿빛으로 뿌옇게 보입니다. 가까이 다가감에 따라 거기가 단풍으로 물들어 있음을 알 수 있습니다.

도로를 돌아가면 어느새 이렇게 높이 올라왔나 하고 놀랄 정도로 높이 왔음을 알 수 있습니다. 넓은 산자락의 경치가 창밖으로 펼쳐집니다. 도중에 멈췄던 휴게소의 빨간 지붕이 저 아래에 보입니다. 두번 다시 내려가지 않을 아래 세상의 풍경이었습니다.

도로는 거기서 산속으로 들어가 호수로부터 흘러나오는 개울을 따라가면 반짝이는 단풍이 한창임을 알 수 있었습니다. 느티나무, 단풍나무, 떡갈나무, 옻나무, 졸참나무, 상수리나무 등의 낙엽수가 산기슭을 뒤덮고 일제히 물들었습니다. 빨강, 노랑, 연녹색 등 갖가지 빛깔이 단계별로 각기 물이 들어 골짜기 전체가 불타는 듯한 색깔과 빛의 도가니입니다. 색이 흘러넘쳐서 백반색의 연못물까지 붉게 물든 것처럼 보일 지경이었습니다.

미에꼬도 기분이 좋아져서 "단풍이 엄청나요" 하며 기뻐했습니다.

그 색깔의 긴 터널을 빠져나오면 호수가 펼쳐집니다. 산도 맑게 개어 있었습니다. 호수의 수면은 한장의 색유리를 펼쳐놓은 듯 파랗게 펼쳐졌습니다. 호수를 둘러싼 산들도 붉게 물들었습니다. 낙엽송을 심어놓은 넓은 비탈이 온통 노랗게 물들어서 미끄러져 떨어질 듯이 호숫가에 닿았습니다. 호수 한자락이 오른쪽으로 깊이 돌아들어간 쪽에 산이 복잡하게 주름처럼 겹쳐져 있는데 거기도 온통 단풍이 들어 있습니다.

넓은 호숫가도 호수면도 하나같이 평평한데 소나무가 자라고 공원이 있습니다. 저희는 거기서 잠시 걸어서 호수 위에서 운행하는 유람선 선착장 앞에서, 찻집이랑 선물가게 같은 것들이 모여 있는 곳 중 한군데에 들어갔습니다. 벌써 점심때가 다 된 시각이었습니다.

단체손님들로 가득했습니다. 창밖이 바로 뒷산 기슭으로 이어졌는데 거기 나무도 빨갛게 물들어 있었습니다. 떡갈나무를 닮은 넓은 이파리가 반쯤 마른 듯 갈색으로 변해 있었습니다. (그렇게 상세한 것들이 본건과 관련이 있는가 하고 본관이 물었더니, "이것은 꼭 필요합니다"라고 대답했다.)

저는 송어 소금구이와 생선된장국, 미에꼬는 오야꼬동(닭고기 계란덮밥)을 주문했습니다. "다른 거 좀더 먹어, 배부르게" 하고 말했지만 "먹고 싶지 않아"라고 말합니다. 두 시간이나 버스를 타서 지쳤던 거겠지요. 갈아입을 옷이랑 속옷을 넣은 여행가방은 그 식당에 두고 접이식 삽과 밧줄이 든 손가방만 가지고 나왔습니다. 수족관에 들어갔지만 미에꼬가 별로 재미있어하지 않는 것 같아서 파찐꼬 가게에서 조금 놀았습니다. 그뒤 선착장으로 되돌아가서 산 반대쪽으로 내려가는 버스에 탔습니다. 그 버스는 호수의 북쪽을 돌아가는 노선으로 도중에 전망대를 지나간다는 것을 안내도에서 봐두었습니다.

버스는 산 하나를 뒤쪽으로 돌아 다시 호수 쪽으로 나옵니다. 호수 쪽으로 나오면 호수면으로부터 50미터쯤 높은, 비탈 중간쯤이 되는데 거기가 전망대입니다.

저희와 같이 버스에서 내린 손님은 없었지만, 승용차가 두대 서 있고 전망대의 작은 건물이 있는 곳에는 화려한 옷차림을 한 한무리의 젊은 남녀가 있었습니다. 왼쪽으로 멀리 선착장과 공원이 있는 호숫가가 보였습니다.

인가에서 멀리 떨어진 이런 곳에 오면 산의 단풍은 화려한 빛을 한층 더한 듯이 보입니다. 건너편에 곶처럼 호수로 돌출된 꼬리 부분이 있습니다. 삿갓 모양으로 단풍 든 나무가 꼭대기까지 빼곡히 채워져 있었습니다. 오후의 햇살을 받아 반짝이며 산자락의 조화로 자줏빛 그림자가 줄무늬를 이루고 있습니다. 저희는 전망대 옆에서 호숫가로 내려가는 좁은 길을 발견하여 내려가기 시작했습니다.

그 길 양쪽 나무도 곱게 단풍이 들어 있습니다. 이름 모를 나무들이 주홍, 빨강, 검붉은색, 노랑, 황갈색, 그밖에도 뭐라 이름붙이기도 어려운 갖가지 색깔로 물들어 있습니다. 저는 그렇게 가까이서 단풍이 든 나무를 보는 것도 처음이었습니다. 나무의 종류와 위치에 따라 물이 드는 방식도 다 제각각입니다. 나무 아래쪽 가지의 이파리는 뒤쪽에 아직 초록빛이 남았습니다. 바람처럼 엷은 녹색으로부터 연노랑, 붉은색으로 옮아가는 것이죠. 떡갈나무나 메밀잣밤나무 같은 상록수가 밀집한 모퉁이도 있었습니다. 짙은 녹색이 우거진 안쪽으로 선명한 노란색이 된 가지가 색폭포처럼 걸려 있는 것을 보았습니다.

"예쁘다, 응? 정말 예쁘지?"

그렇게 손을 잡은 미에꼬에게 말하며 꾸불꾸불 좁은 길을 계속 내려 갔습니다. 미에꼬의 발걸음이 늦어집니다.

"어디 가는 거야?" 하고 불안한 듯 묻습니다.

"한번 더 호숫가에 내려가보자. 거기서 배를 타고 아까 버스 탔던 데로 되돌아가는 거야."

"집에 돌아가요."

"그래, 돌아가자."

그곳 기슭은 좁고 자갈이 많았습니다. 주변에 사람이 없고 유람선도 거기까지는 들어오지 않습니다. 버스가 다니는 길은 곧장 오른쪽 고개를 향하고 조금 더 가면 터널로 들어가버립니다. 아무도 보는 사람이 없습니다.

건너편 산들을 물들이고 있는 단풍은 호숫가에서 보니 한층 더 아름다워 보였습니다. 잠깐 동안 햇살이 비친 듯, 희미한 요철도 모두 그림자를 드러내 산 표면을 흐르는 비스듬한 줄무늬가 짙어졌습니다.

흐릿한 물 위에 산 그림자가 거꾸로 떨어져 있습니다. 약간 아래위로 늘어진 듯한 방추형 윤곽이 흐릿하게 보입니다. 푸른 수면이 거기만 호박색으로 변했습니다.

붉게 타오르는 듯한 연봉이 잘려서 작은 평지가 된 곳이 있습니다. 그곳에서 한줄기 연기가 피어오르고 있었습니다. 바람이 없어서 50미터 가까이 똑바로 올라가고 있습니다.

저는 호숫가 자갈 위에 흩어져 있는 마른 유목(流木)들을 주워모으기 시작했습니다.

"뭐 해?"

"모닥불을 피우자. 구덩이를 파자."

저는 접이식 삽의 자루를 길게 빼서 물가에서 조금 떨어진 자갈이 마른 곳에 구덩이를 파기 시작했습니다. 자갈층은 금방 없어졌습니다만 그 밑의 모래는 약해서 파내면 자꾸 무너져내리는 바람에 좀처럼 제가 생각했던 만큼의 크기, 다시 말해서 제 몸이 들어갈 만한 크기로 팔 수가 없습니다.

("왜 자네 몸이 들어갈 크기가 필요한가?"

"거기에 마른 나무를 모아 불을 피우고 제 몸을 태워 죽을 생각이었습니다.")

충분하지는 않았습니다만 30쎈티미터 정도 깊이로 파고 유목과 호숫가 비탈에 걸려 있는 마른 나무를 모아다가 넣었습니다.

그리고 미에꼬 옆으로 가서 쭈그리고 앉아 같은 높이로 아이의 눈을 들여다보면서 말했습니다.

"미에 짱, 집에 가고 싶어?"

"가고 싶어."

"하지만 만약 갔는데 집이 없으면 어떡하지?"

"왜? 왜 집이 없어?"

"사실은 말이야. 아빠는 외국에 간 게 아니라 다른 데로 이사를 간 거야."

"어디로?"

"먼 데로."

"아빠가 그런 말 안했는데."

"나중에 미에 짱에게 말해달라고 내게 부탁했어. 그리고 미에 짱은 스자까의 딸이 되라고 말이야. 그러니까 미에 짱은 이미 내 딸이야."

"거짓말이야, 그런 게 어딨어."

미에꼬의 얼굴은 일그러지고 눈에서는 닭똥 같은 눈물이 흘러내렸습니다.

"스자까가 거짓말한 적 있어? 아빠는 다른 아이와 새엄마와 함께 다른 데로 이사를 간 거야."

티없이 귀여운 아이에게 이런 소리를 하는 것은 잔인한 짓이었습니다. 하지만 사실은, 만약 그때 미에꼬가 끝까지 내 딸이 되기 싫다, 집에 가겠다고 하면 저는 거기서 죽으려던 생각을 버리고 같이 토오꾜오로 돌아가자고, 모닥불을 피울 나무를 주우면서 생각했습니다.

미에꼬는 그러나 더이상 말을 하지 않고 울기만 했습니다. 엉엉, 하고 큰 소리로 울 뿐이었습니다.

"스자까가 좋은 데 데려가줄 테니까 걱정하지 마. 응?"

그렇게 말하면서 저는 미에꼬를 껴안았습니다.

"울어, 실컷 울어. 여자아이에게는 우는 것밖에는 달리 할 수 없는 일이 있는 법이야."

저도 울었습니다. 공습 때 허리 아랫부분이 돌에 깔린 어머니 옆에서 울었던 것처럼 울었습니다. "어엉, 어엉" 하고 두어 번 울고 그치기는 했습니다만.

("아이를 속여서 죽이는 것은 잔인한 짓이라고 생각하지 않았는가?"라고 본관이 물었더니,

"잔인하다고는 생각했습니다. 하지만 이 아이가 앞으로 살아봤자 그런 아버지가 옆에 있어서는 행복할 수 없습니다. 그건 제가 너무나 잘 아는 일입니다. 미에꼬는 결국 집을 나와서 저와 같은 길을 걷게 되겠지요. 그것보다는 여기서 죽어버리는 편이 더 낫습니다. 저도 그 공습 때 죽어버렸다면 더 좋았을 거니까요."

"너처럼은 안돼. 스기야마와 미에꼬는 피가 통하잖아. 실제로 네가 미에꼬를 데리고 나간 뒤로 미친 듯이 아이를 찾았어."

"과연 그럴까요? 소문이 나는 것을 꺼려서 일주일 동안이나 신고도 하지 않고 고발도 하지 않았어요. 그게 미칠 듯이 된 남자가 하는 일일까요?"

"그간의 스기야마의 고민을 생각하지 않는 거야? 미에꼬가 무사히 돌아왔을 때 눈물을 흘리며 기뻐했대."

"눈물 따위가 무슨 의미가 있을까요? 저도 그날 호숫가에서 미에꼬와 함께 울었

지만 세상물정을 알고부터 제가 그렇게 울어본 적이 없었어요. 스기야마가 그때 운 것은 남자의 감상에 지나지 않는 거예요. 신문기자가 있었기 때문인지도 모르죠. 앞으로 긴 세월 동안, 미에꼬가 스기야마의 손에서 어떻게 키워질지, 어떤 삶을 보낼지 눈에 선해요."

"미에꼬는 자네 말에 납득하던가?"

"모르겠어요. 납득하든 안하든 마찬가지예요."

"자네는 그때 자신이 정신이 이상하다는 생각이 안 들었나?"

"말도 안돼요. 저는 말짱한 정신으로 행동했어요. 그러니까 지금도 이렇게 순서 하나 틀리지 않고 진술할 수 있는 거지요.")

저는 마른 나뭇가지에 준비해온 신문지로 불을 붙였습니다. 좀처럼 불이 붙지 않았습니다만 바람이 불어와서 겨우 불이 붙기 시작했습니다. 가지에서 가지로 옮겨붙는 불꽃의 색깔을 지켜보면서 저는 전율을 느꼈습니다.

연기가 옆으로 퍼져나갔습니다. 건너편 평지에 떠 있던 연기도 제가 피워올리는 불과 호응하듯 옆으로 퍼져서 곶처럼 호수에 돌출된 붉은 꼬리 부분을 감쌌습니다.

저는 미에꼬의 목에 나일론 줄을 감았습니다.

("살의를 가지고 감은 거지?"

"그렇습니다."

"밧줄은 그걸 위해 준비한 것인가?"

"그런 건 아닙니다. 빼먹고 말씀드리지 않았습니다만, 저는 제 몸을 모닥불로 지글지글 태울 작정이었습니다. 미에꼬를 죽인 죄, 그리고 지금까지 살아온 죄를 갚기 위해 가능한 한 오랫동안 고통을 당하며 죽을 생각이었어요. 저는 어머니와 똑같은 고통을 겪을 작정이었습니다. 다만 그동안 가만히 불 위에 누워 있을 수 있을지 어떨지 자신이 없어서, 아니 자신은 있었습니다만 보다 확실히 하기 위해 발이 위치하는 곳에 말뚝 두 개를 박아 거기다가 발목을 줄로 묶어놓을 생각이었습니다. 그러려고 산 것입니다. 텐트용 말뚝도 샀습니다. 말뚝은 이미 박아뒀습니다. 현장 검증으로 이미 알고 계실 겁니다.")

미에꼬는 목에 줄을 감자 갑자기 울음을 멈추고 제 눈을 쳐다보았습니다. 자신에게 뭘 하고 있는지 몰랐다고 생각됩니다만 아마도 제 표정이 변했던가 봅니다. 줄을 감은 고개를 숙이고 의아한 눈으로 저를 쳐다보았습니다.

제가 헤아릴 수도 없이 많이 안고 잤던 몸, 함께 목욕을 해서 구석구석까지 다 알고 있는 몸이 바로 눈앞에 있습니다. 모닥불이 타는 냄새에 섞여서, 아니 그보다 더 강하게 제 코는 미에꼬의 체취를 맡았습니다.

갑자기 제가 서 있는 호숫가 기슭 전체가 흔들리는 것을 느꼈습니다. 저는 건너편 단풍 든 곳을 바라보았습니다. 아직 햇살이 비치고 있었습니다. 그림자의 줄무늬는 한층 더 짙어졌습니다. 그 곳 전체가 심하게 흔들렸습니다. 산꼭대기를 하얀 빛이 무지개처럼 스쳐가던 것을 기억합니다. 곳 전체가 심하게 아래위로 흔들리는 겁니다. 그렇게 멀리 떨어진 곳이 20쎈티미터 정도 아래위로 올라갔다 내려갔다 하는 것처럼 보였으니까 엄청난 지진이었음에 틀림없습니다.

시계를 보니까 4시 13분이었습니다.(제가 구덩이를 파는 데 의외로 시간이 걸렸던 것입니다.) 지진은 기록되었을 것으로 생각합니다.

"애앵" 또는 "와앙" 하는 소리가 하늘에서 내려왔습니다. 그것은 호수를 둘러싼 붉은 산들의 소리가 하나가 되어 하늘로 올라간 것 같았습니다. 몇만년 동안 조용히 쉬면서 분화구에 호숫물을 담고 있던 화산의 분노가 폭발할 전조라고 생각했습니다. 조사를 부탁합니다.

그때 저는 퍼덕퍼덕 하는 큰 소리를 듣고 뒤를 돌아보았습니다. 뒤쪽 비탈의 단풍들 사이에서 비어져나온 큰 가지 위에 커다란 갈색 새 한

마리가 나와 앉아 있었습니다. 아마도 지진에 놀라서 나왔겠지요. 수리인지 솔개인지 모르겠습니다만, 그것은 제가 지금까지 본 새 중에 가장 큰 것이었습니다. 그렇게 큰 새를 그처럼 가까이서 본 것도 처음입니다. 전신은 갈색 깃으로 덮여 있고 크게 벌어진 가슴 부분만 하얬습니다. 부리는 맹금답게 튀어나와 구부러졌는데 눈 부위는 평평해서 어딘가 사람과 닮은 듯했습니다. 날아오르려는 듯 날개를 펴고 퍼덕였습니다. 퍼덕퍼덕 하는 소리는 바로 그 소리였습니다.

새는 저희들은 본 척도 하지 않았습니다. 멀리 호수 위로 눈이 팔린 듯했습니다. 그러더니 갑자기 날기 시작했습니다.

그 커다란 몸으로 나는 것은 힘든 모양인지 처음에는 거의 물에 빠질 듯할 때까지 떨어졌습니다. 깃털이 물에 젖었을지도 모르겠습니다. 이상한 소리가 수면에 울렸습니다. 새는 수면을 따라 똑바로 날아가 건너편의 붉게 타오르는 숲속으로 틀어박히듯 들어가버렸습니다.

갑자기 호수면이 어두워졌습니다. 오른쪽에서 구름이 나타나더니 상상할 수 없을 정도로 빠른 속도로 호수 위 하늘 가득히 퍼졌습니다.

왼쪽 기슭 뒤쪽에서 유람선이 나타났습니다. 호수의 이쪽까지 올 리가 없는데 아마도 어떤 단체가 전세를 내거나 했던 거겠지요. 갑판에 늘어선 사람들은 큰 새가 틀어박힌 언저리의 기슭을 가리키며 뭐라고 말하는 듯하더니 얼마 후에는 이쪽을 향했습니다. 그러고는 손을 흔들었습니다.

저는 사람들에게 보이지 않는 곳에서 죽을 작정이었는데 이처럼 열린 호숫가에 그런 공간은 없었던 것입니다. 배는 이쪽으로 방향을 돌렸습니다. 선원으로 보이는 남자가 뱃머리에 나와서 손을 입에 대고 뭐라고 소리를 지르는 것이 보였습니다. 함부로 모닥불을 피우면 안되는 것이었는지도 모르겠습니다. 저는 당황해서, 이제 겨우 불길이 세어진 모닥불을 서둘러 밟아 흩뜨렸습니다. 그리고 미에꼬의 손을 끌고 기슭의 숲으로 도망쳐들어갔습니다.

저희가 들어간 곳은 전망대에서 내려오는 길이 아니라 기슭에 접한 경사가 약간 파여 와지(窪地)가 된 곳이었습니다. 양쪽은 가파른 기슭으로 둘러싸였습니다. 그곳 나무들도 단풍이 들어 있었습니다. 이파리 하나하나가 또렷한 노란색이 되어 어두운 비탈이 드러나고 손을 내밀 듯 가까이까지 와 있습니다. 뭔가 할 말이 있는 듯 저도 그걸 들여다보고 또 그 이파리들도 저를 되받아보고 있습니다.

와지 지면에는 그와 같은 색깔 선명한 이파리들이 해마다 떨어져서 썩어 검고 푹신푹신하게 쌓여 있습니다. 안쪽으로 들어갈수록 걷기 어려워졌습니다. 발꿈치가 갑자기 푹 빠져서 저는 무릎을 꿇었습니다. 거기에 구덩이를 파기 시작했습니다만 아무리 파도 썩은 낙엽뿐입니다. 검고 축축하고 냄새나는 부식토에 썩은 가지가 섞여서 잘 파지지가 않습니다. 물이 스며나왔습니다. 위를 쳐다보니 이 와지 안쪽은 저기 전망대까지 이어지는 도랑을 이루고 있습니다.

"집에 가자."

미에꼬가 말했습니다. 와지 안쪽에서 보이는, 시야가 제한된 호수면은 어느새 구름이 내려깔려 있었습니다. 호수면에서 20미터 정도 높이로 내려앉아 미끄러지듯 움직였습니다.

저는 구덩이 파기를 포기했습니다. 자신의 몸을 태우는 것도 체념하였습니다. 미에꼬를 목 졸라 죽인 후 같은 줄로 목을 매기로 했습니다. 딱 맞는 가지가 있는 나무를 옆 비탈에서 찾아냈습니다.

여자가 목을 매단다는 것은 얼마나 궁지에 몰려 그러는 것인지 알아주셨으면 합니다. 저희는 죽은 뒤에도 그 모습에 신경을 쓰니까요. 혀를 빼물고 있는 것만큼 부끄러운 일은 없습니다. 하지만 저의 부끄러운 일생은 거기에 어울리는 거라고 생각하기로 했습니다.

제가 이것이라고 정한 메밀잣밤나무 뿌리 부근에 작은 자생 등대꽃 나무가 있었는데, 그것이 작지만 선명한 붉은빛으로 물들어 있던 것이 생각납니다. 그것 한그루 이외에는, 하늘에 구름이 낀 탓인지 저를 둘러싼 단풍이 갑자기 모두 빛을 잃었습니다. 지저분한 낙엽으로 변한 것입니다.

저는 또 미에꼬의 목에 밧줄을 감았습니다. 미에꼬는 눈을 감고 축 늘어져서 정신을 잃은 듯합니다. 저는 손에 힘을 주기 시작했습니다.

쿵쾅쿵쾅 하고 울리는 소리가 들려왔습니다. 땅을 울리며 기슭 위쪽으로부터 사람들이 내려오는 듯한 소리입니다. 아니, 전망대에서 내려오는 길에서는 상당히 떨어져 있었습니다. 사람의 발소리는 아니었습니다. 뭔가 짐승이 무리를 지어 이동하는 듯한 소리가 끊임없이 이어지며 비탈을 내려오는 것입니다. 제가 있는 와지의 양쪽 고목 사이를 뚫고 호수 쪽으로 내려가는 것 같습니다.

거기에 비가 오기 시작했습니다. 그 빗소리였던 걸까요? 샤워라도 하는 듯 갑자기 쏟아지는 비였습니다. 주변이 어두워졌습니다. 호수면도 보이지 않게 되었습니다. 손이 미끄러져서 힘이 들어가지 않습니다. 아무리 해도 미에꼬를 죽일 수가 없습니다.

미에꼬는 정신을 잃었습니다. 바로 25년 전 제가, 타죽는 어머니 옆에서 정신을 잃었던 것처럼. 정신을 잃은 육체는 살아야 한다고 주장하고 있는 듯합니다. 그때 어머니도 저를 죽이려 했던 걸까요?

저는 슬픔에 가득 차서 "죽는 거야. 죽는 편이 훨씬 나은데 왜 그걸 모르는 거야!" 하고 외치며 밧줄을 놓았습니다.

("그럼 피의자는 자신의 의사로 자발적으로 살인을 중단한 거군."

"의사가 있었는지 없었는지는 모르겠습니다. 의사 같은 건 의미가 없는 단어라고 생각합니다. 인간의 파멸을 원하는 것은 하느님이라고 저는 생각하고 있습니다. 그리고 제가 결국 미에꼬를 죽이고 자살하지 못한 것은 하느님이 그것을 바라지 않아서라고 생각합니다.")

와지 위쪽에서 물이 쏟아져내려왔습니다. 낙엽을 쓸어내려서 발목을 휘감습니다. 저는 미에꼬를 업고 그 물에 쫓기듯 호숫가로 굴러나왔습니다. 그러고는 전망대로 올라가는 길을 찾아서, 계속해서 쏟아지는 빗속을 미끄러지고 자빠지며 올라왔습니다.

다 올라왔을 때는 완전히 어두워져 있었습니다. 비는 그사이에 그쳤습니다만 추워지기 시작했습니다. 전망대의 작은 건물에서 잠시 기다렸지만 버스가 올 기미는 없습니다. 거기서 저는 걷기 시작해서 고개의 터널을 서쪽으로 빠져나와 3킬로미터 아래에 있는 온천에 도착했습니다. 여관의 하녀에게 미에꼬의 간호를 부탁하고 저는 파출소에 자수하러 갔습니다.

이상에서 말씀드린 대로 저는 미성년자 약취유괴, 살인예비, 살인미수의 죄를 범했습니다. 저를 처벌해주십시오.

판결, 피고인을 징역 2년에 처함.

■ 더 읽을거리

『포로기』(허호 옮김, 웅진씽크빅 1995)는 '점령하의 사회를 풍자한다'는 작가의 의도 아래 자신의 삶에 대한 사무치는 반성, 포로수용소라는 실험실에서 관찰된 인간성에 대한 생생한 기록으로 가득한 인간성찰의 책으로, 사고(思考)하는 산문이 달성한 전후문학의 수작이라 할 만하다. 『들불』(이재성 옮김, 소화 1998)은 병 때문에 군대에서 낙오한 한 병사의 고독한 방황을 그린 중편소설이다. 생존의 극한상황을 따라가며 음악적인 문체로 약동적인 상상력과 명석한 지성의 결합을 드러내며, 인육을 먹는다는 심각한 윤리문제를 제기하여 전쟁문학의 한 극점을 보여준다.

일본 근대문학의 역동: 메이지에서 오늘까지

서은혜

1853년 미국 해군 페리 제독의 내항에 이어 1854년 '일미화친조약', 그리고 영국, 러시아, 네덜란드와도 같은 조약을 맺으면서 200년간의 일본의 쇄국체제는 붕괴되었고 마침내 1868년 메이지유신이 일어났다. 이는 통치권력이 토꾸가와 바꾸후(德川幕府)에서 천황을 정점으로 한 신정부로 이행한 정치혁명임과 동시에 서양의 기술문명과 제도 도입을 통해 사회전반의 개혁을 꾀한 사회혁명이었다. 특히 메이지 전반기는 부국강병이라는 국가 이데올로기를 바탕으로 입헌군주제(실제로는 만세일계(萬世一系)의 천황제 절대주의였지만)와 자본주의체제를 확립하여 근대국가의 기틀을 다져나가던 시기였다. 물론 사회·경제적 제도와는 달리 문학이 단번에 '근대화'될 수는 없었고 일반적으로 일본의 근대문학은 메이지유신 이후 20, 30년 정도를 더 기다려 시작되었다고 말한다.

그 기간을 메운 것이 근세(에도시대) 쪼오닌(町人) 문학의 전통을 이어받은 이른바 '게사꾸(戱作)'문학이었고 카나가끼로분(假名垣魯文, 1829~94) 등이 활약했다. 근대 혹은 서양의 풍속을 옛 형식에 담아 풍자하는 등 나름의 역할을 했으나 형식과 내용의 부조화를 지탱하는 데 한계가 있어 오래 계속될 수는 없었다. 그러나 경쾌한 필치로 유행어의 산실이 되기도 하면서 바꾸후에서 메이지 개화기까지를 채색한 게사꾸 문학이 오랜 전통 속에서 길러진 기량을 살려 이 문학적 공백기를 채운 공적은 크다.

또한 이 시기 외국 문학작품의 번역 및 번안은 문학의 이식을 위한 첫 단계였는데, 주로 번역된 정치교양소설과 과학모험소설을 모태로 일본의 정치가들이 소설을 써 정치적인 주장을 펼치는 실용적 계몽문학 등이 나타났다.

쯔보우찌 쇼오요오(坪內逍遙, 1859~1935)는 문학이란 사대부가 할 만한 일이 아닌 잡기, 여가 활용이라는 인식을 없애는 데 기여했다. 그의 평론 「소설신수(小說神髓)」(1885)는 문학 속에 미학적 개념을 끌어들여 '근대적' 문학을 정립하고 문학의 독자적 영역을 천명했다는 중요한 의미가 있다. 후따바떼이 시메이(二葉亭四迷, 1864~1909)는 뚜르게네프, 도스또예프스끼 등 러시아 문학에 심취하면서 허구를 창작의 중심으로 인정하고 근대적 리얼리즘의 골격을 갖춘 소설론을 전개했다. 미완으로 끝난 장편소설 『뜬구름(浮雲)』(1887)은 리얼리즘을 활용해 메이지 문명의 비틀림과 지식인의 고뇌를 전형적으로 파악한 일본 최초의 근대소설로서 처음으로 의식적인 언문일치체 문장을 시도했다.

이어서 모리 오오가이(森鷗外, 1862~1922)는 자신의 독일 유학경험을 살려 『무희(舞姬)』(1890)를 써서 메이지시대 지식계급의 내면에 깃들인 어두운 심연을 드러내는 데 성공함으로써 『뜬구름』과 함께 전근대적 게사꾸의 전통에서 탈출하는 데 한몫을 감당했다.

키따무라 토오꼬꾸, 시마자끼 토오손 등에 의하여 편집되고 히구찌 이찌요오, 쿠니끼다 돗뽀, 타야마 카따이(田山花袋) 등이 기고한 『분가꾸가이(文學界)』(1893)는 기독교적 교양을 지닌 젊은 낭만주의 정신의 동인들이 자아 확충과 조화로운 삶에 대한 강렬한 욕구, 그리고 초현실적 세계에 대한 동경으로 근대낭만주의 운동의 첫 발자국을 내딛는 터가 되었다.

토오손의 시집『봄나물집(若菜集)』(1897)은 메이지 청년의 자의식과 연애감정을 관능적, 낭만적으로 드러내면서『신따이시쇼오(新體詩抄)』이후 모색되어온 일본 근대시(신체시)를 확립하는 동시에 메이지 낭만주의의 시작을 알렸다.

메이지 30년대 중엽(1900년대초) 코스기 텐가이, 나가이 카후우 등이 에밀 졸라의 자연주의 문학(졸라이즘)을 수용하면서 일본 자연주의 문학은 시작되었는데 시마자키 토오손의『파계(破戒)』(1906)는 피차별 천민부락 출신인 세가와 우시마쯔(瀬川丑松)라는 청년을 주인공으로 차별문제를 주제로 삼은 사회소설이었다. 역사적인 선구성이 높이 평가되는 반면, 차별을 파악하는 작가의 사상에서는 시대적 한계가 느껴진다.

다음 해 발표된 타야마 카따이의『이불(蒲團)』은 작가의 자기 고백적 자연주의 문학 이해와 그에 따른 상업적 성공으로, '사소설(私小說)'이라는, 자연주의의 일본식 변형을 결정지었고 이후 일본의 자연주의는 작가가 직접 체험한 사실을 '있는 그대로(ありのまま)' 서술한다는 문학적 태도를 형성하게 되었다. 결국 최초로 서구의 문예사조를 의식적으로 받아들여 나름의 변환을 거친 일본의 자연주의는 봉건적 도의라든가 권위를 부정하고 있는 그대로의 인간과 현실에서 시작하려는 근대적 자각을 확립했으나 사회성의 결여, 허구성의 상실과 동시에 그후 일본문학의 전체적인 흐름을 돌려놓아 원래의 자연주의의 역할을 제대로 수행하지 못하게 되었다.

1904년 러일전쟁의 위기감 속에서 코오또꾸 슈우스이(幸德秋水)와 사까이 토시히꼬(堺利彦) 등이 헤이민샤(平民社)를 조직하고, 『헤이민신문(平民新聞)』을 발행하여 반전론을 주장했으며 1906년 러일전쟁 후에는 '일본사회당'이 결성되었다. 코오또꾸는 '직접행동'을 주장하여 의회정책파와 대립했고 러일전쟁 후 격렬해진 노동운동으로 체제적 위기감을 느낀 메이지 정부에서 1908년에 성립된 제2차 카쯔라 내각은 '사회주의 절멸'을 공약으로 내세우기에 이른다. 결국 1910년에는 대역사건이라는 날조된 천황 암살사건으로 코오또꾸 등 26명의 무정부주의자, 사회주의자가 체포되어 열두 명이 사형당했다.

이렇게 어둡고 답답한 사회 분위기 속에서 자연주의 문학은 넓은 작가층을 포섭하면서 일본문단을 풍미하는 듯했으나 이러한 문학적 흐름과 거리를 둔 작가들도 물론 있었다.

1900년 문부성 제1회 국비유학생으로 2년간의 영국 유학을 경험한 나쯔메 소오세끼는 고독하고 빈궁한 유학생활 동안 막연히 동경하던 서양문화를 체험, 객관화하고 동시에 일본 혹은 동양문화를 상대화함으로써 후일 그의 문명비판의 틀을 마련하게 된다. 일본의 토착문명과 서구 외래문명 사이의 좁혀질 수 없는 거리를 인식하고, 그 결합이 빚어내는 갈등과 알력 속에서 일본인은 어떤 삶의 방식을 정립해나가야 할 것인가를 고민했던 그는, 청일·러일 전쟁의 승리로 열강대열에 합류함으로써 근대화의 완성기에 접어들었다고 들떠 있던 일본인들에게 고통스런 자기인식의 계기를 마련하여, 예술적 성취와 함께 근대 일본인의 정신적 좌표 설정에 기여함으로써 '국민작가'라는 칭호를 얻었다. 그러나 말년은 위궤양으로 인해 생사의 기로를 넘나들며 불우했고 선(禪)에 관심을 기울여 '하늘의 뜻을 따라 나를 버린다(則天去私)'는 경지에 이르렀다.

일본의 연호로 타이쇼오(大正)라 불리던 시기(1912~26), 밖으로는 중국과 한국을 비롯한 인접국을 본격적으로 침략지배하면서 안으로는 자유민권운동, 사회주의운동, 노동운동의 활성화로 이른바 '타이쇼오 데모크러씨'가 나타나는 모순에 차 있었다. 국력신장, 부국강병을 위해서라면 개성의 말살이 미덕이던 메이지기를 벗어나, 메이지 이후 사십여년의 시간이 준 자신감과 여유로 제2세대는 개성의 신장, 이상적 삶, 인도주의, 박애정신 등을 키워드로 윤택한 경제·사회적 상황에서 서양문화와 그 정신을 자유로이 향유했는데, 그 전형이 바로『시라까바』라는 동인잡지에 모인 가꾸슈우인(學習院) 출신의 귀족과 부유층 자제들로, 그들은 십인십색의 개성을 지니고 있었다.

"나는 여자에 굶주려 있다"라는 말로 출세작『행복한 사람』(お目出度ま人)을 시작한 무샤노꼬오지 사네아쯔(武者小路實篤, 1885~1976)는 똘스또이의 강한 영향을 받아 이상촌 '새로운 마을(新しき村)'을 건설했다가 좌절하기도 했다.

시가 나오야는 17,8세에 우찌무라 칸조오에게 사사하면서 기독교에 입교했고 1901년 아시오 광독사건(足尾鑛毒事件)으로 아버지와 대립한 뒤 화해에 이르는 과정을『오오쯔 준끼찌(大津順吉)』(1912)『화해(和解)』(1917)『한 남자, 그 누나의 죽음』(1920) 등의 '가족이야기'로 써내기도 했다.

전환기의 고뇌 가운데서 억압에 강하게 저항하는 모습으로 출발했으나 물질적 궁핍이나 계급적 억압과는 거리가 먼 신분이었고, 그러한 사태를 지적으로 해명코자 하는 노력도 부족하여 결국 개인적인 고뇌의 차원에서 심경적 해결을 의도하는 사소설 작가로 나아간 셈이다. 시간이 갈수록 작품세계는 좁아졌으나 강인한 개성과 빼어난 묘사력으로 '소설의 신'이라 불렸다.

이들의 맏형격은 아리시마 타께오(有島武郎, 1878~1923)였다. 그의 대표작인 『한 여자(或る女)』에서 보이듯이 그의 많은 작품들이 바닥 깊은 허무감을 숨기고 있으며 신앙과 본능, 개성과 직업 등의 상극을 넘어 개성과 본능에 대한 강한 긍정으로 나아가고자 하는 인간의 강렬한 의지와 저항감이 느껴진다. 만년에는 사회주의를 이상으로 「무산계급의 문학」 「선언 하나」 등의 평론을 썼는데 사회주의혁명의 필연성을 인정하면서도 지식인에게 가능한 적극적인 역할은 없고, 특히 지식계급으로서 자신에게는 자신이 속한 계급의 붕괴를 촉진하는 것 이상의 일은 불가능하다는 사실을 적고 있다. 홋까이도오의 자기 소유 농장을 소작인에게 해방하는 등의 사회적 실천도 보여주었다.

한편 남성 지배형 여성에 대한 마조히즘적 숭배를 그린 『문신』 『슌낀쇼오』의 작가 타니자끼 준이찌로오는 일본작가로서는 보기 드물게 성(性)을 평생의 주제로 삼아 이를 통한 인간탐구의 깊이를 드러냈으며 나가이 카후우는 이 시기를 대표하는 예술지상주의적 작풍으로 탐미파의 대표작가가 되었다.

또한 나쯔메 소오세끼를 정신적 지주로 삼아 자연주의에는 반감을 느꼈으나 시라까바의 이상주의로 내달리지 못하고 오히려 그들이 경시하던 현실사회에서의 갈등을 적극적으로 취하여 개인주의의 의미를 묻는 계기로 삼았던 이들이 '신기교파' '신이성파'라 불리며 『신시쪼오(新思潮)』라는 동인지를 중심으로 활약했다. 아꾸따가와 류우노스께(芥川龍之介, 1892~1927)는 『라쇼오몬(羅生門)』 『코(鼻)』 등으로 문단에 나와 빼어난 작품들을 남겼으나 1927년 '막연한 불안'이라는 말을 유서에 남기고 한 시대의 종언과도 같은 자살로 삶을 마감했다.

제1차 세계대전 후의 경제공항이 파급되면서 중소기업 도산, 임금삭감, 실업자 급증으로 인한 자본가와 노동자의 대립이 나타나는 등

자본주의의 모순이 격화되었고 또한 러시아혁명(1917), 쌀소동(1918년 7월 토야마 현의 어촌 주부 중심의 시위로, 시베리아 출병으로 인한 매점매석이 도화선이 됨. 이후 500여 곳에서 연인원 100만 참가. 군대가 출동하여 강제 진압으로 끝남) 등이 이어지면서 노동운동과 사회주의운동이 급속히 확장되었다.

이러한 시대적 요청에 부응하려는 문학적 움직임이 일었고 '제4계급의 문학' '노동문학'을 표방한 잡지 『씨뿌리는 사람(種蒔く人)』(1921)이 창간되었으나, 1923년 9월 1일, 사망자 9만 1천명, 행방불명 1만 3천명이 발생한 진도 7.9의 칸또오(關東)대지진으로 토오꾜오 일대는 궤멸상태에 빠졌고, 이 혼란 속에서 조선인 학살사건이 일어나기도 했다. 『분게이센센(文藝戰線)』이 창간된 것은 1924년 6월이었다.

이 잡지를 주요 무대로 삼아 『해 뜨기 전의 사요나라(夜明け前のさよなら)』 『비 내리는 시나가와 역(雨の降る品川驛)』 등 일본 프로문학의 대표작을 쓴 나까노 시게하루(中野重治, 1902~79)는 1932년 옥중전향했으나 2년 후 출옥하여 『시골집(村の家)』 『제1장』 등을 집필했다. 그는 태평양전쟁 발발과 동시에 반구금상태에 있다가 45년 패전 직전 병졸로 소집되었고, 같은 해 말부터 미야모또 유리꼬, 쿠라하라 코레히또 등과 함께 민주주의 문학운동을 조직하기 시작, '신일본문학회'를 결성하여 활약하게 된다.

미야모또 유리꼬(宮本百合子)는 비전향으로 일관한 프롤레타리아문학진영의 대표 작가이며, 두번의 결혼과 이혼을 둘러싼 자신의 여성으로서의 삶에서 소재를 취한 수많은 수작들을 남겼다.

자연주의적 전통의 파괴를 부르짖으며 출발하여 프롤레타리아문학에도 대항하게 된 신감각파의 기관지인 『분게이지다이(文藝時代)』도 1924년에 창간되어 요꼬미쯔 리이찌, 카와바따 야스나리, 카따오까 텟뻬이(片岡鐵平, 1894~1944) 등이 주로 활동했다. 아꾸따가와 등의 주지

적 경향(新理智主義)을 발전시킨 듯한 성격을 지님과 동시에 제1차 세계대전 후의 전위예술·미래파·표현파·다다이즘 등을 받아들임으로써 그때까지의 사소설적 리얼리즘을 초월하려는 것이 그들의 문학적 방법이었다. 프롤레타리아 문학이 정치적 혁명을 꾀하는 문학이었다면 모더니즘 문학은 표현의 혁명을 목표했으나, 이들은 '전위'적인 성격에서 공통점도 있었다. 프롤레타리아 문학은 개성 대신 정치적 이데올로기에서, 모더니즘 문학은 표현방법의 탐구에서 새로운 길을 찾으려 했던 것이다.

요꼬미쯔 리이찌(横光利一, 1898~1948)는 근대예술파의 선두에 서서 새로운 길의 개척에 노력했고 정치적·사회적인 불안, 동요에 전율하는 인간의 해체를 응시한 끝에 마지막에는 그 재건을 목적으로 삼아 동양 전통의 신비주의에 기울어지기도 했다.

카와바따 야스나리는 한시와 문인화에 조예가 깊던 개업의의 장남으로 태어났으나 15세까지 가까운 가족을 모두 잃었다. 이러한 소년기의 불행으로부터 인간적인 자각과 긍지를 유지하고자 하는 수단과 과정으로 문학에 몰입하여 『이즈의 무희(伊豆の踊子)』 『소년』 등을 썼는데 1935년 초부터 군국주의적 혹은 국수주의적 풍조가 강해지고 일본 고전의 재평가가 활발해지는 가운데 쓰기 시작한 『설국(雪國)』으로 1968년 노벨문학상을 받았다.

1931년의 만주사변과 동시에 좌익진영은 다시 한번 탄압에 직면하게 되어 1932년 『분게이센센』의 모태인 노농예술가연맹이 해산당했으며 1933년 소설가 고바야시 타끼지가 특고의 고문으로 사망한 후 4개월 만에 공산당 지도자 사노 마나부(佐野學), 나베야마 사다찌까(鍋山貞親)의 전향성명이 발표되었다. 1933~34년에는 대규모 전향물결이 일어났고 이후 무라야마 토모요시(村山知義), 타까미 준(高見順) 등이

이른바 전향소설을 발표했으며 나까노 시게하루는 순결한 미의식과 도덕적 엄격함을 함께 갖추고 자학이 아닌 자기갱신으로서의 전향을 그려낸 『시골집(村の家)』(1935)을 썼다.

만주사변에 이어 1937년 중일전쟁, 1941년 태평양전쟁으로 전쟁이 확대됨에 따라 통제는 강화되고 창작활동은 제약을 받아 비국책적인 작품들은 발매금지를 당했다.

제2차 세계대전 중에는 이시까와 타쯔조오(石川達三), 히노 아시헤이(火野葦平) 등의 전쟁소설이 열광적으로 읽혔으나 물론 문학적인 가치를 논할 수 있는 작품은 아니었다.

1945년 8월의 패전 이후 포츠담 선언의 규정대로 연합군의 점령하에 들어간 일본에서는 1945~46에 걸친 제국군대 해산, 전쟁범죄자 고발, 시민적 자유의 확립, 농지해방 등이 수행되었다. 패전 전까지 비합법 정당이었던 일본공산당이 공적 활동을 개시했고, 민주적 문학인들의 전국 조직으로 발족한 '신일본문학회'에 의하여 민주주의문학이 제창되었다.

다자이 오사무(太宰治, 1909~48)는 쯔가루 지방 대지주의 아들로 토오꾜오대학 불문과 재학중 반제동맹 등 공산당 지하조직에 참가하기도 했는데, 전향 이후 스스로를 무뢰파(無賴派, libertin)라 부르며 마음에 받은 상처를 헤집어 절망에 빠지는 스스로를 허용하고, 그렇게 함으로써 인간성의 아름다움과 순결에 대한 애착을 표현하려는 파멸적 창작방법에 자신을 던졌다.

그런가하면 거대한 전쟁의 비참함을 시종 수동적 자세로 견디어온 젊은 세대가 자신의 어두운 체험에 집착하면서 기성의 모든 것들과의 철저한 단절 위에서 자신들의 새로운 문학세계를 세워가려는 자세를 지니고 등장했는데, 이들을 이른바 '전후파'라 부른다.

시이나 린조오(稚名麟三, 1911~73), 우메자끼 하루오(梅崎春生, 1915~65), 노마 히로시(野間宏, 1915~91) 등이 이 유파에 속하여, 소박한 리얼리즘에서 벗어난 인간의 심층심리에 관한 심리주의적·관념적 작풍을 실험했다.

특히 오오오까 쇼오헤이(大岡昇平, 1909~88)는 자신의 징병과 전장에서의 포로 경험 등을 살려『포로기』『레이테전기』등의 기념비적 작품을 남겼다.

한편 패전의 결정적인 계기가 된 피폭 체험을 형상화한『여름꽃』(夏の花)을 쓴 하라 타미끼(原民喜, 1905~51)를 비롯하여 오오따 요오꼬(大田洋子, 1903~63), 이부세 마스지(井伏鱒二, 1898~1993) 등은 일본 전후문학의 다른 한 축을 형성하고 있다.

1945년의 패전 이후 일본은 한국전쟁 특수 등에 힘입어 발빠른 경제성장에 나섰고 이른바 고도성장기(1955~73)를 맞게 된다.

야스오까 쇼오따로오(安岡章太郎, 1920~), 요시유끼 준노스께(吉行淳之介, 1924~40), 엔도오 슈우사꾸(遠藤周作, 1923~96) 등 1916~26년 사이에 태어나 맑스주의 사상운동이 이미 끝난 시기에 학창생활을 보냈고 청년기에 학도병이나 병사로서 전쟁에 참가했던 전중(戰中) 세대로 사상이나 정치에 대한 생리적인 불신을 공통적으로 지닌 이른바 '제3의 신인'은 이러한 일상을 배경으로 등장했다. 이들은 전후파가 부조리하고 비일상적인 전쟁체험을 작품의 기조로 삼는 데 반해 인간 생활의 일상성을 세밀하게 묘사하는 방향으로 나아가면서 전전의 사소설이 지녔던 섬세함을 보여주었지만 전후파 작가들이 지향한 새로운 로망에 역행한다는 비판도 있다.

현재 토오꾜오 도지사인 이시하라 신따로오(石原愼太郎, 1931~)는 1956년『태양의 계절』로 아꾸따가와상을 수상했는데, 메마른 에로티

씨즘과 목적 없는 행동성을 젊고 발랄한 문체로 그려내어 기성 모럴이나 권위에 반역하면서 저널리즘의 총아로 떠올랐다.

패전 이후 '인간'이 되어버린 천황에 대한 원망, 사라져버린 일본적인 것에의 집착 등을 드러내는 대표적 우익작가 미시마 유끼오(三島由紀夫, 1925~70)는 1970년 11월 25일 자위대 주둔지에서 자위대의 궐기를 촉구했으나 뜻을 이루지 못하자 "천황폐하 만세!"를 외치고 할복, 자결했다.

60년대에는 이른바 안보반대투쟁이 있었다. 이는 미일 안전보장조약 개정을 반대하는 운동이었는데 근대일본의 역사상 가장 큰 규모의 대중운동이 전국적 규모로 전개되었다. 580여만 명이 참가한 '안보개정 저지 제2차 실력행사'에서는 우익단체의 시위대 습격으로 유혈사태가 발생했으며 급기야 국회에 진입한 학생시위대와 경찰이 격돌하여 토오꾜오대 학생인 칸바 미찌꼬가 사망하기에 이른다. 1968~69년의 학원분쟁에서는 각 대학들에 결성된 학생조직 전공투(全共鬪, 전학공투회의)가 활약했다. 처음에는 신좌익계열의 급진파 학생들이 운동을 주도했으나 이윽고 베트남 반전운동, 나리따공항 건설 반대운동, 공해반대운동 등과 연계하면서 조직이나 당파와는 무관한 자발적 대중봉기의 성격을 띠고 대학뿐만 아니라 고등학교 등에까지 확산되었다.

메이지대학 불문과 시절 전위당의 비인간적·반혁명적 본질을 날카롭게 드러낸 『파르타이(パルタイ')』(1960)로 일약 주목을 받은 쿠라하시 유미꼬(倉橋由美子, 1935~)와 오오에 켄자부로오(大江健三郎, 1935~)는 이 시기를 대표하는 작가이다. 오오에는 에히메 현 산촌에서 태어나 토오꾜오대학 불문과 재학중이던 1957년 등단했는데, 아버지 없는 열살짜리 소년으로 패전을 맞은 '전후민주주의자'라는 자의식을 바탕으로 오늘에 이르기까지 왕성한 작품활동과 사회적 활동을 이어오고 있다. 초기 단편인 「죽은 자의 오만(死者の奢り)」「사육(飼育)」「기묘한 일거리(奇妙な仕事)」 등에서는 갇힌 상태의 젊은이들을 통하여 2차대전 패전 후 일본인들의 굴욕감과 절망감을 형상화했고 첫아들 히까리가 뇌 중증장애로 태어난 경험을 그린『개인적인 체험(個人的な體驗)』이후 히로시마 피폭자들과의 만남을 통해 고통받고 소외된 자들과의 공생(共生)이라는 주제를 천착하면서 그의 상상력은 핵전쟁, 인류의 종말, 우주에까지 확장된다. 1994년 그는 노벨문학상을 수상했다.

　현재 일본문학은 무라까미 하루끼, 요시모또 바나나로 대표되는 신세대작가들의 주도하에 세계적 하위문화의 한 축을 이루고 있다.

| 수록작품 출전 |

이상한 소리
夏目漱石,『文鳥·夢十夜』, 新潮文庫 1983.

클 준비
島崎藤村,『新潮名作選 百年の文學』, 新潮社 1996.

대나무쪽문
國木田獨步,『二十世紀日本文學の誕生』, 中央公論社 1996.

장편소설 3편
川端康成,『新潮名作選 百年の文學』, 新潮社 1996.

이단자의 슬픔
谷崎潤一郎,『二十世紀日本文學の誕生』, 中央公論社 1996.

가난한 사람들의 무리
宮本百合子,『二十世紀日本文學の誕生』, 中央公論社 1996.

오오쯔 준끼찌
志賀直哉,『二十世紀日本文學の誕生』, 中央公論社 1996.

모닥불
大岡昇平,『新潮名作選 百年の文學』, 新潮社 1996.

| 원저작물 계약 상황 |

망원경과 전화
BOENKYO TO DENWA by Yasunari Kawabata
ⓒ The Heirs of Yasunari Kawabata 1930, Japan

삽화
SOUWA by Yasunari Kawabata
ⓒ The Heirs of Yasunari Kawabata 1930, Japan

산다화
SANZANKA by Yasunari Kawabata
ⓒ The Heirs of Yasunari Kawabata 1930, Japan

이단자의 슬픔
ITANSHA NO KANASHIMI by Jun'ichiro Tanizaki
ⓒ Chuokoron Shinsha 1912, Japan

오오쯔 준끼찌
OTSU JUNKICH by Naoya Shiga
ⓒ Naokichi Shiga 1912, Japan

모닥불
TAKABI by Shohei Ooka
ⓒ Harue Ooka 1971, Japan

The above works' Korean translation copyright ⓒ 2010 by Changbi Publishers Inc.
Korean translation edition is arranged with THE SAKAI AGENCY and Imprima Korea Agency.
All rights reserved.
이 책의 한국어 판권은 사카이에이전시와 임프리마코리아에이전시를 통해 저작권사와 계약한 (주)창비가 비독점적으로 소유합니다. 저작권법에 의해 보호받는 저작물이므로 무단 전재와 복제를 금합니다.